刺殺騎士團長

第二部
隱喻遷移篇

目錄

目錄

33 喜歡眼睛看得見的東西，如同眼睛看不見的東西

星期天又是個美麗而晴朗的一天。沒什麼風，秋天的陽光將染成各種色調的山間樹木的葉色更增多彩的光輝。胸前白色的小鳥成群在枝頭間飛來飛去，靈巧地啄食著紅色樹籽。我坐在露台，毫不厭倦地眺望著那樣的光景。自然的美，不分貧富一律公平地讓大家分享。就像時間一樣……不，時間或許不同。富裕的人或許還花錢去買更多的時間。

非常準時的在十點，明亮的藍色Toyota Prius就開上坡道來了。秋川笙子穿著米色高領薄毛衣，淺綠色修長的棉長褲。脖子上鏈狀金項鍊適度閃亮。髮型和上次一樣整理得接近理想。當頭髮擺動，就會稍微看見美麗的脖子。今天沒帶手提包，而是揹鹿皮肩帶背包。皮鞋穿的是咖啡色帆船鞋。雖然是輕鬆的服裝，但細部還是很講究。而且她的胸部確實形狀很美。根據姪女的內部情報似乎是「沒有塞東西」的胸部。我的心稍微被那乳房——純粹從美的觀點來看——吸引了。

秋川麻里惠穿著褪了色的藍色直筒牛仔褲、白色帆布鞋，和上次大不相同的休閒裝。牛仔褲上開了幾個洞（當然是刻意小心注意開的洞）。灰色連帽薄夾克，再罩上一件好似

樵夫穿的厚格子襯衫。胸部依舊沒有隆起。而且依然一副不高興的臉色。就像正在吃著東西時，忽然盤子被拿走的貓那樣的臉色。

我跟上次一樣先到廚房泡紅茶，端出客廳。然後我把上星期畫好的三張素描讓她們兩人看。秋川笙子似乎很喜歡。「每張都非常生動。看起來比照片更像麻里惠。」

「這可以給我嗎？」秋川麻里惠問我。

「可以呀，當然。」我說。「等畫完成以後噢。因為在那之前，我可能還需要。」

「話是這麼說……，但真的可以給嗎？」姑姑擔心地問我。

「沒關係。」我說。「等我的畫完成之後，就不會用到了。」

「這三張素描中哪一張要當底圖嗎？」麻里惠問我。

我搖搖頭。「都不用。這三張素描，說起來是我為了了解妳的立體性而畫的。我想在畫布上還會畫不同的妳的姿態。」

「那形象似的東西，已經在老師的頭腦裡具體成形了嗎？」

我搖搖頭。「不，還沒有。現在開始要跟妳兩個人一起來想。」

「要立體地了解我？」麻里惠說。

「是啊。」我說。「畫布從物理上來看只是個平面而已。但畫卻必須立體性地畫才行。妳明白嗎？」

麻里惠臉色為難的樣子。從「立體性」這用語，可能聯想到自己胸部隆起的事情，我想。事實上，她眼睛快速地瞄一下薄毛衣底下，正以美麗形狀隆起的姑姑胸部之後，再看我的臉。

「要怎麼樣才能畫得那麼好呢？」

「素描嗎？」

秋川麻里惠點頭。「素描，或姿態速寫。」

「練習呀。在練習之間就會漸漸順手。」

「可是我想很多人怎麼練習還是沒辦法畫好。」

正如她所說的。我想，我上的是美術大學，但看過太多怎麼練習都完全沒辦法畫好的同學。人無論怎麼拚命努力，還是會大受天生傾向左右。但這種事情一說起來，會沒完沒了。

「不過話雖如此，並不是說可以不練習。也有一些是不練習就出不來的才能和資質噢。」

秋川笙子對我說的話用力點頭。秋川麻里惠則只歪一下嘴唇而已。好似真的是這樣嗎？

「妳希望能畫好吧？」我問麻里惠。

麻里惠點頭。「我喜歡眼睛看得見的東西。如同眼睛看不見的東西那樣。」

我看看麻里惠的眼睛。那眼睛露出某種特別不同的光。她想具體說什麼，一時還無法掌握。不過我對她口中說的話，不如那眼睛深處的光更感興趣。

「相當不可思議的意見。」秋川笙子說。「好像謎語似的。」

麻里惠沒有回答。默默看著自己的手。稍過一會兒她抬起臉時，眼睛裡特別的光已經消失。那只是一瞬間的事。

我和秋川麻里惠走進畫室。秋川笙子從皮包拿出和上周同樣的——外表看來我想大概是同樣的——厚厚的文庫本，靠在沙發立刻開始閱讀。似乎正著迷於那本書。是什麼樣的書呢，我比上次更感興趣，想問書名，但還是暫且作罷。

麻里惠和我跟上周一樣，彼此隔兩公尺左右的距離面對面。和上周不同的是，我前面擺著畫架，上面放著畫布。但我還沒拿畫筆和顏料。我輪流看著麻里惠和空白畫布，並尋思該如何把她的姿態「立體性地」轉移到畫布上。這裡需要某種「故事」，並不是只把對方的姿態照原樣轉成畫就可以，光是那樣無法成為作品。可能只是畫得很像的人像畫而已，找出裡面該被畫出來的故事，才是對我來說重要的出發點。

我從圓凳上，長久凝視著坐在餐廳椅上的秋川麻里惠的臉，但她並沒有避開視線。幾乎也沒眨眼，筆直地回望我的眼睛。雖然不是挑戰性的眼神，但看得出有「我不會退卻」的決心似的東西。由於容貌端正的外表令人聯想到人偶，因此容易讓人擁有錯誤的印象。實際上她是個內在個性很剛強的孩子。擁有不容動搖的自己的做法。一旦畫出一條筆直的線之後，就不輕易彎曲。

仔細看來，秋川麻里惠的眼睛某個地方有令人想起免色眼睛的東西。雖然以前也感覺到了，但那共通性重新讓我感到驚奇。那裡面有想以「瞬間凍結的火焰」來表現的不可思議的光輝。在具有熱氣的同時，卻又始終保持冷靜的光輝。令人想起內部含有自體光源的特殊寶石。在此對外直接坦率地發出的訴求力量，和朝內發出的自我完結力量尖銳地互相抗衡。

不過這種感覺，或許是因為事前聽了免色坦白告知，秋川麻里惠可能是自己的親女兒的關係。可能因為有這個伏線，所以我在潛意識裡努力尋找這兩人之間有什麼互相呼應的東西。

無論如何這眼睛光輝的特殊，必須描繪進畫面才行。以這當成秋川麻里惠表情的核心要素，以貫穿動搖她容貌端正的外觀，但我還沒找到將那畫進畫面的文脈。如果畫不好的話，看起來只不過是冷冷的寶石而已，那深處內藏的熱源是從何處產生的，又想往何處去。我必須知道才行。

我輪流看她的臉和畫布大約十五分鐘左右，然後我放棄了。於是我把畫架推到旁邊，慢慢深呼吸幾次。

「我們來聊聊吧。」我說。

「好啊。」麻里惠說。「聊什麼？」

「如果方便的話，我想多了解妳一點。」

「例如什麼？」

「這個嘛，妳父親是什麼樣的人？」

麻里惠嘴角稍微撇了一下。「我不太了解我父親。」

「他不太說話嗎？」

「因為連碰面都很少。」

「是因為妳父親工作很忙嗎？」

「我不太清楚他的工作。」麻里惠說。「不過我想他大概對我沒什麼興趣吧。」

「沒興趣？」

「所以他才會一直把我交給姑姑帶。」

我對這點沒特別表示意見。

「那麼，妳還記得妳母親嗎？就我所知她是在妳六歲的時候去世的，對嗎？」

「我母親的事情，我只記得斷斷續續……。」

「怎麼個斷斷續續法？」

「我母親在非常短的期間，就從我眼前消失了。而且人死掉是怎麼回事，我當時還無法理解。所以我以為她只是不在了而已……。就像煙被吸到哪個縫裡去那樣。」

麻里惠沉默了一會兒，然後繼續說。

「她消失得太快了，所以我沒辦法了解為什麼，我母親死掉前後的事，我想不太起來。」

「當時妳非常混亂。」

「母親在的時候的時間，和不見了以後的時間，像被高牆隔開一樣分成兩邊。這兩個時間連不起來。」她沉默了一會兒，咬著嘴唇。「這種情況你能了解嗎？」

「大概可以了解。」我說。「我妹妹十二歲的時候死掉的事，我以前說過吧？」

麻里惠點頭。

「我妹妹天生心臟瓣膜有缺陷。做過很大的手術，雖然手術順利，但不知道為什麼還留下問題，換句話說就像體內抱著一顆炸彈活著一樣。所以家人平常都對最壞的情況，某種程度早有覺悟。換句話說並不像妳母親被虎頭蜂螫死那樣，完全青天霹靂的情況不一樣。」

「青天……」

「青天pili。」我說。「晴朗的天氣，突然雷聲大作。突然發生完全預料不到的事情。」

「青天pili。」她說。「字怎麼寫？」

「青天就是青色的天空，pili的字有點難我也不會寫，也沒寫過。如果想知道，可以回家查字典看看。」

「青天pili。」她再重複一次。她似乎把這用語收進頭腦的抽屜裡去了似的。

「總之，那是某種程度可以預測的事。但實際上妹妹突然發作，在當天就死掉時，平常的覺悟完全沒有用處。我名副其實嚇呆了，不只是我，而是我們全家人都一樣。」

「在那之前和之後，老師心中的很多事情都改變了嗎？」

「對，在那之前和之後，我的裡面和我的外面，很多東西都完全變了。時間的流法也變不同了。而且正如妳說的，這兩種無法適當連接。」

麻里惠注視著我的臉十秒左右。然後說：「妹妹對老師來說是非常重要的人噢？」

我點點頭。「嗯，是非常重要的人。」

秋川麻里惠低頭沉思什麼。然後抬起頭說：

「因為記憶被這樣分隔開了，所以我想不太起來母親的事情。不知道是什麼樣的人，什麼樣的臉，對我說過什麼話。父親也不太對我提母親的事。」

我對秋川麻里惠的母親所知道的事，說起來就是免色對我詳細述說的，免色和她最後的性行為的樣子而已。在他辦公室的沙發上進行的——秋川麻里惠可能就是在那裡受胎的——激烈做愛。不過當然這件事不能說。

「不過妳母親的事，妳多少總該記得吧。到六歲為止一起生活過啊。」

「只有氣味。」麻里惠說。

「妳母親身體的氣味嗎？」

「不是，是雨的氣味。」

「雨的氣味？」

「當時，下著雨。雨粒打在地上的聲音都聽得見的激烈的雨。可是母親沒有撐傘就走在外面。她也牽著我的手，一起走在雨中。季節我想是夏天。」

「像夏天傍晚下的西北雨嗎？」

「可能是。被太陽曬過的柏油路被雨打時發出的氣味，那氣味我還記得。那裡有山上的瞭望台般的地方，而且母親還唱歌。」

「什麼樣的歌？」

「旋律我不記得。但我記得歌詞。河的對岸是寬闊的綠色原野，那邊有美麗的艷陽普照，但這邊一直長久下雨……像這樣的歌。老師，你聽過這樣的歌嗎？」

我不記得聽過這種歌。「我想我沒聽過。」

秋川麻里惠輕輕聳一下肩。「到目前為止我問過很多人，但誰也沒聽過這首歌。為什麼呢？那是我在腦子裡自己編的歌嗎？」

「或者是妳母親當場作的歌也不一定，為妳而做的。」

麻里惠抬起頭看我的臉微笑。「我沒有這樣想過，不過如果真的是這樣的話，那真是太美妙了噢。」

看到她露出微笑，那時候大概是第一次。簡直就像穿破厚厚的烏雲，露出一線陽光，鮮明地照出被選出的土地那樣的特別區域，那種微笑。

我問麻里惠：「如果再到那裡去一次，妳能記得就是這裡嗎？如果去到像山上的瞭望台那樣的地方？」

「能在自己心中擁有一個這樣的風景，是很美好的事噢。」

麻里惠只點點頭。

「大概可以。」麻里惠說。「雖然不太有自信，不過大概可以。」

然後有一會兒，我和秋川麻里惠兩個人側耳傾聽著外面鳥的啁囀聲。窗外秋高氣爽的晴朗天空，看不見一片雲。我們各自漫無邊際地思索著自己的事。

「那張翻面朝內放的畫是什麼？」過一會兒麻里惠問我。

她所指的是，（之前想畫的）那幅開白色Subaru Forester的男人的油畫。

我把那幅畫朝內靠牆放，免得被人看到。

「那是畫到一半的畫。我準備畫那個男人。不過中斷了就那樣擱在那裡。」

「可以讓我看嗎？」

「可以呀。不過那還是草圖的階段而已。」

我把畫布朝外放在畫架上。麻里惠從餐廳椅上站起來，走到畫架前，交抱雙臂從正面觀看那幅畫。站在畫的前面時，她的眼睛再度發出那銳利的光輝。嘴唇緊緊閉成一直線。畫只以紅綠和黑的顏料所構成，那裡該畫出的男人，還沒有明確的輪廓。以炭筆畫出的男人姿態已經被顏料蓋過了。他拒絕再添肉，拒絕再著色。但我知道那個男人在那裡。我掌握到他存在的根本。就像海中的網捕到不見身影的魚那樣。我正想找出收網的方法，對方則想阻止這嘗試。在這推拉之間帶來一時的中斷。

「在這裡停止嗎？」麻里惠問。

「是啊。在草圖階段就沒辦法往前進了。」

麻里惠安靜地說：「但看起來這樣好像已經完成了。」

我站在她旁邊，以同樣的視點重新眺望那幅畫。在她的眼裡看得見隱藏在黑暗中的男人姿態嗎？

「妳是說，這幅畫不必再多畫了嗎？」我問。

「嗯，我覺得這樣就好了。」

我輕輕吞了一口氣。因為她口中說出的，正是白色Subaru Forester 的男人對我說的，幾乎同樣內容的話。這幅畫就這樣，別再碰了。

「妳為什麼這樣想？」我再問麻里惠。

麻里惠暫時沒回答。又再集中精神看了畫之後，放開交抱的雙臂，雙手貼在臉頰上，好像要讓發燙的臉涼下來似的。然後說：

「這幅畫這樣已經很夠力了。」

「很夠力？」

「我覺得。」

「是那種不太善良的力嗎？」

麻里惠沒有回答，她的雙手還貼在臉頰上。

「這裡這個男人的事，老師很清楚嗎？」

我搖搖頭。「不，老實說我什麼都不知道。只是稍早以前一個人獨自做長途旅行時，在遠方的城鎮偶然遇見的人。既沒有開口說話，也不知道名字。」

「我不知道這裡有的是善的力，還是不善的力，或許看情形，有時會變善，有時會變惡。你看，就像換一個角度看各種東西看起來都不一樣。」

「不過妳是想那最好不要變成畫的形式是嗎？」

她看一下我的眼睛。「如果變成形式，如果那是不善的東西的話，老師要怎麼辦？如果那個往這邊伸出手來的話？」

確實沒錯，我想。如果那個是不善的東西的話，如果那是惡本身的話，而且如果那個往這邊伸出手來的話？我到底該怎麼辦才好？

我把那畫從畫架拿下來，翻面朝內放回原來的地方。由於畫面從視野中移開之後，剛才充滿畫室的緊張感彷彿忽然放鬆了似的。

這幅畫或許應該嚴密地包紮起來，收進閣樓裡才好，我想。就像雨田具彥把〈刺殺騎士團長〉收藏在那裡，以免讓人看見那樣。

「那麼，妳覺得這幅畫怎麼樣？」我指著牆上掛的雨田具彥的〈刺殺騎士團長〉說。

「我喜歡那幅畫。」秋川麻里惠毫不猶豫的回答。「這是誰畫的畫？」

「是雨田具彥畫的，這棟房子的主人。」

「這幅畫有一種訴求，就像鳥在狹小的籠子裡想要飛出外面的世界那樣，有那種感覺。」

我看看她的臉。「鳥？那是什麼樣的鳥？」

「我不知道是什麼樣的鳥，什麼樣的鳥籠。也看不見那形狀和模樣。只是有那種感覺而已。這幅畫對我來說或許有點太難了。」

「不只是對妳，可能對我也太難了。不過正如妳所說的那樣，作者可能有什麼要對人們訴說的事情，把那強烈的想法寄託在這畫面上。我也有這種感覺。但他到底想訴說什麼，卻無論如何都無法理解。」

「有一個人在殺另一個人。懷著強烈的感情。」

「沒錯。年輕男人下定決心，用劍刺穿對方的胸部。另一方面，自己即將被殺的人，只感到驚訝不已。周圍的人屏著氣息觀望事情的發展。」

「有正確的殺人這回事嗎？」

我想了一下這問題。「不知道。什麼是正確的或不正確的，因為選擇的基準不同就跟著不同。例如死刑，社會上很多人認為這是正確的殺人。」

或暗殺，我想。

麻里惠稍微停頓一下之後說：「不過這幅畫，有人正在被殺，流了很多血，卻沒有讓別人感到傷心，這幅畫好像要把我帶到什麼地方去似的，好像跟正確與不正確這基準無關的地方。」

結果那天，我一次也沒有拿起畫筆。只有在明亮的畫室裡，和秋川麻里惠兩人漫無目的地聊天而已。我一邊談著，一邊把她臉上的表情變化，各種動作一一收進腦子裡。那樣的記憶庫存，就成為我畫畫時的所謂血肉。

「老師今天什麼都沒畫。」麻里惠說。

「有些日子會這樣。」我說。「時間會奪走一些東西，時間也會賦予我們一些東西。爭取時間成為自己的朋友也是重要的工作之一。」

她什麼也沒說。只看著我的眼睛。像把臉貼在窗玻璃上，要看清楚家裡似的。並思考時間的意義。

到了十二點聽見每次響起的鐘聲時，我和麻理惠兩人走出畫室轉到客廳。戴著黑框眼鏡的秋川笙子正沉迷地讀著厚厚的文庫本。專注得連呼吸的動靜都感覺不到。

「看什麼書啊？」我忍不住問了。

「老實說，我有點像倒楣的人似的。」她微笑著把書籤夾進書裡，把書闔上。「如果把正在讀的書名告訴別人的話，不知怎麼就無法把那本書讀完。每次都會發生什麼變故，中途無法再讀下去。很奇怪，不過真的是這樣。所以我決定不再告訴任何人自己正在讀的書名。不過等讀完了之後，我會很樂意告訴您。」

「當然讀完之後再說沒關係。因為看妳讀得很專注的樣子，所以心想到底是什麼書，很感興趣而已。」

「非常有趣的書。一旦開始讀起來就會欲罷不能。所以我決定只有到這裡來的時候才讀。這樣的話兩小時一下就過了。」

「我姑姑讀好多書噢。」麻里惠說。

「因為幾乎沒有別的事可做，而且讀書就像我現在的生活中心似的。」姑姑說。

「您沒有上班嗎？」我問。

她摘下眼鏡，邊用手指撫平眉間的皺紋邊說：「一星期大約一次到本地的圖書館當志工而已。在那之前曾經在東京都內一家私立醫學大學上過班。在那裡當校長的祕書。不過搬到這裡以後就把工作辭掉了。」

「在麻里惠的母親過世之後，就搬到這邊來嗎？」

「那時候，本來只打算暫時一起住的，等到事情告一段落之後。但實際來了，跟麻里惠一起生活之後，就沒那麼容易再出去了，然後就一直住在這裡。當然如果我哥哥再婚的話，我會立刻回到東京去。」
「那時候我也想一起出去。」麻里惠說。
秋川笙子只露出社交性的微笑，並沒有發言。
「如果方便的話，要不要一起吃飯？」我問兩人。「如果是沙拉和義大利麵，我可以簡單做。」
秋川笙子當然客氣地推辭，但麻里惠似乎對三個人共進午餐深感興趣。
「沒關係吧？反正回家，爸爸也不在。」
「真的是很簡單的餐。因為醬料我做了很多，一個人份和三個人份的餐準備起來沒什麼不同。」我說。
「真的可以嗎？」秋川笙子遲疑地說。
「當然，不用在意。我經常在這裡一個人做吃的。一天三餐，一個人吃。偶爾也想跟誰一起用餐。」
麻里惠看看姑姑的臉。
「那就恭敬不如從命了。」秋川笙子說。「不過真的不會打攪嗎？」
「一點都不。」我說。「請放輕鬆。」
於是我們三人移到餐廳。兩個人坐在餐桌前，我到廚房燒開水，蘆筍和燻肉做的醬料用醬料鍋加熱，生菜和番茄、洋蔥、青椒做成沙拉。水開了後燙麵，在那之間把荷蘭芹切細，從冰箱拿出冰茶，注入玻璃杯。兩個女人稀奇地看我在廚房俐落地動手的模樣。秋川笙子問要不要幫什麼忙，我說，沒什麼可幫的，所以只要坐在那裡就行了。

「看您好熟練的樣子。」她很佩服似地說。

「因為每天在做。」

對我來說做菜並不辛苦。我從以前開始就喜歡動手做事。無論做菜、做簡單的木工、修理自行車，或整理庭園，都做。不擅長的是抽象性的、數學性的思考。光是下象棋、西洋棋、猜謎之類的智能遊戲，我簡單的腦袋就頭痛了。

然後我們在餐桌坐下來，開始用餐。秋高氣爽的星期日，愉快的午餐，而且秋川笙子是共進午餐的理想對象。話題豐富、懂得幽默、充滿知性、長於社交。餐桌禮儀優雅、卻不會裝模作樣。完全是在高尚家庭成長，就讀花錢的貴族學校的女生。麻里惠幾乎不開口，讓姑姑去說，她則專心吃。秋川笙子後來說希望我教她做醬料。

我們用餐大約結束時，玄關的門鈴發出響亮的聲音。要推測誰是按鈴者，對我並不太難。因為稍前，我好像微微聽到Jaguar渾厚的引擎聲。那聲音——正好和Toyota Prius安靜的引擎聲，成對比的兩極——傳到我意識和無意識之間薄薄一層的什麼地方。因此門鈴響起絕不是所謂「青天霹靂」。

「抱歉。」我說著站起來，放下餐巾，留下兩人走向玄關。無法預測，現在即將發生什麼事。

34 最近好像沒量胎壓

我打開玄關門時，免色就站在眼前。

他穿著扣領白襯衫，上罩圖案細膩的高雅羊毛背心，藍灰色斜紋軟呢外套。淺芥末色棉長褲，茶色麂皮鞋。一如往常，衣服穿在他身上感覺就很舒服。豐厚的白髮在秋陽下閃著光。背後看得見銀色Jaguar，旁邊停著藍色Toyota Prius，這兩輛車並排停著，看來就像齒列不齊的人張口笑著似的。

我什麼也沒說，就請免色進來。他臉上因為緊張看來似乎硬繃著，讓我聯想起，剛塗過生漆的牆壁。我當然是第一次看到免色露出這種表情，因為他經常都冷靜地抑制自己，盡可能努力讓感情不流露出來。在漆黑的洞穴底下關閉一小時後，臉色都幾乎沒變。然而今天，他的臉卻幾乎接近蒼白。

「可以進去嗎？」他說。

「當然。」我說。「現在，我們正在用餐，但幾乎已經結束了。請進。」

「但，我不想打攪您們用餐。」他說。幾乎反射性地看看手錶，而且沒什麼用意地長久盯著手錶指針，好像對針的轉動有異議似的。

我說：「用餐馬上就結束了，只是簡單的餐，然後我們可以一起喝咖啡。請您在客廳等一下。我會在那裡把您介紹給她們兩位。」

免色搖搖頭：「不，介紹可能還太早。我以為她們兩人都已經離開這裡了，所以才來拜訪。並不是要您介紹才來的。不過一看，門前停著沒看過的車，因此正不知該怎麼辦才好——」

「正好機會難得。」我把對方的話攔住說。「我會很自然地帶過，交給我來吧。」

免色點點頭開始脫鞋子，但好像不太清楚鞋子的脫法。我等他好不容易總算把兩邊的鞋子脫掉，領他到客廳。以前也來過幾次的，但他簡直像是有生以來第一次見到似的，很稀奇地環視著空間。

「請在這裡等一下。」我對他說，並輕輕把手放在他肩上。「坐在那邊，放輕鬆。我想不用十分鐘。」

我把免色一個人留在那裡——雖然也有一點感到不安——但回到餐廳。我不在的時間裡，兩個人已經用完餐，叉子擺在盤子上了。

「有客人來嗎？」秋川笙子擔心地問。

「是啊，不過沒問題，住在附近的熟朋友順道過來而已。我請他在客廳等一下。不需要客套的朋友，所以不必介意。我先吃完再說。」

於是我把只剩一點的東西吃完。女士們在幫我收拾桌上的餐具時，我用咖啡機泡了咖啡。

「我們移到客廳一起喝咖啡好嗎？」我對秋川笙子說。

「不過，您有客人來，我們會不會妨礙？」

我搖搖頭：「完全不會。這也是一種緣分，我介紹一下。說附近，其實就是住在隔著山谷對面山上的人，我想秋川小姐可能不認識。」

「他的大名是？」

「他姓免色。避免的免，顏色的色，避免顏色。」

「好稀奇的姓。」秋川笙子說。「免色先生，這種姓我第一次聽到。確實隔一道山谷，就算住址很近卻沒有來往。」

我用托盤裝著四人份的咖啡、糖，和奶精，端到客廳。走進客廳最驚訝的是，沒看見免色。客廳沒人，露台也沒見到他的影子。好像也沒去洗手間的樣子。

「哪裡去了？」我自言自語地說。

「他是在這裡嗎？」秋川笙子問。

「剛剛還在。」

我到玄關去看，但他的麂皮鞋不在，我穿著涼鞋走過去打開玄關的門看看。銀色的Jaguar還停在剛才同樣的地方。那麼，他並沒有回家去。車窗玻璃被陽光照得閃亮耀眼，沒辦法看出裡面有沒有人。我走到車子前面。免色坐在Jaguar的駕駛席，像在找什麼似的探頭東張西望。我輕輕敲敲玻璃窗，免色把窗玻璃搖下，一臉困惑地抬頭看我。

「怎麼了，免色先生？」

「我想量一量輪胎的胎壓，可是不知道怎麼找不到胎壓計。平常應該都放在這置物櫃裡的。」

「一定要急著現在在這裡做嗎？」

「不，也不是這樣。只是坐在那裡時，忽然想到胎壓的事。這麼說來，最近好像沒量胎壓。」

「輪胎的狀況沒什麼特別奇怪的地方吧？」

「沒有，輪胎的狀況沒什麼奇怪。正常。」

「那麼胎壓的事先擱一邊吧，回客廳去好嗎？我泡了咖啡。兩位在等著呢。」

「等著？」免色以乾乾的聲音說。「在等我嗎？」

「是啊，我說要介紹您。」

「傷腦筋。」他說。

「為什麼？」

「因為還沒有被介紹的準備，心理準備之類的。」

他像從正熊熊燃燒的大樓十六樓窗口，朝向看起來像茶杯墊那麼小的救生墊，被人叫往下跳的人那樣，一臉困惑，兩眼畏懼。

「來呀。」我以果斷的聲音說。「來嘛，非常簡單的事。」

免色什麼也沒說，點點頭從座位站起來，走出來把車門關上。想鎖車門，又想起沒這個必要（誰也不會來這山上）。把車鑰匙放進棉長褲口袋。

走進客廳時，秋川笙子和麻里惠兩人坐在沙發等我們。我們一進去，兩個人就很有禮貌地從沙發站起來。我簡單的向她們介紹免色，只是非常普通的日常行為。

「免色先生也當過我作畫的模特兒，讓我畫他的肖像畫。因為碰巧住得很近，所以我們就開始來往。」

「聽說您就住在對面的山上。」秋川笙子問。

談到家裡的話題時，免色的臉眼看著變蒼白。「是啊，從幾年前開始住的。幾年了，嗯，三年吧，或者四年？」

他像在問我似的看我的臉，但我什麼也沒說。

「從這裡可以看到府上嗎？」秋川笙子問。

「可以，看得見。」免色說。然後立即補充。「不過，不怎麼樣的房子。在山上非常不方便的地方。」

「關於不方便，我們家也一樣。」秋川笙子體貼地說。「光是買東西就要大費周章。手機訊號和收音機廣播都收訊不良。而且因為坡度陡，下雪的時候路會滑，好可怕，都沒辦法開車出門。不過還好不常積雪，幸虧只有五年前的一次而已。」

「是啊，因為這一帶幾乎不下雪。」免色說。「因為從海邊會吹來溫暖的風。海的力量真大。換句話說——」

「不管怎麼樣，冬天不積雪真是幸運。」我插嘴說。要不然的話，或許他會開始一一說明太平洋暖流的結構了，從免色緊繃的氣氛可以感覺到。

秋川麻里惠輪流看著姑姑的臉和免色的臉，對免色似乎沒什麼特定的感想。免色眼睛完全沒有看麻里惠這邊，一直只看著姑姑的臉。簡直就像他個人的心，已經被她的容貌強烈地吸引了似的。

我對免色說。「其實現在，這位麻里惠小姐正讓我畫她。我請她當我的模特兒。」

「所以我每星期的星期天早晨會開車送她來這裡。」秋川笙子說。「以距離來說，這裡跟我們家其實就像眼睛和鼻子一般近，但因為道路的關係必須繞一大圈才能到這裡。」

免色終於從正面看秋川麻里惠的臉。但他那兩隻眼睛，在她臉的周圍打轉想找出個定點，卻像無法鎮定的冬天蒼蠅般焦躁地轉動著。似乎無法找到那樣的定點。

我想幫他解圍，於是拿出素描簿來讓他看。「這是我目前為止所畫她的素描。只是素描剛結束的階段，還沒真正開始畫。」

免色頓時像要鑽進去似地注視著那三張素描。與其看麻里惠本身，不如看她的素描畫，對他來說好像更有意義，但當然不是這樣。只是他無法從正面注視麻里惠而已。素描終究只不過是那個的代替物而已。因為這是第一次能這麼靠近實物的麻里惠，因此可能心情還無法適當調適。秋川笙子面對免色那飄忽不定的表情動向，就像在觀察稀有動物般觀望著。

「太棒了。」免色說。並望向秋川笙子那邊說：「每一張素描都非常生動。氣氛也掌握得很好。」

「是啊，我也這麼想。」姑姑微笑地說。

「不過麻里惠是個相當難畫的模特兒。」我對免色說。「不容易畫。表情時刻在改變，因此要掌握那中心的東西比較花時間。所以我還沒辦法實際開始畫。」

「難畫？」免色說。瞇起眼睛，看耀眼的東西般重新看麻里惠的臉。

我說：「那三張素描，表情應該相當不同，而且只要表情稍微改變，整體的氣氛也會完全不同。要把她固定畫成一張畫，不是只畫表面的變化，必須掌握存在那中心的東西才行。如果辦不到的話，就會變成只能表現整體的微小一面而已。」

「原來如此。」免色很佩服似地說。然後他把那三張素描和麻里惠的臉比對了幾次。在那樣做之間，他剛才蒼白的臉徐徐開始轉紅。那紅起初還像小點一般，漸漸變成乒乓球那麼大，接著像棒球那麼大，終於擴散到整張臉。麻里惠深感興趣的望著那顏色的變化。秋川笙子為了免於失禮，眼光巧妙的避開那變化。我伸手拿起咖啡壺，往自己杯裡續杯咖啡。

「我想下星期起，就要正式開始畫了。也就是用顏料，在畫布上畫。」我為掩飾掉沉默而這樣說，並沒有特別對著誰。

「已經有構想了嗎？」姑姑問。

我搖搖頭。「還沒有構想。不實際站在畫布前，實際拿起畫筆，腦子裡不會浮現任何具體的東西。」

「您畫了免色先生的肖像畫吧？」秋川笙子問我。

「是啊，那是上個月的事。」我說。

「非常棒的肖像畫。」免色興奮地說。「因為要等顏料乾，所以還沒裝框，掛在我家書房。不過『肖像畫』可能不是正確的說法。因為上面畫的，既是我又不是我。不知道該怎麼說，是非常深的畫。怎麼看都看不膩。」

「既是您，又不是您？」秋川笙子問。

「換句話說不是所謂的肖像畫，是畫得更深奧的畫。」

「我想看那個。」麻里惠說。這是移到客廳以後她開口說出的第一句話。

「不過麻里惠，這樣很失禮喲。別人府上不可以……」

「一點都沒關係。」像以銳利的柴刀把姑姑的話毅然斬斷般，免色插嘴。那語氣之銳利令全體（包括免色自己在內）都瞬間啞然。

他頓了一口氣後繼續。「難得住得這麼近，務必請來我家看畫。我一個人住，所以不用顧慮什麼。隨時歡迎兩位來。」

這樣說出口之後，免色的臉更紅了。可能從自己的發言中聽出過分迫切的音調吧。

「麻里惠小姐喜歡畫嗎？」這次他朝麻里惠的方向問。聲音的調子已經恢復常態。

麻里惠默不作聲的輕輕點頭。

免色說：「如果方便的話，下周的星期天，跟今天大約相同的時刻，我來這裡接妳們。然後到我家去，去看畫好嗎？」

「可是那樣太麻煩您……」秋川笙子說。

「可是我想看那畫。」這次輪到麻里惠以不顧一切的聲音斷然地說。

結果，下星期的星期天中午過後，免色到我家來接她們兩人。他邀我一起去，但我那天下午有點事，於是婉拒了。以我來說，並不想介入這件事太深。只是結果——本來沒打算要那樣——卻幫他們雙方牽線了而已。

為了目送美麗的姑姑和姪女兩人回去，我和免色走出外面。秋川笙子對停在Prius旁邊，免色的銀色Jaguar很有興趣地眺望著。就像喜愛狗狗的人在看到別人的狗時那樣的眼光。

「這是最新的Jaguar對嗎？」她問免色。

「是的。到目前為止這是Jaguar最新的雙門轎跑。妳喜歡車子嗎？」免色問。

「不，沒這回事。只是我過世的父親，以前開過Jaguar的轎車。常常載我，偶爾也讓我開。所以看到附在車體前面的這Mark時，就會很懷念。好像是XJ6型的，附有四個圓形車前燈的車，四・二公升直六汽缸引擎的。」

「那是Series III對嗎？嗯，那是非常美的車型。」

「我父親好像很喜歡那車子，開了相當久。雖然也為耗油、細微故障多而考慮放棄，但還是放不下。」

「那個車型特別耗油。電氣系統可能故障也多。Jaguar是傳統上電氣系統就不太強的。不過在沒有故障地跑著時，而且也不在意油錢的話，向來一貫就是很漂亮的車。坐起來舒服，方向盤操控的感覺也充滿了其他車種所沒有的魅力。當然世間壓倒性多數的人，都會非常在意故障和燃料費的事，因此Toyota Prius才會飛快地暢銷起來。」

「這是我哥哥說讓我專用而買給我的，並不是我自己買的。」秋川笙子指著Toyota Prius，好像在找藉口似的。「因為容易開，又安全，對環境汙染也少。」

「Prius是很優秀的車子。」免色說。「其實我也認真考慮過要買。」真的嗎？我心裡懷疑。因為難以想像免色開Toyota Prius的模樣。就像難以想像豹會在餐廳裡點尼斯風沙拉的模樣一樣。

秋川笙子一邊探頭看著Jaguar車內，一邊說，「非常失禮的要求，我可以坐一下這部車嗎？我只想在駕駛座上坐看看。」

「當然。」免色說。然後像要調整聲音似的輕輕乾咳。「妳盡量坐沒關係。如果想的話，試開看看也沒關係。」

看到她竟然會對免色的Jaguar車顯示這麼大的興趣，真令我感到意外。因為從安穩而清秀的外表，看不出她是會對車子有興趣的類型。但秋川笙子眼睛發亮地坐進Jaguar的駕駛席，讓身體適應奶油色的皮椅，仔細地查看儀表板，雙手放在方向盤上。然後左手放在排檔桿上，免色從卡其褲拿出車鑰匙，交給她。

「轉開引擎看看。」

秋川笙子默默接過那鑰匙，插入方向盤旁邊，往順時針方向轉。那大型貓科野獸瞬間醒了過來。她暫時沉醉在那渾厚的引擎聲中，側耳傾聽著。

「我記得這引擎的聲音。」她說。

「這是四．二公升，V8引擎。令尊開的XJ6是六汽缸的，汽門數和壓縮比都不同，但聲音可能類似。石化燃料大量無反省地燃燒消耗這一點，無論現在或以往都沒有改變，依然是罪孽深重的機械。」

秋川笙子把撥桿往上撥，打出右轉方向燈。傳出獨特明朗的吭吭聲。

「好懷念這聲音哪。」

免色微笑。「這是只有Jaguar才發得出的聲音，其他任何車種的方向燈聲音都不同。」

「我年輕時候，悄悄用XJ6練習開車拿到駕駛執照。」她說。「但停車煞車和一般車有點不同，所以我剛開始開其他車子時相當迷惑。不知道該怎麼辦才好。」

「我了解。」免色微笑著說。「英國人就是這樣，會特別注意一些奇妙的地方。」

「不過車上的氣味，好像跟我父親的有點不同。」

「很遺憾可能不同。因為現在所用的車內裝潢材質有各種狀況，所以不可能用和以前完全同樣的東西。尤其從二〇〇二年開始，康諾皮革公司（Connolly Leather）不再提供皮革之後，車內的氣味就改變很大。因為康諾這公司本身就已經消失了。」

「真遺憾。我好喜歡那氣味。怎麼說好呢，那就像父親氣味的回憶一樣。」

免色好像難以開口般說。「老實說，我除了這一輛之外，還有一輛老式的Jaguar。那一輛或許還有和令尊的車子一樣的氣味。」

「是XJ6嗎？」

「不，是E-Type。」

「E-Type，是那種敞篷的嗎？」

「是的。Series 1的Roadster，六〇年代中期推出的產品，現在跑起來還很夠勁。這台也是搭載六汽缸的四．二公升引擎。這是最初的雙座車型。不過因為敞篷換新了，所以嚴格說，不能算是original創新的。」

我完全不懂車子，因此幾乎無法理解他們在談什麼，不過秋川笙子似乎對那資訊頗為感動的樣子。無論如何，由於這兩人因為得知他們有對Jaguar車的共通——恐怕是相當狹窄領域的——興趣，因此我多少也輕鬆了一點。這麼一來，我就不必再為兩人尋找對話的話題了。麻里惠對汽車好像比我更沒興趣，只是很無聊地聽著兩人的對話。

秋川笙子從Jaguar車上下來關上車門，把車鑰匙交還給免色。免色收回鑰匙，放進卡其褲口袋。然後她跟麻里惠上了藍色的Prius車。免色為麻里惠關上車門。我重新深深感到Jaguar車和Prius車，車門關閉的聲音完全不同。光是一種聲音，世界就有許多差異。就像double bass低音大提琴，同樣的空弦就算只蹦嗯一聲，也能聽出Charles Mingus撥奏的音和Ray Brown撥奏的音確實不一樣。

「那麼就下周的星期天。」免色說。

秋川笙子朝免色微微一笑，握著方向盤離去了。看不見Toyota Prius的圓嘟嘟的車尾之後，我和免色回到屋裡。然後在客廳喝著涼掉的咖啡，我們暫時都沒開口，免色好像耗盡全身力氣了似的。就像跑完嚴苛的長跑才剛到達終點的跑者那樣。

「美麗的女孩子噢。」過一會兒之後我說。「我是指秋川麻里惠。」

「是啊。長大以後應該會更美吧。」免色說。雖然這麼說，但看來腦子裡卻在想別的事似的。

「從近處看她，有什麼感覺？」我問。

免色不太自在地微笑。「老實說，我不太能好好看她。因為太緊張了。」

「不過多少看到了吧？」

免色點點頭。「嗯，當然。」然後又沉默了一下，忽然抬起頭以認真的眼光看我。

「那麼，您覺得怎麼樣呢？」

「覺得怎麼樣，您指什麼？」

免色臉上又稍微紅起來。「也就是說，她的臉和我的臉之間，有什麼共通點之類的嗎？您是畫家，而且又是長久以來專門畫肖像畫的人，會不會比較知道這種事？」

我搖搖頭。「確實我累積了一些快速掌握臉部特徵的訓練。不過並不知道如何分辨親子特點。世上有完全不像的親子，也有長得一模一樣的完全外人。」

免色深深嘆一口氣，像從全身擠出來般的嘆息。他相互搓著雙手的手掌。

「我並沒有拜託您做什麼鑑定。只不過是想問您個人的感想而已，就算是非常微小的事情也沒關係。如果有什麼讓您稍微留意到的，希望能告訴我。」

我對這個想了一下。然後說：「以具體上容貌的每一處造型來說，您們兩人之間可能不太有相似的地方。只是眼睛的動態中，感覺似乎有某種相通的東西。有時候會讓我吃一驚，我有這種印象。」

他緊閉薄唇看著我的臉。「您是說，我們的眼睛有共通的地方嗎？」

「感情會直接坦率地顯現在眼睛，這點可能是您們兩人的共通點。例如：好奇心、熱情、驚奇，或懷疑、抗拒感，這些微妙的感情會通過眼睛表現出來。雖然表情絕不算豐富，但兩眼是心的窗戶般發揮作用。和一般人相反。很多人表情算是豐富的，但眼睛卻不太靈活。」

免色的臉顯出意外的樣子。「我的眼睛看起來也那樣嗎？」

我點點頭。

「我從來沒注意到這點。」

「就算自己想控制，一定也沒辦法吧。或許越是刻意要抑制表情，感情反而會集中在眼睛上表現出來。不過這也是如果不非常仔細地注意觀察，是無法讀取的程度。一般人可能不會注意到。」

「可是您看得見這個？」

「我可以說是以掌握人的表情為職業的。」

對這點免色思考了一陣子。然後說。「我們有這樣的共通點。至於是不是有共同血統的親子，您也不知道？」

「我看人會擁有幾種繪畫上的印象，並珍惜這點。不過繪畫上的印象，和客觀的事實是兩回事。印象無法證明什麼。就像被風吹送的薄薄蝴蝶那樣，這裡幾乎沒有什麼實用性。那麼，至於您呢？您自己在她面前沒有感覺到什麼特別的東西嗎？」

他搖了幾次頭。「只是短暫見一次面的話什麼也不知道。需要更長的時間。我必須習慣和這個少女一起相處才行……。」

然後他再慢慢搖一次頭。好像要找什麼似的，雙手伸進外衣口袋，又再伸出來。好像忘了自己要找什麼似的。然後繼續：

「不，或許不是次數的問題。或許見面越多次，反而只有越混亂而已，依然無法獲得結論。她或許是有我血統的女兒，或許不是，不過是不是都沒關係。能站在那個少女前面，光是想到有這種可能性，光是以這手指觸摸到那假想，在一瞬之間新鮮的血液就能流遍我全身每個角落。或許我過去從來沒有真正理解過活著的意義。」

我保持沉默，對於免色心的動向，或對活著的定義，都沒有我可以插嘴的餘地。免色瞄一眼看來很昂貴的薄型手錶。笨拙地從沙發掙扎著站起來。

「我必須感謝您。如果沒有您在背後推我一把的話，我一個人可能什麼都辦不到。」

說完之後，他以不穩定的腳步走到玄關，花時間穿上鞋子重新綁好鞋帶，然後走出門外。我在玄關前望著他，上了車，開車離去。直到看不見Jaguar的影子之後。周遭再度被星期天下午的寂靜所包圍。

時鐘稍微過了下午兩點，我感覺非常疲倦。我從壁櫥裡拿出舊的毛毯來，在沙發躺下身體蓋上毛毯，睡了一下，醒來時已經三點過了。射進房間的陽光只稍微移動而已。好奇怪的一天，我看不清自己是往前進，還是往後退，或只在原地團團打轉，感覺方向感亂掉了。秋川笙子、麻里惠，還有免色。他們三個人，三個人分別發出個別不同的特殊強大磁力。而且我好像被三個人圍住了似的，置身在正中間，我身上沒帶任何磁力。

但不管多麼疲憊，星期天並沒有結束。因為時鐘的針才剛繞過午後三點而已。而且天色也還沒有轉黑。星期天要成為過去，明天這新的一天要來臨前還有充裕的時間。但我沒勁做任何事，睡過午覺之後，頭腦深處還留下模糊的團塊，感覺就像書桌的狹小抽屜深處，塞滿舊的毛線球那樣。是誰把那種東西勉強塞進去，因此抽屜都沒辦法推到底。或許在這種日子，我也該測一下胎壓吧。沒勁做任何事的時候，人們至少可以試著測量一下輪胎的胎壓看看。

不過試想起來，我有生以來，從來沒有測過一次自己車子胎壓的經驗。偶爾在加油站有人告訴我：「你的車子胎壓好像不夠，最好量一下。」那種時候會請人幫我量。當然我也沒有測量的儀器。不知道胎壓器到底是什麼形狀的東西。既然能放進置物櫃裡，大概不太大吧。而且價格也不至於貴到需要分期付款的程度，下次買來試用看看。

天色暗下來之後，我到廚房去，一邊喝著罐裝啤酒，一邊準備晚餐。把鰤魚的酒糟漬放進烤箱烤、切泡菜、涼拌小黃瓜海帶芽、煮蘿蔔和油豆腐的味噌湯。然後一個人默默地吃。沒有可以對話的對象，也沒有可說的話。一個人獨自快速吃完這簡單的晚餐時，玄關的門鈴響起。好像我快要用餐完畢的時候，玄關的門鈴總是會被按響。也許人家都這樣決定。

一天還沒結束，我想。預感會是個漫長的星期天。我從餐桌前站起來，慢慢走向玄關。

35 那個場所不要動它比較好

我以緩慢的腳步走向玄關。完全想不到是誰在按玄關的門鈴。如果是開車上來停在門前的話，應該聽得見那聲音，雖然餐廳位於房子的稍微後方，但因為是非常安靜的夜晚，所以車子上來的引擎聲和輪胎的摩擦聲一定會傳進耳裡才對。就算是以安靜的油電混合引擎自豪的 Toyota Prius 也該有聲音。但卻完全沒聽到聲音。

而且太陽下山之後，是不會有不開車而願意走上長途坡道上這裡來的好事者的。幾乎沒有路燈的山路既暗，又沒有人。因為是孤伶伶建在山上的房子，所以也沒有稱得上附近鄰居的人。

我想說不定是騎士團長，但怎麼想都不可能是他。因為現在，他可以隨時隨心所欲地進出這棟房子，不必特地去按玄關的門鈴。

我沒有確認對方是誰就撥開門鎖，打開玄關的門。站在門外的竟然是秋川麻里惠，穿著和白天完全一樣的衣服。但現在連帽夾克上面再多穿一件深藍色薄的羽絨外套。天黑後周遭確實變冷了，並戴著克里夫蘭印地安人隊的棒球帽（為什麼會支持克里夫蘭隊呢），右手拿著一個大手電筒。

「可以進去嗎？」她問。既沒有「晚安」，也沒有「突然來打攪很抱歉」的禮貌招呼。

「沒關係，當然。」我說。除此之外什麼也沒說，因為我腦袋的抽屜還沒關緊，裡面還有毛線球卡在那裡。

我帶她到餐廳。

「我正在吃飯，可以讓我吃完嗎？」我說。

她默默點頭。社交性這麻煩的概念，在這個少女頭腦裡並不存在。

「要不要喝茶？」我問。

她依然默默點頭。然後脫下羽絨衣，摘下棒球帽，整整頭髮。我用水壺把水煮開，並把綠茶的茶葉放進茶壺。反正我也正想喝茶。

我吃了鰤魚的酒糟漬，喝了味噌湯，吃著米飯，秋川麻里惠在餐桌以手肘托腮，像在看什麼稀奇東西似地看著我吃。簡直像在叢林裡散步途中，遇到巨大的蟒蛇正在吞食幼獾的現場，坐在附近石頭上旁觀著似的。

「鰤魚的酒糟漬是我自己做的。」為了挽救繼續加深下去的沉默，我說明。「這樣的話，就可以多保存幾天。」

她沒有顯示任何反應。甚至不確定我的話到底有沒有聽進她耳裡。

「伊曼努爾・康德（Immanuel Kant）是個生活習慣非常規律的人。鎮上的人看見他時，就會調整時鐘時刻的地步。」我試著說。

當然是沒什麼用意的發言。我只是想看看秋川麻里惠對於沒有意義的發言會有什麼反應而已。我說的話她是否有在聽？但她完全沒有顯示任何反應。眼前的沉默只有更加深而已。伊曼努爾・康德依舊每天沉默寡言謹守規矩，在柯尼斯堡一條街又一條街繼續散步。他人生的最後一句話是「這樣就好了（Es ist gut）」。也有這樣的人生。

我用餐完畢，把用過的餐具收到流理台。然後泡茶。拿著兩個茶杯回到餐桌。秋川麻里惠依然坐在餐桌前不動，盯著我的一舉一動看。就像在核校文獻細節註腳般的歷史學者那樣，眼神極其認真。

「不是搭車上來的吧？」我問。

「走路來的。」秋川麻里惠終於開口。

「從妳家到這裡一個人走來？」

「對。」

我默默等對方繼續說，秋川麻里惠也沉默。隔著餐廳的餐桌，兩個人之間繼續相當久的沉默。不過要維持沉默，我也絕不是不擅長的。畢竟在這山頂上一直都是一個人生活過來的。

「有一條祕密通路。」過一會兒之後麻里惠說。「開車來的話是有一段距離，不過穿過那條路走來，卻非常近。」

「不過我也在這附近散步過，並沒有看到那種路啊。」

「找的方法不對。」這個少女很乾脆地說。「如果很平常地走很平常地看的話，就不會發現捷徑。因為隱藏得很好。」

「是妳藏起來的嗎？」

她點點頭。「我一出生就到這裡來，在這裡長大。從小整座山就是我的遊樂場，這裡的事情每個角落我都一清二楚。」

「而且把那條通路巧妙地隱藏起來。」

她再一次用力點頭。

「而且妳沿著那條路走到這裡來。」

「對。」

我嘆一口氣。「吃過飯嗎？」

「剛才吃過。」

「吃什麼樣的東西？」

「我姑姑不太會做菜。」少女說。雖然答非所問，但我也刻意不追究。可能不太願意去回想自己剛剛吃過的東西。

「那麼妳姑姑知道妳一個人到這裡來嗎？」

麻里惠沒有回答這個，嘴唇緊緊閉成一直線。所以我決定自己回答。

「當然不知道。正常的大人是不會讓一個十三歲女孩子，天黑之後一個人在山上隨便亂走的。對嗎？」

又再繼續沉默一陣子。

「她也不知道有祕密通路的事。」

麻里惠往橫向搖了幾次頭，表示姑姑不知道通路的事。

「除了妳之外，沒有人知道那條通路。」

麻里惠點了幾次頭。

「不管怎麼樣。」我說。「從妳家的方向看來，妳一定在穿過通路之後，有經過那古祠所在的雜木林到這裡來對嗎？」

麻里惠點頭。「我知道那個小祠。也知道前不久，還用大機具把那後面的石塚挖開。」

「妳看到那操作現場嗎？」

麻里惠搖頭。「正在挖的時候沒看到，那天我去學校上課。看到的時候是地上留下很多機器的痕跡，為什麼要做那樣的事呢？」

「因為有很多事情。」

「什麼樣的事情？」

「要從頭說起的話，說來話長。」我說。於是沒有說明。其中和免色有關的事，我也想盡量不告訴她。

「那裡不應該那樣挖開來。」麻里惠唐突地這樣說。

「妳怎麼會這樣想？」

她做了一個聳肩般的動作。「那個場所不要動它比較好。因為大家一直都那樣做。」

「大家一直都那樣做？」

「長久以來一直那樣，因為那裡向來就維持那個樣子。」

確實或許正如這個少女所說的那樣，我想。那個場所或許不該去碰的。也許大家向來都這樣，但事到如今才這樣說已經太遲了。石塚已經被移開，洞穴已經被挖開，騎士團長已經被解放出來了。

「那個洞穴的蓋子是不是被妳打開過？」我問麻里惠。「往洞裡探頭窺看，然後又把蓋子蓋上，鎮石重新壓上復原。對嗎？」

麻里惠抬起頭來筆直盯著我的臉。好像在說，你怎麼會知道。

「因為蓋子上的石頭排列方式稍微不同，我的視覺記憶力向來很強。那種細微的改變我會一目了然。」

「哦？」她很佩服似地說。

「不過打開蓋子往洞穴裡一看，裡面卻是空的。除了黑暗和潮濕的空氣之外，什麼也沒有，對嗎？」

「有一個梯子靠牆壁立著。」

「妳沒下到洞穴去吧？」

麻里惠用力搖頭。好像在說，怎麼可能那樣做。

「那麼，」我說，「妳今天晚上在這種時刻到這裡來，是有什麼事？或只是社交性訪問呢？」

「社交性訪問？」

「因為碰巧來到附近，所以就過來打個招呼嗎？」

這點她稍微考慮了一下，然後輕輕搖頭。「也不算是社交性訪問。」

「那麼這是什麼性質的訪問呢？」我說。「當然如果妳要來我家玩，我也很高興，但如果事後妳姑姑或父親知道這件事的話，可能會引起奇怪的誤會。」

「什麼樣的誤會？」

「世間有各種各樣的誤會。」我說。「也有遠遠超過我們想像之外的誤會，或許我就會不被許可再以妳為模特兒作畫了，那我會非常傷腦筋。妳也會很困擾吧？」

「姑姑不會知道。」麻里惠斷然地說。「吃過晚飯後，我會回到自己房間，然後姑姑就不會到我的房間。我們有這樣的約定。所以我從窗戶悄悄溜出來，誰也不知道，一次都沒有被發現。」

「妳從以前就經常夜晚在山上到處走嗎？」

麻里惠點點頭。

「夜晚一個人在山上不害怕嗎？」

「其他還有更可怕的東西。」

「例如什麼？」

麻里惠只稍微做了一個聳肩似的動作，沒有回答。

我問：「暫且不提姑姑，那妳父親怎麼樣？」

「他還沒回家。」

「星期天也這樣嗎？」

麻里惠沒回答。好像盡量不想提到父親的事。

她說：「總之老師可以不用擔心。我一個人出來外面的事誰也不知道。而且就算知道了，我也絕對不會說出老師的名字。」

「那麼我不擔心這個了。」我說。「不過，今天晚上妳為什麼會特地來我家呢？」

「因為有話要跟老師說。」

「什麼事？」

秋川麻里惠拿起茶杯，靜靜地喝一口綠茶，然後以銳利的眼神環視周圍一圈。像要確定沒有別人在聽似的，當然周圍除了我們之外沒有任何人。如果騎士團長沒有回來，在什麼地方豎著耳朵聽的話。我也環視周圍看看，但沒看到騎士團長的身影。話雖如此，騎士團長如果沒有形體化的話，誰的眼睛都看不見他的身影。

「今天中午到這裡來的，那個老師的朋友。」她說。「白頭髮很漂亮的人。姓什麼來的，有點稀奇的姓。」

「免色先生。」

「對了，免色先生。」

「他不是我的朋友，只是不久前剛認識的人。」

「沒關係。」麻里惠說。

「那麼，免色先生怎麼樣呢？」

她瞇細了眼睛看我，然後聲量稍微降低說：「我覺得那個人心裡大概藏著什麼。」

「例如什麼？」

「這我就不知道了。不過今天下午，免色先生說只是偶然經過，我想可能不是真的。我覺得一定是有什麼事才來這裡的。」

「妳說的什麼，例如什麼樣的事呢？」我對她觀察眼光之敏銳一邊感覺有些畏怯，一邊這樣問。

她筆直地凝視我的眼睛說：「那我倒不知道。老師也不知道嗎？」

「不，我想不到有什麼。」我說了謊。我一邊祈禱，別讓秋川麻里惠的眼睛識破謊言。我向來不擅長說謊，一開始胡扯立刻臉上就會露出什麼。不過在這裡總不能說出真相。

「真的嗎？」

「真的。」我說。「他今天會來我家，我完全沒有預料到。」

麻里惠似乎算是相信我的話了。實際上，免色並沒有說今天會來我家，他的突然來訪，對我來說也是沒預期的事。我並沒有說謊。

「他的眼睛好不可思議。」麻里惠說。

「不可思議，怎麼說？」

「看起來眼睛好像經常有什麼打算似的。跟《小紅帽》裡的狼一樣。就算裝成老奶奶躺在床上，但只要看眼睛立刻就知道是狼。」

《小紅帽》裡的狼。

「換句話說，妳感覺到，免色先生有什麼負面的東西，是嗎？」

「負面的？」

「否定的東西，有害的東西，之類的。」

「負面的。」她說。然後把那用語收進她的記憶抽屜裡似的。就像「青天霹靂」那樣。

「也不是這樣。」麻里惠說。「我不認為他擁有壞的意圖。不過我覺得擁有漂亮白髮的免色先生，背後好像藏著什麼。」

「妳這樣感覺？」

麻里惠點頭。「所以我就來向老師確認，我想老師可能知道免色先生的什麼。」

「妳姑姑也和妳感覺到一樣的事情嗎？」我想轉換她的問題而問。

麻里惠稍微偏著頭想。「沒有，姑姑不會這樣想。她這個人不太會對人懷有負面的想法，而且她對免色先生很感興趣。年齡可能有點差距，但他很英俊、穿著也帥氣、好像非常有錢，而且聽說是一個人住……」

「妳姑姑對他有好感？」

「我想是，她跟免色先生談話時顯得非常高興。表情開朗，音調也有點提高。跟平常的姑姑不一樣。而且我想免色先生這邊，應該多少也感覺到那不同了。」

我對這個什麼也沒說，為兩個人的茶杯注入新的茶。然後喝了那茶。

麻里惠暫時獨自陷入沉思。「可是為什麼我們今天到這裡來的事，免色先生會知道呢，是老師告訴他的嗎？」

我盡量避免說謊地慎重選擇語言。「我想免色先生本來並沒有打算今天在這裡會見到妳姑姑。因為他知道妳們在我家之後，本來就要回去的，是我勉強把他留下來的。他是碰巧來到我家，她碰巧在那裡，看到她的姿態產生興趣了吧。因為妳姑姑是相當有魅力的女人。」

麻里惠看來雖然沒有完全認同我的說法，但也沒有再追究這個問題。只是一時之間手肘支在餐桌上，滿臉苦思的樣子而已。

「不過，總之妳們下周的星期天就要去拜訪他家了。」我說。

麻里惠點點頭。「對，因為他要讓我們看老師畫的肖像畫。而且姑姑好像很期待，星期天要去免色先生家拜訪的事。」

「妳姑姑也需要有期待的樂趣。畢竟住在這樣人煙稀少的山上，和住在都會不同，可能不太有機會認識新的男人吧。」

秋川麻里惠嘴唇緊緊閉成一直線，過一會兒才坦白地說出。

「我姑姑以前一直有個男朋友，認真交往了很久的男人。那是她來這裡以前，在東京做祕書工作時的事。不過因為很多原因，結果不順利，姑姑因此深受傷害。也因為這樣母親過世後，她就搬過來跟我們一起住。當然這並不是從她本人親口聽來的。」

「不過現在沒有交往的人。」

麻里惠點點頭。「我想現在大概，沒有交往的男人。」

「所以妳姑姑以一個女人來說，對免色懷有那樣淡淡的期待似的感覺，讓妳感覺有點擔心。所以到這裡來跟我商量，是這樣嗎？」

「嘿，你覺得免色先生是不是在誘惑我姑姑呢？」

「誘惑？」
「不是認真的。」
「這個我也不知道。」我說。「我對免色先生也沒那麼了解，而且他和妳姑姑今天下午才剛認識。具體上來說，什麼事都還沒發生。而且這種事是人的心與心之間的問題，所以事情的進展情況會有微妙的變化。一點點心的動向可能就會膨脹得很大，也有相反的情況。」
「不過我有類似預感。」她斷然地說。
雖然沒有什麼根據，但我感覺似乎不妨相信她的類似預感。那也是我的類似預感。
我說。「而且妳正在擔心會不會發生什麼事情，讓妳姑姑精神上再深深受傷一次。」
麻里惠短短地點頭。「我姑姑個性上不是很小心，也不太習慣受傷。」
「這麼說來，聽起來好像是妳在保護妳姑姑似的噢。」我說。
「在某種意義上。」麻里惠一本正經地說。
「那麼妳怎麼樣呢？妳習慣受傷了嗎？」
「不知道。」麻里惠說。「不過至少我不談戀愛。」
「但有一天會戀愛。」
「不過現在不會，在胸部稍微膨脹以前。」
「我想那不需要多久噢。」
麻里惠輕輕皺眉，可能不太相信我。

這時候我心中忽然產生一個小小的疑問。或許免色以確保和麻里惠之間的聯繫為主要目的，而刻意接近秋川笙子嗎？

免色對秋川麻里惠的事，對我這樣說。只是短暫地見一次面的話什麼也不知道，需要••••••••••••••••••••更長的時間。

秋川笙子對免色來說，應該會成為他往後繼續和麻里惠見面的重要仲介者。因為她是麻里惠實質上的保護者，而且因此免色首先有必要把秋川笙子——或多或少——掌握在手中。對於像免色這樣的男人來說，那應該絕不困難。即便不說輕而易舉。就算是這樣，我還是不願意想成他真的隱藏有那樣的意圖。就像騎士團長說的那樣，他或許是經常胸中不得不懷有某種企圖的男人。不過在我眼裡看來，他並不是這麼厲害的人。

「免色先生家是相當有看頭的房子噢。」我對麻里惠說。「可以說非常意味深長，總之看了沒有損失。」

「老師去過免色先生家？」

「只有一次，他招待我晚餐。」

「在這山谷的對面嗎？」

「從我家看大約是在正對面的地方。」

「從這裡看得見？」

我裝成思考一下。「嗯，不過小小的。」

「我想看看。」

我帶她到露台去，並指出隔著山谷，在山上的免色的住宅。庭園燈照著那白色建築物，像夜晚航行在海上的優雅客輪般淡淡地漂浮著。家裡的幾扇玻璃窗燈還亮著，都是收斂的小燈。

「就是那棟白色大房子？」麻里惠很驚訝地說。而且一直盯著我的臉看。然後什麼也沒說，視線再度轉回遠方看得見的房子。

「如果是那棟房子的話，從我們家也看得見，雖然看的角度和從這裡看有點不同。我從很久以前就很感興趣，心想到底是什麼樣的人會住在那樣的房子裡。」

「因為是很醒目的房子。」我說。「不過總之那就是免色先生的家。」

麻里惠身體像要跨出欄杆般，長久眺望著那棟豪宅。那屋頂上有幾顆星星閃爍著。沒有風，一小塊形狀固定的雲一直停留在同一個地方。好像釘在合板背景上舞台裝置的雲似的。少女不時轉頭時，烏溜溜的直髮在月光下閃閃發光。

「免色先生在那棟房子真的是一個人住嗎？」麻里惠朝我的方向問。

「是啊。一個人住那麼大的房子。」

「沒結婚嗎？」

「他說沒結過婚。」

「做什麼工作？」

「不太清楚，他說是廣義的資訊業。可能是跟ＩＴ有關的吧。不過現在，據說沒有做什麼固定的工作。他自己創業的公司賣掉了，靠那錢和股票的股息過日子。更詳細的情況我也不清楚。」

「沒做工作？」麻里惠皺起眉說。

「他自己說的。他說幾乎很少出門。」

說不定，現在我們正從這邊眺望免色家，兩個人的姿態，也許免色正用那高性能望遠鏡看著。看見夜晚的露台上並排站立的我們，他到底會怎麼想？

「妳差不多該回家了。」我對麻里惠說。「時間不早了。」

「先不提免色先生的事。」她小聲告白似地說。「老師能為我畫畫，我覺得很高興，這件事我想好好說出來。不曉得會畫成什麼樣子，我非常期待。」

「但願能畫得好。」我說，而且她說的話滿感動我的心。這個少女一提到畫的事，就不可思議地能坦然敞開心。

我送她到玄關。麻里惠穿上合身的薄羽絨衣，深深戴上印地安人隊的棒球帽。這樣一來看起來有點像哪裡的小男生。

「我送妳到途中好嗎？」我問。

「沒問題，這路我很熟。」

「那麼就下星期天見。」

不過她沒有立刻離開，還站在那裡，一隻手暫時壓著門邊。

「只有一件事讓我擔心。」她說。「是鈴的事。」

「鈴的事？」

「剛才在來這裡的路上，覺得好像聽見鈴聲，和跟放在老師畫室的鈴聲音可能一樣。」

我瞬間失去言語，麻里惠一直看著我的臉。

「在哪一帶？」我問。

「從那片樹林裡，小祠後面一帶。」

我在黑暗中側耳傾聽，但聽不見鈴聲。聽不見任何聲音，只有夜晚的沉默降臨而已。

「不害怕嗎？」我問。

麻里惠搖搖頭。「如果我不用去理會，就不害怕。」

「妳在這裡等一下好嗎？」我對麻里惠說。然後快步走進畫室去。應該放在櫃子上的鈴已經不在。那不知道消失到什麼地方去了。

36 比賽規則完全不必商量

秋川麻里惠回去之後，我再回到畫室去打開所有的燈，找遍房間的每個角落。但依然沒看見古鈴，那不知道消失到什麼地方去了。

最後看見那鈴是什麼時候的事？上星期日，秋川麻里惠第一次來我家時，她拿起櫃子上的鈴來搖，然後放回櫃子上。那時候的事我記得很清楚。在那之後有看過那鈴嗎？想不太起來。在那一星期之間，我幾乎沒踏進畫室，因為一次也沒有拿起畫筆。我雖然開始畫〈白色Subaru Forester的男人〉，但那作業卻完全動彈不得，秋川麻里惠的肖像也還沒動手開始畫。換句話說正陷入創作的瓶頸。

不知何時鈴就消失了。

然後秋川麻里惠夜晚穿過樹林時，聽見小祠後方傳出鈴聲。鈴是不是被誰拿回那個洞穴裡去了？我現在是不是應該到那洞穴去，確認那鈴聲是否實際從那裡傳出來？

但暗夜的雜木林裡，現在要一個人踏進去，實在沒有那個心情。今天一連發生許多出乎預料之外的事情，我實在有點累了。無論是誰來說，今天「出乎預料之外」的配額，應該已經太多了。

我到廚房去從冰箱拿出冰塊，放幾個到玻璃杯裡，再注入威士忌。時刻才八點半。秋川麻里惠是否平安地穿過樹林，走過「通路」，順利回到家了？應該沒問題，沒有什麼該擔心的吧。因為聽她本人說，她從小就一直把這一帶當成遊戲場。而且她是個比看起來更堅強的孩子。

我花時間喝了兩杯蘇格蘭威士忌，吃了幾片蘇打餅，然後刷牙睡覺。或許半夜又會被鈴聲吵醒，和以前一樣凌晨兩點左右。沒辦法，如果那樣的話到時候再說吧。但結果什麼也沒發生。大概沒發生吧，到第二天早晨六點半為止，我一次都沒醒來，深深的熟睡。

醒來時，窗外正下著雨。彷彿預告該來的冬季即將來臨般冷冷的雨。安靜、而執拗的雨，很像三月妻子提出要分手時所下的雨那樣的下法。妻子在提那件事的時候，我大體上背對著她的臉眺望著窗外正在下的雨。

早餐之後，我穿上塑膠披風雨衣，戴上雨帽（兩者都是旅行時在函館的體育用品店買的），走進雜木林裡。沒有撐傘。然後走到小祠後面，把蓋在洞穴上的木條板掀開一半。用手電筒仔細探照洞穴裡看看，但裡面完全是空的。既沒有鈴，也沒看見騎士團長的身影。不過為了慎重起見，我決定使用靠在牆上的梯子走下洞穴去看看。這是我第一次走下洞裡。金屬梯子由於身體的重量每走一步就會彎曲，越感到不安越發出聲響。不過結果什麼也沒找到。那只不過是個無人的洞穴。漂亮的圓形，猛一看像井一樣，但以井來說直徑又太大。如果目的在汲水，實在沒必要挖口徑這麼寬的洞。周圍石頭的砌法也過於精密細緻，就像造園業者所說的那樣。

我一邊想事情，長久一直站在那裡。因為頭上看得見切成半月形的天空，所以並不覺得有多嚴重的閉塞感。我關掉手電筒的燈，背靠在陰暗潮濕的石壁上，閉上眼睛一邊聽著頭上不規則的雨滴聲。在想什麼，自己也無法適當掌握，但總之我在那裡尋思著什麼。一個想法聯繫著另一個想法，那又連接其他的想法。不過該怎麼說才好呢，那裡有某種不可思議的感覺。怎麼說才好呢，感覺簡直就像自己被「思考」這行為本身整個吞進去了似的。

就像我擁有想法，正在活著動著一樣，這洞穴也在思考，在活著動著。在呼吸、在伸縮。我有這樣的感觸。而且我的思考和洞穴的思考在那黑暗中好像樹根糾纏起來，樹液互相交流來往似的。自己和它們像顏料般交溶混濁，那界線逐漸分不清楚。

然後終於，我被周圍的牆壁逐漸變狹窄的感覺所襲擊。胸腔裡心臟發出乾燥的聲音伸縮著，好像連心臟瓣膜張開閉合的聲音都聽得見。那裡有一種自己正逐漸接近死後世界般，冰涼的感覺。那個世界絕對不是感覺討厭的場所，不過那還不是我該去的地方。

這時我忽然恢復意識，切斷自動開始走起來的思想。而且我再度打開手電筒的開關，試著探照周圍。梯子還立在那裡，頭上還看得見和剛才一樣的天空。看到這些我安心地嘆一口氣。我想，就算天空不見了，梯子消失了也不奇怪啊。這裡是什麼都可能發生的地方。

我一邊緊緊握住梯子，一段一段謹慎地往上攀登。然後到達地面，兩腳踏在潮濕的地面，這樣才終於可以正常呼吸了。心臟的悸動逐漸收斂，然後再一次窺探洞穴底下。用手電筒的光照射每一個角落看看，洞穴像平常一樣恢復成非常普通的洞穴。那裡既沒有活著也沒有思考，牆壁沒有變狹窄。在那洞穴底下，十一月中旬的冷雨正靜靜地濡濕著。

我把蓋子還原，上面排上鎮石，依照原來的樣子正確地排列鎮石。如果有人再挪動石頭的話，我立刻就會知道。然後重新戴上帽子，從走來的路回去。

但騎士團長到底消失到哪裡去了？我邊走在林間的路上邊這樣想。前前後後兩星期以上沒看見他的身影。真奇怪，他這麼久不見蹤影，我竟然感覺有些寂寞。就算是莫名其妙的存在，就算說話方式相當奇怪，就算隨便從什麼地方擅自觀看我的性行為，對於佩帶小劍的矮小騎士團長，不知何時開始我竟然對他懷起類似親近感的感情。但願，騎士團長身上沒有發生壞事。

回到家我走進畫室，在每次坐的老舊木製圓凳坐下（那應該是雨田具彥工作時所坐的圓凳），長久注視著掛在牆上的〈刺殺騎士團長〉。我不知道該做什麼才好的時候，經常這樣沒完沒了地凝望這幅畫。怎麼看都看不膩的畫。這一幅日本畫，本來應該成為某個美術館最重要的館藏作品之一的。然而實際上卻掛在這狹小畫室的樸素牆上，成為我一個人的東西。在這之前只藏在閣樓上，沒有被任何人的眼光接觸過。

這幅畫在訴說著什麼，秋川麻里惠說。就像鳥在狹小的鳥籠裡想飛出外面的世界那樣。

那幅畫我越看越覺得，麻里惠口中說的真是命中核心，太正確了。看起來就像有什麼想要從那裡，從那被囚禁的場所，拚命掙扎著想出去外面似的。那在追求自由，和更寬廣的空間。那幅畫會如此強而有力，可能正因為其中帶有強烈的意志。就算我不知道，具體上鳥意味著什麼，籠子意味著什麼。

我那天，非常想畫什麼。我內心可以感覺到「想畫什麼」的心情逐漸高漲。簡直就像黃昏時分的潮水逐漸高漲滿溢起來那樣。卻沒有想開始畫秋川麻里惠的肖像。那還太早。等到下星期天吧。另外也還沒把〈白色Subaru Forester的男人〉那幅畫再度拿起來放到畫架上的心情，那裡潛藏著——秋川麻里惠所指出的——擁有某種危險力量的東西。

我本來打算畫秋川麻里惠，在畫架上準備了新的中目胚布。我在那前面的圓凳上坐下，長久盯著那空白。到底要畫什麼才好？但在考慮了一會兒之間，終於想到自己現在想畫什麼了。

我離開畫布前面，去拿出大型素描簿。並坐在畫室的地板上靠著牆，盤著腿，用鉛筆在那裡描繪石室的畫。不用平常的2B，而用HB。在那雜木林中，從石塚下出現的不可思議的洞穴。我讓剛剛才看回來的那光景在頭腦裡重現，並盡量詳細地描繪出來。我畫那精密細緻地堆積起來的奇妙石壁。畫那洞穴周圍的地面，畫那美麗花紋般貼在地上的濡濕落葉。像要隱藏那洞穴般覆蓋在上面的茂密芒草，被重機具的轉輪履帶輾碎了、倒伏著。

在描繪著那畫時，我再度被自己彷彿和雜木林中的洞穴化為一體般的奇妙感覺所襲。那洞確實像是自己要求被畫出來似的，要正確而精密細緻地畫。而我則為了接受這要求，幾乎無意識地動起手來。在那之間我所感覺到的，是沒有雜物，近乎純粹的造形喜悅。不知經過多少時間，當我一回神時，發現素描簿的畫面已經被黑色的鉛筆線所掩埋。

我到廚房去，用玻璃杯喝了幾杯冷水，把咖啡熱了注入馬克杯，拿著杯子回到畫室。

掀開素描簿的那一頁放在畫架上，坐回圓凳，從稍微有點距離的地方重新望著那張素描。畫上樹林中的圓形洞穴非常正確而真實地重現出來。那洞穴看來真像擁有生命一般。看來簡直比實物的洞穴，更栩栩如生。我從圓凳下來，走近前去細看，再從不同角度查看。然後發現那令人聯想到女性的性器。被履帶轉輪輾過的茂密芒草，看來則和陰毛一模一樣。

我獨自搖頭。然後不得不苦笑，非常像典型的佛洛伊德式解釋，簡直像常見的大頭評論家的說法一般。「猶如讓人想起孤獨的女性性器，這在地面所挖開的黑暗洞穴，可以視為具有顯示由作者的潛意識領域所浮現出來記憶和慾望的表象的機能。」之類的，無聊說法。

不過雖然如此，那林間圓形的不可思議的洞和女性的性器相連接想法，卻從我的腦子裡揮之不去。因此過一會兒當電話鈴響時，光聽到那鈴聲，我就預測是人妻女友打來的。

而且實際上就是她打來的。

「嘿，時間忽然空出來，從現在去你那兒方便嗎？」

我看看手錶。「可以呀。乾脆一起吃中飯吧。」

「那我買個簡單吃的過去。」她說。

「太好了。我從早上開始一直工作，所以什麼也沒準備。」

她掛斷電話。我走到臥室去把床整理乾淨，把散在床上的衣服收好，疊起來收進衣櫥抽屜裡。流理台裡早餐的餐具洗了整理好。

然後到客廳去，像每次那樣把理查．史特勞斯的《玫瑰騎士》（蕭提指揮）唱片放在轉盤上，一邊在沙發上讀著書，一邊等女朋友來。忽然想到秋川笙子不知道讀什麼樣的書。到底是什麼類的書能引起她那麼專心閱讀呢？

女朋友在十二點十五分來到。她的紅色MINI停在家門前，她抱著食品店的紙袋從她的車子下來。雨還無聲地繼續下著，但她沒撐傘。穿著黃色塑膠雨衣，雨帽蓋著頭，快步走過來。我打開玄關門，接過紙袋，就那樣拿到廚房。她脫下雨衣，裡面穿的是鮮草綠色立領毛衣。毛衣下面，看得見她兩邊乳房美麗的隆起。雖然沒有秋川笙子的胸部那麼大，但也大得適度。

「從早上就一直在工作嗎？」

「是啊。」我說。「不過不是誰委託的，是自己想畫點什麼，想到什麼就輕鬆畫下。」

「無聊之餘，興之所至，信手拈來。」

「可以這麼說。」我說。

「肚子餓了嗎？」

「不，沒那麼餓。」

「太好了。」她說。

「那麼午飯等一下再吃？」

「好啊，當然。」我說。

「你今天為什麼這麼起勁？」她在床上，過一會兒後問我。

「為什麼噢。」我說。或許是從早上開始就這麼沉迷，畫著地面挖開不到二公尺的奇妙洞穴的畫的關係。在畫著之間，開始想到那像女性的性器，因此性的慾望似乎被刺激起不少……但再怎麼樣這些也不能說出來。

「好一陣子沒見到妳了，所以我想因此而強烈想要妳吧。」我選擇比較安穩的說法開口。

「聽你這麼說，我很高興。」她指尖輕輕撫摸我的胸部一邊說。「不過其實，你是不是想抱更年輕的女孩？」

「我沒那樣想。」我說。

「真的嗎？」

「想都沒想過。」我說，而且真是這樣。我純粹享受著跟她的性交本身，根本沒想過要跟她以外的誰做這種事（當然跟柚子之間的那種行為，是完全別種成立方式的）。

雖然如此，我現在正在畫秋川麻里惠肖像的事，決定不告訴她。因為我想以十三歲美少女為模特兒作畫這件事，可能會微妙地刺激她的嫉妒心。無論任何年齡，對所有女人來說，任何年齡，都正是微妙的年齡。四十一歲也好，十三歲也好，她們經常都在面對微妙的年齡。這是我到目前為止從少數女性經驗親身學到的教訓之一。

「不過，男女的感情，真是不可思議的東西，你不覺得嗎？」她說。

「不可思議，怎麼說？」

「也就是說，像我們這樣在交往。不久之前才剛認識，卻互相赤裸裸的擁抱。非常無防備、不知羞恥。試想起來，這樣不是很不可思議嗎？」

「或許是不可思議。」我安靜地同意。

「嘿，你把這當遊戲來想想看。就算不是純粹的遊戲，也算像某種遊戲。因為不這樣想的話事情就不太合理了。」

「我試著想想看。」我說。

「那麼，遊戲需要有規則吧？」

「我想需要。」

「棒球或足球，都有厚厚的比賽規則，各種詳細的規則都一一明文化。裁判和選手都必須記住才行，要不然比賽就不成立。對嗎？」

「沒錯。」

她在這裡停頓一下，等那印象在我腦子裡確實扎根。「所以，我想說的是，我們對這個遊戲的規則，有好好談過一次嗎？我想說的是這個。有嗎？」

我想了一下然後說：「我想，大概沒有。」

「不過現實上，我們卻有根據某種假想的規則，在進行這遊戲。對嗎？」

「這麼說來，也許是。」

「所以我想可能是這樣。」她說。「我根據我所知道的規則進行遊戲，而你則根據你所知道的規則進行遊戲，我們本能的尊重彼此的規則。而且只要兩個人的規則不衝突，沒有引起混亂的話，這遊戲就可以通行無阻的進行下去。是這樣嗎？」

我想了想。「也許是。我們基本上尊重彼此的規則。」

「但同時，我想，那與其說尊重或信賴，不如說禮儀的問題吧。」

「禮儀的問題？」我重複她的用語。

「禮儀很重要噢。」

「或許確實是這樣。」我承認。

「不過如果那——信賴或尊重或禮儀——不能順利發揮作用，彼此的規則互相衝突、遊戲變成無法順利進行的話，我們的比賽就要中斷、必須定出新的規則才行。或者必須就那樣停止比賽，從競技場上退出。而且要選擇哪一種，不用說都是個重大問題。」

那正是我的婚姻生活所發生的問題，我想。我就那樣停止比賽，靜靜地離開競技場。

三月下著冷雨的星期天下午。

「那麼，」我說。「妳對我們的比賽規則，在這裡想提出重新商量的要求嗎？」

她搖頭。「不是，你什麼都不知道。我所求的，是對比賽規則完全不要有任何商量。所以，我才能赤裸裸的在你面前。這樣沒關係嗎？」

「我沒關係。」我說。

「姑且以信賴、尊重。而且尤其是禮儀。」

「尤其是禮儀。」我重複。

她伸出手，握住我身體的一部分。

「好像又硬起來了。」她在我耳邊輕聲細語。

「也許因為今天是星期一。」我說。

「星期幾，跟這個有什麼關係？」

「也許因為從早上就繼續在下雨。也許因為冬天逐漸接近。也許因為看見候鳥的關係。也許因為香菇豐收的關係。也許因為杯子裡還剩下十六分之一水的關係。也許因為妳草綠色毛衣下胸部形狀太刺激的關係。」

聽到這裡她吃吃地笑了。好像喜歡我的回答似的。

傍晚免色打電話來。他為日前星期天的事向我道謝。

我說，我沒做任何需要他道謝的事。實際上，我只不過把他介紹給她們兩人而已。然後事情要怎麼發展下去，就跟我無關了，在這層意義上，我只是個外人而已。不如說，我希望他能一直讓我保持外人的角色（雖然有預感事情可能不會這麼順利）。

「其實，今天打電話給您，是關於雨田具彥的事情。」免色打過招呼後，就這樣切入重點。「上次之後又得到一些訊息。」

他還繼續請人調查那件事。實際上無論找誰去實地調查，派人去做這樣綿密的工作應該花了相當的費用。免色對自己認為有必要的事情，是會不惜投入重金的男人。但我並不清楚雨田具彥維也納時代的經歷，為什麼對他有必要，那必要性有多大。

「這可能與雨田先生維也納時代所發生的事沒有直接關係。」免色說。「但時間上是重疊的，而且對雨田先生個人來說，應該擁有重大意義。因此我想還是先跟您講比較好。」

「時間上是重疊的？」

「我上次也提過，雨田具彥一九三九年初離開維也納，回到日本。形式上是強制遣返，實質上是從蓋世太保手中『救出』雨田具彥。日本的外務省和納粹德國的外交部祕密協商達成結論，不追究雨田具彥的罪，只把他驅逐出境。暗殺未遂事件發生在一九三八年，但伏線則是那年所發生的一連串重要事件。德奧合併和水晶之夜。德奧合併發生在三月，水晶之夜發生在十一月。由於這兩個事件，希特勒的暴力性意圖已經眾所周知。而且奧地利也被深深納入這暴力組織之內，動彈不得了。想辦法阻止這趨勢的地下抗暴運動於是產生，以學生為主，而那年雨田具彥由於和暗殺未遂事件有關連而被逮捕。這前後的過程您已經理解了吧。」

「我想大概知道。」我說。

「您喜歡歷史嗎？」

「雖然知道得不是很詳細，不過我喜歡讀歷史書。」我說。

「看看日本的歷史，那前後時期也發生過幾個重要事件。幾個**致命性的**、關係破裂無法挽回的事件。想到了嗎？」

我試著在腦子裡重新篩洗長久埋沒的歷史知識。一九三八年，也就是昭和十三年到底發生了什麼？在歐洲西班牙內戰正在激化中。德國禿鷹軍團（Legion Condor）無差別地轟炸格爾尼卡（Guernica）時。日本……？

「盧溝橋事件是那一年嗎？」我說。

「是前一年。」免色說。「一九三七年七月七日發生盧溝橋事件，以那為契機日本和中國的戰爭正式展開。而且那年十二月自此衍生了重要事件。」

那年十二月發生了什麼事？

「南京入城。」我說。

「沒錯，也就是南京大屠殺事件。日本在激烈的戰鬥之後佔據了南京市內，在那裡進行大量的殺戮。有和戰鬥有關的殺戮，有在戰鬥結束後的殺戮。日本軍因為沒有餘力管理俘虜，因此將投降的軍隊和市民大多數殺害了。正確殺害了多少人，歷史學者間對細節有異議，但總之無數市民被捲入戰鬥中被殺，是難以消除的事實。中國死亡的人數有說是四十萬人，有說是十萬人。但四十萬人和十萬人的差別到底在哪裡？」

我當然不知道。

我問：「十二月南京淪陷，許多人被殺。但那件事跟雨田具彥先生的維也納事件有什麼關係嗎？」

「現在開始我要說這件事。」免色先生說。「一九三六年十一月日德締結防共協定，結果日本和德國顯然進入同盟關係。但維也納和南京現實上距離相當遙遠，當地可能也沒有詳細報導中日戰爭的情況。但老實說，雨田具彥的弟弟繼彥卻以一個小兵參加了那場南京攻略戰。他被徵兵加入實戰部隊，當時他二十歲，就讀東京音樂學院，也就是今天的東京藝大音樂學系的在學生。正在進修鋼琴。」

「真不可思議。就我所知，當時現役的學生應該可以免除徵兵的。」我說。

「是啊，正如您所說的。現役大學生畢業以前可以延緩徵兵。但不知怎麼雨田繼彥卻被徵兵並被送到中國去，理由不明。不過總之，他在一九三七年六月被徵兵。到第二年六月為止，以陸軍二等兵屬於熊本第六師團，因為雖然住在東京，但戶籍是在熊本。所以被編入第六師團。這紀錄還留在文件裡。於是在接受過基礎訓練後，就被派遣到中國大陸，參加十二月的南京攻略戰。翌年六月除役後回大學復學。」

我默默等著他說。

「但除隊、復學不久，雨田繼彥卻了斷了自己的生命。被家人發現。他在家裡閣樓上用剃刀割腕自殺。那是夏天結束的時節。」

……在閣樓上割腕自殺？

「一九三八年夏天結束時，這麼說來……也就是弟弟在閣樓自殺身亡時，雨田具彥先生還是留學生正滯留在維也納是嗎？」我問。

「沒錯，他沒有回來日本參加葬儀。當時飛機還沒那麼發達，只能搭火車或輪船回來。所以反正也來不及參加弟弟的葬禮。」

「弟弟的自殺，和幾乎同時發生的雨田具彥在維也納的暗殺未遂事件之間，是否有什麼關聯？免色先生是不是這樣考慮？」

「也許有，也許沒有。」免色說。「那純粹只是臆測而已。我只是把調查所釐清的事實，照樣轉達給您而已。」

「雨田具彥有其他兄弟姊妹嗎？」

「有一個哥哥，雨田具彥是次男，三兄弟，死去的雨田繼彥是三男。他的自殺被當成不名譽的事，因此並沒有對外界公開。熊本第六師團是以剛烈勇猛著稱的部隊。因此從戰地歸國光榮退伍後，卻那樣自殺，對家族對社會都沒臉面對。不過。正如您所知道的，流言是會自動散播的。」

我謝謝他告訴我這情報。雖然我還不太知道，那具體上意味著什麼。

「我想再調查清楚一點詳細情況。」免色說。「如果知道什麼的話再告訴您。」

「麻煩您。」

「那麼，下星期的星期日中午過後，再去府上拜訪。」免色說。「然後我會帶她們兩位到我家。讓她們看看您的畫，那當然沒關係吧？」

「當然沒關係。那幅畫已經是免色先生所有的東西了，想讓誰看，不讓誰看，都是您的自由。」

免色暫時沉默，好像在尋找最適當的話。然後放棄似地說：「老實說，我有時候非常羨慕您。」

羨慕？

我不知道他想說什麼。免色會羨慕我什麼，我完全想像不到。他擁有一切，我什麼都沒有。

「到底羨慕我什麼？」我問。

「您一定不會羨慕誰吧？」免色說。

稍微停頓一下之後我說：「確實，好像從來沒有羨慕過誰。」

「我想說的就是這個。」

可是我連柚子都沒有了，我想。她現在不知道在哪裡，被哪個別的男人的手臂抱著。偶爾甚至會有自己一個人被遺棄在世界盡頭的心情。不過雖然如此，我還是不會覺得羨慕其他的誰。這是否該感到奇怪？

掛斷電話後，我坐在沙發，想到在閣樓房間割腕自殺的雨田具彥的弟弟。雖說是閣樓，當然不可能是這棟房子的閣樓。因為雨田具彥買這棟房子，是在戰後的事。弟弟雨田繼彥是在自己家的閣樓裡自殺的，可能是在阿蘇的老家。雖然如此，所謂閣樓這陰暗的祕密場所，弟弟雨田繼彥的死和〈刺殺騎士團長〉這幅畫連結在一起。也許只是偶然，或者雨田具彥是意識到那件事才把〈刺殺騎士團長〉藏在這裡的閣樓上。但無論如何，雨田繼彥為什麼在退伍不久，卻非要斷絕自己的生命不可？從中國戰線的激烈戰鬥總算生存下來，並五體完整返回國門了？

我拿起話筒，打電話給雨田政彥。

「可以在東京見一次面嗎？」我對政彥說。「差不多該到畫材行去，買一些顏料之類的才行了。順便想跟你聊聊。」

「好啊，當然。」他說。然後查了一下他的預定行程。結果我們定在星期四中午左右見面，並共進午餐。

「你要去四谷那家畫材行嗎？」

「是啊。需要買畫布、油也不夠了。東西可能有點重，所以開車過去。」

「我們公司附近，有一家可以靜下來談話的餐廳。我們在那裡慢慢吃飯吧。」我說。「對了，柚子上次寄了離婚協議書過來，我已經簽名蓋章寄回去了。所以我想最近離婚就會正式成立了。」

「是嗎？」雨田以有點低沉的聲音說。

「嗯，沒辦法。只是時間問題了。」

「不過聽到這個，我覺得非常遺憾。我以為你們相處得很好的啊。」

「相處得很好的時候，我也覺得相當好。」我說。就像舊的Jaguar車那樣。在沒有出問題之前，跑得非常愉快。

「那麼往後要怎麼辦？」

「沒怎麼辦哪，暫時就這樣下去，也想不到其他可做的事。」

「那麼，有在畫畫嗎？」

「有幾幅正在進行中。還不知道順不順利，不過總之有在畫。」

「那太好了。」雨田說。然後稍微猶豫一下之後，才補充似地說。「你打電話來正好。老實說，我也正好有點事想找你談談。」

「好事嗎？」

「不管好事壞事，總之無疑是事實。」

「是柚子的事嗎？」

「電話上不好說。」

「那麼，等星期四再說。」

我掛斷電話，走出露台看看。雨已經完全停了，夜晚的空氣清澄而冷冽。從雲的裂縫之間看得見幾顆小星星，星星看來就像散開的碎冰似的，幾億年來都沒有融解的堅硬的冰塊。凍透心裡。山谷對面那邊，免色家像平常那樣承受著冷冷的水銀燈模糊地浮在那裡。

我一邊眺望著那燈，一邊想著信賴、尊重和禮儀。尤其是禮儀。但當然，怎麼想都得不到任何結論。

37 任何事物都有明亮的一面

從小田原近郊山上到東京路程相當遠。我開錯幾次路，因此多花了時間。我開的中古車當然沒有附導航系統，也沒有搭載ＥＴＣ（Electronic Toll Collection）電子道路收費系統（大概有附杯架就該感謝了）。首先要找到小田原厚木道路的入口就相當費事，雖然從東名高速道路進入首都高速道路了，但因為非常塞車，因此我決定從三號線的澀谷出口下來，經過青山通到四谷去。一般道路果然也同樣塞車，要從中選擇適當的車道真是極困難的事。要找停車場也不簡單。世界似乎一年比一年變更麻煩了。

我在四谷的畫材店買了必要的東西，把那些塞進後座，然後到雨田公司青山一丁目附近停好車時，已經相當累了。簡直像到都市訪問親戚的鄉下老鼠似的。時刻已經指著超過午後一點，比約定時間遲到了三十分鐘。

我到他公司服務台說找雨田，雨田立刻下來。我向他道歉遲到。

「不用介意。」他若無其事地說。「因為餐廳和我這邊的工作都可以有時間彈性。」

他帶我到附近的義大利餐廳去，在一棟小型建築物的地下樓。他好像經常去，服務生一看到他的臉，二話不說就帶我們到裡面的小房間。沒有音樂也聽不到人聲，非常安靜的房間。牆上掛著相當不錯的風景畫，綠色岬灣和藍色天空，還有白色燈塔。題材雖然常見，但至少是能引起看畫人心想「到這種地方去看看或許不錯」的畫。

雨田點了一杯白葡萄酒，我點了沛綠雅氣泡礦泉水。

「因為還要從這裡開車回小田原。」我說。「路相當遠。」

「確實。」雨田說。「不過比起葉山和逗子要好多了噢。我有一陣子住過葉山，一到夏天要開車來往於東京，簡直像地獄。路上塞滿了到海邊去玩的車子，來回就耗掉半天工夫。這一點小田原方面沒那麼塞，還比較輕鬆愉快。」

菜單送來，我們點了午餐的特餐。生火腿前菜、蘆筍沙拉、藜蝦義大利麵。

「你總算好不容易開始想畫畫了。」雨田說。

「可能因為現在變成一個人了，不必為生活而畫。因此開始有了想為自己畫的意願吧。」

政彥點頭說：「任何事物都有明亮的一面。多麼陰暗厚重的雲，背後也閃著銀色的光輝。」

「要一一繞到雲背面去看好像太麻煩了。」

「嗯，我只是說理論上是這樣說的而已。」雨田說。

「還有，可能住進那山上的房子也有關係。因為確實是集中精神畫畫再好不過的環境了。」

「是啊，那裡特別安靜，尤其誰也不會來訪，所以不會分心。對一般人來說可能太寂寞，但對你這種族類，我就知道沒問題。」

房門開了，前菜端上桌。在排著盤子之間，我們沉默不語。

「還有那個畫室的存在可能關係也相當大。」服務生走了之後我說。「那個房間，我覺得有讓人想畫畫的什麼似的，感覺那裡會是那棟房子的核心。」

「以人體來說像心臟一樣嗎？」

「或者像意識。」

「Heart and Mind。」政彥說。「不過老實說，我對那個房間有點不行。那裡他的氣味太重，現在都覺得還飄著他的氣息呢。因為父親住在那裡的時候，幾乎一整天都泡在畫室裡，一個人默默地畫畫。而且對小孩來說，那裡是絕對不可以靠近的神聖不可侵犯的場所。可能還留著那樣的記憶吧，我現在去那棟房子，也盡量不靠近那畫室。你最好也要注意喲。」

「注意什麼？」

「別被我父親的魂之類的東西附身哪。因為他是個魂很強的人。」

「魂？」

「該說是魂，或者說像是精神之類的吧。他是氣流很強的人。而且那樣的東西時間久了之後，或許會深深染進特定場所裡也不一定；像氣味的粒子那樣。」

「會被那個附身？」

「附身的說法，或許表現得不是很好，不過說不定會受到某種影響。像氣場的力量似的東西。」

「是嗎？我只是看家的人，也沒見過你父親。所以可以不太有那種心理負擔的感覺吧。」

「說得也是。」雨田說。然後啜了一口白葡萄酒。「可能因為我是家人，所以變得特別敏感。而且，那種『氣』如果對你的創作欲有正面作用的話，那就更沒話說了。」

「那麼，你父親還好嗎？」

「嗯，沒有什麼不舒服的地方。畢竟已經超過九十歲了，因此元氣本身很難說，頭腦難免逐漸變混沌，不過拿著手杖還能走路，也有食欲，眼睛和牙齒都還好。因為他沒有一顆蛀牙，一定比我的牙齒還要堅固。」

「記憶已經衰退很多了嗎？」

「是啊，幾乎什麼都不記得了。連我這個兒子的臉，他都想不起來。已經沒有父子或家人這種觀念了，或許連自己和別人的區別都曖昧不明了。如果換一種觀點的話，這種情況也很乾脆，或許反而輕鬆也不一定。」

我一邊喝著注入細長杯子的沛綠雅一邊點頭。雨田具彥現在已經連獨生子的臉都記不得了，維也納留學時代所發生的事情，應該也已經消失到遙遠的忘卻邊土去了。

「但雖然如此，剛才所說的像氣流般的東西，好像還留在他本人身上。」雨田感慨很深地說。「真不可思議。過去的記憶幾乎都已經消失掉了，但像意志力之類的東西卻還好好的留在那裡。一看就知道，真是個氣相當強的人。身為兒子的我沒有繼承到這種資質這件事，覺得有一點抱歉，但也沒辦法。每個人天生器量就各有不同，不是光有同樣的血統，就能繼承那資質的。」

我抬起頭，重新從正面看他的臉。雨田難得這樣坦白地吐露心情。

「擁有偉大的父親一定很辛苦吧。」我說。「我完全不清楚那是怎麼回事，因為我父親只是不太怎麼樣的中小企業的經營者。」

「父親有名的話，當然也有好處，也有不太有趣的事。以數量來說，可能無趣的方面稍微多一點。你的情況，不知道這種事算你幸運，可以自由自在做自己。」

「我看你也活得很自由啊。」

「某種意義上是。」雨田說。然後轉著手上的葡萄酒杯。「但某種意義上不是。」

雨田也具備相當敏銳的美的感覺。大學畢業後就在中堅廣告公司上班，現在已經領到相當高的薪水，過著輕鬆的單身都會生活，似乎享受著自由。不過實際上怎麼樣，我當然並不清楚。

「關於你父親的事我有一點想問你。」我提出來。

「什麼樣的事？被你一說，我對我父親的事也知道不多。」

「我聽說你父親有一個弟弟，名叫繼彥先生。」

「沒錯，確實父親有一個弟弟，算是我叔叔。不過這個人很久以前就死了，那是在日美戰爭開始之前的事。」

「我聽說是自殺的。」

雨田臉色稍微陰沉。「是的，這是家族內的祕密，是很久以前的事了，有一部分人已經知道。所以我想說也沒關係吧，叔叔是用剃刀割腕自殺的，才二十歲那麼年輕。」

「自殺的原因是什麼？」

「為什麼想知道這個？」

「我想知道你父親的事，所以查了各種資料，查到這件事。」

「想知道我父親的事？」

「我看了你父親所畫的畫，在查履歷之間，漸漸感興趣。對於他是什麼樣的人，我想知道更詳細一點。」

雨田政彥隔著餐桌看著我的臉一會兒。然後說：「可以呀，你對我父親的人生開始感到興趣。這或許是有意義的事，你會住進那棟房子可能也是某種緣分。」

他喝一口白葡萄酒。然後開始說。

「叔叔雨田繼彥，當時是東京音樂學校的學生。據說是個有才華的鋼琴家。擅長的領域是蕭邦和德布西，前途頗被看好的樣子。自己口中說來有點怎麼樣，不過我們家的血統似乎藝術才華相當不錯。不過，程度有別。可是他在大學在學中，二十歲時被徵兵。要問為什麼嗎？因為大學入學的時候，提出的延緩徵兵申請文件不完備。那文件只要妥當提出申請，就可以暫且免於徵兵的，後來也可以好好通融。我祖父是地方的大地主，在政界也有點名望，然而似乎在事務上出了差錯。對本人來說也是青天霹靂的意外。但系統這東西一旦動起來，就不容易停止。總之，不容分說就被軍隊帶走，成為步兵部隊的一個小兵，在內地接受基礎訓練後便被送上運輸船，到中國的杭州灣登陸。當時，哥哥具彥——也就是我父親——正在維也納留學，跟隨當地的有名畫家學習。」

我默默聽著。

「叔父體格並不強壯，神經又纖細，一開始就非常清楚知道無法忍受嚴格的軍隊生活和血腥戰鬥。而聚集南九州軍隊所成的第六師團更以粗暴聞名。因此知道他被出乎意料之外地拉進軍隊送到戰地，我父親非常心疼。父親是次男，個性比較好勝堅強，弟弟則是被溺愛長大的老么，個性內向性格文靜。而且為了當鋼琴家，手指必須特別珍惜保護才行，因此他總是保護比自己小三歲的弟弟身體免於各種外部的壓力。這對我父親來說似乎是從小養成的習慣。換句話說，他一直扮演著保護者的角色。然而現在自己卻遠在維也納，因此怎麼想都幫不上忙。只能常常從收到的信中，知道弟弟的消息。

戰地來的信當然要接受嚴格檢查，但因為是親兄弟，從那抑制的字面看來，也可以讀取弟弟內心的動向。從巧妙偽裝的文脈，可以大約推測、理解原來的文意。他得知弟弟的部隊從上海到南京所經過之地都經歷激烈戰鬥，途中重複進行的無數殺人行為、掠奪行為。還有神經纖細的弟弟，似乎從這些無數血淋淋體驗中，背負了深深的心理傷害的事。

他的部隊佔領了南京市內一所基督教會，裡面有一台美好的管風琴，弟弟的信上這樣寫著。管風琴完全無傷地留著。但接下來關於風琴的長長描述，卻被檢閱官之手用黑墨塗掉（為什麼基督教會的風琴描寫會成為軍事機密呢？以這部隊來說，擔任檢閱官的檢閱基準相當奇怪。經常似乎應該塗掉的危險地方卻往往遺漏沒塗，而應該不必塗掉的地方卻被塗得黑漆漆的。），所以弟弟是否得以演奏那管風琴，也不得而知。

繼彥叔父在一九三八年六月服完一年的兵役之後，立刻辦了復學手續，但實際上並沒有復學，就在老家的閣樓房間裡自盡了。他把刮鬍子用的剃刀磨利，用那個割腕。鋼琴家自己割腕自殺，一定需要下極大的決心。因為如果獲救的話可能也無法再彈鋼琴了啊。他被發現時，閣樓上已經染成一片血海。他自殺的事對世間極力隱瞞。對外只說是心臟病發或什麼而死的。

繼彥叔父因戰爭體驗而深深受傷，精神被破壞得支離破碎，因此終於自己了斷生命，這在誰看來都是一目了然的事。因為除了彈奏優美的鋼琴曲之外，什麼也不想的二十歲青年，竟然被放進那死屍累累的南京戰場中。現在大家會想到心理創傷或精神創傷，但當時是徹底的軍國主義社會，並沒有那樣的用語和概念。只會說是性格軟弱、沒有毅力、缺乏愛國心就算了事。在當時的日本這種『軟弱』既不被理解，也不被接受。只會當成是家族的恥辱而被埋葬在黑暗之中。」

「沒有遺書之類的嗎？」

「有遺書。」雨田說。「據說留下相當長的遺書，在自己房間書桌的抽屜裡。與其說是遺書，不如說好像幾乎是接近手記的東西。上面綿密地記載著繼彥叔父在戰爭中所體驗過的事情。讀了那遺書的是叔父的雙親（也就是我祖父母）、長兄、我父親，這四個人而已。從維也納回來的父親讀過之後，遺書在四個人面前就被燒掉。」

我什麼也沒說地等他繼續說。

「父親對那遺書的內容守口如瓶。」政彥繼續。「一切都當成家庭的黑暗祕密封印起來——如果以比喻來說——就像綁上重石沉入深海底下。不過只有在一次酒醉時，父親把那大概內容告訴我。當時我還是小學生，我那時候第一次知道有一位自殺的叔父。父親會告訴我，可能真的是因為喝醉了，或想到遲早必須告訴我，這就不清楚了。」

沙拉盤子被收下，端出藜蝦義大利麵來。

政彥拿起叉子，以認真的眼光看著那個。像在檢查為了特殊用途而製造的工具那樣。然後說：「嘿，老實說，不是很想一邊吃飯一邊談這話題的。」

「那麼就談談別的什麼吧。」我說。

「談什麼？」

「盡量遠離遺書的事。」

我們一邊吃著義大利麵一邊談高爾夫。我當然沒有打過什麼高爾夫，周圍也沒有一個打高爾夫的人。連規則都幾乎不知道。但政彥有工作上的應酬，最近開始經常打高爾夫。也有為了消除運動不足的目的。花錢買齊了整套道具，開始一到周末就去高爾夫球場報到。

「你一定不知道，高爾夫真是妙透了的遊戲。沒有比這更奇妙的運動了。完全不像其他任何運動。我覺得不如說連稱為運動，都相當勉強。不過不可思議的是，一旦習慣了那奇妙之後，就走上不歸路了。」

他善辯地說著那競技的奇妙處，也告訴我各種奇特的故事。政彥本來就是個口才很好的男人，因此我一邊愉快地聽著他說話一邊用餐。兩個人好久沒有這麼輕鬆地笑了。

義大利麵盤子收下，咖啡端上來時（政彥不要咖啡，續了杯白葡萄酒），政彥回到原來的話題。

「回到遺書的事。」口氣忽然收斂。「我父親告訴我，上面寫著繼彥叔父被迫去做俘虜斬首的事。非常血淋淋而詳細。當然兵卒並沒有帶軍刀，過去他也沒拿過日本刀。因為是鋼琴師啊。雖然能讀複雜的樂譜，卻完全不知道如何使用斬人的刀。不過長官交給他日本刀，命令他用那個把俘虜的頭切下。雖說是俘虜但並沒有穿軍服，也沒有拿武器。年齡也已經不年輕了，本人也說自己不是軍人。他們只是隨便把旁邊的男人捉來，綁起來殺掉而已。查看手掌，如果粗粗的有長繭的話就是農夫，有時可能會釋放。但如果有手柔軟的，就認定是脫掉軍服扮成市民打算逃走的正規軍，不須問答就殺掉了。殺法或用步槍的刺刀去刺，或用軍刀砍脖子。二者之一。如果旁邊有機關槍部隊的話，就排成一列讓他們噠噠噠噠整批掃射，但一般步兵部隊因為子彈可惜（子彈的補給有時遲緩），因此大多使用刀類。屍體整批流入揚子江。揚子江有許多鯰魚，會把那一一吃掉。傳說真假難分，但據說當時揚子江有肥得像小馬般大的鯰魚。

上級長官把軍刀交給叔父，要他把俘虜的頭砍下。陸軍士官學校剛畢業的年輕少尉，叔父當然不想做那種事。但長官的命令不得抗拒，否則事情就嚴重了，並非接受制裁就能了事。因為身在帝國陸軍，長官的命令就等於天皇的命令。叔父用顫抖的手勉強揮起刀子，卻沒有力氣，而且使用的是大量生產的便宜軍刀，但人的頭並不那麼容易砍落，沒辦法順利殺死，只弄得全身血淋淋的，俘虜痛苦得滿地打滾，眼前光景真是慘不忍睹。」

政彥搖著頭，我默默喝著咖啡。

「叔父後來吐了。胃裡沒東西可吐之後，吐胃液，胃液也沒了，再吐空氣。因此被周圍的士兵嘲笑。說沒用的東西，長官還用軍靴朝他腹部猛踢。誰也沒同情他，結果他總共斬了三次俘虜的頭，說為了練習，讓他做到習慣為止。據說那就像是身在軍隊，必須通過的儀式似的。要能經驗過那樣的煉獄才能成為一個真正的軍人。但叔父一開始並不想當軍人，也沒有被這樣磨練過。而是為了彈蕭邦和德布西優美的曲子而出生的男人，不是為了砍人頭而出生的。」

「哪裡有為了砍人頭而出生的人呢？」

政彥又再搖頭。「這種事情我不知道，不過能夠習慣砍人頭的人應該不少。人會習慣很多事情。尤其如果被迫處在極限狀態的話，或許意外乾脆地習慣也不一定。」

「或者如果賦予那行為某種意義或正當性的話。」

「沒錯。」政彥說。「而且大多的行為，都被賦予某些意義和正當性。老實說我沒有自信。一旦被丟進像軍隊這種暴力系統中，長官命令一下來，無論多不合理的命令，多沒人性的命令，我能對那清楚地說ＮＯ嗎？恐怕沒那麼堅強。」

我也試著想想自己。如果處在同樣的狀況，我會如何行動呢？然後我忽然想起，在宮城縣的一個港村共度一夜的不可思議女子的事。在性行為之中，她交給我一條浴袍腰帶，年輕女子說你用這個在我脖子上用力絞。雙手握著的那毛巾質料的腰帶的感觸，我可能忘不了吧。

「繼彥叔父無法抗拒那長官的命令。」政彥說。「叔父沒有那勇氣和實行力，但後來，他能磨利那剃刀，斷絕自己的生命，自己做了個總結。我想在這層意義上，叔父絕對不是個軟弱的人。斷絕自己的生命，對叔父來說，是恢復人性的唯一方法。」

「而且繼彥先生的死，帶給在維也納留學中的令尊很大的打擊。」

「那不用說。」政彥說。

「我聽說你父親在維也納時代被捲進政治事件，被送還日本，但那事件和弟弟的自殺有什麼關係嗎？」

政彥交抱雙臂，表情嚴肅。「這點我不清楚。因為父親對維也納事件，一句話都沒提過。」

「我聽說跟你父親戀愛的女孩是反抗組織的成員，因為這層關係他和暗殺未遂事件扯上了關係。」

「是啊，我聽說，父親戀愛的對象是維也納大學的奧地利女孩，兩個人還約定要結婚的。由於暗殺事件機密洩漏她被逮捕，被送進毛特豪森集中營。可能在那裡喪失性命了。我父親也被蓋世太保逮捕，一九三九年初以『不受歡迎的外國人』被遣返日本。當然這不是從父親直接聽來的，而是從親戚那裡聽到了，不過可信度相當高。」

「關於令尊對事件沒說什麼，可能有人要他保密嗎？」

「噢，大概有吧。父親在被遣送出境時，應該日德雙方當局都曾嚴格叮嚀，希望對事件保密。可能閉口不提，是他保住性命的重要條件吧。而且父親自己對那事件，似乎也不想說什麼。因此戰爭結束後，要他保密的人不在以後，他依然同樣閉口不提。」

政彥在這裡稍微停頓。然後繼續：

「只是我父親，之所以加入維也納的反納粹地下反抗組織，確實可能是因為繼彥叔父的自殺成為一個動機。慕尼黑會談後暫且避免了戰爭，但柏林和東京的軸心國強化，使世界朝向更危險的方向前進。父親應該強烈地想過，這種趨勢必須在什麼地方阻止。父親是非常重視自由的人，他和法西斯主義和軍國主義的想法完全不合。弟弟的死我想對他來說一定具有重大意涵。」

「除此之外還知道什麼嗎？」

「我父親是一個不會對別人說自己人生的人。既不接受新聞和雜誌的採訪，關於自己也沒有寫下什麼紀錄留下。反倒是把自己在地上留下的足跡，用掃把仔細消除，一邊往後倒著走似的人。」

我說：「而且你父親從維也納回來，然後到戰爭結束為止，也完全沒有發表作品，深深保持沉默。」

「是的，父親有八年左右始終保持沉默。從一九三九年到四七年，在那之間似乎盡量遠離畫壇之類的地方。他本來就討厭那樣的地方，許多畫家很高興地畫著讚揚戰爭的國策，也讓父親不喜歡。幸虧老家富裕，不必擔心生活。幸運的是，並沒有被戰爭中的軍隊拉去。不過無論如何，到戰後的混亂告一段落之後他重新現身畫壇時，雨田具彥已經完全變身成日本畫家。把以前的畫風捨棄得一乾二淨，完全換成新的畫法。」

「而且後來成為傳說。」

「正是那樣。後來成為傳說。」政彥說。然後手在空中做了一個輕輕揮掉什麼似的動作。簡直像有棉絮般飄浮在那裡，會妨礙正常呼吸似的。

我說：「不過聽你這麼說，我覺得他在維也納留學時代所經驗的事，對你父親往後的人生好像投下某種巨大的陰影。不管那是什麼樣的事。」

政彥點頭。「是啊。我也確實這樣感覺。父親住在維也納期間所發生的事，對他後來所走的路產生巨大的改變。那個暗殺計畫的挫折，一定含有幾個黯淡的事實。無法簡單口述的那種極為悽慘的事。」

「但具體細節卻無從得知？」

「不知道。從以前就不清楚，現在就更難以得知。而今，連他本人應該也不太記得了。」

是這樣嗎？我忽然想。人有時候會忘記本來該記得的事，卻想起應該已經忘記的事。尤其在面對即將來臨的死亡的時候。

政彥喝完第二杯白葡萄酒，看看手錶。然後輕輕皺眉。

「我差不多該回公司了。」

「你不是有事要告訴我嗎？」我忽然想起來問道。

他也想起來似的輕輕敲敲桌子。「啊，對了有一件事必須告訴你。不過卻被我父親的話題佔掉時間了，下次找機會好好談。反正，不急在一時。」

我在站起來之前，重新看看他的臉。然後問。

「為什麼能跟我說這麼詳細呢？連你家庭的微妙祕密。」

政彥把雙手攤開放在桌上，考慮了一下。然後搔搔耳垂。

「這個嘛，首先第一點，我可能也是對自己一個人抱著這種『家庭的祕密』之類的事覺得有點累了。或許想對誰說說。最好是口風緊，現實上沒有利害關係的誰。在這層意義上，你正好是理想的傾聽者。而且老實說，我覺得對你有一點個人的虧欠。想要以什麼形式還你。」

「個人的虧欠？」我驚訝地說。「虧欠什麼？」

政彥瞇細了眼睛。「其實本來我要談那個的。不過今天已經沒時間了。接下來有預定約會。下次再找機會到什麼地方慢慢聊。」

政彥付了餐廳的帳。「別在意，這一點沒什麼。」他說。我就懷著感謝讓他請客。

然後我開著Corolla廂型車回到小田原。在家門前停下滿是灰塵的車時，太陽已經落入西山邊。成群的烏鴉邊啼叫著，邊朝山谷飛著歸巢去了。

38 那樣實在無法成為海豚

在星期日早晨來臨前，我在為秋川麻里惠的肖像畫所準備的新畫布上，大致整理就緒現在開始要畫什麼樣的畫的想法。不，還不知道具體上會畫什麼樣的畫。但已經知道怎麼樣開始畫會比較好。首先，在雪白的畫布上要上什麼顏色的顏料，用什麼筆往什麼方向畫才好，這些想法在腦子裡不知從什麼地方，總之已經產生了，那終於得到立足點，一點一點在我心中以事實確立起來。我喜愛這樣的過程。

冷冷的早晨。告知冬天已經來在眼前的早晨。泡了咖啡，吃過簡單的早餐，走進畫室準備必要的畫材，站在放好畫布的畫架前。不過那畫布前，放著用鉛筆細密描繪雜木林裡洞穴的素描簿。幾天前的早晨，沒有特定意圖和目的，只是興之所至隨意畫的素描。我連自己畫過那樣的畫的事，都忘了。

不過站在畫架前，有意無意地望著那素描簿之時，我的心逐漸被畫在那裡的光景所吸引。雜木林裡不為人知張開如口般謎樣的石室，周圍濡濕的地面，堆積著色彩繽紛的落葉。從樹枝之間投射下來一道道的陽光。那樣的情景，變成上了色彩的畫面，浮上我的腦海。想像力湧上來，把具體細部一一填滿。我吸進那裡的空氣，嗅著草的氣味，耳裡聽得見群鳥的啼聲。

在大型素描簿上用鉛筆細密描繪出來的那洞穴，彷彿要把我強烈地引誘到什麼——或某個地方去似的。那洞穴要求被我畫出來。我這樣感覺到。我很少想畫風景畫，因此非常稀奇。畢竟我這將近十年都只畫人物畫。偶爾畫風景也不錯吧。「雜木林中的洞穴」。這鉛筆畫或許會成為那原稿。

我把那素描簿從畫架上拿下來，闔上頁面。畫架上只剩下純白的新畫布。現在開始應該要畫秋川麻里惠肖像的畫布。

十點稍前，像平常那樣藍色的Toyota Prius安靜地開上坡道來。車門打開，秋川麻里惠和姑姑秋川笙子下了車。秋川笙子穿著長度較長的深灰色人字紋外套，淺灰色毛裙，有花紋的黑襪。脖子上圍著Missoni色彩豐富的圍巾。時尚而都會感的晚秋裝扮。秋川麻里惠則穿著寬大的棒球夾克、連帽運動衫、開洞的牛仔褲、藍色Converse帆布鞋，和上次大致相同的模樣。沒戴帽子。空氣已經帶有寒意，天空覆蓋著一層薄薄的雲。

簡單打過招呼，秋川笙子就在沙發坐下，照例從皮包裡拿出厚厚的文庫本，精神集中在書上。我和秋川麻里惠留下她走進畫室。像平常那樣我在木製圓凳上坐下，麻里惠坐在簡樸的餐廳椅上。兩人之間保持兩公尺左右的距離。她脫下運動夾克摺起來放在腳下，也脫下連帽運動衫，底下是兩件重疊的T恤。灰色長袖T恤上，套著深藍色短袖T恤。胸部還沒有隆起。她用手指梳理一下黑色筆直的頭髮。

「不冷嗎？」我問。畫室雖然有舊式石油暖爐，但沒有點火。

麻里惠只輕輕搖頭，表示不冷。

「今天起要在畫布上開始畫。」我說。「不過，妳不必特別做什麼。只要坐在那裡就可以。因為其他是我的問題。」

「不能什麼都不做。」她一邊注視我的眼睛說。

我雙手放在膝上看著她的臉。「那是什麼意思？」

「因為我是活著的，會呼吸，會想各種事情。」

「當然。」我說。「妳當然可以盡情呼吸，可以隨便愛想什麼就想什麼。我想說的是，妳不必特別做什麼。妳只要是妳就行了，這樣對我來說就可以了。」

但麻里惠還是筆直看著我的眼睛，好像這樣簡單的說明她還無法接受。

「我想要做些什麼啊。」麻里惠說。

「例如什麼？」

「想幫助老師畫畫啊。」

「這非常感謝，不過妳說幫助，怎麼幫呢？」

「當然是精神上的。」

「哦。」我說。不過她要如何精神上幫助我，具體上我想不起來。

麻里惠說：「如果可能的話，我想進入老師的裡面。正在畫我時的老師的裡面，然後從老師的眼睛看我。那麼，也許我就可以更深入地理解我了。於是透過這樣做，或許老師也可以更深入理解我。」

「如果能那樣的話，我想會非常好。」我說。
「真的這樣想嗎？」
「當然真的這樣想。」
「不過那樣因情況的不同，或許也相當可怕。」
「更理解自己是嗎？」
麻里惠點頭。「為了更理解自己，卻必須從別的地方拉出另一個東西來。」
「如果不加上某種別的，第三者的要素，就無法正確理解自己是嗎？」
「第三者的要素？」
我說明。「也就是要正確知道Ａ和Ｂ的關係的意思，有必要加上一個Ｃ這個別的觀點。這叫三點測定。」
麻里惠想了一想，做了一個類似輕輕聳肩的動作。「大概吧。」
「而且加在那裡的什麼，依情況而定有時可能是可怕的東西。這是妳想說的嗎？」
麻里惠點頭。
「妳以前有過這種可怕的感覺嗎？」
麻里惠沒有回答那問題。
「如果我能正確畫出妳來的話。」我說。「我的眼睛所看到的妳的身影，說不定妳也可以用自己的眼睛看到。當然我是說如果順利的話。」
「所以我們才需要畫。」

「沒錯，我們因此而需要畫。或文章，或音樂，我們因此而需要這些東西。」

如果順利的話，我對自己這樣說。

「開始畫囉。」我對麻里惠說。然後一邊看著她的臉，一邊準備底圖的茶色。並選擇第一支畫筆。

工作緩慢，但順利地進行著。我在畫布上畫出秋川麻里惠的上半身。美麗的少女，但我的畫並不特別需要美麗。我所必要的，是隱藏在那深處的東西。換一種說法，就是那外在必須當成補償添加上去。我要找出那什麼來，帶進畫面裡去才行。那不一定需要是美的東西。有時依情況不同，可能是醜的東西。無論如何不用說，要找到那什麼，我必須正確理解她不可。不是以語言和邏輯，而必須以一種造形、光和影的複合體來掌握她。

我集中意識，在畫布上累積線與色。時而迅速、時而花時間慢慢磨。在那之間麻里惠表情完全沒有改變，在椅子上安靜坐著。但我知道她是將意志力堅強地集中在一起，繼續保持不動的。我可以感覺得到其中所動用的力量。「不可能什麼都不做。」她說，而且她是在做著什麼。可能為了幫助我。我和那十三歲的少女之間，無疑存在著交流似的東西。

我忽然想起妹妹的手。一起進入富士的風洞時，在冷颼颼的黑暗中，妹妹緊緊的繼續握著我的手。小而溫暖，但力道強得驚人的手指，我們之間確實有生命的交流。我們在給予什麼的同時，也在接受著什麼。那是在限定的時間裡，在限定的場所才可能發生的交流。終於淡化後消失了。但記憶卻留下來。記憶可以溫暖時間。而且——如果順利的話

——藝術可以使那記憶變成有形的，可以留在那裡。就像梵谷讓無名的鄉下郵差，以集合的記憶直至今日還活著並被珍惜保存那樣。

大約兩小時左右，我們沒有開口各自集中精神在工作上。

我用以油稀釋淡化的單色顏料，把她的姿勢在畫布上建立起來。那成為底稿。麻里惠在餐廳椅子上，繼續不動地保持她自己的模樣。到了中午從遠方傳來每次相同的鐘聲。我聽到那鐘聲，知道約定的時間到了，結束工作。放下調色盤和畫筆。在圓凳上盡量伸直背脊，然後這時才終於發現，自己非常疲倦。我大大地吐出一口氣，放鬆精神，麻里惠這時也才第一次放鬆身體的力量。

我眼前的畫布上，麻里惠的上半身像以單色形塑出來。以後要描繪她肖像的重要主幹結構已經建構出來。還只是粗略的架構，但那骨骼的中心，是她之所以成為她的熱源般的東西。雖然那還隱藏在深處，但只要能捕抓住那大約的理想狀態，接下來就容易調整了。這裡需要的只有添加必要的肌肉而已。

對那畫到一半的畫，麻里惠沒有問任何事情，也沒有說讓她看。我也沒有特別說什麼。我太累了，說不出話來。我們都無言地走出畫室，移到客廳。在客廳沙發上，秋川笙子還專心地在讀著文庫本。她把書籤夾進書頁闔上書，摘下黑框眼鏡，抬起頭來看我們。然後臉上露出稍微驚訝的表情，我們兩人的臉色一定都相當疲倦的樣子。

「工作進展順利嗎？」她稍微擔心地問我。

「到目前為止還算順利。不過還在中途階段。」

「那太好了。」她說。「如果您不嫌棄的話，我可以到廚房去泡茶嗎？其實我已經在燒開水了，也知道紅茶的茶葉在哪裡。」

我稍微吃驚地看著秋川笙子的臉。她臉上露出高雅的微笑。

「好像很厚臉皮，不過如果妳能幫我做的話我會非常感謝。」我說。其實，我正好非常想喝熱紅茶，但又實在不想站起來去廚房燒開水。竟然累到這個地步。好久沒有因為畫畫而感覺這麼疲憊了，不過那當然也是很舒服的疲憊感。

過了大約十分鐘，秋川笙子端著裝有三個杯子和茶壺的托盤回到客廳來。我們分別安靜地喝了紅茶。麻里惠移動到客廳之後還沒開口說一句話，只偶爾舉起手，撥一下覆蓋在額頭的瀏海而已。她重新穿上厚厚的棒球夾克，好像要保護身體避開什麼似的。

我們就一邊靜靜的合乎禮儀地喝著紅茶（誰也沒發出聲音），一邊恍惚地置身於星期天下午的時光之流中。暫時之間誰也沒開口，但當下的沉默非常自然，而合理。然後終於一陣熟悉的聲音傳進我耳裡。剛開始，那聽來彷彿是在遠方的海岸義務性倦怠地翻湧的，不起勁的海浪聲。聲量逐漸加大，終於變成清晰連續的機械聲。四．二公升八汽缸力量足夠的引擎，十分優雅地消費著高級汽油石化燃料的聲音。我從椅子上站起來走到窗邊，從窗簾縫隙看見那輛銀色車子的模樣。

免色穿著淺綠色開襟毛衣，裡面是奶油色襯衫，和灰色毛長褲，都清潔而筆挺。看來好像才剛從洗衣店送回來的似的，不過都不是新的，而是適度穿舊的。不過因此而顯得更清潔。多而厚的頭髮也像平常那樣純白而閃亮。他的頭髮無論冬天夏天，晴天陰天，和季節與天候無關，經常都白而閃亮嗎？只是那閃亮方式的傾向略有變化而已。

免色從車上下來關上車門，抬頭看看陰雲的天空，像在考慮天候問題（在我眼裡看來像在考慮什麼），然後下定決心，慢慢往玄關走來。然後按門鈴。好像詩人在選擇要放在重要地方的特別語言時那樣，慎重地花時間。雖然那怎麼看都只是個舊門鈴而已。

我打開門，領他到客廳。他微笑地向兩位女士打招呼，秋川笙子站起來迎接他。麻里惠繼續坐在沙發，用指尖纏弄著頭髮，幾乎不看免色那邊。我讓大家在椅子上坐下。我問免色要不要喝茶，免色說不用客氣。搖了幾次頭。手也搖了。

「怎麼樣，工作順利嗎？」免色問我。

我回答，馬馬虎虎還算順利。

「怎麼樣？當畫畫的模特兒也滿累的吧？」免色問麻里惠。免色眼睛直視好好地跟麻里惠說話，就我所知這還是第一次。免色的緊張從那聲調聽來可以稍微感覺得出，但今天的他即使麻里惠在眼前，他已經不會再臉忽然變紅或發青，表情也幾乎和平常沒有兩樣。似乎可以適度控制情緒了，也許他做了某種自我訓練。

麻里惠並沒有回答那問題。只在嘴裡小聲咕囔著意味不明的什麼而已。她雙手的手指，緊緊在膝上交握著。

「不過她很期待星期天早晨到這裡來喲。」秋川笙子為了打破沉默而補充說明。

「要當畫畫的模特兒是相當辛苦的。」我可能不太有用，但還是試著幫忙。「我覺得麻里惠相當努力，幫了我很大的忙。」

「我也在這裡當過一陣子模特兒，要當畫畫的模特兒好像有點怪怪的。有時候覺得好像魂魄都會被偷走似的。」免色這樣說著笑了。

「不是這樣。」麻里惠幾乎像耳語般說。

我、免色和秋川笙子，幾乎一起同時看麻里惠的臉。

秋川笙子好像不小心把不對的東西放進口中，咬下去的人那樣的表情。免色的臉上露出純粹的好奇心。我始終是個中立的旁觀者。「那麼是怎麼樣？」免色問。

麻里惠以沒有抑揚的聲音說：「沒有被偷走，而是我拿出去什麼，我接收到什麼。」

免色以安靜的聲音，很佩服似地說：「妳說的沒錯，我的說法可能太單純了。當然其中必須要有交流才行，因為藝術行為絕對不是單方面的東西。」

麻里惠沉默不語。就像身體毫不動彈地站在水邊好幾小時，只一直凝視著水面的孤獨夜鷺那樣，這位少女筆直凝視著桌上的茶壺。白色素面的陶器到處可見的茶壺。雖然相當舊了（雨田具彥用過的東西），只為實用所做的，上面並沒有值得仔細檢視的特別趣味。邊緣也有點缺陷。只是當時的她，需要某個可以集中精神注視的東西。

沉默降臨室內，令人想起什麼都沒寫的純白廣告看板的沉默。

藝術行為，我想。那語言聽起來似乎有召喚周圍的沉默進來的感覺，簡直就像空氣會把真空填滿那樣。不，這種情況反倒應該是真空會把空氣埋掉吧。

「如果要到我家去的話，」在那沉默中，免色誠惶誠恐地向秋川笙子提出。「要不要一起搭我的車子？然後我會再送妳們回到這裡。後座有點窄，不過到我家的路相當複雜又狹小，所以我想同一輛車子去會比較輕鬆。」

「嗯，這樣當然很好。」秋川笙子毫不猶豫地回答。「就搭免色先生的車。」

麻里惠還在望著白色的茶壺，一直在想什麼。不過我當然不知道她心裡在想什麼，在考慮什麼。我也不知道，她們午餐怎麼辦。不過免色一定沒問題，不需要我一一去擔心。他應該有考慮到。

秋川笙子坐在Jaguar的副駕駛座，麻里惠坐在後座。兩個大人坐前面，小孩坐後面。沒有特別商量，自然就這樣安排座位。我站在大門前，目送那輛車安靜地開下斜坡，從視野消失。然後回到家裡，把紅茶的茶杯和茶壺收到廚房洗了。

然後我把理查·史特勞斯的《玫瑰騎士》唱片放在轉盤上，躺在沙發上聽這音樂。沒什麼特別的事要做時，就這樣聽理查·史特勞斯的《玫瑰騎士》已經成為我的習慣。這是免色讓我養成的習慣。這音樂中正如他說的那樣，聽了確實會上癮。繼續不斷的連綿情緒。連續延伸的色彩性樂器的聲響。「就算是一把掃把，我也能把它用音樂精細地描繪出來。」發出這豪語的是理查·史特勞斯。或許那不是掃把。但無論如何，他的音樂中含有色彩濃厚的繪畫要素。不過這和我所追求的繪畫是方向不同的東西。

過一會兒睜開眼時，騎士團長就在那裡。他穿著平常穿的飛鳥時代的衣裳，腰間佩帶長劍，坐在我對面的椅子上。皮製的安樂椅上，身高六十公分左右的男人小巧地坐在那裡。

「好久不見了啊。」我說。我的聲音聽起來像從某個別的地方被強拉到這裡來的聲音似的。「你好嗎？」

「我以前也說過了，Idea是沒有時間觀念的啦。」騎士團長以嘹亮的聲音說。

「因此也沒有好久不見的感覺。」

「只是習慣性的發言。請別在意。」

「也不太明白什麼叫習慣。」

確實可能像他說的那樣。在沒有時間的地方就不會產生習慣。我站起來到唱機旁去把唱針抬起來，唱片收回盒子裡。

「沒錯。」騎士團長讀我的心說。「時間往兩個方向自由前進的世界裡，也無法產生習慣這種東西呀。」

我試著問他以前我就覺得奇怪的事。「Idea不需要能源之類的東西嗎？」

「這問題很難。」騎士團長一副很難的表情說。「無論是如何成立的東西，東西只要一生出來，為了繼續存在下去，就會需要某種能源。這是宇宙一般的原則。」

「換句話說Idea也需要能源。對嗎？根據一般原則。」

「沒錯。宇宙原則是沒有例外的啦。不過Idea佔優勢的點是，本來沒有形體姿態。Idea要被他者認識出來才開始成立為Idea，身上也會附以某種形狀。不過那形狀當然只是為了方便而借來的而已。」

「換句話說不能由他者認識的地方，Idea就無法存在。」

騎士團長右手食指指向天空，閉上一隻眼睛。「接下來諸君要如何繼續類推呢？」

我進行類推。花了一點時間，但騎士團長耐心等待。

「我認為。」我說。「Idea以他者的認識本身當成能源而存在著。」

「沒錯。」騎士團長說。然後點了幾次頭。「了解得相當好。Idea是沒有他者的認識便無法存在的東西，同時也是以他者的認識為能源而存在的東西。」

「那麼如果我想『騎士團長不存在』的話，你已經不存在了。」

「理論上是這樣。」騎士團長說。「不過那畢竟是理論上的事。現實上那並不實際。為什麼呢？人想停止想某件事，停止想，幾乎是不可能的。想要停止想什麼的想法也是一種想，只要有那想法，那什麼也在被想著啊。為了停止想什麼，必須停止去想不要想這件事本身。」

我說：「也就是說，只要不是因為某種原因而喪失記憶的話，或者只要一直沒有自然的完全的對Idea失去興趣，人就無法避開Idea。」

「海豚就可以辦到。」騎士團長說。

「海豚？」

「海豚可以左右腦分別睡覺。你不知道嗎？」

「不知道。」

「所以海豚不關心Idea。所以海豚的進化在中途就停止了噢。我們也做了一些努力，但很遺憾未能跟海豚建立有益的關係。牠們本來是很有希望的種族。因為在人類真正出場以前，哺乳類中他們是腦的體重比最大的動物。」

「不過你們跟人類有建立有益關係嗎？」

「人類和海豚不同，只有一個連續的腦。一旦啪一下產生Idea之後，就沒辦法輕易甩掉了。因此Idea就從人類接受能源，可以繼續維持生存。」

「像寄生蟲那樣。」我說。

「這樣說不好聽吧。」騎士團長像老師在叱責學生時那樣手指左右擺動。

「雖說是接受能源，但量也不能接受太多。只有一丁點——普通人幾乎沒有察覺的程度。人的健康不會因此而受損，日常生活也沒有什麼妨礙。」

「不過你說Idea沒有什麼道德之類的東西。所謂Idea是始終中立的觀念，那要為善或作惡，完全由人類決定。那麼，Idea可能讓人類做善事，相反的也可能做壞事。對嗎？」

「$E = mc^2$的概念本來應該是中立的，但結果卻產生了原子彈。而且實際投下廣島與長崎。諸君想說的比方說是這種事嗎？」

我點頭。

「這件事我的心好痛噢。（不用說這是語言上巧妙的措辭。Idea既沒有肉體，因此也沒有心。）不過諸君，在這個宇宙裡，一切都是caveat emptor。」

「你說什麼？」

「caveat emptor。這是拉丁語中『買方責任』的意思。東西交給買方的人之後，對方要怎麼使用，已經跟賣方沒有關係。例如擺在洋裝店的衣服，能選擇誰來穿嗎？」
「聽起來好像是很方便的說詞。」
「E=MC2雖然產生了原子彈，但另一方面也產生了許多有益的東西喲。」
「例如什麼？」
騎士團長對這稍微想了一下，好像一時想不起適當的例子，閉起嘴，用雙手手掌上下搓揉著臉頰。或許對這樣的議論，找不到更多意義。
「對了，你知道放在畫室裡的鈴到哪裡去了嗎？」我忽然想到試著問看看。
「鈴？」騎士團長抬起頭來說。「什麼是鈴？」
「就是你在那洞穴底下一直在搖響的古鈴啊。我把那放在畫室的櫃子上，但上次發現不見了。」
騎士團長確實地搖搖頭。「啊，那個鈴啊，不知道。最近，都沒有碰鈴啦。」
「那麼是誰拿走了呢？」
「這個，對不起我也不知道。」
「好像有人拿出去，在哪裡鳴響的樣子。」
「哦，那不是我的問題。那鈴對我已經變成不需要的東西了。本來那就不是我的東西。應該算是那個場所共有的東西。不管怎麼樣，會消失大概是有會消失的理由吧。或許不久就會突然出現。就等一等吧。」
「那個場所共有的東西？」我說。「你是說那個洞穴嗎？」

騎士團長沒有回答那個問題。「對了，諸君在這裡等秋川笙子和麻里惠回來吧，還要花一些時間喏。不等到天黑恐怕不會回來。」

「免色先生是不是有什麼他的想法？」我最後試著問。

「是啊，免色君經常都在考慮什麼，一定會確實布局。他不布局就不會展開行動。那就像是天生的毛病一樣。左右腦經常在拚命使用地活著。那樣實在無法成為海豚。」

騎士團長的身影逐漸失去輪廓，像無風的嚴冬早晨的蒸氣般淡化擴散，終於消失。我的面前只剩空空的舊安樂椅而已。由於留在那裡的不存在感實在太深了，因此他剛才是否真的坐在眼前，我已經無法確定。或許我只是面對空白而已。或許我只是和自己的聲音對話而已。

正如騎士團長的預言那樣，免色的 Jaguar 一直沒出現。秋川家的兩位美女似乎在免色家度過漫長的時間。我走出露台，眺望山谷對面的那棟白色豪宅。但那裡看不見任何人的身影。我為了消磨等待的時間，走到廚房去做晚餐的準備。做高湯、燙青菜、能冷凍的東西先冷凍起來。但把想得到的事全部做完了，還有剩餘時間。我回到客廳，繼續聽理查·史特勞斯的《玫瑰騎士》，躺在沙發上看書。

秋川笙子對免色擁有好感，這件事大概沒錯。她看免色時的眼光，和看我時的眼光就是不同。極公正地說，免色是個有魅力的中年男人。英俊有錢又單身。裝扮適中，舉止得體，住在山上的豪宅裡，擁有四輛英國車。世上許多女性應該會對他有興趣（以世上許多女性可能對我沒興趣的相同或然率）。但秋川麻里惠則對免色懷有不少戒心——不會錯。

麻里惠是第六感非常敏銳的少女。她可能已察覺，免色懷有什麼意圖在行動這件事。因此她和免色之間，刻意保持一定的距離。至少在我眼裡是這樣。

事情往後將如何發展下去？想要看清到最後，這種自然的好奇心，和會不會發生不太可喜結果的模糊畏懼，在我心中互相交戰。像河川的流水和漲潮的海水在入海口互相沖激那樣。

免色的 Jaguar 再度開上斜坡來，是稍微超過五點半的時候。正如騎士團長所預言的那樣，當時周遭已經完全暗下來了。

39 在特定目的下，製成的偽裝容器

Jaguar在我家前面慢慢停下來，車門打開，免色先下車。然後他繞到相反方向為秋川笙子開車門。拉倒副駕駛座的椅子，讓麻里惠從後座下來。女士們下了Jaguar後，就換乘藍色的Prius。秋川笙子搖下車窗，向免色禮貌地道謝（麻里惠當然臉朝旁邊不理不睬）。然後她們沒有再進我家，就直接回自己家去。免色目送Prius的背影從視野消失後，過一會兒才把意識的開關切換過來（可能），調整好臉上表情，然後朝我家玄關走來。

「時間已經很晚了，不過可以再稍微打攪一下嗎？」他在玄關對我有點顧慮地問。

「當然，請進。反正我也沒事可做。」我說。然後請他進來。

我們在客廳落座。他坐沙發，我在他對面，在剛剛騎士團長才坐過的安樂椅上坐下。那椅子周圍，好像還留下他那有幾分高亢的聲響。

「今天非常謝謝您。」免色對我說。「讓您照顧很多。」

我想我沒有做任何值得被道謝的事，我回答。因為實際上也沒做任何事。

免色說：「如果沒有您畫的那幅畫，或者說，畫那幅畫的您如果不存在的話，可能這樣的狀況不會出現在我眼前就結束了。我和秋川麻里惠應該沒有機會在這麼近的距離，私下碰面。這次這件事，您正好扮演了像扇軸般的角色，或許您並不滿意那樣的立場。」

「沒什麼不滿意的事。」我說。「只要對您有幫助。我是再樂意不過了。只是什麼是偶然，什麼是有意圖的，我無法衡量。老實說，這點讓我不太舒服。」

免色考慮了一下，然後點頭。「或許您不相信，我並沒有在什麼意圖下預先擬定計畫。雖然我不能說每件事都是偶然的結果，不過發生的很多事情都只是當場順其自然的發展。」

「在那順其自然中，我只是碰巧扮演了觸媒般的角色是嗎？」我問。

「觸媒。嗯，或許可以這麼說。」

「不過老實說，與其說是觸媒，我覺得自己更像變成《特洛伊木馬》了似的。」

免色抬起頭，好像在看什麼耀眼的東西般看我。「那是什麼意思？」

「像在肚子的空洞裡藏著一群武裝士兵，當成禮物運進敵方的城裡那樣。就是那希臘的木馬，在特定目的下，製成的偽裝容器。」

免色稍微花了些時間選擇用語，然後開口。「也就是，我把您設計成特洛伊木馬，巧妙地利用了是嗎？為了接近秋川麻里惠？」

「或許讓您不高興，不過我心裡有一點這種感覺。」

免色瞇細了眼睛，嘴角浮起微笑。

「是啊。確實會讓您這樣想，或許也有不得已的地方。不過就像我剛才說的那樣，事情大多是偶然累積的結果。老實說，我對您懷有好感。個人的自然好感，這種事情不會頻繁發生。當發生時，我會盡量珍惜這種感覺。不會為了自己的方便而單方面利用您。雖然我在某方面是相當自我本位的人，不過這種禮貌我還是會拿捏的。我沒有把您當成特洛伊木馬，請相信我。」

我可以感覺到，他說的話沒有虛假。

「那麼，您讓她們看到那幅畫了嗎？」我問。「掛在書房免色先生的肖像畫？」

「嗯，當然。兩個人就是為了這個特地到我家去的。她們看了那肖像畫，深深感動非常佩服。話雖這麼說，麻里惠並沒有說出任何感想。畢竟是個不說話的孩子，不過她的心被那幅畫強烈吸引不會錯。看她的表情，就可以知道。她花了很長的時間，站在畫的前面，一言不發保持沉默一直不離開。」

不過老實說，幾星期前才剛畫完的，自己到底畫了什麼樣的畫，現在已經想不起來。經常都這樣，畫完一幅畫開始畫下一幅作品時，前一幅畫的事情大多已經忘掉了。只能以整體模糊地想起而已。只有當時作畫時的手感，以身體的記憶還留在身上。對我來說擁有重大意義的與其說是作品本身，倒不如那手感。

「兩個人在府上好像待了很長的時間噢。」

免色有點害羞地歪一下頭。「看完肖像畫之後，用過簡單的午餐，然後帶她們參觀一下家裡。像 house tour 那樣。笙子小姐好像對房子有興趣的樣子。因此不知不覺之間就耗掉不少時間。」

「兩個人一定對您的房子感到很佩服吧？」

「笙子小姐可能會。」免色說。「尤其對 Jaguar 的 E-Type。不過麻里惠依然始終無言。可能不太有感覺。或許她對房子沒什麼興趣。」

我想像一定毫無興趣。

「在那之間，有機會和麻里惠談話嗎？」我問。

免色簡潔地搖搖頭。「沒有，頂多交談兩、三句而已。而且不是什麼重要內容。我向她提出什麼，她都不回應。」

對這點我沒說什麼。因為我可以想像那模樣，也無法陳述感想。免色對秋川麻里惠說什麼話，都不會有像樣的回應。偶爾會有意思不明的一兩個單字，在口中喃喃低語而已。沒有意願跟對方說話時，跟她的對話就像站在灼熱的沙漠正中央，用小勺子往周圍潑水似的。

免色拿起放在桌上的，一個色彩鮮豔的瓷器蝸牛擺飾，從各種角度仔細觀看。那是本來就擺在這房子裡的，少數裝飾品之一。可能是舊的德國邁森瓷器，大小約和小雞蛋差不多，雨田具彥可能以前在哪裡買的。免色終於小心地把那擺飾品放回桌上。然後慢慢抬起頭來，看著坐在對面的我的臉。

「或許要花一點時間才會習慣。」免色像在說給自己聽似地說。「我們畢竟不久前才剛剛見面。她本來就是個沉默的孩子，而且十三歲說起來正是青春期的開始，一般來說本來就是非常難相處的年齡。不過光是能和她在同一個房間，呼吸相同的空氣，對我來說已經是無可替代的寶貴時間了。」

「那麼，您的心情現在依然沒變嗎？」

免色的眼睛稍微瞇細一點。「我的什麼心情？」

「秋川麻里惠是不是您真正的孩子，您不會特地想知道真相的心情。」

「是的，我的心情絲毫沒有改變。」免色毫不遲疑地回答。而且輕輕咬著嘴唇，暫時沉默一下。然後開口：

「該怎麼說才好呢。跟她在一起，她的臉和身形就近在眼前，我被相當奇特的感情所襲。覺得自己以往生活過來的漫長歲月，一切可能都在無為之中失去了。而且自己這個存在的意義，自己這樣活在這裡的理由，都變得不太清楚了。以前認為確實有價值的事物，竟意外地變成好像不確實的東西了。」

「這對免色先生來說，是相當奇特的感情嗎？」我慎重地追問。因為我並不覺得那是「奇特的感情」。

「沒錯。我從來沒經驗過，這樣的感情。」

「由於和秋川麻里惠一起度過幾小時，於是您心中便產生了那種『奇特的感情』是嗎？」

「我想是。雖然可能會被笑像傻瓜一樣。」

我搖搖頭。「我不認為像傻瓜一樣。我覺得好像青春期第一次喜歡特定的女孩時，我好像也有過類似的心情。」

免色嘴角皺起來微笑，帶有幾分苦味的微笑。「我當時忽然有這種感覺。在這世界上無論有什麼成就，事業多成功，築起多少資產，結果我只是從誰接收到一組遺傳基因，再把那交給下一個誰而已的，方便的、過渡性的存在而已。除了那實用性機能之外，剩下的我只不過是像土塊般的東西而已。」

「土塊」我試著開口說出來。這語言中似乎含有某種奇妙的聲響。

免色說：「老實說，上次進入那洞穴裡時，我心中產生了那種觀念，而且生根下去。在小祠後面，我們搬開石頭後暴露出洞穴來。您還記得那時候的事嗎？」

「記得很清楚。」

「我在那黑暗中的大約一小時之間，深深感到自己的無力。如果您做的話，可以把我一個人留在那洞底下。而且沒有飲水和食物，就會那樣腐朽掉回歸到一團土塊。我這個人，就只有那樣的存在而已。」

我不知道該說什麼才好，因此保持沉默。

免色說：「秋川麻里惠可能是有我血統的孩子，只要有這可能性，對現在的我已經十分足夠了，並不想去讓事實明確化。我在那可能性的光中重新注視自己。」

「這我知道。」我說。「雖然細節我不太能理解，不過我知道您有這種想法。只是免色先生，那麼您對秋川麻里惠，具體上到底希望怎麼樣呢？」

「當然沒有想到什麼。」免色說，並望著自己的雙手。擁有細長手指的美麗雙手。「人會在腦子裡想各種事情。自然會想。不過事情實際上會走上什麼樣的道路，那必須等時間經過才會知道。一切都是未來的事情。」

我沉默以對。他腦子裡在想什麼，我無從推測，也不想知道。如果知道的話，我的立場可能會變得比現在更麻煩。

免色沉默了一下，然後問我：「但是秋川麻里惠，跟您兩個人在一起的時候，好像很會主動說話的樣子。笙子小姐這樣說。」

「也許是。」我小心地回答。「我們在畫室的時候，可能很自然地會談到各種事情。」

麻里惠夜晚一個人從旁邊那座山，穿過祕密通道來到我家的事，我當然沒說。那是我和麻里惠之間的祕密。

「她跟您比較熟嗎？還是對您感覺到個人性的親密感。」

「那個孩子對於畫畫這件事，或繪畫的表現之類的事，很有興趣。」我說明。「並不是每次都一樣，不過我發現有畫放在中間，有時好像比較可以輕鬆對話。確實是個有點不同的孩子。在繪畫教室她跟周圍的孩子們幾乎不講話。」

「她跟同年齡的孩子們也無法適當相處嗎？」

「可能是。據她姑姑說，她在學校也不太交朋友。」

免色沉默了一會兒，思考這件事。

「不過對笙子小姐好像可以適度敞開心的樣子。」免色說。

「好像是那樣。聽說與其父親相較，她對姑姑感覺好像還比較親的樣子。」

免色默默點頭。可以感覺得到他那沉默似乎帶有某種含意。

我問他：「她的父親是什麼樣的人？這件事您知道吧？」

免色臉朝旁邊，眼睛瞇細一會兒。然後說：「他是比她大十五歲左右的男人。也就是比去世的太太。」

去世的太太，當然就是過去免色的戀人那個女孩。

「他們兩人是怎麼認識的，怎麼結婚的，這方面的情況我不知道。或者說，那種事我沒興趣。」免色說。「不過無論情況如何，他很重視太太似乎不會錯。而且太太因為事故而死掉這件事，讓他受到很大的打擊。據說從此以後整個人都變了。」

根據免色的說法，秋川家在這一帶是以前的大地主（和雨田具彥的老家是大地主一樣）。由於第二次世界大戰後的農地改革，擁有的土地減少將近一半，即使這樣依然還留下相當數量的資產物件，光是其中所帶來的收入，一家就可以過寬裕的生活。秋川良信（秋川麻里惠父親的名字）是兄妹二人中的長男，繼承早年過世的父親成為一家的總管。在自己所有的山頂蓋了一棟房子住著，在小田原市內另外擁有大樓，辦公室也設在裡面。那辦公室管理著小田原市內和近郊的幾棟商業大樓和出租公寓，外加幾筆出租房屋和土地。此外也時常處理不動產買賣。不過並沒有大舉擴展事業。只不過應秋川家擁有的物件做需處理的業務為主。

秋川良信算是晚婚。四十多歲結婚，第二年女兒就誕生了（秋川麻里惠。免色心想可能是自己的親生孩子的少女）。六年後妻子被虎頭蜂刺死。初春時節，她正在自己土地上的廣闊梅林裡一個人獨自散步時，被幾隻攻擊性的大型虎頭蜂所螫。這意外事故帶給秋川良信極大的打擊。或許為了盡量消除令人想起不幸事件的東西吧。在妻子的葬儀結束後，他就下令把梅林裡的梅樹一棵不留地全部砍倒，連根拔除。只留下毫無情趣的大片空地。因為原來是非常優美而氣派的梅林，所以許多人為這樣的結果感到心疼。此外梅林可以採收大量的梅子，適合製成梅干和梅酒，近鄰的居民某種程度從以前就被允許自由採摘果實。然而為了他的報復性頑強的行為，許多人每年微小的樂趣也被剝奪了。不過那終究是秋川良信所擁有的山上他的梅林，而且因為他的憤怒——對虎頭蜂和梅林個人的憤怒——並不是不能理解，因此表面上誰都無法抱怨。

以妻子的死為界，秋川良信變成一個相當陰鬱的人。他本來也不是個喜歡社交個性開朗的人，那內向的性格似乎更加強烈了。此外對精神世界的興趣逐漸加深，開始和某宗教團體建立關係（我沒聽過名字的團體）。據說有一陣子也去了印度。並投入自費，在市郊為該宗教團體建設了氣派的道場等設施，開始經常泡在道場裡不知進行什麼事情。不過秋川良信似乎每天在那裡累積嚴格的宗教性「修練」，此外對輪迴轉生的研究，似乎也對妻子死後的人生找到了生的意義。

因此對工作變得沒有以前投入，本來就不是多忙的公司。董事長不常露面，向來由三個資深職員就可以包辦一切業務。家也不常回了。回到家幾乎也只會倒頭睡覺而已。不知道為什麼，自從妻子過世以後，對獨生女的關心似乎也急速變淡。可能因為見到女兒就會想起妻子的關係。或者本來就對小孩沒興趣。無論如何，當然小孩也不太親近父親。留下來的麻里惠，總之就由妹妹笙子負責照顧。笙子原來在東京醫科大學擔任校長祕書，工作暫且休息，搬回小田原山上的家裡暫時同住，但結果還是正式辭職，長住下來。可能對麻里惠真正動情關心起來。或看到小姪女的處境不忍心不管吧。

說到這裡結束話題，免色用指腹撫摸嘴唇。然後說：

「府上有威士忌嗎？」

「還有半瓶單一麥芽威士忌。」我說。

「很厚臉皮，可以讓我喝一點嗎？On the rocks。」
「當然可以。只是免色先生開車來……」
「叫計程車。」他說。「我也不想因為酒駕而被吊銷駕照。」
我拿著威士忌酒瓶、裝了冰塊的陶缽，和兩個酒杯從廚房走出來。免色在那之間，把我剛才聽的《玫瑰騎士》唱片放在轉盤。於是我們一邊聽著理查．史特勞斯爛熟的音樂，兩個人一邊喝威士忌。
「您喜歡喝單一麥芽嗎？」免色問。
「不，這是人家送的，朋友當伴手禮帶來給我的，不過我覺得還滿好喝的。」
「我家有蘇格蘭的朋友上次寄來有點稀奇的艾雷島的單一麥芽威士忌。據說是從威爾斯王子上次造訪那家釀酒坊時，親自用木槌敲開的那個酒樽汲取的酒。如果方便我下次帶過來。」
我說請別這麼客氣。
「說到艾雷島，那附近有一個叫汝拉島的小島。您知道嗎？」
我說不知道。
「人口很少，幾乎什麼也沒有的島。鹿的頭數比人口數要多得多。兔子、野雞、海豹也很多。然後有一家釀酒坊。那附近有一口非常鮮美的泉水，適合釀造威士忌。汝拉島的單一麥芽，用剛汲起來的汝拉冷泉水兌著喝，實在太美了。真是只有那個島才可能嚐到的味道。」

聽起來真美味，我說。

「那裡也是以喬治．歐威爾執筆《1984》而聞名的地方。歐威爾名副其實在這人煙稀少的島的北端，一個人隱居在一間出租的小屋裡執筆這本小說，因此冬天身體凍壞了。只有原始設備的房子，他可能需要這種斯巴達式的環境。我在這島上住了一星期左右。而且，在暖爐旁每天晚上一個人，喝著美味的威士忌。」

「為什麼會在這麼偏僻的地方一個人住一星期之久呢？」

「因為生意。」他簡單說。然後微笑。

那是什麼樣的生意呢，他似乎不打算說明。我也沒有特別想知道。

「今天覺得好像不喝不行似的。」他說。「可能因為心情靜不下來，所以就這樣任性地提出要求了。車子明天再來開，這樣可以嗎？」

「當然沒關係。」

然後暫時有一段沉默的時間。

「我有一點私人性的問題可以問嗎？」免色問。「希望別讓您不開心。」

「如果能答的事情我會答，不會不開心。」

「您確實是結婚了對嗎？」

我點頭。「結了。老實說，最近才把離婚協議書簽名蓋章寄回去。所以現在，正式是變成什麼狀態，我也不太清楚。不過總之結過婚。六年左右。」

免色邊看著玻璃杯裡的冰塊沉思著什麼。然後問：

「也許觸及隱私，不過會弄到離婚的地步，您有什麼後悔的事嗎？」

我喝一口威士忌，問他：「『買方責任』這說法，拉丁語怎麼說？」

「Caveat emptor」免色毫不遲疑的回答。

「我還記不清楚，不過這話的意思我可以理解。」

免色笑了。

我說：「婚姻生活不是沒有後悔的事。不過就算能回到某個時間點去修正一個錯誤，最後可能依然會迎接同樣的結果吧。」

「是說您身上有某種無法改變的傾向之類的東西，那會成為婚姻生活的障礙是嗎？」

「或者我身上缺乏某種無法改變的傾向之類的東西，那或許成為婚姻生活的障礙。」

「不過您有要畫畫的意欲。那應該是和生之意欲強烈結合的東西。」

「不過在那之前，我必須超越的東西可能還沒有確實超越。我這樣覺得。」

「考驗遲早會來臨。」免色說。「考驗是人生重新擺好架式的好機會。越嚴厲越好，對以後幫助越大。」

「如果失敗了，心沒有因此而挫折就好了。」

免色微笑。不再提小孩和離婚的事。

我從廚房拿出瓶裝的橄欖來，以那當下酒點心。我們暫時什麼也沒說地喝著威士忌，吃著鹹味橄欖。唱片一面結束後免色將那翻面。放喬治．蕭提繼續指揮維也納愛樂。

啊，免色君經常在構思什麼。一定會確實布局。他不布局是不會動的。

他現在在下什麼樣的棋呢？或正要下？我不知道。或者關於這件事，或許現在他不知如何布棋。他說沒有打算利用我。那可能不是謊言。不過打算終究只是打算而已。他是能運用手腕，成功攀登事業領域最尖端的男人。如果他有在構思什麼的話（就算那是潛在的東西），我不可能不被捲入吧。

「我記得您是三十六歲吧？」免色唐突地這樣說。

「是的。」

「這可能是人生中最美好的年齡。」

我實在不這麼認為，不過並沒有表示意見。

「我已經五十四歲了。在我活過來的業界，已經超過生龍活虎的歲數了，要成為傳說又還太年輕。因此，沒做什麼，就這樣無所事事地閒著。」

「也有人年紀輕輕就成為傳說中的人了。」

「當然也有一些那種人，不過年輕就成為傳說中的人幾乎沒有任何好處。不如說，我認為那甚至是一種惡夢。因為一旦變成那樣的話，漫長的餘生只能照樣套用自己的傳說活下去，沒有比這更無聊的人生了。」

「免色先生不無聊嗎？」

免色微笑。「回想起來，我從來沒有無聊過。可以說沒時間無聊吧。」

我佩服得只能搖頭。

「您呢？有無聊過嗎？」

「當然有。經常會。不過無聊，現在好像變成我的人生中不可或缺的一部分了。」

「您是說無聊不覺得痛苦嗎？」

「我好像已經習慣無聊了。不會覺得痛苦。」

「那可能因為您心中有要畫畫這強烈的一貫意志吧。那成為生活的中心般的東西，無聊的狀態，則可能扮演了所謂創作意欲的母胎角色。如果沒有那中心的話，一定很難忍受日常的無聊。」

「免色先生，現在沒有在工作嗎？」

「是的，基本上處在退休狀態。就像之前說過的那樣，只在網路上做一點外匯和股票的交易，不是非做不可。只是順便當成訓練頭腦的遊戲的程度。」

「而且只有一個人，住在那麼大的房子裡。」

「沒錯。」

「那樣不無聊嗎？」

免色搖搖頭。「我要想的事情很多。有要讀的書，要聽的音樂。每天收集很多資料、加以分類分析、和動腦筋已經成為習慣。也做運動，為了轉換氣氛也在練習彈鋼琴。當然也必須做家事，沒有時間無聊。」

「不會害怕年紀增加嗎？一個人住又上年紀的話？」

「我年齡確實在增加。」免色說。「往後身體也會衰退，可能會變得更孤獨。不過我還沒有到年紀那麼大的經驗。雖然大約可以想像，是怎麼回事，不過並沒有親眼目睹那真相。而我是一個只相信自己親眼看過東西的人。因此正在期待，今後自己會看見什麼。並不害怕。也沒那麼期待，只是有一點興趣。」

免色慢慢搖著手中威士忌的杯子，看著我的臉。

「您呢？害怕上年紀嗎？」

「六年多的婚姻生活結果並不順利。而且在那期間，一幅都沒有為自己而畫的畫。如果以一般想法來看應該算是虛度光陰吧。為了生活不得不畫很多自己不喜歡的畫。不過以結果來說，那或許也有幸福的部分。最近我開始這樣想。」

「您想說的事我也許可以理解。有時候拋棄自己的自我，在人生的某個時期是有意義的。是這樣嗎？」

也許是。但我的情況可能只是單純的、要找出自己心中的東西花了太長的時間而已。而且我在那無謂的繞路中，也把柚子也拉進來了。

「上年紀可怕嗎？」我試著問自己。我害怕上年紀嗎？「老實說，我還沒有那真實感。三十幾歲進入後半的男人說這種話，聽起來或許很愚蠢，不過我覺得人生好像剛開始似的。」

免色微笑。「絕對不愚蠢。可能正如您說的，您才剛剛開始過自己的人生吧。」

「免色先生，您剛才提到遺傳因子的事。自己只是承接到一組遺傳因子，要把那傳送到下一個世代的容器而已。而且除了那職務之外，自己只是一團土塊而已。您的意思是這樣嗎？」

免色點頭。「我確實這樣說。」

「不過對於自己只是土塊而已這件事，不覺得害怕嗎？」

「我只是土塊，但卻是相當不錯的土塊。」免色說著笑了。「聽起來好像很狂妄，但或許可以說是相當優秀的土塊。至少在某種能力上得天獨厚。當然是有限的能力，不過是能力這點不會錯。因此在活著的時候就打起精神努力活。確認自己能做什麼，做到什麼地步。沒有時間無聊。對我來說，不要感覺害怕和空虛的最好方法，就是不要無聊。」

到將近八點，我們喝著威士忌。終於威士忌的瓶子空了。趁這時候免色站起來。

「差不多該走了。」他說。「坐了好久。」

我打電話叫計程車，說是雨田具彥的家，立刻知道地方。雨田具彥是名人。十五分鐘左右到那邊。派車員說。我道過謝，掛上電話。

在等計程車來之間，免色像坦白告知地說。

「秋川麻里惠的父親被某個宗教團體吃定了，我剛才說過噢。」

我點頭。

「來歷有點奇怪的新興宗教團體，我在網路上查了一下，過去好像引起過幾件社會糾紛事件，也引起幾件民事訴訟案。教義也很可疑，依我來說是不能稱為宗教的拙劣東西。不過不用說，要相信什麼、不相信什麼當然是秋川先生的自由。不過這幾年來，他在那團體投注了相當多的金錢。把自己的資產和公司的資產幾乎都混在一起。本來是個相當不小的資產家，只要不賣土地和房屋，實際上是光靠每個月的房租收入就可以生活的狀態。但他最近，賣掉太多土地和物件，收入就更有限。這任誰看起來都是不健全的徵兆，好像章魚在吃自己的腳維生似的。」

「換句話說，已被那宗教團體吃定了嗎？」

「沒錯。可以說被當成肥鴨子了。那些傢伙一旦吃定你，就會把你徹底吸乾為止。最後的一滴都榨乾。而秋川先生本來就是有錢人的大少爺，這樣說也許怎麼樣，不過有點缺乏戒心是他的弱點。」

「而您很擔心這件事。」

免色嘆一口氣。「秋川先生會遇到什麼樣的狀況，那是他本人的責任。一個堂堂的成人應該知道自己在做什麼。只是什麼也不知道的家人，卻要被連累，事情就不簡單了。不過，我擔心也沒有用。」

「輪迴轉生（Reincarnation）的研究。」我說。

「雖然以假設來說是相當有趣的想法。」免色說。然後靜靜地搖頭。

計程車終於來了。在上計程車之前，他非常客氣地向我道謝。無論喝多少酒，他的臉色和禮貌依然絲毫沒變。

40 那張臉不會看錯

免色回去之後，我到洗臉台刷牙，然後立刻上床睡覺。我本來就是比較容易入睡的，喝了威士忌之後的那種傾向就更強了。

然後那天半夜，我聽到一聲很大的碰撞聲響而醒過來。我想那可能是實際上的聲音，也可能是夢中發生的聲音，或者是從我的意識內側所產生的聲響。不過無論如何，有咚一聲地鳴般巨大的衝擊聲。身體會飛上空中般的衝擊，那衝擊本身絕對是真實的，既不是夢也不是假想。雖然我睡得很深，卻幾乎快從床上滾落地上，一瞬間就醒過來。

看看枕邊的時鐘，數字顯示上午二時過後。正是平常鈴聲響起的時刻，但並沒聽到鈴聲。因為冬天已經接近，所以也聽不見蟲聲。屋子裡只有深深的沉默，天空的大部分被黑暗的厚雲所覆蓋，側耳傾聽時聽得見輕微的風聲。

我摸索著打開枕邊的燈，在睡衣上加穿一件毛衣。然後決定巡視家裡一圈，或許發生了什麼異變。說不定是大野豬從窗戶飛進來。或是小隕石從天而降直接撞擊這家屋頂。應該都不可能發生的事，但會不會有什麼異常，還是檢查一下比較好。我現在畢竟受託管理這棟房子。而且就算想繼續睡，恐怕也不容易睡著。我的身體還能感覺到那巨響的餘波盪漾，心臟發出聲音脈搏跳動著。

我一邊把每個房間的燈一一打開，一邊順序確認家中的模樣。每個房間都看不出有任何異樣，和平常一樣的光景。不是多大的房子，如果有異變的話應該不會看漏。檢查完所有的房間，最後只剩畫室。我打開從客廳通往畫室的門走進裡面，伸手到牆上準備開燈。但這時有什麼阻止了我。不要開燈比較好，耳邊有什麼對我耳語。小小的、但卻清晰的聲音。保持黑暗比較好。我順從那耳語把手從開關放下，安靜地關上背後的門，在漆黑的畫室裡睜大眼睛仔細看。屏住氣息不發出聲音。

隨著眼睛逐漸習慣黑暗，我發現那房間裡除了我之外還有誰在。有這確實的感覺。那個誰，似乎坐在我畫畫時經常坐的那張木製圓凳上。那是騎士團長嗎？剛開始我想。他又再「形體化」回到這裡來了嗎？但那個人物，以騎士團長來說太高大了。模糊地浮上來的黑暗輪廓，顯示是一個瘦瘦高高的男人。騎士團長的身高只有六十公分左右，但那個男人的身高恐怕有將近一百八十公分。像高個子的人經常會有的樣子，男人以稍微弓著背的姿勢坐著，而且身體就那樣一動不動。

我也保持一動不動。背倚靠在門板上，左手依然伸出貼在牆上，以防萬一可以立刻開燈，一邊注視著那個男人的背影。我們兩人在半夜的黑暗中，分別採取一個姿勢靜止不動。不知為什麼，但我並不感覺害怕。呼吸變淺變短，心臟發出堅硬乾燥的聲音。但並不畏怯。深更半夜陌生男人擅自闖進家裡，可能是小偷。說不定是幽靈。無論是什麼，感覺可怕是理所當然的。但不知為什麼，卻湧不起可能發生可怕的事，危險的事的感覺。

自從騎士團長出現以來，發生了各種異樣的事情，或許我的意識已經習慣這些了。但不只那樣，倒是這個謎樣人物在三更半夜到這畫室來到底要做什麼？這件事反而引起我的興趣，好奇心勝過恐懼。看起來男人坐在圓凳上，好像在深思什麼。好像在注視什麼，而且那專注程度讓旁觀者都強烈地感覺到。那個男人連我進入房間似乎都完全沒察覺。或者我的進出，對這個人物來說，根本是不必在意的小事。

我盡量保持呼吸不出聲，讓心臟鼓動收斂在肋骨間，一邊等待讓眼睛更習慣黑暗。隨著時間的經過，逐漸知道那個男人的意識集中在什麼上面。他似乎正熱心地注視著側面牆上掛著的什麼，那上面應該是雨田具彥的畫〈刺殺騎士團長〉。高高的男人坐在木製圓凳上，稍微往前傾的身體動也不動，一直注視著那幅畫。雙手放在膝蓋上。

這時，原來覆蓋在天空的厚厚烏雲終於有些地方開始裂開。一瞬之間從雲間透出的月光，把室內照亮。就像清澈無聲的水洗過古碑石，讓上面隱藏的祕密文字浮了上來一般。然後立刻又恢復原先的黑暗狀態，但那也維持不久。雲逐漸像被撕裂了般分割成塊，月光繼續照亮，十秒左右把周遭染成淡藍色。在那之間，我終於看清楚那個人物是誰了。

男人的白髮披肩。頭髮似乎很久沒梳，隨處蓬亂。從那姿勢看來，年齡似乎相當老了。而且像樹枝般枯瘦，從前應該是肌肉結實的剛健男子。但年老了，而且可能有病在身，一身肌肉消掉了。可以感覺到這種氛圍。

由於消瘦相貌也改變不少，因此花了些時間才想到。但那是誰，無聲的月光下我也終於可以理解。雖然只看過幾張相片，但那張臉不會看錯。從側面看挺直的鼻子形狀是他的特徵。更重要的是全身所散發的強烈光環般的東西，告訴我一個明白的事實。雖然是寒冷的夜晚，我腋下竟然汗濕了。心臟鼓動加速。雖然是難以相信的事，不過毫無疑問就是。老人，就是這幅畫的作者雨田具彥。雨田具彥回到這畫室來了。

41 只在我不回頭的時候

那不可能是擁有實物肉體的雨田具彥。實體的雨田具彥正在伊豆高原的高齡養護中心裡。認知症相當嚴重，現在幾乎已經是臥病不起的狀態。不可能一個人靠自己的力量來到這裡。那麼，我現在眼睛所看到的，是他的幽靈。但就我所知，他還沒有去世。因此正確說可能應該稱為「生靈」。或者他剛剛斷氣，變成幽靈，就過來這裡了也不一定。這種可能性當然也可以考慮。

無論如何，我很知道，那不只是幻影。以幻影來說，太真實，擁有太濃密的質感。其中毫無疑問有存在的氣息，有意識的放射。雨田具彥不知道運用什麼特別的作用，像這樣回到自己的房間，坐在自己的圓凳上，看著自己畫的〈刺殺騎士團長〉。並不擔心（可能沒發現）我也在同一房間，只以一對銳利的眼睛貫穿黑暗凝視著那幅畫。

隨著雲的流動，從窗外斷續射進來的月光，賦予雨田具彥的身體清晰的陰影。他以側面對著我，身披著舊的浴袍或長袍。打赤腳，沒穿襪子也沒穿拖鞋。長長的白髮凌亂披散，從臉頰到下顎留著不加修飾的稀薄白鬚。臉頰消瘦，只有目光銳利清澈炯炯有神。

我並不害怕，只是非常迷惑。不用說眼前的光景極不尋常。難免讓我感到混亂。我手還放在牆上的電燈開關上，但不打算開燈。只採取那姿勢，身體保持不動。對我來說，雨田具彥——無論是幽靈也好幻影也好什麼都好——在這裡要做什麼事，我都不想妨礙。這個畫室本來就是他的場所，他應該在的場所。反倒我是礙事的外人。如果他想在這裡做什麼，我並沒有權利去妨礙他。

所以我調整呼吸，放鬆肩膀的力氣。不發出腳步聲的後退，走出畫室外。並輕輕帶上門。在那之間，雨田具彥在圓凳上身體沒動一下。就算我在那裡一不小心打翻桌上的一個花瓶，發出巨大的聲響，他可能也不會留意到。他全副精神專注的程度是如此強烈。穿過雲間的月光，再度照出他枯瘦的身體。我最後將他那輪廓（濃縮了他的人生般的影像），和當場搭配纖細的夜之陰影一起刻進腦海。並對自己大聲說，不可以忘記這個。這是必須烙印在我的視網膜，牢牢留在記憶中的形象。

回到餐廳坐在餐桌前，我喝了幾杯礦泉水。想喝一點威士忌，但酒瓶已經空了。昨夜和免色兩人喝光了，而且這房子裡沒有放其他酒精飲料。冰箱裡雖然有幾瓶啤酒，但不想喝那個。

結果，到早晨四點多都不想睡。只是坐在餐桌前，漫無目的地想事情。精神非常高亢，什麼都不想做，因此只能閉著眼睛想事情，但又無法繼續想同一件事。好幾小時，都在漫無邊際地追逐各種思考的片段。簡直像團團轉追著自己尾巴的小貓似的。

漫無目的地思索累了之後，我腦子裡重現剛才眼睛看見的雨田具彥身體的輪廓。而且為了讓記憶明確化，我把那簡單地畫成素描。在頭腦裡虛擬的素描簿上，使用虛擬的鉛筆描繪那位老人的姿勢。那是我日常只要有空經常做著的事情，不需要實際的紙筆，沒有反倒容易作業。和數學家在腦子裡虛擬的黑板上排出數學方程式，可能方式相同的作業。而且說不定有一天我會實際畫出那畫來。

我不想再去探頭看一次畫室。當然有好奇心。老人——應該是雨田具彥的分身——是否還在那畫室裡？還坐在那圓凳上，凝視著〈刺殺騎士團長〉？不是沒有想確認看看的心情。我現在可能正遭遇到某種極為珍貴的狀況，目擊了那現場。而且其中或許能提示幾把鑰匙，能夠解開雨田具彥人生所密藏的謎。

但即使是那樣，我依然不想妨礙他的集中意識。雨田具彥為了仔細觀看自己所描繪的〈刺殺騎士團長〉，或者為了重新檢查那上面的什麼，而超越空間飛越理論回到這個場所來。為此他必然不得不耗費極大的能量，生命中應該已經所剩無幾的能量。沒錯，就算必須付出多大的犧牲，他依然必須盡情地再看最後一次〈刺殺騎士團長〉。

醒來時已經過了十點。對於早起的我來說，那是相當稀奇的事。我洗過臉後泡了咖啡，吃了東西。不知怎麼非常餓，我吃了平常早餐的將近一倍。吃了三片吐司，兩個白煮蛋和番茄沙拉。喝了滿滿兩大馬克杯咖啡。

吃過東西，為了慎重起見到畫室去探頭看看，當然已經不見雨田具彥的身影。那裡只有，和平常一樣靜悄悄的早晨畫室。有畫架，上面擺著畫到一半的畫布（畫的是秋川麻里惠），那前面無人的圓凳。畫架前方，擺著一張秋川麻里惠當模特兒時坐的餐廳椅子。側面牆上掛著雨田具彥所畫的〈刺殺騎士團長〉。櫃子上依然不見鈴的影子。山谷上空開闊晴朗，空氣清冷澄淨。冬季近在眼前的群鳥啼聲，尖銳地刺穿空氣。

我試著打電話到雨田政彥的公司。已經接近中午了，他的聲音還帶有一點睏意。聽得出星期一早晨的倦怠意味。交換過簡單的招呼後，我若無其事地問起他的父親。我想確認一下，雨田具彥是否還沒去世，昨夜我看到的是否是他的幽靈。如果他昨夜已經過世的話，那麼兒子一定已經接到通知。

「伯父還好嗎？」

「幾天前還去看他。頭腦已經沒辦法復原了，但身體情況好像沒有惡化。至少現在好像還不會有什麼立即的狀況。」

雨田具彥還沒有往生，我想。所以我昨夜看到的還不是幽靈。那是活著的人的意念所帶來的假的形體。

「也許我問得奇怪，不過最近伯父的樣子，有什麼改變的地方嗎？」我試著問他。

「我父親嗎？」

「是的。」

「為什麼突然問這種問題？」

我把預先準備好的台詞說出口。「其實，我最近做了一個夢。夢見你父親半夜回到這個家來，而且我正好目擊到了，非常真實的夢。我差一點跳起來的地步。所以我想會不會發生什麼事了，有點擔心。」

「哦。」他佩服似地說。「那倒真有趣。那麼，我父親半夜回到那個家，到底去做什麼？」

「到畫室裡只是坐在圓凳上，一直不動而已。」

「只有那樣？」

「只有那樣啊，沒做其他任何事。」

「你說圓凳，就是那個三隻腳的老圓椅嗎？」

「是啊。」

雨田政彥想了一下。

「或許是死期近了。」雨田以略缺抑揚的聲音說。「人的靈魂在人生的最後，會走訪心中最牽掛的場所。就我所知，對我父親來說，那個家的畫室應該是他最牽掛的場所。」

「不過他的記憶之類的，不是已經沒剩什麼了嗎？」

「是啊，通常意義上的記憶已經沒剩什麼了。不過靈魂應該還有剩下，只是意識在那裡無法順利操作而已。換句話說，線路已經脫落，意識無法連上而已。魂應該還好好的藏在後面。可能什麼都沒有損傷。」

「原來如此。」我說。

「你不害怕嗎？」

「你說夢嗎？」

「是啊，因為你不是說相當清楚的夢嗎？」

「不，不會害怕。只覺得有點不可思議而已。簡直就像實際見到本人就在眼前似的。」

「或許就是本人。」雨田政彥說。

關於這點我沒有把意見說出口。雨田具彥很可能是為了看〈刺殺騎士團長〉，而特地回到這個家來的這件事（試想起來，把雨田具彥的靈魂招來的，可能是我。如果我不把那畫的包裝解開，或許他也不會回來這裡），這時候還不宜向他的兒子政彥明說。不然我就必須把在這房子的閣樓上發現了那幅畫的事，還有自作主張解開包裝，又擅自把畫掛在牆上的事，全都加以說明才行。哪一天可能有這必要，但今天這個時間點，我還不想提起這話題。

「那麼，」雨田說。「上次不太有時間，想說的事還沒說。我不是告訴你有事要跟你講，還記得嗎？」

「記得啊。」

「下次我想到你那邊去，慢慢談那件事，可以嗎？」

「這本來就是你家，你喜歡什麼時候來就來呀。」

「這個周末，我想再去伊豆高原，看我父親。然後，回程經過你那兒，方便嗎？小田原正好也順路。」

除了星期三和星期五的傍晚和星期天上午之外都可以，我說。星期三和星期五要去繪畫教室教畫，星期天上午必須畫秋川麻里惠的肖像。

他說，大概會星期六下午到那邊。「不管怎麼樣，在那之前我會再聯絡。」

掛斷電話之後，我走進畫室，在圓凳上試坐看看。昨夜，在半夜的黑暗中，看到雨田具彥坐著的木製圓凳。在那裡坐下看看，立刻發現那已經不是我的圓凳的事。沒錯，那是長久歲月以來雨田具彥為了作畫所使用的他的圓凳，從今以後也應該永遠繼續還是他的圓凳。不明就裡的人看來，或許只是一張老舊的傷痕累累的三根腳圓椅子而已，但那已經染上他的意志。我只是在順其自然之下，擅自使用著而已。

我在那圓凳上坐著不動，注視著掛在牆上的〈刺殺騎士團長〉。我到目前為止已經觀賞過無數次那幅畫了。而且那是一幅擁有重複鑑賞價值的作品。換句話說，那是一幅擁有各種不同看法餘地的作品。但現在，我有一種想從和平常不同角度重新檢視那幅畫的心情。那上面應該畫有雨田具彥在人生終了以前有必要再度重新凝視一次的什麼。

我花了很長時間，注視那幅〈刺殺騎士團長〉。從昨夜，雨田具彥的生靈或分身，坐在這圓凳上筆直凝視那畫的相同位置，相同角度和相同姿勢，屏息凝神地集中精神。但無論如何小心注意地看，還是沒能從那畫面找出過去沒看到的什麼。

想累了，我走出外面。屋前停著免色的銀色Jaguar。我的Toyota Corolla則在稍微離開的地方。那輛車子在這裡過了一夜。就像一隻受過良好訓練的聰明動物，身體在那場所安靜的休息，耐心等候主人來帶它回去。

我一邊恍惚的想著〈刺殺騎士團長〉的事，一邊在房子周邊漫無目的地散步。走在雜木林中的小徑時，自己背後有被誰一直注視著似的奇怪感覺。好像那「長臉的」推開地面的四角蓋子，從畫面角落祕密觀察我似的。我忽然轉頭看背後。但什麼也沒看見。地面的洞穴並沒有打開，也沒有長臉的身影。只有積滿落葉的無人小徑在沉默中繼續延伸而已。這種事有過幾次。但無論多快回頭，還是沒有人的身影。

或許洞穴和長臉的，都只在我不回頭的時候存在那裡。可能在我準備要回頭的瞬間，它們察覺動靜便快速隱形。就像孩子們的遊戲那樣。

我穿過雜木林，走到平常不走的小徑盡頭。並試著小心尋找會不會在這一帶找到秋川麻里惠所說的「祕密通路」入口。但怎麼找都看不到像那樣的地方。「平常地看，是找不到通路的」，她既然這樣說了，可見是經過巧妙掩飾。無論如何，她在天黑之後一個人通過那祕密通路，從鄰接的山走到我家來。穿過茂密的草叢，穿過雜木林。

小徑盡頭有一塊圓形的小空地。頭上覆蓋的樹木枝葉到此為止，抬起頭看得見小片天空。而且秋天的陽光也從那裡筆直照進地面。我在那微小的日光中的平坦石頭上坐下來，從樹幹間眺望山谷的風景。一面想像等一下從某處的祕密通路秋川麻里惠或許會忽然現身出來。但當然誰也沒有從哪裡出現。只有小鳥們有時飛過來停在枝頭，又飛走而已。小鳥們經常每兩隻一起行動，互相以嘹亮短促的聲音告知彼此的存在。某種鳥一旦找到同伴就會和那對象一生共同行動，對方死了以後，剩下的一半會孤獨地度過餘生，我讀過這樣的記載。不用說牠們不會在律師事務所用掛號寄來的離婚協議書上簽名蓋章。

從更遠的地方，傳來某種巡迴小販卡車音調憂鬱的廣播聲，終於又聽不見了。然後近處的樹叢深處，有咖沙咖沙來歷不明的巨大聲響。不是人類發出的聲音。是野生動物發出的聲音，我想會不會是野豬，瞬間發冷（野豬和虎頭蜂齊名，是這附近最危險的生物），聲音啪一下停止，從此不再聽到。

我趁機站起來。走路回家。回家的途中繞到小祠後方，確認看看洞穴的樣子。洞穴上方和平常一樣蓋著木板，上面排列著幾塊鎮石。看來石頭並沒有被移動的跡象。代替蓋子的木板上厚厚積滿了落葉，落葉被雨淋濕，已經失去鮮豔的色澤。春天鮮嫩地生出的各種葉子，到了晚秋時節無可避免地迎接安靜的死亡。

一直盯著看時，好像現在蓋子就要被掀開，「長臉的」突然把他茄子般細長的臉伸出來似的。但當然蓋子沒有被掀開。而且「長臉的」躲藏的，是四角形的洞穴。更小的，更個人的洞穴。而且躲藏在這個洞穴的不是「長臉的」，而是騎士團長。或者該說，借用騎士團長模樣的Idea。他在半夜搖鈴把我呼喚到這裡來。讓我挖開出這洞穴。

無論如何，這個洞穴是一切的開始。我和免色用重型機具把洞穴挖開以後，我周圍開始發生一件又一件莫名其妙的事。或者一切都因我在屋頂的閣樓發現〈刺殺騎士團長〉，把那包裝解開開始的。以事情的順序來看是這樣，或許這兩件事從一開始就緊密地互相呼應，或許一幅名叫〈刺殺騎士團長〉的畫，把Idea帶進這個家，或許由於我解開了〈刺殺騎士團長〉這幅畫，騎士團長在我面前現身，當作補償作用。不過我越想越不明白，我變得無法判斷，什麼是因，什麼是果了。

回到家時，停在玄關前，免色的Jaguar已經不見蹤影。可能在我外出時，免色搭計程車來開走了，或者請業者來幫他開回去。無論如何停車門廊，只剩下我那滿是灰塵的

Corolla心虛地留在那裡而已。就像免色說的那樣，我想也該測一次輪胎的胎壓了。但還沒買胎壓計，可能一輩子都不會買。

本來想準備做午餐的，但站在調理台前時，卻發現剛才還很旺盛的食欲已經消失。代替的是感到非常睏，我拿來毛毯在客廳沙發躺下，就那樣睡著了。睡著時我做了個短夢，非常清楚而鮮明的夢。但那是什麼樣的夢卻又完全想不起來，想得起來的，只有那是個非常清楚而鮮明的夢而已。與其說夢，不如說感覺也像由於某種錯誤不小心混進睡眠中的現實片段似的。醒來時，那已經變成迅速逃逸的敏捷動物轉眼便溜得無影無蹤了。

42 掉到地上，會破的就是雞蛋

那一星期過得出乎意料之外的快。上午一直集中精神在畫布上，下午則讀讀書、散散步，做完必要的家事。不知不覺間，就那樣一天又一天過去了。星期三下午女朋友來，我們在床上做愛。老舊的床像每次那樣發出巨大的聲響，她覺得那很有趣。

「這張床一定快要解體了噢。」她在動作中，喘過一口氣時預言。「我想一定會變成分不清是床的碎片，還是Glico Pocky巧克力棒那樣破碎不堪。」

「我們也許該稍微安穩些、輕一些吧。」

「那麼亞哈船長或許應該去追沙丁魚而不是白鯨了。」她說。

我思考了一下。「世上也有不容易改變的事情——妳想說的是這個意思嗎？」

「大概。」

一會兒後，我們再度在廣大的海原追逐白鯨。世上也有不容易改變的事情。

每天各加一點，我繼續為秋川麻里惠的肖像畫加筆。在畫布上所畫的草圖骨架上，添加必要的肌肉。調出需要的幾種色彩，做出背景。為了凸顯她的臉能自然地從畫面浮出所做的基礎打底。這樣做完，就等星期天她再來畫室。作畫有需要模特兒在眼前進行的作業，有不用模特兒在眼前必須事先做好的準備。我兩種作業都喜歡。一個人花時間思考各種要素，試著以各種顏色和手法調整環境。我樂在其中地親手做著這些作業，一邊愉快地享受從那調整好的環境中自發性即興式地逐步建立起實體作業的樂趣。

和畫秋川麻里惠的肖像並行，我也在另一張畫布上開始描繪小祠後方那洞穴的畫。因為那洞穴的光景已經鮮明地烙印在我腦子裡了，因此不必在實物前也能作畫。我把記憶中那洞穴的模樣，徹底細密地描繪出來。我把那幅畫，以毫不誇張的寫實主義，極寫實地描繪。雖然我過去從來不畫寫實性的畫（當然以商業性所畫的肖像畫除外），不過這種畫法，我絕對不是不擅長。只要我想，也可以畫得精密而真實得和照片沒有差別的具象畫。偶爾畫這種接近超寫實主義的畫，對我來說，是一種氣氛轉換，也是基礎技術的重新溫習訓練。不過我畫寫實畫，只是為了自己快樂，卻從來不對外展出作品。

就這樣我眼前的〈雜木林中的洞穴〉每天逐漸活生生地再現出來了。幾片厚木板當蓋子半邊掩蓋著的林間神祕圓形洞穴。騎士團長從其中出現的洞穴。畫面上畫出來的只有黑暗的洞穴，沒有人的蹤影。周圍的地面積滿落葉。極其靜謐的風景。但那畫中，卻有現在有人（或什麼）即將爬出似的氛圍。越看我越有這種預感。雖然是自己畫的造型，但卻有令人忽然不寒而慄的感覺。

就這樣，我每天上午的時間，都在畫室一個人度過。而且手拿畫筆和調色盤，面對〈秋川麻里惠的肖像〉和〈雜木林中的洞穴〉——兩種調性完全不同的畫——隨興所至交互畫著。我坐在雨田具彥星期天的半夜坐過的圓凳上，面對並排放著的兩面畫布，集中精神工作。或許因為那樣集中精神的關係，星期一早晨我在圓凳上所感覺到雨田具彥的濃厚氣息，在不知不覺之間已經消失。那老舊的圓凳似乎已再度恢復成因我而存在的現實道具。雨田具彥可能也已回到自己本來應該在的場所去了。

那一周，我半夜常常到畫室去稍微打開畫室的門，從門縫往裡面窺探。但屋裡沒有人。既沒有雨田具彥的身影，也沒有騎士團長的身影。只有一張圓凳，擺在畫架前而已。從窗戶射進來的僅有月光將畫室裡的東西安靜地浮現上來。牆上掛著〈刺殺騎士團長〉。畫到一半的〈白色Subaru Forester的男人〉畫面朝內靠牆放著。兩個並排的畫架上，分別放著繪製中的〈秋川麻里惠的肖像〉和〈雜木林中的洞穴〉。畫室裡散發著油畫顏料、松節油和罌粟油的氣味。無論打開窗戶多久，那些混合的氣味都不會從畫室消失。我向來一直吸著，以後可能也會繼續吸的特殊氣味。我好像在確認這氣味似的，將夜晚畫室的空氣吸進肺部，然後再靜靜地關上門。

星期五晚上雨田政彥打電話進來。說星期六下午會去你那邊。我會從附近的漁港買新鮮的魚帶過去，所以你不用擔心吃的問題。請開心地等我吧。

「其他還有什麼要我買去的東西嗎？順便而已，所以什麼都可以，我可以買過去。」

「我想沒什麼需要。」我說。然後想起來。「這麼說來，沒有威士忌了。上次你帶來的有朋友來喝掉了。什麼牌子都行，可以幫我買一瓶嗎？」

「我喜歡Chivas Regal，那個可以嗎？」

「那就可以。」我說。雨田從以前就是非常講究酒和食物的男人。我不太有那樣的興趣，只要有什麼東西就吃什麼，有什麼酒就喝什麼。

雨田掛斷電話後，我把〈刺殺騎士團長〉的畫從畫室牆上拿下來，放到寢室去遮蓋起來。從閣樓上悄悄拿出來的雨田具彥未發表的作品，不能讓他兒子看見。至少現在還不是時候。

就這樣，畫室裡可以讓來客看到的畫就只有〈秋川麻里惠的肖像〉和〈雜木林中的洞穴〉兩幅而已。我站在那前面，左右輪流看著兩幅作品。在比較著兩幅之時，我腦子裡浮現秋川麻里惠繞到小祠後方，接近那洞穴的光景。預感從那裡將發生什麼。洞穴的蓋子正半開著。那黑暗正在引導著她。在那裡等她的是「長臉的」嗎？還是騎士團長？

而且那兩幅畫在什麼地方是相連的嗎？

自從來到這棟房子以後，我幾乎持續畫著畫。起初是接受委託畫免色的肖像畫，其次是畫〈白色Subaru Forester的男人〉（開始著色的階段就中斷了），現在則以〈秋川麻里惠的肖像〉和〈雜木林中的洞穴〉兩幅並行地畫著。四幅畫以拼圖遊戲的片段互相組合，整體上似乎也可以想成正在開始述說某個故事的樣子。

或者我可能因為畫這些畫，而正在記錄一個故事。我有這種感覺。有人賦予我那記錄者的角色，或資格嗎？如果是的話，那個人到底是誰？而且為什麼選擇這個我當記錄者呢？

星期六下午四點前，雨田開著黑色的VOLVO旅行車來了。舊型的、正四方形正直頑固的VOLVO正是他所喜愛的。那輛車他開了相當久。應該也開了相當長的里程數了，但他好像還沒打算換新車。那天他還特地帶了自己的魚刀來，整理得很好的銳利刀子。而且就用那把刀在廚房開始切魚，他那尾特地從伊東的魚店買來的新鮮大鯛魚。他本來就是個手很巧的多才男人。他仔細把魚骨漂亮地剔除，不浪費地片出好多生魚片，再用魚骨頭取汁、熬湯，又用火烤焙魚皮，當成下酒菜。一連串的作業，我只有佩服的在旁邊看著的份。如果他成為專業廚師想必也會大有成就。

「這種白身魚的生魚片，其實最好放一天明天才吃，肉會變得比較柔軟，味道也比較順口而美味。不過沒辦法。將就一下。」雨田一邊俐落地使刀一邊說。

「我不敢奢望。」我說。

「如果吃不完，剩下的明天你可以一個人吃。」

「我會。」

「嘿，不過我今天晚上可以住這裡嗎？」雨田問我。「可能的話，今天我想好好坐下來，跟你兩個人邊喝酒邊慢慢聊。可是喝了酒就不能開車。所以我睡客廳的沙發也沒關係喲。」

「當然。」我說。「本來這就是你家，你想住多久就儘管住。」

「會不會有哪個女人來訪啊？」

我搖搖頭。「目前沒有這樣的安排。」

「那就讓我住囉。」

「不用睡客廳的沙發，客房有床啊。」

「不，對我來說客廳的沙發比較輕鬆反而好。那張沙發比看起來睡得更舒服，我從以前就喜歡睡那裡。」

雨田從紙袋裡拿出Chivas Regal威士忌，拆了包裝打開瓶蓋。我拿出兩個玻璃杯，從冰箱拿出冰塊。將威士忌從酒瓶注入玻璃杯時，發出非常舒服的聲音。就像親近的人打開心房時那樣的聲音。於是我們兩人邊喝威士忌邊準備餐點。

「我們兩個好久沒這樣，一起慢慢喝酒了喔。」雨田說。

「這麼說來，真的是這樣。以前我們好像還滿常喝的。」

「不，是我喝很多。」他說。「你從以前就喝不多。」

我笑了。「以你看來可能是這樣，不過以我來說那樣已經算喝很多了啊。」

我不會喝到爛醉，因為在爛醉之前就很睏先睡了。但雨田則不然，他一旦坐下來開始喝，就會徹底坐著慢慢喝的類型。

我們隔著餐廳的桌子吃生魚片，喝威士忌。剛開始各自吃了四個和鯛魚一起買回來的新鮮牡蠣，然後吃了鯛魚生魚片。剛片下來的生魚片，特別新鮮而美味。雖然肉確實還硬，不過我們一邊喝酒一邊花時間慢慢吃，結果兩個人把生魚片全部掃光一點都沒剩下。這樣肚子已經相當飽了。除了牡蠣和生魚片之外，只吃了烤得酥酥脆脆的魚皮，醃漬山葵和豆腐而已。最後喝了湯。

「好久沒吃得這麼豪華痛快了。」我說。

「在東京吃不到這樣的東西。」雨田說。「住在這附近還真不錯。可以吃到美味的鮮魚喔。」

「但如果一直住在這裡的話，對你來說生活大概會很無聊吧。」

「對你來說無聊嗎？」

「這個嘛？我從以前就不太覺得無聊會有多難過。而且這地方，也會發生各種事情喔。」

初夏搬到這裡來，不久認識免色，跟他一起把小祠後方的洞穴挖開，然後騎士團長現身出來，接著秋川麻里惠和她姑姑秋川笙子進入我的生活，加上有性方面非常成熟的人妻女友安慰我。連雨田具彥的生靈也來夜訪，應該沒時間無聊吧。

「我可能也不太會無聊。」雨田說。「我以前很熱中於衝浪，經常在這附近的海岸衝浪。你知道嗎？」

不知道，我說。我從來沒聽過這件事。

「我還想差不多可以離開都會，重新開始過那樣的生活也不錯。早晨起床眺望海，如果有不錯的浪，就抱著衝浪板出門。」

那麼麻煩的事我可做不來。

「工作怎麼辦？」我問。

「一星期到東京去兩次，事情大概就能辦完了。我現在的工作幾乎都是在電腦上作業的，因此住在離開都心的地方也能做。世間變方便了吧？」

「我不知道。」

他很驚訝似地看我。「現在已經是二十一世紀了喔。知道嗎？」

「聽說是。」我說。

用完餐我們移到客廳，繼續喝酒。秋天已經快要結束了，但那一夜還沒冷到想在暖爐生火的地步。

「對了，你父親的情況怎麼樣？」我問。

雨田輕聲嘆氣。「還是一樣啊。頭腦完全斷線了。連雞蛋和睪丸都分不清的地步。」

「掉到地上，會破的就是雞蛋。」我說。

雨田放聲大笑。「不過試想起來，人類真是不可思議的東西啊。我父親在幾年前，真的是打他踢他都無動於衷的堅強男人。頭腦也經常像冬夜的天空那樣清晰透明，幾乎令人生厭的地步。而現在，卻變成像記憶的黑洞似的。好像突然出現在宇宙漫無邊際的黑暗洞穴那樣。」

雨田說著搔搔頭。

「是誰說『造訪人類的最大驚奇是高齡』的？」

不知道，我說。也沒聽過這種話，不過或許確實是這樣。對人來說，高齡或許是比死更意外的事，那或許是遠超出人們預想之外的事。有一天某個人清楚地告訴你，自己對這個世界來說，在生物學上（或社會學上）已經是沒有也沒關係的存在了。

「那麼，上次你說看到我父親的夢，真的那麼真實嗎？」政彥問我。

「是啊，真實得不覺得像做夢。」

「而且我父親是在這棟房子的畫室裡是嗎？」

我帶他到畫室，並指出擺在房間正中央的圓凳。

「在夢中，令尊就安靜地坐在那張椅子上。」

雨田走到那圓凳前去，把手掌放在那上面。

「什麼也沒做嗎？」

「是啊，什麼也沒做，只是坐在那裡。」

其實他是筆直凝視著掛在牆上的〈刺殺騎士團長〉的，不過這件事我保持沉默。

「這是我父親最愛的椅子。」雨田說。「雖然是毫無特色的舊椅子，但他絕不肯丟棄。畫畫的時候、想事情的時候，經常都坐在這上面。」

「實際坐看看，是不可思議令人安定的椅子。」我說。

雨田站在那裡一會兒，手放在椅子上不動，在一直想著什麼，但並沒有坐上去。然後順序地眺望放在圓凳前的兩張畫布，〈秋川麻里惠的肖像畫〉和〈雜木林中的洞穴〉，兩幅都是我現在正在畫的畫。他把兩幅畫，花時間仔細看。就像醫師在檢視X光片裡的微妙影子那樣的眼光。

「非常有意思。」他說。「非常好。」

「兩邊都是嗎？」

「是啊，兩邊都非常有意思。尤其這兩幅畫排在一起，可以感覺到不可思議的動感似的東西。雖然風格完全不同各具特色，但又覺得這兩幅畫在什麼地方好像連成一體似的。」

我默默點頭。他的意見，也是這幾天我自己模糊地感覺到的。

「我在想，你好像正在慢慢掌握到自己的新方向了。終於可以從深深的森林裡走出來了似的，這樣的趨向不妨好好珍惜喲。」

他這樣說完把手上玻璃杯中的威士忌一口喝乾，杯中的冰塊發出清脆的聲音。

我有一股強烈的衝動，想把雨田具彥所畫的〈刺殺騎士團長〉讓他看。想聽聽政彥對他父親的畫會說出什麼樣的感想。他口中說出的話，或許能給我某種重要的啟示。但我還是把那股衝動設法壓制下來。

現在還太早，某種想法制止了我。現在還太早。

我們從畫室走回客廳。好像起風了，窗外厚厚的雲朝向北方慢慢飄去，到處都沒見到月亮的影子。

「那麼，來談重要的事吧。」雨田下定決心似地說出。

「那，看來好像是很難說出口的話喔。」我說。

「嗯，確實算是比較難說的。或者是，相當難說的。」

「不過我有必要聽。」

雨田在身體前面來回搓著雙手，簡直就像現在要把某個非常重要的東西抱起來的人似的。然後終於開口。

「我要說的是柚子的事，我跟她見了幾次面。你今年春天離家出走之前，和出走之後。她說想見我，我們就在外面見過幾次。不過她要我不要告訴你那件事。雖然跟你之間保持祕密我實在過意不去，不過，因為跟她那樣約定了。」

我點點頭。「約定很重要。」

「因為柚子對我來說也是朋友。」

「我知道。」我說。政彥很重視朋友，那有時候也會成為他的弱點。

「她有過一個交往的男朋友。也就是，除了你以外。」

「我知道。不過當然是指現在知道了。」

雨田點頭。「在你離家出走的半年前開始吧。兩個人成為那樣的關係。可是，這種事情要跟你坦白心裡也很痛苦，那個男的我認識。是我公司的同事。」

我輕輕嘆一口氣。「我想像中是個英俊的男人，對嗎？」

「噢，是啊。容貌相當好的男人。學生時代就被星探相中，當過模特兒。不過，老實說，形式上等於是我把那個男的介紹給柚子的。」

我默不作聲。

「當然是以結果來說。」政彥說。

「柚子從以前就一貫對容貌英俊的男人難以抗拒。她本人也承認，幾乎是近乎病態的地步。」

「你的臉，我覺得也不錯啊。」政彥說。

「謝謝，今天晚上我可以好好睡了。」

我們暫時各自保持沉默。然後雨田開口。

「總之那傢伙長得相當英俊，而且人品也不錯。這樣說雖然無法安慰你，不過不會動用暴力，或在女性關係上亂七八糟，或以英俊高傲，完全不是那種類型的男人。」

「那太好了。」我說。並沒有特別的意思，但結果是我的聲音聽起來好像帶有諷刺意味。

雨田說：「去年九月左右吧，我跟那個男的在一起時，偶然在什麼地方剛好碰見柚子，正好是午餐時間，所以三個人就一起在附近吃午餐。不過那時候，實在沒想到他們兩個人會變成那樣的關係，而且他比柚子小五歲。」

「不久兩個人就成為戀人關係了。」

雨田做了一個輕輕聳肩的動作。事情可能進展得很迅速。

「那個男人找我商量。」雨田說。「你太太也找我商量。於是我陷入相當為難的立場。」

我沉默不語。我知道無論說什麼，結果自己都會顯得很愚蠢。

雨田暫時沉默。然後說：「其實，她現在懷孕了。」

我一瞬之間失去言語。「懷孕？柚子？」

「是啊，已經七個月了。」

「是她希望的懷孕嗎？」

雨田搖搖頭。「這個嘛，我就不清楚了。不過她好像打算要生。已經七個月了啊，也不能怎麼樣了吧。」

「她一直對我說，還不要生孩子。」

雨田暫時望著杯子裡，稍微皺一下眉。「那麼，那沒有可能是你的孩子嗎？」

我迅速地計算一下。然後搖搖頭。「法律上先不說。生物學上來說，可能性是零。八個月前我已經離開家了，從此以後就沒碰過面。」

「那就算了。」政彥說。「不過總之，現在她要生下孩子，這件事要我轉告你，她說這件事不打算造成你的困擾。」

「為什麼這件事要特地轉告我呢？」

雨田搖搖頭。「不曉得。大概禮貌上，想到應該向你報告吧。」

我默不作聲。禮貌上？

雨田說：「總之對於這一件事，我想在什麼地方好好向你道歉。我知道柚子跟我同事變成那樣的關係，我卻無法對你說什麼，我覺得很抱歉。不管怎麼樣。」

「所以為了補償，而讓我住進這棟房子是嗎？」

「不，這跟柚子的事沒關係。這裡再怎麼說總是父親住了很久，一直在作畫的房子。如果是你的話，這種地方你應該很適合繼續住。我想並不是誰都可以讓人放心來住的。」

我沒說什麼，這大概不是謊話。

雨田繼續說：「無論如何，你把寄來的離婚協議書的文件簽名蓋章，寄回去給柚子了。有這回事對嗎？」

「正確說，是寄回給律師的。所以現在離婚應該已經成立了。他們兩人大概不久就可以選時間結婚了。」

然後組成幸福的家庭。小巧的柚子、英俊的高個子父親，和嬌小的孩子。在晴朗的星期天早晨，三個人親密地在附近公園散步。令人感覺溫暖的風景。

雨田在我的杯子和自己的杯子裡追加冰塊，添加威士忌。然後拿起自己的杯子喝了一口。我從椅子站起來走出陽台，眺望山谷對面免色家的白色豪宅。看得見家裡有幾扇窗戶的燈還亮著。免色現在不知道正在那裡做什麼？現在正在那裡想什麼？

夜晚的空氣現在已經變得相當冷了。葉子完全掉光的樹木枝條被風吹得細細搖著。我回到客廳，再度在椅子上坐下。

「你能原諒我嗎？」

我搖搖頭。「這也不能說是誰的錯。」

「對我來說，只覺得非常遺憾。我覺得柚子跟你非常配，看起來也非常幸福。這樣的一對居然會不和，最後關係終於破裂。」

「掉到地上，會破的就是雞蛋。」我說。

政彥無力地笑了。「那麼，現在怎麼辦？跟柚子分開後，有跟哪個女人正在交往嗎？」

「不是沒有。」

「但跟柚子不同。」

「我想不同。從以前我就覺得，我對女人有一貫追求什麼。而柚子正好擁有那個。」

「別的女人都沒有？」

我搖搖頭。「到目前為止。」

「真可憐。」雨田說。「那麼，你對女人一貫追求的到底是什麼樣的東西？」

「很難用語言表達。不過那是我在人生的中途不知怎麼失去的，後來應該長久繼續在尋找。大概大家都是這樣才愛上誰的吧？」
「也許不能說大家。」政彥臉色有點為難地說。「這種人反倒應該算是少數吧。不過如果不能用語言表達的話，可以用畫不是嗎？你是畫家啊。」
我說：「語言無法表達的話，就用畫好了。這樣說來容易。可是實際要做卻不簡單。」
「不過有追求的價值吧。」
「亞哈船長或許該追捕沙丁魚而不是鯨魚。」我說。
政彥聽了笑起來。「從安全性觀點來看也許是這樣，但這樣就無法產生藝術了。」
「喂，少來了。藝術這字眼一出現，話就會在這裡停擺。」
「我們好像要喝多一點威士忌才行噢。」政彥邊搖頭說。然後在兩人的杯子裡又注入威士忌。
「我不能喝太多，明天早上有工作。」
「明天是明天，今天只有今天。」政彥說。
這句話不可思議的具有說服力。
「有一件事我想拜託你。」我對雨田說。話差不多該打住，準備睡覺的時候。時鐘的針指著十一點前。
「只要我能幫得上忙儘管說。」
「如果方便，我想見你父親一面。你要去那伊豆的養護中心時，可以帶我一起去嗎？」

雨田以看見珍奇動物般的眼神看我。「想見我父親？」

「如果不麻煩的話。」

「當然不麻煩。只是，現在的我父親，已經是無法清楚說話的狀態了。腦子一團糊塗，簡直變成像泥沼般了。所以如果你對他有什麼期待的話……換句話說如果你希望從雨田具彥這個人物得到任何有意義的東西的話，很可能會大失所望。」

「我沒有期待這種事情。我只是想就算只見一面也好，很想好好的拜見令尊的容顏。」

「為什麼？」

我停頓一下，環視客廳裡一圈。然後說：「我已經在這棟房子裡住了半年。在你父親的畫室裡，坐在你父親的椅子上畫畫。用你父親用過的餐具吃東西，聽你父親的唱片。在做這些事情的時候，其實很多地方都會感覺到他的氣息之類的東西。因此我漸漸開始想，就算一次也好，務必讓我實際見到雨田具彥這位人物的容顏。就算沒辦法好好談話也好。」

「那倒可以。」雨田似乎同意了。「就算你去了，我父親既不會特別歡迎，也不會覺得討厭。因為他已經分不出誰是誰了。所以帶你一起去沒有任何問題。最近我也想再去伊豆高原的養護中心。醫師告訴我說，可能已經沒有多少時間了。隨時都可能出狀況。到時如果你沒有其他行程安排的話，我就帶你一起去。」

我抱著預備的毛毯、枕頭，和棉被過去，在客廳的沙發上鋪好床。然後在屋裡又繞一圈看看，確定沒見到騎士團長的身影。如果雨田半夜醒來，看見騎士團長的模樣——身上穿著飛鳥時代衣裳身高六十公分的男子——的話，一定會嚇破膽吧。或者可能以為自己酒精中毒了。

除了騎士團長之外，這屋子裡還有「白色Subaru Forester的男人」。為了不讓人看到那畫中人而把畫的背面朝外放。但在半夜的黑暗中，我所不知道的時候會發生什麼，實在無法預測。

「希望你一覺到天亮。」我對雨田說：這是真心話。

我把預備好的睡衣借給雨田。體型大致相同，因此尺寸沒問題。他脫掉衣服換上睡衣，鑽進鋪好的棉被裡。室內的空氣雖然有點冷，但看來棉被裡應該夠暖和。

「你沒生我的氣吧？」最後他問我。

「才沒生氣。」我說。

「不過，稍微有點受傷吧？」

「也許。」我承認。我應該也有稍微受傷的權利吧。

「不過杯子裡還剩下十六分之一的水。」

「沒錯。」我說。

然後我把客廳的燈關掉，回到自己的寢室。然後抱著稍許受傷的心，不久就睡著了。

43 不可能只以夢就結束

醒來時，周遭已經完全大亮了。天空被灰色的薄雲全面覆蓋，雖然如此太陽還是將它深厚的恩惠之光，淡淡的安靜地普照大地。時刻是七點稍前。

我在洗臉台洗過臉後，先設定好咖啡機，就到客廳去看看。雨田在沙發上窩在棉被裡睡得正熟。完全看不出快醒的樣子。旁邊桌上，放著幾乎變空的威士忌酒瓶。我讓他繼續睡，把酒瓶和酒杯收掉。

對我來說已經算喝相當多威士忌了，卻沒有宿醉的感覺。頭腦像平常的早晨一樣清爽，也不覺得胸悶。我有生以來從來沒有宿醉的經驗，不知道為什麼。可能是天生的體質吧。無論喝多少，只要一覺醒來，迎接早晨時，酒精的痕跡已經完全消失無蹤。吃過早餐，立刻可以開始工作。

我烤了兩片吐司，煎了兩個荷包蛋，邊吃邊聽收音機的新聞和氣象預報。股票漲漲跌跌，國會議員爆發醜聞，中東都市發生大規模恐怖爆炸事件，造成許多人傷亡。照例，聽不到一件令人開心的新聞。不過也沒發生任何一件會立即波及影響我生活的惡劣事件。那些都是在某些遠方現在這世界所發生的事，或不認識的他人身上所發生的事。雖然覺得可憐，但我對那些現在也幫不上任何忙。氣象預報告知普普通通的天氣。雖然算不上美好的大晴天，但也不算多壞。一整天大多是淡淡的陰天，可能不至於下雨吧。大概。不過公務員或媒體人，很聰明，所以絕對不會用「大概」這種曖昧的字眼。而特地準備了「降雨率」這種方便的（誰都不必負責的）用語。

新聞和氣象預報結束後我把收音機關掉，將早餐用的盤子和餐具收拾乾淨。然後坐在餐桌前，喝著第二杯咖啡邊想事情。一般人可能正在攤開剛送來的報紙閱讀時，但我沒有訂報。所以邊喝咖啡，邊眺望窗外高大的柳樹，邊想事情。

我首先想到即將臨盆（據說）的妻子，然後忽然想到她已經不是我的妻子了。她和我之間，已經沒有任何聯繫。無論是社會契約上，或人與人之間的關係上。我對她來說可能已經變成沒有任何意義的外人了。想到這裡覺得很不可思議。幾個月前還每天早上一起用餐，用相同的毛巾和肥皂，赤身裸體相見，同床共寢，如今卻變成沒有關係的陌路人了。

想著這種事之間，逐漸感覺我這個人似乎連對我自己來說，都變成不具意義的存在了。我把雙手放在桌上，試著注視一會兒。那無疑是我的雙手。右手和左手左右對稱幾乎長得一模一樣。我用那手畫畫、做菜、吃飯、時而愛撫女人。但那天早晨，那些不知怎麼看起來不像我的手。手背、手掌、指甲、掌紋、看來都像沒見過的別人的東西似的。

我不再看自己的雙手，也不再想曾經是妻子的女人。從桌前站起，走進浴室，脫下睡衣，沖了熱水淋浴。仔細洗頭髮，在洗臉台刮鬍子。然後再度想起，即將生下孩子——不是我的孩子的孩子——的柚子。雖然不想去想，卻不得不想。

她懷孕七個月左右了。現在開始的七個月前，算起來是四月的後半。四月的後半，我在什麼地方做什麼呢？我一個人離家出走，開始做一個人的長途旅行是三月中的事。然後就一直開著老爺車 Peugeot 205，從東北到北海道漫無目的地繞著。旅行結束回到東京是進入五月之後了。四月後半，說來正是從北海道到青森的時候。從函館到青森的下北半島的大間，是搭渡輪過海的。

我從抽屜深處拿出旅行時記錄的簡單日記，查看自己當時到底在哪一帶。我那時離開海邊後，就在青森山中到處移動。四月已經過了中旬，山間區域還相當冷，還積著很深的雪。為什麼想特地到寒冷的地方去，已經想不起原因。也不清楚正確地名，只記得在一個湖畔了無人跡的小旅館一連住了幾天。一棟沒有親切感的水泥老建築，飯菜也相當簡單（但並不難吃），住宿費便宜得驚人。而且院子角落還附有一個整天都能進去泡的小露天溫泉。春天才剛開始重新營業，但我想除了我之外，幾乎沒有別的住宿客。

旅行之間的記憶不知怎麼非常模糊不清。我代替日記簿所使用的筆記本所記錄的，只有造訪地方的地名、住宿設施、吃的東西、行車里程、一天的開銷，這種程度的記事隨興所至，非常冷淡。完全看不到心情和感想之類的。可能是沒有任何可寫的事。所以即使重讀日記，一天和另一天幾乎沒有區別。光看記載的地名，也想不起是什麼樣的地方。很多日子連地名都沒記。同樣的風景、同樣的食物、同樣的氣候（很冷、沒那麼冷，那裡只有這兩種氣候）。現在我能想得起來的，只有那樣單調的反覆感覺。

畫在小型素描簿上的風景和事物，比日記稍微生動的能讓我記憶甦醒（因為沒帶相機，所以沒留下一張相片。代替的是素描）。話雖如此，我在旅行之間，並沒畫多少張。

只有在時間太多的時候，會拿起短鉛筆或原子筆，隨興地把旁邊看見的東西順手畫下而已。路邊的花草，貓、狗、或山野。有時興之所至也畫些周邊人物的速寫，但那多半應要求，當場就送給對方了。

四月十九日那頁日記最下方記著「昨夜．夢」。此外什麼也沒寫。是我住在那家民宿時。而且在那「昨夜．夢」字下面，用2B鉛筆畫上粗粗的底線。在日記上記載，還特地畫底線，可見一定是具有特別意義的夢。但在那裡到底做了什麼樣的夢，我花了一點時間才想起。然後記憶一口氣甦醒過來。

那天將近黎明時分，我做了一個非常鮮明，而且激情的春夢。

夢中我在廣尾大廈的房間裡。我和柚子六年之間，兩人一起生活的房間。有床，妻子一人躺著，我從天花板俯視她的姿勢。換句話說我浮在空中。但那並不覺得奇怪。夢中，自己浮在空中，對我來說極為平常，絕不是不自然的事。而且不用說，我並不覺得那是夢。對浮在空中的我來說，那只不過是在那裡現在實際發生的事。

我盡量不吵醒她，安靜的從天花板降下，然後站在床腳。我那時性慾非常高漲，因為非常久沒與她做愛了。我把她蓋著的棉被慢慢掀開，柚子好像睡得相當熟（或許吃了安眠藥），棉被完全掀開，都沒看見她醒來。她身體動也沒動一下。那使我變得更大膽，我慢慢花時間脫下她的睡衣褲、脫下內褲。淺藍色睡衣褲，和白色棉布小內褲。這樣她還是沒醒來，既沒抵抗，也沒出聲。

我溫柔地撥開她的腳，手指觸摸陰道。那裡溫暖地張開，充分濕潤。簡直像正在等待被我觸摸似的。我早已迫不及待，把堅硬的陰莖推進她裡面。或該說，那裡像溫暖的奶油般把我的陰莖迎接進去，積極地吞進去。柚子雖然沒醒來，但這時卻大口地呼吸，小聲地提高聲音。等不及要這樣的聲音。手觸摸乳房時，發現乳頭變得像果實的種子般堅硬。

她現在，可能正在做著某種很深的夢，我這樣感覺。而且在那夢中她或許把我當成別人。因為已經有很長一段期間，她一直拒絕與我做愛。但不管她正在做什麼樣的夢，夢中把我當成誰，我已經進入她裡面，現在已經無法中斷了。如果柚子中途醒來，知道對象是我的話可能會受到衝擊。可能會生氣。不過就算那樣，那是那時候的事，現在只能這樣繼續下去。我的頭因為激烈的慾望，幾乎變成決堤河川般的狀態了。

剛開始，我還想別驚醒睡著的柚子，避免過度刺激只安靜的慢慢抽動著陰莖，但漸漸自然地加速動作。因為她的身體深處顯然歡迎我的到來，正渴求我更粗野的行動，而且不久我已迎接射精的瞬間。雖然想在她體內待上更長時間，但已經不可能再控制自己了。因為那對我來說，是相當久沒做的性交了，而且她雖然在睡夢中，卻做了過去從來沒讓我看過的積極反應。

我激烈射精，反覆幾次又幾次。精液在她內側滿溢出來，流到陰道外，沾濕床單。我想停，都停不下來。如果繼續再這樣下去，甚至開始擔心自己可能會整個被掏空。雖然如此，柚子既沒發出聲音，呼吸也沒紊亂，還繼續呼呼睡著。然而另一方面，她的膣卻不肯放開我。那擁有確實而堅固的意志正激烈收縮著，繼續不停地搾取我的體液。

這時我忽然醒來。而且發現自己實際正在射精，內褲因大量精液而濡濕。我為了不弄髒床單急忙脫下內褲，到浴室去洗掉。然後走出房間，從後門進入庭院的溫泉。沒牆沒屋頂的露天浴池溫泉，因此要走到那裡之前非常寒冷，不過一旦身體浸入溫泉水裡之後，則全身溫暖到內心。

黎明前靜悄悄的時刻，只有我一人泡在那溫泉裡，因為蒸氣的關係，周圍的冰正在融解，一邊聽著化為水滴滴落的滴答聲，一邊在腦子裡一次又一次地重現那光景。因為那實在是伴隨著太生動感觸的記憶了，實在不覺得是夢。我是真的回到廣尾的大廈，真的和柚子性交了。只能這樣想。我的雙手還清清楚楚記得柚子肌膚光滑的觸感，我的陰莖還留著她內側的觸感。那激烈地渴求我，緊緊地抓著我（或許她以為我是別的誰，但總之那對象是我）。柚子的性器往內縮緊，想把我的精液一滴不剩地收歸己有。

我對那夢（或夢般的東西）難免感到某種愧疚，也就是說我在想像中強暴了妻子。剝掉睡夢中柚子的衣服，未得對方同意就插入性器。就算是夫婦間，單方面的性交也有被視為暴力行為的情況，在這層意義上我的行為絕對不值得褒獎。但結果，從客觀上來看，那是夢。是我在睡夢中體驗的事，人們稱那為夢。我並非在意圖之下造成那夢，我並沒有寫出那夢的計畫書。

話雖如此，那確實也是我所希望的，正是我想追求的行為。如果現實上——不是夢中——身處那樣的狀況，我可能還是會做出同樣的事。可能會把睡著的她的衣服悄悄脫掉，擅自進入她裡面。我想擁抱柚子的身體，想進入她體內。我被那樣強烈的慾望所俘虜。而且我在夢中，可能讓那比現實以更誇張的形式實現了（反過來說，那是只有在夢中才能實現的事）。

那真實的性夢，對一個人繼續孤獨旅行的我，暫時之間帶來某種幸福的充實感。也可以說昂揚感吧。一想起那夢時，就能感覺到自己還以一個生命體，和這世界有機地結合在一起。不是理論上、觀念上、只是通過一種肉感，我被這個世界繫住了。

然而和那同時，一想到可能有誰——什麼地方的別的男人——正以柚子為對象實際嘗到那樣的感覺時，我的心就覺得像被刀刺般痛。那誰觸摸著她變硬的乳頭，脫下白色小內褲，性器插入她濕潤的陰道裡，射精了好幾次。想像到這裡，自己內側便有像流血般痛切的感覺。那是我有生以來（記憶所及）第一次經驗到的感覺。

那是四月十九日黎明時我所做的不可思議的夢。而且在我的日記上寫著「昨夜・夢」，並在下面以2B鉛筆畫了粗粗的底線。

而且正好就在那個時期，柚子受胎了。當然無法查明特定受胎日。不過要說是那時候，應該並不奇怪。

我想和免色告訴我的事很相似。只是免色是實際上以真實的身體為對象，在辦公室沙發上性交的，不是在夢中發生的事。而且正好那時候對方受孕了。在那之後立即和年長的資產家結婚，不久就生下秋川麻里惠。因此免色會想到秋川麻里惠可能是自己的孩子，是有適當根據的。雖然只是微小的可能性，但以現實來說並非不可能的事。但我的情況，我和柚子的一夜性交，終究只是在夢中發生的事而已。當時我在青森的山中，她（應該）在東京的都心。所以柚子即將生產的孩子不可能是我的孩子。如果從理論上來思考的話，事情實在很清楚。那種可能性完全是零。如果從理論上來想的話。

然而就這樣乾脆的只以理論來解決掉的話，我所做的夢卻未免太鮮明強烈了。而且那夢中所進行的性行為，是比我經歷六年婚姻生活之間，以柚子為對象所進行的任何實際行為相較印象都更深，所伴隨的快樂也遠遠更強。幾次又幾次連續射精的瞬間，我腦子裡所有的保險絲全都同時跳掉的狀態。現實的幾個層面全都溶解在腦子裡互相混合渾濁了，簡直就像世界原初的渾沌那樣。

那樣活生生的事情不可能只以夢就結束掉——那是我的實際感受。那夢一定和什麼連接在一起。那應該會對現實造成某種影響。

九點前雨田醒來。他穿著睡衣走進餐廳，喝了熱黑咖啡。他說不需要早餐，咖啡就夠了。他眼睛下面有點腫。

「沒問題嗎？」我問。

「沒問題。」雨田揉著眼瞼說。「我經驗過幾次更嚴重的宿醉。這還算是輕的。」

「你慢慢來沒關係呀。」我說。

「可是你的客人快來了吧？」

「客人要十點才來，還有一些時間。而且就算你在這裡也沒問題。我介紹兩個人給你，都是相當漂亮的女子。」

「兩個人？那畫中的模特兒女孩不是一個人嗎？」

「還有陪伴她一起來的姑姑。」

「陪伴的姑姑？風氣相當保守噢。簡直像珍．奧斯汀的小說那樣。總不會穿著束腹緊身胸衣，坐著雙頭馬車來吧。」

「馬車倒沒有。是開Toyota Prius來的，也沒穿緊身胸衣。我在畫室畫女孩時，大概兩個小時，姑姑就坐在客廳讀書等著。雖說是姑姑但還很年輕。」

「書，什麼書？」

「不知道。我問了，但不肯告訴我。」

「哦。」他說。「對了對了，說到書，杜斯妥也夫斯基的《惡靈》中，我記得有一個角色為了證明自己是自由的而舉槍自殺的男人。他叫什麼名字來的？我覺得問你應該會知道。」

「Kirirofu。」我說。

「對了，Kirirofu。我這陣子一直在想叫什麼，但一直想不起來。」

「那怎麼樣呢？」

雨田搖搖頭。「不，沒什麼特別的事。只是不知道怎麼腦子裡忽然浮現那個人的事，卻想不起他的名字，怎麼都想不起來。像小魚的刺鯁在喉嚨那樣。不過俄國人實在真會想一些不可思議的事啊。」

「杜斯妥也夫斯基的小說裡，想證明自己是對神和通俗社會自由的人，而出現許多做出愚蠢事情的人。不過當時的俄國人，可能沒那麼愚蠢。」

「你呢，怎麼樣？」雨田問。「你跟柚子正式離婚，恢復自由之身。然後要做什麼？就算不是自己要自由的，但自由總是自由啊。既然難得這樣，差不多也該做一件什麼愚蠢的事，沒關係吧？」

我笑了。「現在並沒有打算做什麼。我雖然目前或許暫且自由了，但也沒必要向全世界一一證明這個吧。」

「是這樣嗎？」雨田無趣地說。「不過你也算是畫家吧，是藝術家吧。藝術家說起來應該會超出常軌更放得開的，你從以前就一直是個不會做蠢事的人。看來經常都做合情合理的事，偶爾把那種束縛解開不也很好嗎？」

「把放高利貸的老太婆用斧頭殺掉之類的？」

「是一種想法。」

「或跟誠實的妓女戀愛之類的？」

「也不錯啊。」

「我會考慮。」我說。「不過我也不必特地去做蠢事，所謂現實本身看來箍已經夠鬆了。所以我想至少自己一個人要盡量過得正常一點。」

「嗯，這也是一種想法。」雨田像放棄了似地說。

我想說，那並不是一種想法似的東西。實際上我周圍包圍著的盡是一些箍已經鬆開的現實。如果連我也把箍鬆開的話，那才真會變得無法收拾。不過現在總不能在這裡把那些都向雨田一五一十地說明。

「不過，總之我要告辭了。」雨田說。「雖然也想見那兩位女士，不過東京還有工作要做。」

雨田喝乾咖啡，換好衣服，就開著那漆黑的四方型VOLVO回去了。帶著有點腫的眼睛。「打攪了，不過好久沒這樣慢慢聊了，真開心。」

那天，有一件事讓我很納悶。就是雨田為了片魚而帶來的刀子，竟然找不到。用完後仔細洗乾淨了，不記得有拿到哪裡去，但兩人在廚房裡找遍了都沒找到。

「算了，沒關係。」他說。「大概到哪裡散步去了。回來以後你先收著。因為只有偶爾才用的，所以下次來的時候再收回吧。」

我會找找看，我說。

看不見VOLVO之後，我看看手錶。到了秋川家的兩位女士差不多快來的時刻了。我回到客廳，把沙發的棉被收起來。窗戶大大打開，讓室內沉悶的空氣換新。天空依然覆蓋著一層灰色薄薄的雲。沒有風。

我從寢室搬出〈刺殺騎士團長〉的畫，和以前一樣掛回畫室的牆上。然後坐在圓凳上，重新眺望那幅畫。騎士團長依然從胸口繼續流出鮮紅的血，「長臉的」從畫面左下角，以銳利的眼光繼續觀察那光景。沒有任何改變的地方。

但那天早晨，我一邊眺望著〈刺殺騎士團長〉，腦子裡柚子的臉卻一直不離去。那怎麼想都不是夢，我重新想到。那一夜我一定真的回到那個房間了。就像雨田具彥，幾天前的半夜回到這間畫室一樣，我超越了現實的物理性限制，以某種方法回到廣尾的大廈房間，實際進入她體內，在那裡射出真正的精液。人如果真正從內心希望什麼的話，就可以達成那願望。我這樣想。通過某種管道，現實可以成為非現實。或非現實可以成為現實，如果人從內心強烈希望那樣的話。但那並不能證明人是自由的。那所證明的或許是相反的事實。

如果有機會再見到柚子一次的話，我想問她，今年四月的後半她有沒有做過那樣的性夢。有沒有夢見我在黎明前來到房裡，侵犯正在熟睡的（或身體自由被剝奪的）她的夢。換句話說，那奇妙的夢並不只我單方面而已，可能是相互通行的。我想確認這件事。但如果真是這樣，如果她也和我一樣做了相同的夢的話，從她那邊看來，當時的我或許應該稱為「夢魔」的不祥或邪惡的存在。我不想去想自己——是那樣的存在——或可能是那樣的存在。

我是自由的嗎？這問題對我沒有任何意義。現在的我最需要的，終究是手上可掌握的確實現實，腳下可依靠的堅固地面，並不是夢中可以侵犯自己妻子的那種自由。

44 人格是那個人的特徵似的東西

那一天麻里惠完全沒有開口。坐在每次坐的那張樸素的餐廳椅上，一邊扮演模特兒的角色，彷彿眺望遠方的風景般，只是筆直地看著我。餐廳椅子比圓凳矮一些，因此她擺成稍微仰望我的姿勢。我也沒有特別對她說話。一來沒想到要說什麼，何況也沒感覺特別需要說什麼。因此我保持無言的狀態，在畫布上揮動畫筆。

我當然是在描繪秋川麻里惠的身影，同時似乎也混進了我死去妹妹（Komi），和過去妻子（柚子）的姿態身影，並不是有意這樣做。只是自然加進去的，或許我在秋川麻里惠這位少女的內在尋求我在人生旅途中自己所失去的重要女人形象也不一定。自己也不知道，那是不是健全的做法。但我現在，只能以這種畫法來畫。不，也不是說**現在**。試想起來，我感覺好像從最初開始，或多或少就以這種畫法在畫著。現實中追求不到的東西，會在畫中出現。別人看不出來，但自己的祕密信號其實已經悄悄畫進那深處了。

無論如何，我面對畫布，幾乎毫不遲疑的繼續描繪秋川麻里惠的肖像。那畫正一步步著實地邁向完成。就像河川由於地形的關係有時必須繞路，有些地方必須停滯沉澱，終究水位逐漸加深，流到河口，然後著實地流到海裡去那樣。我對那樣的動態，簡直像血液的流動般，可以在體內清楚地感覺到。

「以後還可以來這裡玩。」麻里惠在接近最後時，小聲地悄悄跟我說。語尾聽來雖然是肯定句，但那顯然是疑問句。以後還可以來這裡玩嗎？她在問我。

「妳說來玩，是從那祕密通路來嗎？」

「對。」

「可以呀，幾點左右？」

「還不知道幾點。」

「我想天黑以後最好不要來比較好。因為夜晚的山中不知道會有什麼。」我說。

這一帶的黑暗中，潛藏著各種莫名其妙的東西。騎士團長或「長臉的」或「白色Subaru Forester的男人」或雨田具彥的生靈等。甚至或許還有我自己的性的分身夢魘。這個我因情況的不同，在夜晚的黑暗中或許會變成不祥的什麼。這樣想起來不由得感到些微的寒意。

「我盡量在明亮的時候來。」麻里惠說。「我有話想跟老師說，只有我們。」

「好。我等妳。」

中午的鐘聲終於響起，我畫畫的工作到這裡結束。

秋川笙子像平常那樣坐在沙發上，專心地讀書，厚厚的文庫本似乎快讀完了。她摘下眼鏡，把書籤夾好闔上書本，抬頭看我。

「作業進行順利。麻里惠小姐再來這裡一、兩次，畫大概就可以完成了。」我對她說。「花了不少時間，真過意不去。」

秋川笙子微笑著，感覺非常好的微笑。「哪裡，這種事請不用掛心。麻理惠當畫畫的模特兒好像很開心的樣子，我也很期待畫的完成。而且這張沙發讀起書來非常舒服，所以這樣等著一點也不無聊。對我來說，能從家裡出來，到外面轉換一下氣氛也很好。」

我本來想問她上星期日，和麻里惠一起到免色家拜訪時印象如何。看了那氣派的房子有什麼感想，對免色這個人印象怎麼樣。但她既然沒提起這話題，我也感覺那樣問她似乎有些冒昧。

秋川笙子那天也穿了相當考究的服裝，完全不是一般人星期天早晨到附近人家訪問時的裝扮。沒有一絲皺紋的駝色裙，大蝴蝶結高雅白絲襯衫，深藍灰色外套，領口別著鑲有寶石的金胸針，我看那寶石像是真鑽。要握 Toyota Prius 方向盤感覺似乎有點過於時髦。不過當然這是多管閒事。而且或許 TOYOTA 的廣告負責人意見跟我完全不同。

秋川麻里惠穿著和平常一樣的服裝。熟悉的棒球夾克，開洞牛仔褲，和比平常穿的更髒的白布鞋（鞋後跟幾乎快破了）。

臨走前在玄關，麻里惠沒讓姑姑知道的跟我悄悄使個眼色，示意「會再來」只有兩人間的祕密訊號。我微笑回應她。

送走秋川麻里惠和秋川笙子後，我回到客廳，躺在沙發上睡一下午覺。因為沒有食欲，所以略過午餐。三十分鐘左右深深的簡短睡眠，沒做夢。這對我很慶幸。不知夢中自己會做什麼，是一件相當可怕的事，在夢中不知道自己會變成什麼，則是更可怕的事。
星期日下午，我跟那天的天氣一樣黯淡，在心情散漫中度過。微雲薄陰的靜靜一天，也沒風。讀一下書，聽一點音樂，做一點菜，無論做什麼，都提不起勁，無法集中精神。一切都半途而廢的下午。沒辦法只好燒熱水，花很長時間泡澡。然後試著回想杜斯妥也夫斯基《惡靈》中每一個出場人物的長名字，一個一個包括Kirirofu共想起七個。不知道為什麼，從高中開始，我就擅長暗記俄國古典長篇小說中出場人物的名字。或許差不多該重讀一次《惡靈》了。因為我是自由的，多的是時間，此外也沒有特別該做的事。這裡正是讀俄國古典長篇小說的絕佳環境。
然後又想起柚子。說到懷孕七個月，應該稍微看得出肚子鼓起的時期了。我試著想像她那樣的模樣。柚子現在，正在做什麼？正在想什麼？她幸福嗎？當然我不會知道這些。
正如雨田政彥說的。或許像十九世紀的俄國知識份子那樣，為了證明自己是個自由人，我或許該做一點什麼愚蠢的事。但例如什麼樣的事呢？例如……在黑暗的深穴底下關閉一小時。這時我忽然想到。那個不就是免色實際上做過的嗎？他所做的一連串行為，或許並不是愚蠢的事。但怎麼看，以極保留的說法，也有點脫出常軌。
秋川麻里惠到我家來，是下午四點過後。玄關的鈴響，我開門時麻里惠就站在那裡。身體從門縫鑽進來，很迅速地溜進裡面，簡直像一片雲似的。然後小心謹慎地環視周圍。
「沒有人。」
「沒有人哪。」我說。

「昨天有人來過。」

那是問話。「是啊，朋友來住。」我說。

「男的朋友。」

「是啊，男的朋友。可是妳怎麼知道有人來過？」

「我看到沒看過的黑色車子停在門前，像四方形箱子般的老車子。」

雨田稱呼那是「瑞典的便當盒」古老的VOLVO廂型車。好像方便搬運馴鹿屍體的車子。

「妳昨天也來這裡玩過。」

麻里惠默默點頭。或許她一有空，就會穿過「祕密通路」，到這裡來看看這房子的動靜。或者說，在我來以前，這一帶已經是她的遊戲場。或許也可以說**獵場**。只是我碰巧搬來而已。那麼，她是否也跟住在這裡的雨田具彥有過接觸？下次必須找時間問她看看。

我帶麻里惠到客廳。然後她在沙發，我在安樂椅坐下。我問她要不要喝什麼，她說不必。

「大學時代的朋友來住。」我說。

「感情很好的朋友？」

「我想是。」我說。「對我來說，可能是可以稱為朋友的唯一對象。」

他所介紹的同事跟我的妻子睡覺，即使他知道了那事實卻沒告訴我，即使因為那個原因最近離婚正式成立了，那件事並沒有特別影響兩人的關係，感情好到這種程度。稱為朋友，應該也不至於侮辱真實吧。

「妳有好朋友嗎？」我問。

麻里惠沒回答這問題。眉頭動也不動一下，一臉沒聽到什麼的表情。我可能不該問這種問題。

「免色先生對老師來說，不是感情很好的朋友。」麻里惠對我說。雖然沒附問號，但那卻是純粹的問題。免色對我來說，不是感情很好的朋友嗎？她這樣問。

我說：「就像上次也說過的那樣，我對免色先生這個人，要稱為朋友知道的還不夠深。跟免色先生開始說話是搬到這裡以後的事，我住進這裡才不過半年而已。人與人要成為朋友，需要經過一些時間。當然我覺得免色先生是一個相當耐人尋味的人。」

「耐人尋味。」

「怎麼說才好，我覺得他的Personality和一般人好像有一點不同。說有一點，或許該說相當不同，不是那麼容易理解的人。」

「Personality。」

「也就是說人格，人格是那個人的特徵似的東西。」

麻里惠暫時一直看著我的眼睛。好像在慎重選擇現在開始要說的話。

「那個人從家裡的陽台，可以正面看到我們家的房子。」

我停了一瞬間然後回答。「是啊，因為確實以地形來說，正好在正對面。不過從他家同樣也可以看到我住的這棟房子噢，不是只有妳家。」

「不過我想他是在看著我們家。」

「怎麼說看著呢？」

「雖然他把那個蓋起來不讓人家看見，可是那棟房子的陽台擺著一個很大的望遠鏡似的東西。還附有三腳架。只要用那個，一定可以一清二楚地偷看到我們家。」

這個少女發現了那個，我想。她很細心、觀察力敏銳。沒看漏重要的東西。

「換句話說，妳的意思是免色先生用那望遠鏡，在觀察妳們家是嗎？」

麻里惠簡潔地點頭。

我吸了一口大氣，再吐出來。然後說：「不過那只是妳的推測而已吧。總不能只因為陽台擺著高性能望遠鏡，就說人家在偷看妳們家。也許是在看星星或月亮。」

麻里惠的視線沒有動搖。她說：「我經常有自己被看著的感覺，從前一陣子開始。但不知道是從哪裡被誰看著，不過現在知道了。在看的一定就是那個人。」

我再一次深呼吸。麻里惠的推測是對的。免色每天用高性能軍事用望遠鏡觀察著的，正是秋川麻里惠的家，沒錯。但就我所知——雖然不是在為免色辯護——他的窺視並沒有惡意。他只是想眺望那個少女而已。那可能是自己的親女兒，美麗的十三歲少女的身影。為了這個，恐怕就只為了這個，他就在山谷正對面買下那棟大豪宅。運用相當強硬的手段，把以前住著的家族趕出去。不過這種情況，我不可能在這裡對麻里惠坦白透露。

「如果妳說的是真的。」我說。「那他到底為了什麼目的，要那麼熱心地觀察妳們家呢？」

「不知道。說不定他關心我姑姑。」

「關心妳姑姑？」

她輕輕聳了個肩。

麻里惠似乎完全沒懷疑自己會成為窺視的對象。這個少女似乎還沒有自己可能成為男人們性幻想對象的想法，雖然我稍微感到不可思議。不過我沒有特地去否定她那推測。如果她這樣想的話，就讓她這樣想或許比較好。

「我想免色先生，好像隱瞞著什麼事情。」麻里惠說。

「例如什麼？」

她沒回答這個。代替的是說出一個重要情報。

「我姑姑這星期，已經跟免色先生約會了兩次。」

「約會了？」

「我想她去了免色家。」

「妳是說她一個人去他家嗎？」

「中午過後開車一個人外出，傍晚很晚才回來。」

「不過不能確定她是去免色先生的家。」

麻里惠說：「不過我知道。」

「怎麼會知道？」

「她平常不會這樣外出。」麻里惠說。「當然會去圖書館當志工，或有時會出去買一下東西。但那樣的時候，不會仔細沖澡，修指甲，擦香水，選最漂亮的內衣穿。」

「妳實在很細心地觀察各種事情喔。」我佩服地說。「不過妳姑姑去見的真的是免色先生嗎？對象除了免色先生之外，沒有可能是別人嗎？」

麻里惠瞇細了眼睛看我，然後輕輕搖頭。一副我沒那麼傻的樣子。從各種情況來看，對象可能除了免色之外無法想像。而且秋川麻里惠當然不是傻瓜。

「妳姑姑到免色先生家去，和他兩個人單獨在一起共度一段時間。」

麻里惠點點頭。

「而且兩個人……怎麼說才好呢，關係變得非常親密。」

麻里惠再點一次頭，而且稍微臉紅起來。「對，我想關係變得非常親密。」

「可是妳白天去學校了吧。不在家，怎麼會知道這些事？」

「我知道。只要看女人的臉，就可以知道這些事了。」

可是我居然不知道。我想。柚子一邊和我一起生活，還和別的男人有肉體關係，而我長久之間居然沒有發覺。現在想起來，應該會想到才對的。十三歲的小女孩都能立刻知道的事，為什麼我會沒有感覺呢？

「兩個人的關係，發展得相當迅速啊。」我說。

「我姑姑是會思考的人，絕對不笨。不過，內心某個地方卻有少許弱點。而我想免色這個人，擁有和普通人不同的力量。是我姑姑所比不上的強大力量。」

也許正如她所說的。免色這個人物確實具有某種特殊力量。如果他真的需求什麼的話，就會朝那目標下定決心採取行動，普通人大多無法抗拒。可能連我也包含在內。如果他想得到一個女人的肉體的話，對他來說可能是輕而易舉的事。

「而妳卻很擔心噢。妳姑姑會不會被免色先生的某種目的所利用，是嗎？」

麻里惠伸手把直溜溜的黑髮撥到耳朵後面，露出小而白皙的耳朵；形狀美麗的耳朵。然後她點頭。

「不過一旦已經開始進展的男女關係，要阻止的話，可沒那麼簡單。」我說。非常不簡單，我對自己說。就像印度教徒所推出來的巨大山車那樣，會宿命性的一邊踏碎各種東西，只能繼續往前進。沒辦法後退。

「所以我才來跟老師商量。」麻里惠說。然後筆直注視著我的眼睛。

周遭已經相當暗的時候，我拿著手電筒，送秋川麻里惠到「祕密通路」稍前的地方。她說，必須在晚餐前回到家。晚餐大概都在七點開始。

她來找我希望我給她建議，我也想不出好辦法來。只能暫時靜觀其變，我只能這樣說。就算他們兩人有性關係，那終究也是單身成年男女在彼此同意之下所做的事。我到底又能怎麼樣呢？而且那成為背景的情況，我也無法向誰（麻里惠、或姑姑）講明。在那樣的狀況下我不可能給任何人有效的建議。就像慣用的一隻手腕被綁在背後，卻要打拳擊那樣。

我和麻里惠幾乎沒開口地並肩走在雜木林間的路上。走到途中麻里惠握住我的手。小巧的手，卻出乎意料的有力。手忽然被她握住我有點吃驚，但可能因為小時候常常握著妹妹的手走路的關係吧，並沒有感覺太意外。那對我來說反倒覺得是懷念，而日常的觸感。

麻里惠的手非常乾爽。雖然溫暖，但不汗濕。她好像在想什麼事情，可能會因為想的事情內容的不同，有時手會忽然用力握緊，一會兒又輕輕放鬆。這種地方也和妹妹的手給我的觸感很像。

走到小祠前面時，她把握著的手放開，什麼也沒說就一個人走進那後面。我跟在她後面走。

芒草叢被履帶拖拉機壓過的痕跡還清楚地留著。而洞穴也和平常一樣靜悄悄的在那後方。洞穴上幾片厚木板蓋在上面，蓋子上又壓著整排鎮石。那些石頭的位置，我用手電筒的燈光照看，確認是否和之前不同。從上次看過之後，似乎沒有人移動過蓋子。

「可以看一看裡面嗎？」麻里惠問我。

「只看一眼的話。」

「只看一眼。」麻里惠說。

我把石頭移開，搬起一塊木板。麻里惠趴到地上，從那開口部分，往洞底窺探。我照亮裡面，洞裡當然沒有任何人。只有一個靠牆立著的金屬製梯子而已。如果想的話，可以用那梯子下到洞底去，再從梯子上來。深度不到三公尺，不過如果沒有梯子，幾乎就沒辦法從底下上來。牆壁是光滑的，普通人實在爬不上來。

秋川麻里惠一手把頭髮往後撩起，一邊長久探頭看著那洞穴底下。眼睛凝視著，像要從那黑暗中找出什麼來似的。我當然不知道，那洞穴裡到底有什麼那麼吸引她的興趣。然後麻里惠抬起臉來看我。

「是誰挖了這洞穴呢？」她說。

「誰知道是誰。剛開始以為是井，不過好像不是。因為在這樣不方便的地方挖井沒有意義呀。不管怎麼樣，這好像是相當久以前打造的東西。而且砌得非常精細。應該費了很多功夫。」

麻里惠什麼也沒說，一直看著我的臉。

「這一帶從以前就是妳的遊戲場。對嗎？」我說。

麻里惠點頭。

「可是，小祠後面有這樣的洞穴，妳以前也不知道。」

她搖搖頭，表示不知道。

「是老師發現這洞穴，打開的吧。」她問。

「對。發現的可能是我。本來不知道有這樣的洞穴，只想到這堆積的石頭下有什麼。不過實際上把石頭移開，打開這洞穴的不是我，是免色先生。」我乾脆把這件事說出來。老實說一定會比較好吧。

這時，樹上一隻鳥發出尖銳的聲音，好像對夥伴發出什麼警告似的。我抬頭看看那一帶，卻到處都看不見鳥的蹤影。只有葉子落盡的樹枝層層重疊而已。那上面則覆蓋著單調的灰色雲層，看得見接近冬天黃昏的天空。

麻里惠稍微皺一下眉，但什麼也沒說。

我說：「不過該怎麼說才好呢，這洞穴好像強烈要求，有誰的手把它打開。而且簡直就像，我是因此被召喚過來似的。」

「召喚？」
「感召，呼喚過來。」
她歪著頭看我的臉。「要求老師來打開。」
「對。」
「這洞穴這樣要求？」
「・・・」
「就算不是我，或許誰都可以。可能碰巧我正好在這裡。」
「而且實際上是免色先生把這挖開的。」
「對。我把免色先生帶到這裡來。如果沒有他的話，這洞可能打不開。光靠人的手實在沒辦法搬開石頭，我也沒有錢僱用重機具。總之就像因緣湊巧似的。」
麻里惠想了一下這個。
「這種事情也許不做比較好。」她說。「我以前好像也說過了。」
「妳認為，保持原狀不要去動它比較好嗎？」
麻里惠什麼也沒說，從地上站起來，用手拂了幾次膝上沾的泥土。然後和我兩個人把洞蓋起來，上面再排上鎮石。我把那石頭的位置重新刻進腦子裡。
「我這樣想。」她一邊輕輕搓著雙手的手掌這樣說。
「我在想，這個場所可能有什麼傳說，或留下什麼古老的故事之類的。或有特殊的宗教背景。」
麻里惠搖搖頭，她不知道。「我父親也許會知道什麼。」

她父親的家族從明治以前，就一直以地主身分管理這一帶。這相鄰的山也整片是秋川家所擁有的。所以這洞穴和小祠的意義，他或許知道什麼。

「妳可以問問妳父親嗎？」

麻里惠輕輕撇一下嘴唇。「下次我可以問看看。」然後考慮一下又小聲補充一句。

「如果有這機會的話。」

「到底是誰什麼時候，為了什麼目的挖了這個洞穴的，關於這個如果有什麼線索就好了。」

「這裡面可能關了什麼，又用鎮石壓住堆起來。」麻里惠又追加一句。

「換句話說，是讓什麼無法逃走，在洞穴上堆積石塚，又為了避免受到作祟，而建了小祠——是這樣嗎？」

「可能是這樣。」

「可是我們卻把那挖開了。」

麻里惠輕輕聳一下肩。

我送麻里惠到雜木林結束的地方。在那裡，她說接下來她要自己一個人走。雖然暗，但她知道道路沒問題。穿過「祕密通路」回到自己家時，她不想讓誰看見。那是只有她才知道的重要捷徑。因此我留下麻里惠在那裡，就一個人回家。天空幾乎已經沒留下光，冷冷的黑暗正要降臨。

通過小祠前的時候，同樣的鳥又再發出同樣的聲音。但這次我沒有抬頭看上方。只直接通過小祠前面，回到家。然後為自己做晚餐。邊做著料理，邊用少許水兌Chivas Regal喝了一杯而已。瓶裡還剩一杯的份。夜深沉而安靜。天空的雲彷彿吸收了全世界的聲音。

……這個洞穴不應該打開的。

對，或許正如秋川麻里惠說的那樣，或許我不該涉入那洞穴的。最近我好像一直在做著不對的事。

我試著想像免色抱著秋川笙子的模樣。白色豪宅的某個房間的寬大床上，兩人正赤裸地擁抱著。那當然是在與我無關的世界所發生的，與我無關的事情。但每次想到那兩個人的事情時，自己就會產生無處容身的感覺。就像看見通過車站的無人電車時那樣。

終於睏意來臨，對我來說的星期天結束了。我沒做夢，沒有被誰妨礙，只是深深地睡著。

45 即將發生什麼事情

兩幅同時進行的畫之中，先完成的是〈雜木林中的洞穴〉。星期五中午過後就完成了。畫這東西真不可思議。隨著接近完成時，會獲得獨自的意志、觀點、和發言力。而且到了完成時，會對做畫的人顯示已經完成了。（至少我有這種感覺）在旁邊看的人——如果有那樣的人，一定看不出哪一幅是製作途中的畫，哪一幅是已經完成的畫。別人看不出來區隔未完成和完成的一條線，但畫畫的人卻知道。不要再添加任何一筆了，因為作品會出聲告訴你。只要側耳傾聽那聲音就行了。

〈雜木林中的洞穴〉也一樣。那幅畫在某個時間點已經完成。我的畫筆已經無法被接受。就像性慾已經滿足後的女人那樣。我把那畫布從畫架上取下來，放在地上靠牆立著。然後自己也在地板上坐下來，長久注視著那幅畫。蓋子半掩的洞穴的畫。

為什麼自己會突然想到要畫那幅畫？我無法找到那意義和目的。我在某個時候，無論如何很想畫那〈雜木林中的洞穴〉。只能這樣說。這種事有時會發生。有什麼——某種風景，物體，人物，純粹非常簡單的捕抓住我的心。我拿起筆開始把那畫在畫布上。既沒有什麼意義，也沒有目的，只不過一時心血來潮。

不，不對，不是這樣，我想。並不是「一時心血來潮」。我畫那畫是在追求什麼。非常強烈。那追求讓我動起來，開始畫這幅畫，像從背後推我似的，在短時間內就完成那作品。或許那洞穴自己擁有意志，利用我畫出自己的模樣——擁有某種意圖。就像免色那樣（可能）懷有某種意圖，讓我畫他自己的肖像畫一樣。

非常公正客觀地看來，畫得還不錯。能不能稱為藝術作品，還不清楚（不是在辯解，我本來就不是為了產生藝術作品而畫這畫的）。但以技術來說，幾乎沒得挑剔。構圖也完美，從樹間灑下的陽光、地上堆積的落葉的色調，全都真實地再現。而且那幅畫極為細密而寫實，同時又帶有一點象徵性，且散發著神祕的印象。

長久注視著那完成的畫，我強烈感覺到的是，那畫中潛藏著有動的預感般的東西這件事。那從表面上看的話就像標題那樣，只是描繪了「雜木林中的洞穴」的具象風景畫。不，與其說是風景畫不如稱為「再現畫」可能比較接近事實。我好歹總是一個長久以畫畫為職業的人，驅使學到的技術，把那裡的風景盡可能忠實地再現在畫布上。與其說是畫不如說是記錄。

不過那裡有動的預感般的東西。在這風景中，現在開始有什麼即將動起來——我可以從那畫中強烈感受到那樣的跡象。現在這裡有什麼正要開始。而且我在這時終於想到。我在這畫中想要畫的，或有什麼要我畫的，是那預感、是那跡象。

我在地板上姿勢重新坐正，重新再看一次那畫。

在那裡到底可以看出現在開始有什麼樣的動向？從那只有半開的圓形黑暗中有誰或什

麼，將要爬出來？或相反，有誰要下去那裡嗎？我長久之間集中精神望著那畫，但卻無法從畫面推測，從中出現的是什麼樣的「動」，只有強烈的預感，那裡即將產生某種動，不會錯。

而且為什麼，為什麼那洞穴會要求我畫出來呢？那是否想教我什麼？想給我警告之類的嗎？簡直像帶給我謎似的。裡面有許多謎，而且沒有任何一個解答。我想讓秋川麻里惠看這畫，想聽聽她的意見。如果是她的話，或許能看出那裡有什麼，我的眼睛所看不到的東西。

星期五是在小田原車站附近的繪畫教室上課的日子，也是秋川麻里惠以學生身分到教室來的日子。上課結束後，也許可以和她在那裡談一下什麼。我開車前往那裡。

把車停在停車場，離上課開始還有時間，因此我到每次去的喫茶店去喝咖啡。不是像星巴克那樣明亮而機能化的店，而是有點年紀的老闆一個人包辦一切的舊式巷子裡的喫茶店。又濃又黑的咖啡，用非常重的咖啡杯裝著端出來。從古老的喇叭播出舊時代的爵士樂。比莉．哈樂黛，或克里夫．布朗。然後在商店街閒逛之間，想起咖啡濾紙剩下不多了，於是去買。然後發現一家賣中古唱片的店走進去，看舊的LP消磨時間。試想起來有相當長的時間只聽古典音樂。因為雨田具彥的唱片櫃裡只放古典音樂唱片。而我用收音機除了收聽AM廣播的新聞和氣象報告之外沒聽其他節目（因為地形的關係幾乎無法收聽FM節目）。

我在廣尾的大廈裡所擁有的ＣＤ和ＬＰ——數量沒多少——全都留在那裡。無論書也好、唱片也好，我所有的東西和柚子所有的東西很難一一區分。不只是麻煩而已，幾乎接近不可能。例如鮑比・狄倫（Bob Dylan）的《納許維爾的天際線》（*Nashville Skyline*）或The Doors那張收錄了〈Alabama Song〉的唱片，到底是誰的？是誰買的？現在已經無所謂了。總之我們在同一時期兩個人共有相同的音樂，每天一起聽著那些，過著日常生活。就算物品可以區分，但那所附隨的記憶卻無法區分。既然這樣，那麼所有的一切只能留下來了。

我在那家唱片行尋找《納許維爾的天際線》和The Doors的第一張專輯，但都沒看到。或許會有ＣＤ，但我還是想以從前的ＬＰ聽這些音樂。而且主要是雨田具彥的家裡並沒有ＣＤ播放器，也沒有錄音帶播放器，電唱機倒有幾台。雨田具彥是無論什麼似乎都對新機器沒有好感的那種人。可能沒有靠近過微波爐兩公尺之內吧。

結果我在那家店買了兩張看見的ＬＰ。Bruce Springsteen的《The River》，和Roberta Flack & Donny Hathaway的二重唱。兩張都是懷念的專輯。從某個時間點開始，我幾乎不再聽新的音樂。只聽喜歡的舊音樂，重複聽好幾次。書也一樣，以前讀過的書重複讀好幾次，對新出版的書幾乎沒興趣。簡直像在某個時間點時間就忽然停止了似的。

或許時間真的停止了，或者時間還勉強在動，但像進化之類東西已經結束了。就像餐廳快要打烊的時候，已經不接受點餐了那樣。而只有我一個人還沒發現。

我把那兩張唱片請老闆幫我裝在紙袋裡，付了錢。然後經過附近的酒店買了威士忌。

稍微猶豫該選什麼牌子的，結果買了 Chivas Regal 。雖然價格比其他的蘇格蘭威士忌稍微貴一點，但雨田政彥下次來家裡玩的時候，有準備這個他一定會很高興吧。

上課時間快開始了，因此我把唱片、咖啡濾紙和威士忌放進車子裡，走進教室所在的建築物。首先第一堂課是從下午五點開始的兒童班，秋川麻里惠所屬的班級。但卻沒看到麻里惠的身影，真是非常意外。她平常都相當熱衷地來這教室上課的，而且就我所知這是她第一次缺席。所以教室裡到處看不到她的身影，我心情有點無法鎮定，甚至感覺到不安的跡象。她身體是否發生了什麼事？忽然生病了，或發生什麼突發事件嗎？

不過我當然若無其事，給孩子簡單的課題讓他們畫畫，對每個人的作品陳述意見，提供建議。下課後，孩子們回家了，接下來是成人班。這一班也沒有問題地結束了。我跟他們和氣地聊一聊（這不是我拿手的領域，但要做也不是不行）。然後和繪畫教室的主管，簡短地商量今後的預定。秋川麻里惠今天為什麼沒來教室，他也不知道。她家裡並沒有特別聯絡。

離開教室後我一個人到附近的蕎麥麵店去，吃了熱天婦羅蕎麥麵。這也是我每次的習慣。經常到同一家店，經常吃天婦羅蕎麥麵。那成為我的一點小樂趣。然後我開車回到山上的家。回到家時已經將近夜晚的九點了。

電話因為沒有附留言功能（這種小聰明的裝置似乎也不是雨田具彥所喜歡的），因此也不知道出門時有沒有誰打電話進來。我暫時一直注視著那簡單的舊式電話，但電話並沒有告訴我什麼。只是一直守著那黑黑的沉默而已。

我慢慢地泡澡，讓身體暖和起來。然後把瓶子裡剩的 Chivas Regal 最後一杯份倒進酒杯，放了冷凍庫的兩塊角冰，走到客廳。然後一邊喝著威士忌，一邊把剛才買的唱片放在轉盤上。讓古典音樂以外的音樂在這棟山上房子的客廳響起來時，剛開始覺得非常不搭調。一定是這屋子的空氣在漫長歲月之間，已經調整成適合古典音樂了。不過現在這裡所播出的是，對我來說聽慣了的音樂，因此隨著時間的經過，懷念逐漸一點一點地克服不搭調。然後終於全身肌肉的各部分都放鬆下來開始感覺身心舒暢起來。我的肌肉可能在自己也沒留意時，到處都變僵硬了。

聽完 Roberta Flack & Donny Hathaway 唱片的 A 面，一邊喝一口一邊聽著 B 面第一首（〈For all we know〉，美好的歌）時，電話鈴響了。時鐘的針指著十點半。這麼晚了還有人打電話進來是沒有過的事。真不想拿起話筒。不過那鈴聲的響法可能是心理作用，聽起來好像有點急迫感。我放下杯子，從沙發站起來，把唱片唱針抬起來，然後拿起話筒。

「喂。」是秋川笙子的聲音。

我打了招呼。

「這麼晚了真不好意思。」她說。聽得出她的聲音有平常所沒有的迫切感。「我想請問老師，麻里惠今天有去繪畫教室嗎？」

我說沒有來。那是有點奇怪的問題。麻里惠在學校（當地的公立國中）放課後，就直接到教室來。所以每次都穿著制服到繪畫教室來。上課結束後，姑姑會開車來接她。然後兩人回家去。這是平常的習慣。

「沒看到麻里惠的蹤影。」秋川笙子說。

「沒看到？」

「到處都沒有。」

「那是從什麼時候開始的？」我問。

「她說要去學校，像平常那樣早晨出門。我說要不要送她到車站，麻里惠說不用，她要走路。這孩子喜歡走路，不太喜歡坐車。有什麼事快遲到的時候我會開車送她，要不然平常她都走路下山，從那裡搭巴士到車站。今天麻里惠早晨七點半像平常一樣走出門離開家。」

一口氣說到這裡秋川笙子稍微停頓一下，好像在電話那頭調整呼吸。我在這之間，也在腦子裡整理得到的訊息。然後秋川笙子繼續說：

「今天是星期五，是學校放學後就直接到繪畫教室去的日子。平常下課後我會開車去接她。但今天麻里惠說她要搭巴士回來，不用去接她，所以我沒有去接她。因為她一說出口的事就不會改變。平常，這種情況她會在七點到七點半之間回到家。然後吃飯。可是今天到八點，八點半都沒回來。所以我開始擔心，打電話到教室，向辦公室的人確認今天麻里惠有沒有去上課，說是今天沒去上課。因此我非常擔心。已經十點半了，到這個時刻還沒回家，也完全沒有連絡。所以我想說不定老師知道什麼，才這樣打電話過來。」

「麻里惠去哪裡，我並不知道。」我說。「今天傍晚我進教室，沒看到麻里惠，所以還想真是奇怪。因為她沒來教室，還是從來沒有過的事。」

秋川笙子深深嘆息。「我哥哥還沒回家。不知道什麼時候會回家，也聯絡不上，連今天會不會回家都不確定。我一個人在家，不知道該怎麼辦才好，完全沒有主張。」

「麻里惠穿著上學的制服，早上從家裡出門是嗎？」我問。

「是啊，穿著學校制服，揹著書包，跟平常一樣的模樣。西裝、夾克、裙子。不過實際上有沒有去學校也不知道。現在已經很晚了，沒辦法確認。不過我想應該有去學校。如果無故缺席的話，學校應該會聯絡。身上帶的錢應該也只有當天必要的份而已。手機雖然有帶，但電源關掉了。這孩子不喜歡手機，除了自己要聯絡時之外，經常把電源關掉。我經常提醒她要注意，為了萬一有重要事情時，電源還是要開著才好——」

「到目前為止沒發生過這種事情嗎？夜裡晚回家的事？」

「這種事情真的是第一次，麻里惠在學校是個認真上學的孩子。她既沒有親近的朋友，好像也不是那麼喜歡學校，不過一旦決定的事她是會確實遵守的孩子。小學時候也拿過全勤獎，在這種意義上是很守規矩的。而且放學後經常都直接回家，不會到哪裡去閒逛。」

麻里惠晚上常常從家裡出來，姑姑好像還完全沒有發現。

「今天早晨，有什麼和平常不一樣的樣子嗎？」

「沒有，和平常的早晨沒有不同。跟平常完全一樣。喝了溫牛奶，只吃了一片吐司，就出門去了。就像蓋章似的只吃同樣的東西，我像平常一樣準備早餐。今天早晨那孩子幾乎沒開口說話，不過平常也是這樣。有時候也會一開口就說個不停，但平常連回答都很少。」

聽著秋川笙子的話之間，我漸漸開始不安起來。時刻已經將近十一點，周遭當然黑漆漆的，月亮也被雲遮住了。秋川麻里惠到底發生了什麼事？

「再等一小時，如果還聯絡不上麻里惠的話。我想跟警察商量看看。」秋川笙子說。

「那樣或許比較好。」我說。「如果我能幫上什麼的話，請說不用客氣。多晚都沒關係。」

秋川笙子道過謝掛斷電話。我把剩下的威士忌喝乾，杯子在廚房洗了。

後來我進到畫室。把燈全部打開，讓房間整個亮起來，重新眺望放在畫架上畫到一半的〈秋川麻里惠的肖像〉。畫再稍微添加幾筆就已經可以完成，上面一個十三歲沉默寡言的少女，該有的一種姿態已經出現了。不僅是她的姿態形貌而已，連她的存在所形成的，眼睛所看不見的幾種要素應該也包含在內。隱藏在視覺框架之外的那種訊息也盡量表現出來，這些所發出的信號替換成別種形象，這是我對自己的作品——當然除了商業用的肖像畫之外——所追求的目標。在這層意義上，秋川麻里惠對我來說是相當意味深長的模特兒。她的姿態之中，簡直像錯覺畫似地隱藏了許多暗示。而她從今天早晨開始竟然失蹤了。簡直就像麻里惠自己躲進那錯覺畫裡去了似的。

然後我再看放在地上的〈雜木林中的洞穴〉。那天下午剛剛畫好的油畫。那洞穴的畫和〈秋川麻里惠的肖像〉似乎又以不同的意味，從別的方向，對我訴求什麼。

即將發生什麼事情，一邊望著那幅畫我重新感覺到。到今天下午為止還只是預感而已，現在正開始實際侵蝕到現實了。那已經不是預感，是已經開始發生什麼了。秋川麻里惠的失蹤和那〈雜木林中的洞穴〉一定擁有某種聯繫。我這樣感覺。我今天下午把〈雜木林中的洞穴〉的畫完成，因而啟動了什麼，開始動起來了。而且那結果，秋川麻里惠的身影可能會消失到什麼地方去。
不過這不可能對秋川笙子說明。這種事就算說出來，她也會搞不清楚，只有更加混亂而已。
我走出畫室，到廚房去喝了幾杯水，把留在口中的威士忌氣味沖洗掉。然後拿起話筒，打電話到免色家。響第三聲途中他來接電話，從那聲音可以稍微聽出，正在等著誰的重要連絡時似的，帶有幾分僵硬的音調。電話是我打來的似乎讓他感到有點驚訝。但那僵硬瞬間放鬆了，聲音恢復平常的冷靜和穩重。
「這麼晚了打電話來真抱歉。」我說。
「沒關係，真的。我都很晚睡，反正是閒著。能跟您聊聊再好不過了。」
省略了招呼，我把秋川麻里惠失蹤的事，簡短地說明。這個少女早晨從家裡出門說要去學校，到現在還沒回家，也沒到繪畫教室去。免色知道這件事似乎很驚訝的樣子。有一會兒失去言語。
「這件事，您也想不到她在哪裡吧？」免色首先這樣問我。
「完全想不到。」我回答。「太意外了。免色先生呢？」
「當然想不到，她跟我幾乎是不開口說話的。」
他的聲音裡沒有混雜特別的感情，只是單純地陳述事實而已。
「她本來就是個沉默寡言的孩子，跟誰都不太開口說話。」我說。「不過總之，麻里惠到這個時刻了都還沒回家，她父親好像也還沒回家，秋川笙子好像也相當混亂，她一個人不知道該怎麼辦才好。」

免色又在電話那頭沉默不語。他這樣幾次都失去言語，就我所知是極稀少的情況。

「關於這件事，我能做什麼嗎？」他終於開口這樣問我。

「臨時拜託您，現在可以請您到我這裡來嗎？」

「到您府上嗎？」

「是的。關於這件事，我想跟您商量一下。」

免色停頓一下，然後說：「知道了。我這就立刻過去。」

「您那邊沒有什麼事吧？」

「沒什麼重要的事。沒關係。」免色說。然後小聲乾咳一下。有眼睛看一下時鐘似的感覺。「我想大約十五分鐘可以到您那邊。」

放下話筒後，我做了外出的準備。穿上毛衣，拿出皮夾克，把大型手電筒放在旁邊。然後坐在沙發，等免色的 **Jaguar** 開過來。

46 高聳而堅固的牆，讓被封閉的人變得無力

免色來的時候是十一點二十分。聽得見Jaguar的引擎聲時，我穿上皮夾克走出外面，等免色關掉引擎從車上下來。免色穿著深藍色厚防風外套，黑色貼身牛仔褲。脖子圍著薄圍巾，鞋子穿的是皮製運動鞋。豐厚的白髮在夜色中依然鮮明亮眼。

「我想現在去看林間洞穴的模樣，可以嗎？」

「當然可以。」免色說。「不過那洞穴跟秋川麻里惠的失蹤有什麼關係嗎？」

「這還不清楚。只是從稍早以前，我就有不祥的預感。預感可能會發生什麼和那洞穴有關的事。」

免色沒有再多問什麼。「知道了，我跟您一起去看看。」

他打開Jaguar的後車廂，從裡面拿出提燈般的東西。然後關上後車廂，跟我一起走向雜木林。星星月亮沒出現的暗夜。沒有風。

「在這樣的深夜把您叫出來，真抱歉。」我說。「不過要去看那洞穴的模樣，我想最好有您一起來。因為我覺得如果有什麼的話，一個人恐怕處理不了。」

他伸出手從我的皮夾克上輕輕拍拍我的手腕。好像在鼓勵我。「這種事完全沒關係，請不要介意。只要是能做到的我都會盡力做。」

我們為了不要被樹根絆到，而一邊用手電筒和提燈照著腳前的地面，慎重地跨步。只聽見我們的鞋底踩在堆積的落葉上所發出的聲音。夜晚的雜木林裡，除此之外沒有任何聲音。周圍有各種生物藏身其中，屏著氣息注視著我們似的氣氛凝重。在半夜的深黑中會產生那樣的錯覺。如果不知情的人看到我們的模樣，或許會懷疑我們是出來盜墓的二人組。

「有一件事想請教您。」免色說。

「什麼樣的事？」

「您為什麼會認為，秋川麻里惠失蹤的事，和那洞穴之間有什麼關聯性呢？」

我告訴他，不久以前我和她一起去看那洞穴的事。她在我跟她說之前，已經知道那個洞穴的存在了。這一帶是她的遊樂場，這附近發生的事她無所不知。於是我把她口中說出的話，告訴免色。那個場所應該保持原狀，那個洞穴不應該去打開，麻里惠這樣說。

「她站在那洞穴前面好像感覺到什麼特別的東西。」我說。「該怎麼說才好呢……大概是spiritual方面的東西。」

「而且她很關心？」免色說。

「沒錯。她除了對那洞穴懷有警戒心之外，也好像被那模樣形狀深深吸引的樣子。所以我非常擔心，會不會她的身體發生了什麼和那洞穴有關的事。說不定沒辦法從那洞穴出來。」

免色考慮了一下那個。然後說：「您有把這件事告訴她姑姑嗎？也就是秋川笙子小姐？」

「沒有，什麼都還沒說。這種事情說出來，就必須從原來那洞穴的說明開始說起。是因為什麼而打開那洞穴的，為什麼和免色先生有關。說來話長，我恐怕無法適當傳達我所感覺到的事。」

「而且只有讓對方多擔心而已。」

「尤其如果警察也介入進來的話，事情會變得更麻煩。如果他們對那洞穴感興趣的話。」

免色看看我的臉。「警察已經介入了嗎？」

「在我跟她談話的時候，還沒聯絡警察。不過現在或許應該已經提出搜索請求了，畢竟已經這樣的時刻了。」

免色點了幾次頭。「嗯，那當然。十三歲的女孩子將近半夜了還沒回到家，也不知道去哪裡了。家人總不能不報警。」

但把警察牽涉進來，免色似乎不太歡迎的樣子。從他聲音的感覺就可以聽出那種氛圍。

「這洞穴的事，最好只有您和我知道。盡量不要傳出外面比較好，可能只會添加麻煩而已。」免色說。我也同意這點。

而且更重要的是還有騎士團長的問題。從那裡出來採取騎士團長形象的Idea的存在如果不明說的話，幾乎不可能把那洞穴的特殊性向人說明。但如果說了，正如免色所說的，可能只有讓事情更麻煩而已（而且如果騎士團長的存在說出來了，又有誰會相信這種事？只會懷疑我精神有問題而已）。

我們來到小祠前面，繞到那方面。踏過被推土機履帶滾輪殘酷壓碎，現在依然倒伏在那裡的芒草叢時，洞穴就在眼前。我們先把燈提高照出那蓋子。蓋子上排列著鎮石，我眼睛檢視著那配置。雖然只有一點，但石頭有被移動過的形跡。上次我和麻里惠打開蓋子又蓋回去之後，有誰打開過那蓋子，然後再蓋回去，把石頭盡量和以前一樣地重新排好。但我可以看出那些微的不同。

「有人動過這石頭，打開過蓋子的形跡。」我說。

免色看了一眼我的臉。

「那是秋川麻里惠嗎？」

我說：「嗯，不知道。不過不知道的人應該不會來這裡，除了我們之外知道這洞穴存在的人，說起來只有她了。這個可能性也許很大。」

當然騎士團長也知道這洞穴的存在，因為他就是從這裡出來的。只是他畢竟是Idea。本來是無形的存在，要進去裡面可能不必移開鎮石。

然後我們把蓋子上的鎮石移開，洞穴上蓋著的厚木板全部移開。於是直徑將近二公尺的圓形洞穴，再度出現。那看起來比以前看到時顯得更大、更黑。不過可能是夜晚的黑暗所帶來的錯覺。

我和免色蹲低到地面，把手電筒和提燈往洞穴裡照看看。但洞裡並沒有人的身影，沒有任何東西。只有和平常一樣周圍圍著高高的石壁，無人的筒形空間而已。但只有一個和以前不同的地方，梯子消失不見了。移開石塚的造園業者，善意地留下來給我們的摺疊式金屬梯。最後看到時，那還靠在壁上。

「梯子哪裡去了？」我說。

梯子立刻就找到了。那個橫倒在後方，沒被拖拉機壓扁的芒草叢裡。是誰把梯子搬開，放到那裡的。因為不重，所以要移動並不太需要力氣。我們把那梯子搬回來，照原來那樣靠牆立著。

「我下去看看。」免色說。「也許可以找到什麼。」

「沒問題嗎？」

「是的，不用擔心我。因為以前也下去過一次了。」

這樣說著，免色就一手拿著提燈若無其事地走下梯子。

「對了，你知道柏林分隔東西德的圍牆有多高嗎？」免色邊走下梯子，邊這樣問我。

「不知道。」

「三公尺。」免色抬頭看我說。「雖然因場所的不同而有別，不過大體以這個為基準高度。比這洞穴的高度稍微高一點，大約長達一百五十公里。我也看過實物，在柏林分隔成東西兩邊的時代。那看起來真是令人心痛的光景。」

免色下降到底下站定，用提燈照亮四周。而且還朝向地上的我繼續說：

「牆壁本來是為了保護人而建造的，為了保護人免於受外敵或風雨的侵襲。但有時候，卻也可以用來把人封閉住。高聳而堅固的牆，讓被封閉的人變得無力。視覺上、精神上，也有為這目的而建的牆。」

免色說到這裡，就那樣暫時閉口。然後高舉提燈照亮周圍的石壁，和地面，仔細檢查每個角落。就像調查金字塔最深處的石室的考古學者那樣，毫不懈怠地仔細查看。提燈的亮度強，比手電筒可以照亮的範圍寬廣得多。然後他在地上好像發現了什麼，膝蓋著地，仔細觀察那東西。但從上面看不出那是什麼。免色也沒說什麼。他所發現的好像是非常小的東西。他站起來，把那什麼包進手帕放進防風外套口袋。然後把提燈舉到頭上仰望地上的我。

「我現在要上去了。」他說。

「找到什麼嗎？」我問。

免色沒回答，然後小心地開始登上梯子。每踏上一步身體的重量就讓梯子發出鈍重的聲音。我用手電筒邊照看著他回到地面。看著他的行動模樣，就能知道平日他是如何勤快地鍛鍊、整頓全身肌肉機能的。身體沒有多餘的動作，只有效地使用必要的肌肉。他站到地上之後，大大地伸展身體一次，然後把長褲上所沾的泥土仔細拂掉，雖然並沒有沾上多少泥土。

喘過一口氣之後，免色說：「實際下到底下看時，牆壁的高度還是相當有壓迫感。那裡會產生某種無力感，我在前一段時間在巴勒斯坦看過同樣種類的牆壁。以色列所建的八公尺以上的水泥牆，牆頂纏著通過高壓電流的鐵絲。那長達將近五百公里，以色列人可能認為三公尺高度還不夠吧，但三公尺大體上以牆壁來說已經夠用了。」

他把提燈放在地上，那把我們腳前明亮地照出來。

「說起來，東京看守所的獨居房的牆壁高度也將近三公尺。」免色說。「不知道為什麼，不過房間的牆壁非常高。每天眼睛看到的東西，說起來就只有那高度三公尺的平板單調牆壁。其他看不見任何東西。當然牆上是不會有畫之類的裝飾。只有牆壁。感覺自己簡直就像被放進洞穴底下似的。」

我默默聽著。

「那是稍早以前的事，有一次我出了點事，暫時被關進東京看守所。這件事我好像還沒對您提過吧？」

「是的，還沒聽您提過。」我說。他好像進過看守所的事，雖然聽人妻女友說過，但這當然不能說。

「以我來說，這件事我不希望您從別的地方聽到。您也知道所謂流言這東西，是會把事實往有趣的奇怪方向扭曲的。因此我希望先從我口中直接把事實傳達給您，雖然不是特別愉快的事，但就算是順便吧，現在就在這裡說可以嗎？」

「當然可以，請說。」我說。

免色稍微停頓一下然後開始說：「不是我說藉口，但我並沒有做任何一件有愧良心的事。過去我曾經插手過各種事業，我想可以說是冒了很多風險過來的。但我絕不愚笨，天生個性用心很深，因此觸犯法律的事我絕不出手。這種區別我經常留意著。但那時候碰巧我合作的對象，不注意又欠考慮，因此遭遇很慘。從此以後，我就避免跟人合作事業。只以自己個人的責任活下去。」

「檢察官提出的罪狀是什麼？」

「內線交易和逃稅，也就是經濟犯。最後是無罪獲勝，但被起訴。檢察官調查得很嚴，把我留在看守所很長一段時間。加以各種理由，一再延長拘留期限。把我放進被牆圍起來的地方，期間長得甚至現在都會覺得懷念的地步。就像剛才向您報告過的那樣，我這邊沒有任何該受法律處罰的過錯。那根本就是明白的事實。但檢察官已經寫好了起訴書，那起訴書上已經把我的罪狀牢牢編派進去了。而且他們不願意事後改寫，官僚系統就是這麼回事。一旦決定了什麼，就幾乎不可能改變。如果要倒回去逆流追查的話，什麼地方的誰就必須負責。因此我長期被收容在東京看守所的獨居房裡。」

「多長呢？」

「四百三十五天，」免色若無其事地說：「這個數字我一輩子也忘不了。」在狹小的獨居房裡，度過四百三十五天可怕而漫長的期間，這我也可以很容易地想像到。

「您過去，曾經在什麼狹小的場所長期被關閉過嗎？」免色問我。

沒有。我說。在搬家的卡車的貨櫃室被關以來，我有了相當嚴重的閉所恐懼傾向。連電梯都不太敢搭。如果被放在那樣的狀況下的話，好像神經會立刻崩潰似的。

免色說：「我在那狹小的場所學到忍耐的方法，每天那樣訓練自己。我在那裡的期間學會了幾種語言。西班牙語、土耳其語、中國語。在單人房裡能放在手頭的書冊數有限，但辭典則不含在限制之內。因此在那拘留期間，學習語言是最好的機會。幸虧注意力集中是我的優點，在學語言之時，可以完全忘記牆壁的存在。任何事情一定都有好的一面。」

任何黑暗的厚雲，背後都有銀色的光輝。

免色繼續說。「但直到最後都覺得恐怖的是地震和火災。因為無論是大地震來了，或發生火災時，人在監牢中被關閉著，無法立刻逃出。開始想到在那狹小的空間裡被壓碎、或燒死時，會恐怖得快窒息。那種恐怖就很難克服，尤其是半夜醒來時。」

「但還是忍耐過來了對嗎？」

免色點頭。「當然。總不能敗給他們，總不能被系統壓倒。如果在他們所準備的文件上暫且簽名的話，我就可以從監牢裡出來，回到普通的世界。不過一旦簽了名就完蛋了，自己沒做的事也承認做了。我把這當成上天給我的大考驗。」

「上次，您在這黑暗的洞穴裡一個人待了一小時的時候，也想起那時候的事情嗎？」

「是的。有時候必須像那樣回到原點，回到形成現在的我的場所。因為人處在安樂的環境立刻就會習慣。」

真是特異的人物，我重新感到敬佩。一般人如果遭遇過什麼過於嚴酷的經驗的話，不是會想盡早忘掉嗎？

然後免色像忽然想起來似的，伸手到防風外套口袋裡，拿出包著什麼的手帕。

「剛才，我在洞穴底下發現了這個。」他說。然後掀開手帕從那裡取出一個小東西。一個塑膠的小東西。我拿起來，用手電筒照著看。附有一條黑色細繩全長一公分半左右漆成黑白的企鵝模型，女學生經常會掛在手機上的小玩偶。沒有弄髒，看起來還是全新的東西。

「上次，我在洞穴底下的時候，這裡並沒有這個東西。不會錯。」免色說。

「那麼，是後來有誰下去過，把這東西掉在那裡了是嗎？」

「這個嘛。那可能是附在手機上的裝飾吊飾，而且吊飾的細繩沒有斷。可能是自己拆下來的。因此，與其說是掉在那裡，不如說是故意留在那裡的可能性比較大吧？」

「下到那個洞底去，把這個特地留下放在那裡？」

「或者也有可能只是從上面丟下去的。」

「不過，到底為什麼呢？」我問。

免色搖搖頭。表示不知道。「或許那個人，把護身符似的東西留在那裡也不一定。當然這只是我的想像而已。」

「秋川麻里惠嗎？」

「可能是。因為除了她之外，沒有人會接近這個洞穴。」

「把手機的吊飾當護身符留在那裡？」

免色再搖一次頭。「不知道。不過十三歲的少女會想到各種事情。不是嗎？」

我再一次看看自己手中的那個企鵝小玩偶。這麼一說再仔細看時，確實看來有點像護身符的樣子，散發著一種天真無邪的感覺。

「不過到底是誰把那梯子拿上來，放在那裡的呢？而且為了什麼呢？」我說。

免色搖搖頭，表示想不到。

我說：「總之回家以後，打電話給秋川笙子，問她這企鵝吊飾是不是麻里惠的東西，確認看看。如果問她，或許可以弄清楚。」

「那個請你暫時收著吧。」免色說。我點點頭。把那玩偶放進長褲口袋裡。

然後我們把梯子靠在石牆上，重新把蓋子蓋在洞穴上，在那木板上排列鎮石。我為了慎重起見，重新把石頭的配置記在腦子裡，然後經由雜木林的小徑踏上歸途。看看手錶，時刻已經超過凌晨零點了。歸途中，我們沒有開口。兩人拿著手上的燈一邊照著腳下，沉默地走著。各自在腦子裡尋思著。

來到房子前面，免色打開Jaguar的大後車廂，把提燈放回去。然後終於緊張解除了似的身體倚靠在關上的後車廂，抬頭看了一下天空。什麼也看不見的黑暗天空。

「可以到府上打擾一下嗎？」免色對我說。「反正回家也無法鎮定。」

「當然，請進。看來我也暫時無法入睡。」

但免色並沒有改變姿勢，好像在想什麼似的一直動也不動。

我說：「雖然沒辦法好好說明，但我覺得秋川麻里惠身上可能發生了什麼不好的事情。而且就在這附近的什麼地方。」

「但又不是在這個洞穴。」

「好像是這樣。」

「例如，會發生什麼樣不好的事呢？」免色問。

「這個我也不知道。不過，我感覺到可能有什麼想危害她。」

「而且就在這附近的某個地方是嗎？」

「是的。」我說。「在這附近。而且梯子會被從洞穴裡拉上來這件事，我也非常擔心。到底是誰拉上來，為什麼特地藏在芒草叢裡，那到底意味著什麼？」

免色挺直身體，又再輕輕觸摸我的手腕。然後說：「是啊，我也完全猜不到。不過在這裡擔心也沒有用，總之先進屋裡去吧。」

47 今天是星期五嗎？

回到家脫下皮夾克，我立刻打電話給秋川笙子。第三聲鈴響時她拿起話筒。

「後來有沒有新的消息？」我問。

「沒有，還什麼都不知道。也沒有任何聯絡。」她說。好像無法好好控制呼吸節奏時的人所發出的那種聲音。

「有聯絡警察了嗎？」

「沒有，還沒有。不知道為什麼，但我想稍微等一等再報警。我覺得或許她現在會忽然回來也不一定。」

我向她說明在洞底發現的企鵝吊飾的形狀。但沒有提是怎麼發現的，只問她秋川麻里惠身上有沒有帶那樣的玩偶。

「麻里惠手機上是有附吊飾，我記得是企鵝。……嗯，對，確實是企鵝。不會錯。小小的塑膠玩偶。我想是在甜甜圈店領到的贈品，那孩子不知道為什麼非常珍惜那個，把那當成護身符似的。」

「那麼她經常隨身攜帶手機嗎？」

「是的，大概經常關機，不過確實會隨身攜帶，就算不接或不回電，但偶爾有事會自己打電話回來。」秋川笙子說。然後停了幾秒鐘。「是不是在什麼地方發現那個玩偶了？」

我沒辦法回答。如果要告訴她真相的話，就不得不告訴她樹林裡有洞穴的存在。而且如果報警的話，一定也要對他們做同樣的說明——必須說明得夠詳細才能被接受。如果說在那裡發現秋川麻里惠的東西的話，警察一定會詳細檢查那個洞穴，或可能在雜木林裡進行搜索。我們一定會被追根究柢地盤問，免色過去的事情也可能會被重新挖出來。就像免色說的那樣，事情只會搞得越來越麻煩而已。

「掉在我家畫室的地上。」我說。雖然我不喜歡說謊，但卻不能說實話。「掃地的時候發現的。然後我想到，這說不定是麻里惠的東西。」

「我想那是麻里惠的東西。沒錯。」少女的姑姑說。「那麼，該怎麼辦才好呢？是不是該報警？」

「令兄，也就是麻里惠的父親聯絡上了嗎？」

「沒有，還沒聯絡上。」她很難開口地說。「不知道他現在在哪裡，本來就是不太回家的人。」

好像有很多複雜的情況，不過現在不是去討論那個的時候。應該報警比較好吧，我簡潔地對她說。時刻既然已經過了午夜，也超過一天了。萬一在什麼地方出事了也不是沒有可能。她說我立刻來聯絡警察。

「可是，麻里惠的手機還沒有回覆嗎？」

「是啊，我試打了好幾次，但怎麼都打不通。電源好像關掉了，或者電池沒電了。都有可能。」

「麻里惠小姐今天早晨，說要去上學而走出門去，然後就那樣失蹤了。是這樣嗎？」

「是的。」姑姑說。

「那麼，現在她大概還穿著國中制服吧。」

「是的，應該穿著制服。深藍色西裝上衣和白襯衫，深藍色毛背心，格子呢裙，白色長襪，黑色無帶學生皮鞋。然後揹著塑膠肩帶書包。學校指定的書包，上面有學校的標誌和校名。還沒有穿大衣。」

「我想另外也有帶裝畫具的包包吧？」

「那平常會放在學校的置物櫃，學校美術課要用到。星期五會帶著那個，從學校到老師的教室去，不會從家裡帶去。」

那是她來繪畫教室時平常的裝扮。深藍色西裝上衣和白襯衫、格子呢裙，塑膠肩帶書包、裝畫具的白色帆布袋。那模樣我記得很清楚。

「沒帶其他東西吧？」

「是的，沒帶。所以應該不會走遠才對。」

「如果有什麼事的話，任何時間都可以打電話來。任何時刻都沒關係，請不用客氣。」我說。

我會的，秋川笙子說。

於是我掛斷電話。

免色站在旁邊，一直聽著我們的對話。我放下話筒後，他這時才終於脫下防風外套。那裡面他穿著黑色V領毛衣。

「那個企鵝玩偶果然是麻里惠的東西對嗎？」免色說。

「好像是。」

「換句話說，雖然不知道是什麼時候，不過她可能一個人進去過那個洞穴。然後把自己重要的護身符企鵝玩偶留在那裡。好像是這個樣子。」

「換句話說，把像護身符般的東西留下來，是這樣嗎？」

「好像是。」

「但如果這個玩偶是護身符的話，那到底要保護什麼？或保護誰？」

免色搖搖頭。「這個我想不通。不過那個企鵝是為了保護她的經常帶在身上的。把那個特地拿下來放在那裡，其中一定有明白的意圖。人是不會把重要的護身符輕易放手的。」

「除非有比自己更重要的，該保護的其他東西？」

「例如什麼？」免色說。

兩個人對那問題都想不出答案。

我們暫時就那樣沉默著。時鐘的針正慢慢確實地刻著時間。世界正一分一秒的稍微往前推進。窗外一片漆黑，沒有會動的東西。

這時我忽然想起騎士團長對古鈴的去向所說的話。「本來那就不是我的東西。應該算是那個場所共有的東西。不管怎麼樣，會消失大概是有會消失的理由吧。」

場所共有的東西？

我說：「說不定，或許秋川麻里惠並不是把這個玩偶放在洞穴裡。或許這個洞穴和某個別的場所聯繫著也不一定。與其說是一個封閉的場所，不如說像通路般的地方。而且或許在不知不覺之間會自己呼喚很多東西進來。」

我把腦子裡浮現的事情實際說出口之後，聽起來想法似乎相當愚蠢。如果是騎士團長的話可能會就那樣接受我的想法，但這個世界卻很難。

深深的沉默降臨屋裡。

「從那個洞穴底下到底能通往哪裡呢？」免色終於像在問自己似地說。「正如您也知道的，我之前下到這個洞穴底下，一個人坐在那裡一個小時左右。在黑漆漆之中，既沒有燈光也沒有梯子。在那沉默中我深深集中意識，而且認真的努力讓肉體的存在消失，嘗試只剩下意念的存在而已。那樣的話我就可以穿越石壁逃往什麼地方。在看守所的單人房時，也經常做過同樣的嘗試，但結果哪裡也去不成。那是被絕對堅固的石壁所圍繞著的無處可逃的空間。」

那個洞穴或許會選擇對象，我忽然想到。從那個洞穴出來的騎士團長來到我這裡，他選擇我當成寄宿地。秋川麻里惠也可能被這個洞穴選上。但免色沒有被選上——因為某種原因。

我說：「無論如何，就像我們剛才也說過的那樣，我想最好不要告訴警察這個洞穴的事。至少在現在的階段還不要告訴他們比較好。但這個玩偶是在洞穴裡發現的，如果不說的話，顯然會構成藏匿證據。如果出了什麼事，而這件事被知道之後，我們的立場可能會很尷尬。」

免色暫時尋思一番。然後毅然地說：「關於這件事，我們兩人緊緊閉嘴。只有這樣，你就說是在家裡畫室的地上發現的。只能始終都這樣說。」

「可能應該有人去秋川笙子家。」我說。「她一個人在家，一定很困惑。正在一片混亂，不知道該怎麼辦才好。麻里惠的父親也還聯絡不上，需要有人協助她吧？」

免色一臉認真地想了一下，終於搖搖頭。「可是我現在不能去那裡。我沒有那種立場，她哥哥或許什麼時候會回來。而我和他完全不認識，如果……」

免色說到這裡，沉默下來。

我也沒說什麼。

免色用手指輕輕敲著沙發的扶手，長久之間一個人在想什麼。想著想著，臉頰眼看著稍微紅起來。

「可以讓我暫時在府上多待一會兒嗎？」免色稍後問我。「或許秋川小姐會有什麼訊息進來。」

「當然歡迎留下。」我說。「我也沒辦法馬上入睡。請盡量隨意留在這裡。住下來也沒關係。寢具是現成的。」

可能要這樣了，免色說。

「要不要喝咖啡？」我問。

「好，謝謝。」免色說。

我到廚房去磨豆子，設定咖啡機。咖啡泡好後，端到客廳。於是兩個人喝起咖啡。

「壁爐差不多該點火了。」我說。過了半夜屋裡比剛才又冷些了。已經進入十二月，壁爐生火也不奇怪的時候了。

我把事先在客廳角落堆積的木柴放進壁爐裡。然後用紙和火柴點火。木柴似乎相當乾燥，立刻全部著起火來。自從來到這個家之後，還是第一次使用這個壁爐，因此不知道煙囪的換氣機能是否良好，有點不安（雖然雨田政彥說過壁爐應該可以使用，但還沒實際試用之前還不知道情況如何。或許有鳥築巢把煙囪塞住也不一定。），幸虧煙順利地往上排出去了。我和免色把椅子擺在壁爐前，在那裡取暖。

「有柴火的壁爐這東西真好啊。」免色說。

我本來想請他喝威士忌，但又改變主意作罷。今天晚上還是保持清醒比較好。說不定他還要開車回去。我們坐在壁爐前，一邊眺望著生動搖晃的火焰一邊聽音樂。免色選了貝多芬小提琴奏鳴曲的唱片放在轉盤上。邊聽著庫倫亢普夫（Georg Kulenkampff）的小提琴和威廉．肯普夫（Wilhelm Kempff）的鋼琴，邊望著初冬壁爐的火是再適合不過的音樂了。不過想到一個人單獨在某個地方，可能正冷得發抖的秋川麻里惠時，心情就沒辦法那麼鎮定了。

三十分鐘後秋川笙子打電話來。說哥哥秋川良信稍早終於回到家，他打電話給警察。

現在警察將馬上到家裡來了解狀況（秋川家怎麼說總是富裕的本地望族。想到有可能是誘拐事件，警察應該會立刻飛奔過來），麻里惠還沒有聯絡，打她的手機依然沒有回應。想得到的地方——就算只有少數——全都聯絡過了，還是完全不知道麻里惠的去向。

「但願麻里惠平安無事。」我說。如果有什麼進展，請隨時打電話來，說完我掛斷電話。然後我們又在暖爐前坐著聽古典音樂。理查．史特勞斯的雙簧管協奏曲，這也是免色從唱片櫃裡選的。這種曲子我還是第一次聽。我們幾乎沒有開口，耳朵傾聽著音樂，眼睛望著暖爐的火焰，各自落入沉思。

時鐘過一點半時，我忽然變得非常睏。眼睛漸漸沒辦法睜開了。我向來習慣早睡早起，不擅長熬夜。

「你去睡吧。」免色看著我的臉說。「秋川小姐可能會有什麼聯絡，我在這裡多待一會兒。我不太需要睡覺，不睡覺也不難受，從以前就這樣。所以你不用擔心我，壁爐的火我會注意添柴。像這樣聽著音樂，一個人看著火。可以嗎？」

當然沒問題，我說。然後到廚房外的倉庫屋簷下再抱一把薪柴回來，堆在壁爐前。有這些的話，爐火到早晨應該可以夠用。

「很抱歉，讓我睡一下。」我向免色說。

「請先睡吧。」他說。「我們輪流睡吧，我想黎明前我大概會睡一下。那時候我會在這沙發上睡，所以可以借我毛毯或什麼嗎？」

我把雨田政彥用過的同樣毛毯、輕羽毛被和枕頭拿出來，鋪在沙發。免色向我道謝。

「如果需要有威士忌？」我慎重起見問他。

免色斷然搖頭。「不，今晚不要喝酒比較好。或許有什麼事。」

「如果肚子餓了，廚房冰箱裡的東西請自己拿來吃。沒什麼，有起司跟蘇打餅而已。」

「謝謝。」免色說。

我把他留在客廳自己回房間。然後換上睡衣，鑽進床上。關掉枕邊的燈，準備睡覺。然而卻一直睡不着，雖然非常睏。腦子裡卻像有小蟲子在高速拍翅的感觸，怎麼都睡不著，偶爾會有這種情況。算了，把燈打開，身體坐起來。

「怎麼樣，睡不著嗎？」騎士團長說。

我看看房間裡，在窗框的地方騎士團長坐在那裡。身上穿著和平常一樣的白色服裝，腳上穿著前端尖尖的怪鞋子，佩帶迷你長劍，頭髮綁得整整齊齊。依然不變，和雨田具彥畫中被刺殺的騎士團長完全一樣的裝扮。

「睡不著啊。」我說。

「因為發生了很多事情嘛。」騎士團長說。「人都會很難心安地睡著。」

「好久不見了啊。」我說。

「我以前不是說過了，好久不見或久沒問候，Idea 都不太了解。」

「不過正好，我有事要問你。」

「什麼樣的事？」

「秋川麻里惠從今天早晨開始就失蹤了，大家正在找。她到底去哪裡了？」

騎士團長暫時歪著頭，然後慢慢開口。

「諸君也知道，人世間是被時間、空間和或然性這三個要素所規範。Idea這種東西，必須從這三種要素的每一種獨立出來才行。因此，我想我無法跟這些有關。」

「你說的我不太了解，但總之不知道她人在哪裡，是嗎？」

騎士團長沒回答。

「或者你知道，但不能告訴我，是嗎？」

騎士團長臉色為難地瞇細眼睛。「不是我迴避責任，但是Idea也有各種限制。」

我伸直了背脊，筆直看著騎士團長。

「你聽我說，我一定要去救秋川麻里惠，她應該在什麼地方正在求助。雖然不知道是什麼地方，但是她沒辦法簡單出來的地方，可能是迷路了。我有這種感覺。可是我不知道該去什麼地方該做什麼事才好，現在還想不到。不過這次她的失蹤，跟那個雜木林中的洞穴我想有某種形式的關係。雖然沒辦法合理說明，但我知道，而且你長久被關在那個洞穴裡。為什麼會被關在那樣的地方，我不知道原因。不過總之我和免色先生，用重機具把那石塚移開，打開洞穴。然後把你放出來。不是嗎？因此，你現在可以隨心所欲地在時間和空間之間移動。身影也可以隨心所欲地消失或出現，還可以盡情看我和女朋友做愛。不是嗎？」

「嗯，大概沒錯喔。」

「要怎麼樣才能救出秋川麻里惠，因為你們Idea的世界好像有很多限制，所以我沒有說請你教我具體方法。我不勉強你，不過你總可以給我一個暗示吧？考慮到很多情況，這種程度的親切總可以吧。」

騎士團長深深嘆一口氣。

「你只要繞圈子暗示我就可以了，並沒有要求你現在立刻去消除種族清洗、停止地球暖化或解救非洲大象，這種大規模的事。我只是想讓可能被關在狹小黑暗地方的十三歲少女，回到普通的世界。只有這樣而已。」

騎士團長抱臂一直思考了許久，看來他心中似乎產生了什麼迷惑。

「好吧。」他說。「既然諸君這麼說，也沒辦法。我只給諸君一個暗示。但那結果，可能會有幾個犧牲，這樣也沒關係嗎？」

「什麼樣的犧牲呢？」

「還很難說，不過犧牲是難以避免的吧。如果以比喻來說的話就是，不得不流血。是這麼回事。那是什麼樣的犧牲，以後慢慢就會明白。或有人必須捨棄身體才行，可能會變成那樣。」

「那也沒關係。請給我暗示。」

「好吧。」騎士團長說。「今天是星期五嗎？」

我看看枕邊的時鐘。「是的，今天是星期五。不，不對，已經是星期六了。」

「星期六上午，也就是今天中午以前，諸君會有一通電話進來。」騎士團長說。「有人會邀請諸君做什麼。而且無論是什麼樣的事情，諸君都不要拒絕。知道了嗎？」

我機械性的重複他說的話。「今天中午以前打來的電話，有人會邀請我做什麼。我不可以拒絕。」

「沒錯。」騎士團長說。「這是我給諸君的唯一暗示。說起來這是區別『公語言』和『私語言』僅有的一線。」

說完最後一句話的騎士團長就此慢慢消失蹤影。一失神時，窗框上已經沒有他的身影了。

我把枕邊的燈熄掉後，這次比較快速入睡。腦子裡高速拍翅般的聲音已經收斂。睡著前，我想起壁爐前的免色。他到早晨為止會讓柴火不熄滅，一個人在思考什麼吧。他會一直想到早晨嗎？我當然不知道，他是個不可思議的人物。不過他，不用說活著也被時間、空間和或然性所束縛，和這個世界上其他任何人都一樣。我們只要還活著就無法逃出那限制，也就是說我們活著都一個也不例外被上下四方的堅固牆壁圍繞著。

•••••••••••••••

今天中午以前打來的電話，有人會邀請我做什麼。我不可以拒絕。我在腦子裡再度機械性的反覆騎士團長所說的話。然後睡著。

48 西班牙人不知道如何在愛爾蘭海上航行

醒來時是清晨的五點過後，周遭還一片漆黑。我在睡衣上披一件毛衣，到客廳看看情況。免色在沙發上睡著。壁爐的火可能剛熄，應該剛剛才入睡，房間裡還很暖和。事先堆積的薪柴少了很多。免色身體蓋著被子朝向側面，非常安靜地睡著。沒有發出一點鼾聲。睡覺方式都那麼端正。連房間的空氣，都彷彿不要妨礙他而屏著氣息似的。

我讓他就那樣繼續睡，到廚房去泡咖啡，也烤了吐司。然後在餐廳的椅子上坐下來，吃著塗了奶油的吐司，喝著咖啡邊讀起讀到一半的書。關於西班牙「無敵艦隊」的書。伊莉莎白女王和菲利普二世之間所展開，賭上國運的激烈戰事。我為什麼非要在這個時候，閱讀跟十六世紀後半英國海上戰爭有關的書不可呢，雖然理由不明，不過開始讀起來後覺得很有趣，便相當專心地讀著。這是在雨田具彥的書架上看到的舊書。

以一般的定論來說，據說由於戰術的錯誤，無敵艦隊被英國艦隊在海戰中大敗，因此世界歷史潮流大大的改變了。但實際上西班牙海軍所蒙受的傷害，大體上不是從正面戰爭所引起的（雙方猛烈的互相射出大砲，但幾乎都沒打中對方），是因為遇到暴風雨船遇難的關係，習慣了地中海平穩海洋的西班牙人，不知道該如何在處處難行的愛爾蘭海上順利航行。因此許多船隻觸礁沉沒了。

我在餐廳的桌前，喝著兩杯黑咖啡，一邊同情西班牙海軍可憐的命運之時，東方的天空已慢慢轉白。星期六的早晨來臨了。

今天上午打來的電話，有人會邀請諸君什麼，不可以拒絕。

我的腦子裡，反覆騎士團長所說的話。然後我看看電話，仍保持沉默。可能有人會打電話來吧。騎士團長不會說謊，我只能安靜等待那鈴聲響起。

我想著秋川麻里惠的事。想打電話給她姑姑確認她是否安好，但時間還太早。打電話至少也要等到七點左右才好吧。而且如果知道麻里惠的行蹤的話，她一定會打電話過來才對，因為她知道我在擔心。沒有聯絡，可能表示沒有進展。所以我坐在餐廳椅子上，繼續讀著有關無敵艦隊的書。讀累了時就一直盯著電話，但電話依然保持沉默。

七點過後，我試著打電話給秋川笙子。她立刻接起電話，簡直像坐在電話前一直等著鈴聲響起似的。

「還沒有任何消息。依然行蹤不明。」她最先說。可能幾乎（或完全）沒睡覺，聲音中滲著疲倦。

「警察有行動嗎？」我問。

「有，昨晚有兩位警察來家裡了解狀況，我把照片給他們看，也說明麻理惠穿著的服裝打扮……。我也告訴他們，麻理惠不是會離家出走或深夜在外頭遊晃的孩子。訊息好像已經送去了各個地方，應該已經在找了，只是現在還請他們先別公開搜查。」

「但還沒有結果？」

「是，現在還沒有任何線索。幾個警察好像很積極地在採取行動。」我安慰她，如果知道任何事情，也希望能立刻告訴我。她說會的。

免色已經醒來，正在洗臉台洗臉。用我準備的客用牙刷刷牙，然後到餐廳的餐桌坐在我對面，喝著熱黑咖啡。我請他吃吐司，但他說不用。可能是在沙發睡的關係，他那豐厚的白髮顯得比平常稍微亂了一點，那也只是比平常的程度而已。在我面前的，依然是冷靜而儀容良好的免色。

我把秋川笙子在電話裡說的話原原本本轉告免色。

「這只是我的感覺。」免色聽完之後說。「關於這次的事件，我覺得警察好像不太能幫上忙。」

「為什麼這樣想呢？」

「秋川麻里惠不是普通的女孩子，這和尋常少女的失蹤有一點不同。而且我想也不是綁架。因此警察會採取的那種平常的方法，可能很難找到她。」

關於這個我沒有特別陳述意見。不過可能正如他說的那樣。我們所面對的，是函數很多，卻幾乎沒有給具體數字的方程式般的東西。最重要的是要盡量找出更多數字才行。

「要不要再去看看那個洞穴一次？」我說。「說不定有什麼改變。」

「走吧。」免色說。

反正也沒有其他事可做，這是我們之間共通的，也是私下的默契。我想，或許不在的時候秋川笙子會打電話來，或騎士團長所說的「邀約的電話」會打來。不過可能還不會。我有這種模糊的預感。

我們穿上外套就出門。天氣晴朗的早晨。昨夜覆蓋著夜空的雲，已經被從西南方吹來的風完全吹走了。這時天空清朗得不自然的地步。眼睛所及一片通透澄淨。筆直望著天空時，覺得好像正上下顛倒地窺探透明的泉水底下似的。從遙遠的地方傳來電車長長的車輛沿著鐵軌前進的單調聲。偶爾有這樣的日子。空氣的澄清程度和因風向的不同，平常聽不見的遠方聲音也能奇妙地傳進耳裡。如此的早晨。

我們經過雜木林中的小徑，在默默無語時已經走到有小祠的地方，然後站在洞穴前面。洞穴的蓋子和昨天夜裡完全一樣。上面所排列的鎮石位置也沒有改變。兩人打開木板蓋子時，梯子還靠在牆上。而且洞裡依然沒有任何人。免色這次沒說要下去。明亮的日光照得洞底連每個角落都看得一清二楚，沒有一點和昨天夜裡不一樣的地方。在明亮的白天所見到的洞穴，和半夜所見到的洞穴看來好像不同的東西似的。這裡感覺不到不穩定的跡象。

然後我們又把厚板子蓋住洞穴，並在上面排上鎮石。再穿過雜木林回到家。房子前面的停車門廊，並排停著免色一塵不染的銀色沉默的Jaguar，和我的滿是灰塵收斂的Toyota Corolla廂型車。

「我差不多該回去了。」免色站在Jaguar前面說。「一直待在這裡，也只會妨礙您，現在也不太幫得上忙。沒關係嗎？」

「當然，您回到家好好休息。如果有什麼消息，我會立刻跟您聯絡。」

「今天應該是星期六吧？」免色問。

「是的。今天是星期六。」

免色點點頭，從風衣口袋拿出車鑰匙，暫時看著那個。好像在想什麼，可能下不了決心。我等他想完。

免色終於開口。「有一件事應該要跟您說比較好。」

我靠在Corolla廂型車的車門上，等他繼續說。

「這只是個人的事情，我相當迷惑不知道該怎麼辦，但禮貌上，我想還是先讓您知道一下比較好。我不喜歡引起不必要的誤解……。也就是說，我和秋川笙子小姐，該怎麼說才好呢，關係變得相當親密了。」免色說。

「是說男女關係嗎？」我單刀直入地問。

「是的。」免色停了一瞬間然後說，臉頰好像稍微紅起來。「可能會被認為進展速度相當快。」

「我想速度沒什麼問題。」

「沒錯。」免色承認。「確實正如您所說的，問題不是速度。」

「問題是——」我想說但又打住。

「問題是動機。是嗎？」

我沉默不語。但我沉默的意思是yes，他當然知道。

免色說。「我希望您了解，我並不是從最初就盤算要往這個方向前進的，純粹是自然發展的結果。在自己也不太留意之間，就變成那樣了。您可能不會輕易相信。」

我嘆一口氣。然後老實說。「我所知道的是，如果您從最初就計畫要這樣做的話，那一定是非常簡單的事，毫無疑問。不過我不是在諷刺。」

「可能正如您說的那樣。」免色說。「這點我承認。要說簡單，不如說也許沒那麼難。但實際上並不是這樣。」

「也就是說，您對秋川笙子小姐是一見鍾情，單純地墜入情網，是這樣嗎？」

免色似乎為難的稍微抿一下嘴唇。「墜入情網嗎？老實說，我無法斷言到那個地步。我最後墜入情網——我想大概是那樣——是很早以前的事了。那是怎麼一回事，現在也不太想得起來了。但以一個男人的心，正被一個女人的她所強烈吸引是不會錯的事。」

「把秋川麻里惠的存在除外，也一樣嗎？」

「這是很困難的假設，因為本來相遇的動機是從麻里惠開始的。不過就算沒有麻里惠的存在，我的心可能還是會被她吸引。」

會嗎？我想。像免色這種懷有深沉複雜意識的男人，心會被像秋川笙子這樣，說起來不太有心機的女性類型所強烈吸引嗎？但我什麼也不能說。因為人心的動向這東西是無法預測的，尤其是加上性的要素的情況。

「我知道了。」我說。「總之，能夠誠實告訴我，非常感謝。我想誠實終究是最好的事。」

「我也希望是這樣。」

「老實說，秋川麻里惠已經知道這件事情。你和笙子小姐可能已經是這種關係。而且幾天前，她來找我商量過這件事。」

免色聽了之後好像有點驚訝的樣子。

「感覺好敏銳的孩子。」他說。「這種跡象我打算完全不讓她看到的。」

「感覺非常敏銳的孩子。不過她會注意到這件事，是從姑姑的言語行動，並不是因為你。」

秋川笙子某種程度上可以控制感情，是個教養很好又有知性的女性，但卻沒辦法戴上堅固的假面具。這件事免色當然也知道。

免色說：「那麼你……認為麻里惠發現這件事，和這次的失蹤事件之間有什麼關聯嗎？」

我搖搖頭。「這我倒不知道。只是我能說的是，您和笙子小姐兩個人最好能好好商量。因為麻里惠失蹤了，她現在非常混亂，正感到不安。可能需要你的幫助和鼓勵，非常迫切。」

「我知道，回家以後立刻跟她連絡。」

免色這樣說完，又再暫時一個人落入沉思。

「老實說，」他嘆了一口氣之後說：「我想我可能不算是墜入情網，跟那個有點不同。我好像本來就不適合這種事情的樣子，只是我自己也不太清楚。如果，沒有麻里惠的存在的話，我會不會被笙子小姐那樣吸引？這裡很難劃出一條界線來。」

我沉默不語。

免色繼續說：「不過這不是事先計畫好的事。這一點希望你能相信我，可以嗎？」

「免色先生，」我說，「我自己也很難說明為什麼這麼說，不過我基本上認為你是個正直的人。」

「謝謝。」免色說，然後稍微微笑一下。有一點尷尬的微笑，不過也不是完全沒有高興的樣子。

「可以再誠實一點嗎？」免色說。

「當然。」

「不過我自己有時候，感覺自己只是無而已。」免色想坦白地說。嘴角依然留著淡淡的微笑。

「無？」

「我是個空洞的人。這種說法聽起來或許顯得有點傲慢，我過去一直以為自己是個頭腦相當清楚而能幹的人，向來是這樣活過來的。感覺相當敏銳，有判斷力和決斷力，天生體力也好，無論出手做什麼事都覺得不會失敗。實際上希望的東西幾乎也全部都能到手。當然東京看守所的事明顯是失敗的，不過那是少數例外。年輕時候，自己認為任何事情都可能辦到。而且將來自己幾乎能成為完美的人，應該可以到達能夠俯瞰全世界的高處。但過了五十歲之後，站在鏡子前面試著看看自己，卻發現自己只是個空洞的人。是無。就像艾略特（Thomas Stearns Eliot）所說的稻草人。」

不知道該說什麼才好，我沉默不語。

「我過去的人生也許一切都錯了，我曾經這樣想過。我可能在什麼地方做法錯了，而且可能老是做一些無意義的事情。因此就像前面說的那樣，我看著你常常感覺非常羨慕。」

「例如什麼樣的地方？」我問。

「你有希望得到原本得不到的東西的力量。但我在自己的人生中，卻只會希望只要希望就能得到的東西。」

他可能是在說秋川麻里惠的事。秋川麻里惠對他來說，才正是「希望卻得不到的東西」。但對這件事我沒辦法說什麼。

免色慢慢地坐上自己的車，特地打開窗戶，對我行一個禮，發動引擎把車開走。我目送車子銀色的蹤影消失後，才進去屋裡。時間是八點過後。

電話鈴聲響起是在早晨十點過後。打來的是雨田政彥。

「事情緊急。」雨田說。「我現在就要到伊豆去見我父親，如果方便要不要一起去？上次你不是說過想見我父親嗎？」

明天中午以前會有電話打來，有人邀請諸君，不要拒絕。

「嗯，沒問題。我想我可以去，帶我去吧。」我說。

「我現在正要上東名高速公路，從港北休息站打電話，我想大約一小時之內可以到，我去接你，然後就上伊豆高原去。」

「忽然決定去的嗎？」

「是的，醫療所打電話來。說情況好像不太好的樣子。所以要去看看怎麼樣，正好今天也沒事。」

「我一起去沒關係嗎？這麼重要的時刻，我又不是家人。」

「沒關係呀，不用介意。除了我之外也沒有別的親戚，人多反而熱鬧一點比較好。」雨田說。然後就掛斷電話。

我放下話筒。環視房間一圈。騎士團長或許會在什麼地方，我想。但卻沒看見騎士團長。他好像只留下預言就不知去向了。可能以Idea的身分，在沒有時間、空間和或然性的領域裡飄飄蕩蕩吧。不過確實上午有電話打進來，我會被有人邀請去做什麼。到目前為止，他的預言都很準。秋川麻里惠的行蹤還不知道，離開家有點擔心，但沒辦法。「無論有什麼事，都不要拒絕邀請。」這是騎士團長的指示。秋川笙子的事就暫且交給免色去辦好了。他有那個責任。

我在客廳的安樂椅上坐下來，一邊等雨田政彥來，一邊繼續讀無敵艦隊的書。船在海上觸礁遇難的船員捨棄了船，在愛爾蘭海岸拚命游到海邊勉強保住性命的西班牙人，卻幾乎都被當地的愛爾蘭人殺害了。住在沿岸的窮人們為了奪走西班牙人身上所有的東西，大家一起殺了士兵和水手們。西班牙人同樣是天主教徒，原本還期待愛爾蘭人能援助自己的，但並沒那麼順利。宗教的連帶關係遠不如飢餓更迫切而實際。他們原本打算在英格蘭登陸後，收買英國有力人士而準備的豐富軍方資金，載了滿船，但也在海上沉沒了。結果誰也不知道那些財寶的最後去向。

雨田政彥所開的舊型黑色VOLVO停在屋前，是十一點稍前。我一邊想著沉入深海底下的大量西班牙金幣，一邊穿上皮夾克走出門外。

雨田選的路線是從箱根收費道路，進入伊豆Skyline高速公路，從天城高原往伊豆高原下行的路線。因為周末下行道路擁擠，所以這是最快的路線，他說。雖然如此這條路也充滿出遊的車輛，相當擁擠。而且紅葉季節還沒結束，也有很多平日不習慣在山路開車，只在周末才開的駕駛，所以比預料的花時間。

「令尊的情況那麼不好嗎？」我問。

「無論怎麼樣，都不會有多長時間了。」雨田以淡淡的聲音說。「說白了就是時間問題，也就是接近老衰狀態。不太能吃東西，慢慢的可能會引起誤嚥性肺炎。不過依照本人的意志，他說不要給他流質食物或點滴。也就是說，如果不能自己吃飯，接下來就讓他安靜自然地死去吧。在還有意識的時候，他還透過律師寫成文件，本人也簽了名。所以完全不採取延命措施之類的辦法。任何時候都有可能死去。」

「所以隨時，都在準備應付萬一的狀況。」

「就是這樣。」

「很辛苦喔。」

「是啊，一個人的死是相當大的事情。沒得抱怨。」

舊型VOLVO車還附有錄音帶播放器。置物箱裡有一大堆錄音帶，雨田也不確認內容，隨手拿起一片，插進卡匣。一九八〇年代暢銷歌曲帶子。Duran Duran或Huey Lewis之類的。ABC的〈The Look Of Love〉播出時，我對雨田說。

「這部車的內部好像停止進化了。」

「我不喜歡ＣＤ之類的東西。太過於閃閃發光，掛在屋簷下驅逐烏鴉或許還好，但聽音樂卻不適合。聲音太尖銳，混音也不自然。Ａ面跟Ｂ面不分也無趣。我就是想聽錄音帶的音樂，所以還開這部車，新車就沒附錄音帶的播放設備。因此大家都感到很驚訝。不過沒辦法。我家有很多自己錄的收藏，我也不想浪費那個。」

「不過，我想這輩子可能不會再聽一次ＡＢＣ的〈The Look Of Love〉了。」

雨田訝異地看著我的臉。「不是很好的曲子嗎？」他說。

我們談很多一九八〇年代從ＦＭ收音機廣播聽了很多曲子的事，邊穿過箱根的山中。每轉一次彎，就能看見富士山更近的翠綠山景。

「你們是一對很奇怪的父子。」我說。「父親只聽ＬＰ、兒子固執地只聽錄音帶。」

「說到落伍，你還不是半斤八兩。怎麼說呢，你反而更落伍。連手機也沒有對嗎？也不太用網路吧？至少我還隨身攜帶手機，不懂的什麼可以Google。在公司也會用ＭＡＣ做設計。我的社會性還進步多了。」

這時曲子變成Bertie Higgins的〈Key Largo〉。對進步的社會人來說是相當有味道的選曲。

「最近有跟誰交往嗎？」我改變話題問雨田。

「女人嗎？」雨田說。

「是啊。」

雨田輕輕聳一下肩。「不算順利。照例是這樣。尤其我最近發現一個奇怪的現象。因此很多事情就進行得更不順利了。」
「什麼奇怪事情？」
「那個，女人的臉左右邊不一樣。你知道這種事嗎？」
「人的臉這東西要完全左右對稱是不可能的。」我說。「乳房也一樣，睾丸也一樣，左右的大小和形狀都不一樣。畫畫的人誰都知道這種事。人的姿態形體左右也不對稱，所以才有趣呀。」
雨田眼睛沒離開前面的道路，搖了幾次頭。「當然我也知道這種事啊。但現在我所說的，跟那個有一點不同。與其說是姿態形體，不如說是人格。」
我等他繼續說。
「大約兩個月前。我幫交往的女朋友拍了相片。用數位相機，從臉的正面拍了特寫。然後，我用工作用的電腦把畫面放大出來。但不知道為什麼，我想從正中央分開，把臉各分一半來看。先把右半邊消除只看左半邊，然後消除左半邊只看右半邊……大概的感覺你了解嗎？」
「了解。」
「於是我發現，仔細看的話那個女人，看起來右半邊和左半邊簡直像不同的人一樣。像電影《蝙蝠俠》裡出現的左右臉完全不同的壞蛋一樣。叫雙面人Two-Face對嗎？」
「我沒看這部電影。」我說。
「可以看看。滿有意思的電影。結果，總之發現這件事，我覺得很可怕。然後不是看完就算了，偏偏還試著用右邊跟左邊臉分別合成一張臉起來。把臉分成一半，把一邊反轉過來。這樣只用右側做成一個臉，再用左側做成一個臉。用電腦非常容易做。結果做出看起來變成完全不同的兩個女人。好驚訝。總之一個女人之中，其實潛藏著兩個女人。你有沒有這樣想過？」

「沒有。」我說。

「從此以後我把幾個女人的臉用同樣的方法試做了幾次。從正面拍攝相片收集起來，用電腦以同樣方法分成左右兩邊，再分別合成看看。結果非常清楚。女人雖然多少有差，但多半是左右兩邊臉不同。而且一旦發現這件事之後，整體來說我開始搞不清楚所有女人了。就算做愛，也不知道自己現在抱的對象是右側的女人，還是左側的女人。如果是跟右側的女人做愛的話，左側的女人在什麼地方，在做什麼在想什麼呢，如果那是左側的女人的話，右側的女人現在又在哪裡，在想什麼呢，這樣開始想起來事情就變得很麻煩了。這你了解嗎？」

「不太明白，不過事情變得很麻煩這點我可以理解。」

「變得很麻煩喏，真的。」

「男人的臉你試過嗎？」我問。

「我試過噢。不過男人的臉不太會發生這種現象。只有女人的臉才會發生激烈的改變。」

「去看一次精神科醫師或心理醫生，談一談會比較好吧。」我說。

雨田嘆一口氣。「我活到現在，一直以為自己是個相當普通的人。」

「那或許是一種危險的想法。」
「認為自己是普通的人嗎？」
「史考特・費茲傑羅在哪一本小說中寫過，我覺得不可以相信自己宣稱我是普通人的人。」
雨田對這個想了一會兒。「那意思是指『就算是平凡，也無法替代』是嗎？」
「或許也可以這麼說。」
雨田沉默了一會兒，握著方向盤。然後說：
「姑且不提那個，這種事你要不要也試一次看看？」
「就我而言，我是長久持續畫著肖像畫。所以我想我算是比較清楚人臉結構的。應該可以算是專家吧。不過因為臉的左右側不同會讓人格產生差異，我過去倒沒想過。」
「不過你過去所畫的大多是男人肖像吧？」
確實如雨田所說。我到現在為止從來沒有接過一次女人肖像畫的委託。不知道為什麼，我所畫的肖像畫全都是男人的。唯一例外是秋川麻里惠。不過她與其說是女人不如更接近小孩。而且這件作品還沒完成。
「男人跟女人是不同的。」雨田說。
「我可以問你一個問題嗎？」我說。「你說女人大多數臉的左側和右側所表現的人格不同。」
「對。那是我所得出的結論。」
「那麼你有覺得比較喜歡哪一邊臉的側面嗎？或者哪一邊的臉的側面比較沒辦法喜歡？」

關於這點雨田思考了一下。然後說：「不，不會。不會喜歡哪一邊，不喜歡哪一邊，不是這種層次的事。也不是哪一邊比較明亮哪一邊比較陰暗，哪一邊比較漂亮哪一邊比較不漂亮，也不是這樣。問題是，只有左邊跟右邊不同這件事而已，不同這個事實本身，令我混亂，有時甚至害怕。」

「這種事，我的耳朵聽起來好像一種強迫症似的。」我說。

「我的耳朵聽起來也是這樣。」雨田說。「自己說，聽起來還這樣。不過，真的是這樣。你自己試一次看看。」

我會試看看，我說。不過這種事我不打算試看看。我的麻煩已經夠多了。不想再增加麻煩。

然後我們談到雨田具彥。維也納時代的雨田具彥。

「我父親說他聽過理查・史特勞斯指揮的貝多芬交響曲。」雨田說。「交響樂團是維也納愛樂，當然據說是棒得不得了的演奏。這是我從父親親口聽到的少數維也納時代的趣事之一。」

「其他有關維也納的生活還聽過什麼樣的事？」

「都是一些不怎麼重要的事。食物、酒，還有音樂。因為父親總之喜歡音樂。除此之外他什麼都沒說。畫的事啦，政治的事，完全沒提到，也沒提女人的事。」

雨田就那樣暫時沉默，終於繼續說：

「如果有人來寫父親的傳記就好了，一定會是一本很有趣的書。不過，現實上誰也寫不了我父親的傳記。因為幾乎沒有他個人資訊之類的東西。父親既不交朋友，也不管家裡人，只有一個人一直躲在山上工作。勉強交往的只有熟識的畫商而已。幾乎跟誰都不開口說話，也沒寫過一封信。所以就算想寫傳記，也沒有可寫的材料。他的一生很多空白的部分，與其這麼說，不如說幾乎都是空白或許更接近。就像洞多到比起司本身來得多的起司一樣。」

「留下來的只有作品。」

「對，除了作品之外，幾乎什麼也沒留下。或許那就是父親的希望。」

「你也是他留下來的東西之一呀。」我說。

「我嗎？」說著雨田好像很驚訝地看看我的臉。不過立刻又把視線轉回前方的路上。「確實是這樣啊。說起來正如你說的。這個我，就是父親所留下來的東西之一。雖然不是很好的作品。」

「卻是無可替代的。」

「沒錯。就算是平凡的，也是無可替代的。」雨田說。「有時我會想。倒不如你是雨田具彥的兒子還比較好，不是嗎？這樣的話，很多事情或許就會比較順利也不一定。」

「少來了。」我笑著說。「雨田具彥的兒子這角色誰也沒辦法扮演。」

「也許。」雨田說。「不過如果是你的話，某種程度精神上好像可以繼承的樣子。這種資格，與其說我不如你好像比較具備——我是真心這樣感覺。」

這麼說來，我忽然想起〈刺殺騎士團長〉畫的事。說不定那幅畫，我是從雨田具彥承接來的嗎？是他引導我到屋頂下的閣樓去，發現那幅畫的嗎？他想透過那幅畫，向我要求什麼嗎？

從汽車音響傳來Deborah Harry的〈French Kissing In The USA〉。當我們對話的背景音樂不很適當。

「父親的名字叫雨田具彥這件事，對你來說一定很辛苦吧。」我乾脆這樣試著問他。

雨田說：「關於這一點，在人生的某個階段我已經看開了。所以沒有大家所想的那麼辛苦。至少我也是畫畫的，我和父親才能的規模完全不同。相差到那樣的地步，我已經不太在意了。我難過的是，並不是父親是有名畫家，而是一個活生生的人，對作兒子的我到最後都沒有敞開心。沒有對我傳達任何訊息之類的。」

「他對你也沒有把內心敞開來嗎？」

「一點都沒有。好像說因為我已經給了你一半的DNA了，其他沒東西可以給你了。剩下的事你就自己看著辦吧。那種感覺。不過啊，人與人之間的關係，並不是只有那種DNA的事而已，對嗎？我並沒有說要他當我的人生導師。我沒這樣要求。但至少該有一點像父親跟兒子的對話之類的吧。自己過去有過什麼樣的經驗啦，生活中有什麼樣的感覺，就算一點點片段也好，告訴我不是很好嗎？」

我默默聽著他說。

他在一個停止時間很長的紅綠燈前停著時，摘下深色雷朋太陽眼鏡，用手帕擦一擦。

然後轉向我說：「從我的印象來看，父親好像隱藏著什麼個人的沉重祕密，把那自己一個人抱著，正要從這個世界慢慢退出去。心裡深處好像有一個堅固的金庫似的東西，裡面收藏著幾個祕密。他把那金庫上鎖了，又把那鑰匙丟掉，或藏在什麼地方了。是什麼地方，連自己都想不起來的地方。」

然後一九三八年的維也納發生了什麼事，誰也不知道，就當成謎葬送在黑暗中。不過〈刺殺騎士團長〉這幅畫，說不定能成為那「隱藏的鑰匙」也不一定。我腦子裡忽然浮現這樣的想法。因此他才會在人生的最後，很可能化為生靈，到山上來確認那一幅畫，不是嗎？

我轉過頭看看後座。想到說不定騎士團長會小小的坐在那裡。但後座沒有任何人。

「怎麼了嗎？」雨田追著我的視線問。

「沒什麼。」我說。

紅燈轉綠，他踩了油門。

49 充滿和那同樣數目的死亡

中途雨田說想上一下洗手間，於是把車子停進路邊家庭餐廳的停車場。我們被帶到窗邊的桌子，點了咖啡。正好是中午時間，因此我也一併點了烤牛肉三明治。

雨田也點了一樣的東西。然後雨田起身到洗手間去。在他離開座位之間，我恍惚地眺望玻璃窗外。停車場車子很擁擠。大多是攜家帶眷的。停車場裡迷你休旅車的數目特別多，迷你休旅車看起來全都一樣。好像不太美味的餅乾罐似的。人們從停車場前方的瞭望台，用小數位相機和手機，拍攝看得見正面巨大的富士山照片。也許是愚蠢的偏見，我實在不習慣，人們用手機拍照的行為。更不習慣，用照相機打電話的行為。

我在有意無意地看著那樣的光景時，一輛白色Subaru Forester從道路轉進停車場來。我對車的種類並沒那麼熟（而且Subaru Forester也不算是很有特徵的車），但我一眼就知道那是和那輛「白色Subaru Forester的男人」所乘的相同車種。那輛車正在尋找空的停車位，在擁擠的停車場車道上慢慢前進，發現一個車位時很快就把車頭朝裡開進去。後門上裝的備胎盒上確實附有「SUBAUR FORESTER」的大商標。看來是我在宮城縣海邊小城鎮所看到的同樣車型。看不清楚車牌，不過越看越覺得，就是我今年春天在那小城鎮看到的同樣車子。不但車種一樣，似乎完全就是同一輛車。

我的視覺記憶比別人正確而持久。而且那輛車髒的模樣，和一點個別的特徵，酷似我記憶中的那輛車。我覺得快窒息了。我凝神注視，想看清楚是誰會從車上下來。但這時正好有一輛大型觀光巴士開進停車場來，把我的視線遮住。車子很擁擠，巴士好像很難前進。我站起來走出店外。繞過進退不得的觀光巴士，往白色Subaru Forester停放的方向走去。但那輛車裡沒人。開車的人，已經下車不知去向了。也許走進餐廳，或到瞭望台去拍照了。我站在那裡小心地環視周圍，但到處都沒看到「白色Subaru Forester男人」的身影。當然不一定是那個男的開車的。

然後我再去確認車牌號碼看看。果然是宮城縣的號碼。而且車後的保險桿上貼著旗魚的貼紙。和我那時候所看到的是同一輛車。不會錯，那個男人來到這裡了。我背脊感覺凍僵了。我想找到他，我想再一次看看那個男人的臉。而且我想確認他的肖像畫不讓我完成的理由。我也許看漏了他內在的什麼。總之我把車牌號碼刻進頭腦。或許有什麼用。或許沒有。

我在停車場裡繞了一會兒，尋找像那個男人的身影。走到瞭望台去看看。但並沒有看到那個「白色Subaru Forester男人」的身影。短短的花白頭髮，曬得黑黑的中年男人。個子算高的。上回看見時他穿著舊的黑色皮夾克，戴著有YONEX商標的高爾夫帽。我把那時候男人的臉以簡單幾筆畫在素描簿上，給坐在對面的年輕女孩看。「你很會畫畫喔」，女孩看了佩服地說。

確定外面沒有那個男人之後，我回到家庭餐廳裡，環視店內一圈。依然看不見那個男人的影子，餐廳幾乎客滿。雨田已經回到座位喝著咖啡。三明治還沒送來。

「你到哪裡去了？」雨田問我。

「我看著窗外的時候，好像看到一個認識的人。所以到外面去找。」

「找到沒？」

「沒找到，也許看錯了。」我說。

然後我一直眼睛沒離開停著的白色Subaru Forester。心想開車的男人或許會回來。但如果那個男人回到車子來，我那時候到底要做什麼呢？走過去他那裡跟他說話嗎？今年春天，我確實在宮城縣的海邊小鎮，看過你兩次。是這樣嗎？不過我不記得你，他也許會這樣說。大概會這樣說吧。

為什麼你要追蹤我呢？我問。到底是怎麼回事，我並沒有追你呀，他可能這樣回答。我為什麼要追我不認識的你呢？這樣對話就結束了。

不過無論如何，開車的人並沒有回到Subaru Forester。那白色圓滾滾的車子，在停車場裡無言等著車主回來。我和雨田吃完三明治，喝完咖啡，男人的身影依然沒有出現。

「好吧，差不多該走了。不太有時間了。」雨田看一下手錶，對我說。然後拿起桌上的太陽眼鏡。

我們站起來，結完帳走出外面。然後坐上VOLVO車，離開擁擠的停車場。以我來說其實很想留下來等白色Subaru Forester的男人回來，但與其現在這樣不如去見雨田的父親才是優先事項。無論什麼樣的事情都不要拒絕他的邀請，騎士團長特別叮嚀的。

就那樣「白色Subaru Forester的男人」又在我眼前出現一次的事實留到以後。他知道我在這裡，想讓我看到他也在這裡的事實。我理解他的意圖了。他來到這裡，並不是單純的偶然。觀光巴士在前面遮住他的身影，當然也不是偶然。

雨田具彥所住的設施，從伊豆Sky Line高速公路出來後不久，必須轉入彎彎曲曲的漫長山路。那裡有新開發的別墅區，有雅致的咖啡店、有小木屋民宿、有當地的青菜直銷站，有為觀光客設的小博物館。在那之間道路彎曲時，我一邊握著附在門上的把手，想著「白色Subaru Forester的男人」。完成他的肖像畫還有某種阻力。或許我還無法找到完成那幅畫無論如何不可或缺的某個要素。就像拼圖重要的一片被丟失般。以前從沒有過這種事。我在畫誰的肖像畫時，那主要的必要部分我會事先收集好。但這個「白色Subaru Forester的男人」，卻沒辦法。可能「白色Subaru Forester的男人」本人阻止這件事。他不知道為什麼，不希望自己被畫出來，或強烈拒絕。

VOLVO車在某個地點離開道路，開進一扇敞開的大鐵門。門上只有一塊很小的看板。如果不太注意，很可能會看漏入口。或許這個設施，感覺沒必要對世人宣傳自己的存在。門旁有個穿制服警衛的亭子，政彥報出自己的名字和會面對方的名字。警衛打電話進去某個地方確認身分。於是車子開進裡面，進入蒼鬱的林間。樹木幾乎都是高大的常綠樹，樹投下的影子有點冷冷的。沿著鋪裝漂亮的柏油坡路往上開一會兒，來到平坦的迴車處。迴車處形成圓環，中央有個圓形花壇，和緩的小丘般隆起的花壇被巨大的花甘藍所圍繞，正中央開著顏色鮮艷的紅花。一切都整理得優雅細緻。

雨田把車開進圓環後方來客用停車場。旁邊已經先停了兩輛車。HONDA白色迷你休旅車，AUDI深藍色轎車。都是閃閃發亮的新車，在兩輛之間停好之後舊型的VOLVO看起來就像年老的役畜馬般。不過雨田對這個好像完全不在意的樣子（與其這個還不如能以錄音帶聽Bananarama更重要）。從停車場放眼就可以俯瞰太平洋。海面浴著初冬的日光，閃著微弱的光。幾艘中型漁船正在作業。遠處有個小小高高的島，更前方還看得見真鶴半島。時針指著一點四十五分。

我們下了車，走向建築物入口。建築物好像是最近才建好的。整體看來清潔而大方，但看不出有特別個性的水泥建築。從設計方面來看，負責設計這棟建築物的建築師想像力，似乎不太豐富。或許委託業主考量到建築物的用途，而要求採取盡量簡單保守的設計。幾乎是正四方形的三層樓建物，一切都以直線形成。設計可能只要一根筆直的尺就夠用了。一樓部分用了許多玻璃，盡量給予明亮的印象。也有伸出斜坡的大面木製陽台，上面排列著一打左右的躺椅，但因為季節已經入冬，雖然天氣可以說晴朗舒適，卻看不見有人出去做日光浴。從地板到天花板大片玻璃牆圍繞著的自助餐廳部分，看得見有幾個人。五個或六個人，好像都是老年人，也有兩個坐在輪椅上，但不知道在做什麼。可能是在看牆上的大型電視畫面吧。不過可以確定不是大家一起在翻筋斗。

雨田從正面玄關進來，和坐在服務台的年輕女孩說了什麼。長長的黑髮，很親切的圓臉女孩。穿著深藍色西裝上衣的制服，胸前別著名牌。兩人好像認識，暫時親切地交談著。我在稍遠的地方站著，等兩人講完話。玄關擺設著大花瓶，插著專家設計色調優美的華麗鮮花。談話告一段落後，雨田在桌上的訪客表用原子筆寫上自己的名字，看看手錶後記下現在的時間。離開服務台朝我走來。

「父親的狀況似乎鎮定下來了。」雨田把雙手插進長褲口袋說。「從早上就一直咳個不停，呼吸也不順，擔心會不會就那樣發展成肺炎，不過稍早鎮定下來，現在好像沉沉睡著了。總之我們先進去房間看看吧。」

「我也一起去沒關係嗎？」

「當然。」雨田說。「去見見他吧，你不是為了這個特地來這裡的嗎？」

我跟他一起去搭電梯，上到三樓。走廊也是簡單保守的走廊。裝飾也嚴格保持低調。只有在走廊的白色長牆上勉強掛了幾幅油畫，都是描繪海岸景色的風景畫。似乎是同一個畫家在某個海岸的各個部分從不同角度所畫的系列連作。算不上多高級的畫，不過至少不惜顏料用了豐富的色彩，那畫風對抗著極簡主義一面倒的建築樣式投出一顆貴重的石頭，我覺得這點不妨給他適度好評。地板是光滑的油氈地板，我的鞋底發出啾啾的很大聲音。坐著輪椅，白頭髮的小個子老女人由男介護士推著，穿過走廊往這邊走來。她睜著大眼睛筆直往前看，和我們擦身而過，都沒往這邊瞧一眼。好像決心不要看漏浮在前方空中的某一點重要標誌似的。

雨田具彥的房間，是在走廊盡頭的寬敞單人房。門上掛著名牌，但沒寫名字。大概是為了保有隱私吧。雨田具彥再怎麼說總是一位名人。房間有飯店半間套房那麼寬敞，除了床之外，還有一套待客桌椅。床腳下放著摺疊起來的輪椅。朝東南方的大片玻璃窗，太平洋景色一覽無遺，視野無與倫比。如果是飯店的話，光有這樣的視野房價就會非常高。房間牆上沒有掛畫，只有一面鏡子和一個圓形時鐘而已。桌上放著插有紫色切花的中型花瓶。房間空氣沒有氣味。沒有老年病人的氣味、沒有藥味、沒有花香、沒有日曬窗簾的氣味，什麼氣味都沒有。完全沒有氣味——是這個房間最令我驚訝的事。甚至讓我懷疑自己的嗅覺是不是有什麼問題的地步。要怎麼做才能讓氣味消除得這麼徹底？

雨田具彥在靠窗的床上，和美麗視野無關地熟睡著。臉朝天花板仰臥著，雙眼緊閉。長長的白眉毛，簡直像自然的天幕般，覆蓋隱藏著年老的眼瞼。額頭上刻著深深的皺紋。棉被蓋到脖子上，但有沒有在呼吸，光用眼睛看還無法判斷。如果有在呼吸的話，那應該也是淺得非常可怕的呼吸。

這位老人和稍早以前在半夜裡，來到畫室的謎樣人物，是同一個人，我一眼就知道了。那一夜，我在移動的月光中，雖然只非常短暫地看到他的身影，但從頭型和白髮的髮型，沒錯就是雨田具彥本人。我知道這件事並沒有特別驚訝，從一開始就是很明白的事情。

「睡得相當熟。」雨田對我說。「只能等他自然醒來。如果能醒來的話。」

「不過，總之看樣子很平靜的樣子，真是太好了。」我說。然後看看掛在牆上的鐘。時針指著二點五分前。我忽然想起免色。他打電話給秋川笙子了嗎？事態有什麼進展？但現在，我的意識必須集中在雨田具彥的存在才行。

我和雨田在待客的成套椅子上面對面坐下，一邊喝著從走廊自動販賣機買來的罐裝咖啡，一邊等待雨田具彥醒來。在那之間雨田談起柚子的事。她懷孕的情況現在告一段落，還算安定。預產期大約在一月的前半。她英俊的男友也非常期待孩子的誕生。

「但問題是——也就是對男方來說的問題——柚子好像不打算和他結婚。」雨田說。

「不結婚？」他說的話我一時搞不清楚。

我說：「也就是說，柚子要當單親媽媽是嗎？」

「柚子打算要生小孩。但不想跟他正式結婚，也不想同居，將來孩子的監護權也不打算共有……好像是這樣。因此他相當混亂。本來以為她跟你的離婚成立之後，他立刻就打算跟她正式結婚的，卻被拒絕了。」

我試著想了一下：但越想頭腦越混亂。

「我實在不明白。柚子不想要孩子，以前一直這樣說。我說差不多該有孩子了吧，她只說還太早。可是現在，為什這麼積極地想要孩子呢？」

「雖然沒打算懷孕，不過一旦懷孕之後，現在卻變成非常想要生小孩。女人就是這樣嘛。」

「不過柚子要一個人養育孩子，現實上有太多不方便的事。說不定現在的工作要繼續下去，都會變得很難。為什麼不跟那個對方結婚呢？因為本來應該是那個男的的孩子吧？」

「不知道為什麼，那個男的也不明白。他說他相信他們的關係非常穩定。能當孩子的父親他也非常高興。所以感到很混亂。但找我商量，但我也不知道怎麼辦。」

「你沒有直接問柚子嗎？」我問。

雨田一臉為難的樣子。「老實說，我對這次的事情，心想盡量不要介入太深。我也喜歡柚子，男的又是我工作場所的同事。而且跟你是長久的深交。我的立場非常為難。介入越深越覺得不知道該怎麼辦才好。」

我沉默不語。

「我以為你們是感情很好的夫婦，所以一直很安心地看著你們過來的。」雨田很傷腦筋似地說。

「這個我上次聽過了。」

「也許說過了。」雨田說。「不過總之這是真的。」

然後有一會兒我們都默默的看看牆上的時鐘，或眺望窗外遼闊的海景。雨田具彥一直仰臥在床上，身體動也不動昏昏沉沉地繼續睡著。實在太安靜了，因此又令人擔心起是不是還活著。不過看來除了我，誰都不擔心的樣子，這可能是普通的樣子。

我一邊看著雨田具彥睡著的姿態，腦子裡一邊試著浮現他留學維也納時年輕日子的模樣。但當然沒辦法做適當想像。我現在眼前所見到的，是肉體正緩慢而確實的朝向消滅中滿臉深深皺紋的白髮老人。人的一生無論是誰都沒有例外，總有一天要面臨死亡，他現在就來到正要迎接這一刻的時候。

「你不打算跟柚子聯絡嗎？」雨田問我。

我搖搖頭。「目前還沒有。」

「我想你們兩個人找一天，把各種事情攤開來談一談會比較好。怎麼說呢，促膝交談。」

「我們已經透過律師辦好正式離婚手續了，柚子希望這樣。而且她快要生跟別的男人的孩子了。她要不要跟對方結婚是她的問題，我沒有插嘴的餘地。各種事情，促膝交談到底要談什麼？」

「你不想知道發生了什麼事嗎？」

我搖搖頭。「不必知道的事，也不特別想知道。我並不是沒有受到傷害。」

「當然。」雨田說。

不過自己有沒有受傷，老實說有時候連我都不太知道。因為自己真的有受傷的資格嗎？我也分不清楚。當然無論有沒有資格，人該受傷的時候自然就會受傷。

「那個男人是我辦公室的同事。」雨田稍微停了一下後說。「是一個認真的傢伙，工作也做得還可以，個性也不錯。」

「而且很英俊。」

「對，相貌長得算好，所以很有女人緣。這是當然的啦。令人羨慕的有女人緣。不過這個傢伙從以前開始，大家都覺得奇怪，有一個令人不得不搖頭的傾向。」

我默默聽雨田說。

他繼續。「他選的交往對象都超出大家理解的範圍。誰都可以任君挑選，偏偏他每次都會碰到莫名其妙的女人。當然柚子不是，她是他第一次選上的正常女人。之前的全都是最壞的。為什麼會這樣，真搞不懂。」

他回溯記憶，輕輕搖頭。

「幾年前就快結婚了。結婚會場都訂了，喜帖也印了，蜜月旅行地點要去斐濟群島還是哪裡。假也請了，機票也買了。不過，對方女孩實在有夠醜。介紹給我，我看一眼就嚇呆了，長得這麼難看的女人。當然不能以外觀來判斷一個人，但我看性格也不值得誇獎。但他不知怎麼卻迷上了。總之非常不搭配。周圍的人，雖沒說話但都這樣覺得。然而就在婚禮前夕，女方忽然拒絕結婚。換句話說女方逃婚了，不知幸或不幸，不過實在太意外了。」

「有什麼原因嗎？」

「我沒問原因。太可憐了，沒辦法問。不過他可能也不知道原因。那個女的只是逃了。不想跟他結婚了。大概想到什麼吧。」

「那麼，這件事的重點是什麼？」我問。

「這件事的重點是，」雨田說「你跟柚子之間，或許還有重來的可能性。當然如果你希望的話。」

「可是柚子已經要生那個男人的孩子了。」

「這確實可能是一個問題。」

然後我們沉默下來。

雨田具彥醒過來是在快三點的時候，他身體動來動去地蠕動著。深呼吸一下，棉被在胸部上下動著。雨田站起來走到床邊，從上面看父親的臉。父親慢慢張開眼瞼，白色長眉毛在空中細微顫動著。

雨田拿起枕邊桌上一個細口玻璃餵水器，用那沾濕乾燥的嘴唇。然後用紗布似的東西擦掉嘴邊流出的水。父親想多喝一點水時，就一點一滴往嘴裡補充水分。平常似乎也這樣做著，手法很習慣的樣子。每次喝水時，老人喉結就會大大地上下移動。看見那移動，我終於也能感受到他還活著的事實。

「爸爸，」雨田指著我說。「他是住在我們小田原家裡的人，也是畫畫的，他用爸爸的畫室畫畫。他是我大學時代的同學，雖然不太聰明，讓漂亮的太太跑掉了，不過以畫家來說，倒是相當不錯的。」

雨田口中說的事他父親能理解多少，並不知道。但總之雨田具彥順著兒子所指的方向，臉慢慢轉向我這邊。兩隻眼睛似乎在看著我，但臉上完全沒有浮出任何表情似的東西。可能看見了什麼，但那什麼對他來說似乎一時還沒形成意思。但同時，也能感覺到那蒙著一層淡淡薄膜似的眼球深處，卻潛藏著清晰得驚人的光似的。那光或許是為了擁有意義的什麼而珍惜地收藏著的，有這樣的印象。

雨田對我說：「我想無論說什麼，他大概都無法理解。不過主治醫師指示說，總之，就當成說的事情對方全部都聽得到，當成全部傳達到了，這樣自然而然地說吧。因為誰都不知道他們聽懂什麼，聽不懂什麼。所以就這樣很平常地說。不過這樣，我也比較輕鬆。你也向他說些什麼吧，就像平常說話那樣就可以。」

「伯父您好。初次見面。」我說。然後報出名字。「現在，我在小田原的山上住在您府上，讓您照顧了。」

雨田具彥好像看著我的臉，但還是看不出表情的變化。雨田朝我做出動作慫恿我（隨便說什麼都行，再多說一點嘛）。

我說：「我正在畫油畫。有很長一段時間專門在畫肖像畫，現在辭掉那工作，畫自己喜歡的畫。不過有時候也接受委託，畫肖像畫。我想我大概對畫人的臉有興趣吧。政彥是我美術大學時代的同學。」

雨田具彥的眼睛還朝向我這邊。那眼睛裡依然被一層淡淡的薄膜似的東西覆蓋著，看起來就像是慢慢分隔開生與死之間的薄薄蕾絲窗簾似的。窗簾重疊著好幾層，漸漸看不見深處，最後可能是沉重的綢緞帳幕將會降下。

「你們家的房子非常漂亮。」我說：「我的工作進行相當順利。希望您不介意，我也擅自拿您的唱片放來聽。政彥說我可以聽沒關係，您的收藏非常珍貴。我常常聽歌劇。還有，上次我第一次爬上閣樓。」

我說到這裡時，他的眼睛看來好像第一次閃光。微微發出晶亮的閃光，不注意可能誰都不會發現。不過我沒疏忽，並直視著他的眼睛。因此沒看漏那光輝。可能「閣樓」這字眼的聲音，刺激了他記憶中的某個地方。

「閣樓房間裡好像住著一隻貓頭鷹。」我繼續說。「半夜裡有時候有什麼進出似的，喀嚓喀嚓的聲音，我想也許是老鼠，所以白天我就爬上屋頂下的閣樓房間去看看。結果看見一隻貓頭鷹正在樑上休息。是一隻美麗的鳥。通風口的鐵絲網破了，貓頭鷹好像可以從那裡自由出入。閣樓對貓頭鷹來說，是白天很理想的隱蔽棲息的家。」

他的眼睛還緊緊盯著我，就像在等我告訴他更多消息似的。

「有貓頭鷹在家裡，也不會有害處。」雨田插嘴說。「貓頭鷹住在家裡是很吉祥的事情。」

「貓頭鷹很漂亮，不只這樣，閣樓房間是一個相當有趣的地方。」我補充道。

雨田具彥保持仰臥床上，身體不動地盯著我看。呼吸似乎再度變淺。眼珠依然蒙著淡淡的薄膜，但那深處潛藏祕密的光，我可以感覺到比剛才變得更鮮明的樣子。

我想談更多閣樓上的事情，但兒子政彥在場的時候，可能不宜提出在那裡發現了什麼東西的事。政彥當然會想知道那是什麼。我和雨田具彥的話題處於懸在空中的狀態，互相探尋著對方的臉一直盯著看。

我小心地選擇用語。「那個閣樓裡，除了貓頭鷹之外，或許也是一個藏畫的絕佳場所。換句話說如果要保管畫，可以說是很適合的場所。尤其應該最適合保存畫材容易變質的日本畫吧。和地下室不同，既沒有濕氣，通風又好，而且因為沒有窗戶所以不必擔心日照。不過當然也會擔心風雨的問題，所以要長期保存的話，有必要好好的包裝起來。」

「這麼說來，閣樓我還沒上去過呢。」雨田說。「因為我很怕灰塵多的地方。」

我眼睛沒有離開雨田具彥的臉，雨田具彥的視線也沒從我的臉移開。我感覺到他正在回溯頭腦裡的思路，貓頭鷹、閣樓、畫的保管……這些有記憶的幾個單字的意思，他想串聯起來。只是現在這對他來說並不簡單。完全不是簡單的事。恐怕就像迷路的人要蒙著眼睛穿越複雜的路找回原地一般的行動著。但他感覺到把那些串連起來對自己來說很重要。非常強烈地感覺到。我安靜地守望著他那孤獨而迫切的行動。

我也想告訴他雜木林中的小祠和那後面奇妙的洞穴的事。那洞穴是如何打開的過程，那是什麼形狀的洞穴。但我又改變想法，作罷了。最好不要一次提太多事。他剩下的意識光要處理一件事，負擔已經相當沉重。而且支持他剩下的僅有能力的，只有一條脆弱的細線而已。

「要不要再喝一點水？」政彥拿起玻璃餵水器，問父親。但父親對那個問題看不出任何反應？他的耳朵似乎完全聽不見兒子的話。政彥靠得更近一點問他同樣的問題，依然沒有反應，知道之後他就不再問了。父親的眼裡已經沒有兒子的身影。

「我父親好像對你非常有興趣。」政彥佩服似的對我說。「從剛才開始他就一直很熱心地看著你。對誰，不如說已經好久沒有對什麼事，這樣強烈關心了。」

我默默注視著雨田具彥的眼睛。

「真不可思議。我說什麼他幾乎都不看我，但從剛才開始他就一直盯著你的臉，眼睛一直沒離開。」

政彥的語氣中帶有輕微的羨慕，我不得不發現。他希望被父親看到。那一定是他從小時候開始，就一貫繼續希望的事。

「或許因為我的身體有油畫顏料的氣味。」我說。「那種氣味可能喚醒他的某種記憶。」

「確實是這樣，這一點也許有可能。這麼說來，我已經好久沒碰真正的顏料之類的東西了。」

他的聲音裡已經沒有陰沉的感覺，又恢復成平常輕鬆愉快的雨田政彥。這時放在桌上政彥的小手機震動聲，開始斷續地響起來。

政彥忽然抬起頭。「糟糕，我完全忘了關手機。這裡禁止在房間裡使用手機。我到外面去接，離開一下沒關係吧？」

「當然。」

政彥拿起手機，確認對方的名字，走向門口。然後朝我的方向說。「可能時間會有點長。我不在的時候你就跟我父親隨便聊聊吧。」

政彥朝手機小聲說什麼，一邊走出房間，安靜地關上門。

於是我和雨田具彥只有兩個人留在房間裡，雨田具彥還一直注視著我。可能努力想理解我。我覺得呼吸有一點困難起來，從座位站起來繞過他的床腳，往向東南的窗邊走去。然後把臉貼近大玻璃窗，眺望窗外遼闊的太平洋，水平線像往上升般逼近天空。我眼睛從一端往另一端順著瞭望那筆直的橫線，那樣筆直而美麗的直線，是人類用任何尺都畫不出來的。而且在那線下的空間裡，應該有無數的生命正在躍動著。這個世界充滿無數的生命，也充滿和那同樣數目的死亡。

然後我忽然發現有什麼動靜，轉身一看。發現房間裡不只雨田具彥和我兩個人而已。

「對，諸君這裡不是只有兩個人而已啦。」騎士團長說。

50 那要求犧牲和試煉

「對。諸君這裡不是只有兩個人而已啦。」騎士團長說。

騎士團長坐在剛才雨田政彥坐過的布面椅上。穿著平常的服裝，平常的髮型，平常的佩劍，平常的身高。我什麼也沒說，一直注視著他的身影。

「諸君的朋友還要一段時間才會回來喲。」騎士團長用右手食指指著天空這麼說。「電話的事好像會講很久。所以諸君請放心，可以盡情和雨田具彥先生談話。一定有很多事情想問他吧？雖然他能回答多少還有疑問。」

「是你把政彥引開的嗎？」

「不是、不是。」騎士團長說。「諸君太看得起我了。我可沒有那樣的力量。他和諸君和我不同，在公司上班的人總有很多要忙的事。真可憐，連個周末什麼的都沒有。」

「你一直跟著我們一起到這裡來嗎？也就是說跟我們一起坐那輛車來嗎？」

騎士團長搖搖頭。「不，沒有同車。從小田原到這裡是很長的路途。我的體質馬上就會暈車呢。」

「可是你總是到這裡來了，沒有人邀請你吧？」

「確實正確說，並沒有人邀請我。但有人要求我到這裡來。邀請和要求的不同相當微妙，暫且不提這個，總之要我來的是雨田具彥。而且我，也想幫助諸君，所以才會來這裡。」

「幫助？」

「是啊。我有一點虧欠諸君。諸君把我從地下的場所放出來。所以我才能像這樣再度成為Idea，不好意思又可以出現在這個世界了。就像上次諸君所說的那樣。我想，什麼時候我必須回報才行。Idea也不是不了解人情義理的。」

人情義理？

「好啦。類似這樣的東西。」騎士團長好像會讀我的心似地說。「無論怎麼樣，諸君想知道秋川麻里惠的行蹤，希望把她帶回這邊來。沒錯吧？」

我點點頭。沒錯。

「你知道她的行蹤嗎？」

「知道啊，稍早以前才剛見過她。」

「你見過她？」

「還短短的說過話。」

「那麼請告訴我她在哪裡。」

「雖然知道，但不能從我口中說出。」

「不能告訴我？」

「我沒資格說。」

「但你剛剛才說過，要幫助我所以才出現在這裡的。」

「確實這樣說過。」

「卻又不能告訴我，秋川麻里惠在哪裡，是嗎？」

騎士團長搖搖頭。「告訴你不是我的任務啦。雖然很遺憾。」

「那麼，是誰的任務？」

騎士團長右手食指筆直指著我。「是諸君自己喲，諸君自己告訴自己。除此之外諸君沒辦法知道秋川麻里惠在哪裡。」

「我告訴我自己？」我說：「可是我完全不知道她在哪裡呀。」

騎士團長嘆一口氣。「諸君知道的，只是不知道自己知道而已。」

「我覺得好像在繞圈子的討論似的。」

「不是在繞圈子。諸君終究也會知道。在不是這裡的地方。」

這次輪到我嘆氣。

「請只告訴我一件事。秋川麻里惠是被誰誘拐了嗎？還是自己迷路到什麼地方去了？」

「那要找到她，把她帶回這個世界的時候，諸君才會知道。」

「她現在處在危險狀態嗎？」

騎士團長搖搖頭。「要判斷什麼是危機，什麼不是危機，是人的任務，不是Idea的任務。但如果想找回這個少女的話，可能要趕快上路才行喔。」

上路？那是什麼樣的路？我看了一下騎士團長的臉。一切聽來都像在解謎。但願有正確答案。

「那麼，你現在在這裡到底要幫我什麼忙？」

騎士團長說「現在開始，我可以送諸君去，諸君能夠遇到諸君自己的場所。但那不是簡單的事喔。其中包含不少的犧牲，並伴隨嚴厲的試煉。具體地說，付出犧牲的是Idea，接受試煉的是諸君。這樣可以嗎？」

他到底想說什麼，我完全摸不著頭緒。

「那麼，具體上我到底該做什麼才好？」

「很簡單。只要把我殺了。」騎士團長說。

51 現在正是時候

「很簡單，只要把我殺了。」騎士團長說。

「把你殺了？」我說。

「學那幅畫〈刺殺騎士團長〉的畫面，諸君把我殺了就行了。」

「我用劍把你刺殺，是這樣嗎？」

「對。正好我帶著劍，就像以前說過的那樣刺下去是會出血的真正的劍。不是大尺寸的劍啦，不過我的尺寸也不大，這就夠用了。」

我站在床腳，筆直看著騎士團長的身影。想說什麼，口中卻找不到該說的話。只默默地呆站在那裡。雨田具彥也躺在床上動也不動一下，臉朝向騎士團長那邊。但他眼中有沒有映出騎士團長的身影，就不得而知了。騎士團長能自己選擇看得見自己身影的對象。

我終於開口問：「也就是說我用那把劍，刺殺你，才可以知道秋川麻里惠所在的地方嗎？」

「不，正確說，不是這樣噢。諸君在這裡殺我，把我抹殺。因此所引起的一連串反應，結果可能引導諸君去到那個少女所在的地方。」

我努力去理解那是什麼意思。

「不過我不知道那是怎麼樣的連鎖反應，事情會順利地如預期般產生連鎖反應嗎？或許我殺了你，但很多事情並不如預期進行。那麼，你的死就變成白死了。」

騎士團長忽地挑起單邊眉毛看我的臉。那眉毛的挑法很像電影《步步驚魂》（Point Blank）中李馬文的眉毛挑法，非常酷。雖然我不認為騎士團長會碰巧看過《步步驚魂》。

他說：「確實正如諸君所說的，現實上事情也許不一定會那麼順利地產生連鎖現象。我所說的也許只不過是預測、推論而已，也許過多也許了。不過我講白了吧，除此之外沒有任何方法了，沒有奢望的餘地了。」

「假定我殺了你，那是對我來說的你死掉了，是這麼回事嗎？你會在我眼前永遠消失掉，是這樣嗎？」

「沒錯。對諸君來說，我這個Idea在這裡就斷氣了。對Idea來說，那只是無數分之一之死。話雖這麼說，那依然是一個獨立的死沒錯。」

「殺掉一個Idea，世界不會因此而改變嗎？」

「這個嘛，大概會改變吧。」騎士團長說。然後一邊眉毛又再李馬文式地挑高一下。「不是嗎？如果有抹殺掉一個Idea，結果什麼也沒改變的世界的話，那種世界到底有多少意義呢？那種Idea又有多少意義呢？」

「就算因為那樣世界會有什麼改變，你還是認為，我應該殺你嗎？」

「諸君放我從那個洞穴出來。而現在，諸君不能不殺我。如果不這樣做的話，那環就無法關閉。打開的連結就必須在什麼地方再關閉起來才行。沒有其他選擇餘地。」

我眼睛轉向躺在床上的雨田具彥。他的視線，似乎筆直朝向坐在椅子上的騎士團長那邊。

「雨田先生，看得見在那裡的你的身影嗎？」

「啊，應該漸漸看得見了。」騎士團長說。「我們的聲音可能也漸漸傳進他的耳朵了吧，而且不久他也應該某種程度可以掌握那意思。他正拚命集結剩餘的最後體力和智力。」

「他在那幅〈刺殺騎士團長〉的畫中，想畫什麼呢？」

「這個你不該問我，直接問他本人看看比較好。」騎士團長說。「因為好不容易作者就在眼前。」

我回到剛才坐的椅子，然後向躺在床上的男人面對面開始說。

「雨田先生，我在閣樓裡發現了您藏著的畫。一定是您藏著的吧。從您包得那麼嚴密看來，您一定不想讓任何人看到那幅畫。但是我把那幅畫打開來了。您可能會覺得不愉快，但是我無法壓制我的好奇心。而且自從我發現〈刺殺騎士團長〉是一幅非常美好的畫之後，我的眼睛就無法離開那幅畫。真的是非常棒的畫，應該成為您的代表作之一。而且現在，那幅畫的存在只有我知道而已。連政彥君也沒讓他看到。此外只有秋川麻里惠這位十三歲的女孩子看過那幅畫而已。而且她昨天開始就失蹤了，不知道到哪裡去了。」

騎士團長這時舉手制止我。「到這裡休息一下比較好。現在他有限的頭腦，沒辦法一下裝太多事情。」

我閉上嘴，暫時看看雨田具彥的樣子。我無法判斷，從我口中說出的話有多少進入他的意識裡。他臉上依舊沒有露出任何表情。但仔細探視眼睛深處時，看得見和剛才同樣的光源。像掉落深泉底下的銳利小刀那樣的光輝。

我慢慢把話分段落繼續講。「問題是您為什麼要畫那幅畫。那幅畫，跟您以前所畫的一連串日本畫的題材、構圖和畫風都大不相同。而且我覺得那幅畫裡好像帶有什麼很深的個人訊息。那幅畫到底意味著什麼呢？是誰正在殺誰？騎士團長到底是誰？殺人者唐・喬凡尼是指誰？還有左端從地下伸出頭來臉長長的，滿臉鬍子的奇怪男人又是什麼樣的人呢？」

騎士團長再度舉起手來制止我。我閉上嘴。

「問題到此為止吧。」他說。「這種問題要進入這個人的意識，可能還需要花一些時間。」

「他能回答我的問題嗎？他還剩下那樣的力量嗎？」

騎士團長搖搖頭。「不，大概回答不了吧。這個人已經沒有那樣的餘力了。」

「那麼你為什麼讓我問這些問題呢？」

「諸君口中說的不是問題，諸君只是告訴他而已。諸君在閣樓上發現了〈刺殺騎士團長〉這幅畫，讓那存在現形的這件事實。這是第一個階段，事情必須從這裡開始。」

「第二階段是什麼呢？」

「當然就是諸君要殺我，那是第二階段。」

「有第三階段嗎？」

「應該有啊，當然。」

「那到底是什麼樣的事情？」

「諸君現在還不知道嗎？」

「不知道啊。」

騎士團長說：「我們要在這裡重現那幅畫的寓意的核心，要把『長臉的』拉出來喲。到這裡，把他帶到這個房間來。而且藉著這樣做，諸君才能找回秋川麻里惠。」

我一時失去語言。我已經搞不清楚，自己到底踏進了什麼樣的世界了。

「那當然不是簡單的事。」騎士團長以沉重的聲音說。「但這卻是非做不可的事。因此，我絕對必須被刺殺才行。」

我等待我所提供的情報能充分進入雨田具彥的意識。那很花時間。在那之前我有幾個必須解開的疑問。

「為什麼雨田具彥對那事件，在戰爭結束後，歷經漫長歲月依然深深保持沉默呢？應該已經沒有人會再阻止他發言了吧？」

騎士團長說：「他的戀人被納粹之手殘酷地殺害了。經由拷問慢慢花時間殺死。同伴們也全被殺害了。他們的計畫在一事無成之下結束。只有他由於政治的安排下勉強保住性命。這件事在他心中造成很深的傷害。此外他自己也被逮捕，被蓋世太保拘留了兩個月左右，受到嚴重的拷問。拷問在不至於死的程度，刻意讓身體不留傷痕，卻徹底以暴力進行。令人精神破壞殆盡的虐待狂式拷問。而且實際上結果，他心中已經有什麼死掉了。之後，關於此事件被要求堅守沉默，並以此為條件，才能被強制送還日本。」

「而且在那事件之前不久，雨田具彥的弟弟，可能因為戰爭經驗的心理創傷，年紀輕輕就自殺身亡。在南京攻略戰之後，歸國退伍後隨即發生。對嗎？」

「是啊。就這樣雨田具彥在歷史的激烈漩渦中，相繼失去無可替代的親人。而且自己的心也深深受傷。讓他內心懷著滿腔憤怒和悲哀，想必相當根深柢固。無論做什麼，都無法違抗世界巨大潮流這樣的無力感、絕望感。另外還有只有他自己生存下來的這種精神上的愧疚。因此雖然已經沒有人再阻止他說話了，關於維也納所發生的事他依然一句都沒說。不，是無法說。」

我看著雨田具彥的臉，但他臉上依然沒有露出任何表情。我也不知道，我們的對話有沒有傳進他耳裡。

我說。「而且雨田先生在某個時間點——雖然不知道是什麼時間點——畫出〈刺殺騎士團長〉這幅作品。把口頭上已經無法說出的事情，採取畫的形式當成寓意。這是他所能做的一切了。非常優越，充滿力道的作品。」

「而且他把自己實際上無法完成的事情，在繪畫中改變形式，也就是說偽裝性地實現了。其實沒有發生的事，以應該發生的事件畫出來了。」

「但結果，他並沒有把那幅畫公諸於世，卻嚴密地包裝起來藏在閣樓裡。」我說。

「因為即使是那樣大大地改變形式的寓意畫，對他來說，還是太過於活生生血淋淋的事件。是這樣嗎？」

「沒錯，正如你說的。那是從他活著的靈魂純粹抽出的東西。而且有一天，諸君發現了那幅畫。」

「換句話說我把那幅作品暴露在光天化日之下這件事，成為一切事情的開始，是這樣嗎？那是指打開了連結的意思嗎？」

騎士團長什麼也沒說，他把雙手手掌攤開朝上。

雨田具彥的臉頰眼看著漸漸紅暈起來，是稍後的事。我和騎士團長非常注意地望著他表情的變化。彷彿呼應著臉上血色的回來般，那潛藏在眼球深處神祕的微小光輝，也逐漸一點一點浮上表面。就像長久在深海裡作業的潛水夫，配合著水壓一邊調整身體，一邊花時間浮上水面那樣。而且過去蓋在眼珠上的淡淡薄紗逐漸變薄，終於兩邊的眼珠完全確實地睜開了。在我眼前的不是一位已經面臨死亡，即將衰竭的老人。那眼睛裡充滿了就算延長一瞬也好希望能多留在這個世界的意志。

「他正在集結餘力。」騎士團長對我說。「正努力盡量多找回一點他的意識。但如果意識回來的話，同時肉體上的痛苦也會回來。他的身體正在分泌著消除肉體痛苦的特殊物質。正因為有這樣的作用，才不會感覺到那樣激烈的痛苦，人才能安靜地斷氣。但是意識回來的話，伴隨的痛苦也回來了。即便如此他還是拚命努力想要找回他的意識。就算接受嚴厲的肉體痛苦也好，因為他現在在這裡有非做不可的事。」

彷彿證明騎士團長的話似的。雨田具彥臉上苦悶的表情逐漸擴大。他現在重新感覺到自己的身體正被老化所冒瀆侵蝕，不久機能即將停止。那是無論如何都無法迴避的事情。他的生命系統不久將迎接時間耗盡。眼看著這樣的姿態是很痛苦的。或許應該別做這多餘的事，讓他繼續留在混沌之中，不感到痛苦地安詳斷氣。

「不過那是雨田具彥自己所選擇的事。」騎士團長似乎讀出我的心似地說。「雖然可憐也是不得已的事。」

「政彥還沒回來嗎？」我問騎士團長。

騎士團長輕輕搖頭。「他還不會回來，暫時還不會。這是工作上很重要的電話。應該還會談很久。」

現在雨田具彥的兩隻眼睛大大的張開。看來彷彿退隱到滿是皺紋的眼窩深處的眼睛，簡直像人從窗戶探出身體般往前探出。呼吸變得又粗又深。氣息進出喉嚨時沙沙的聲音甚至傳進耳朵。而且他的視線沒有動搖，筆直投注在騎士團長身上。沒錯，他看得見騎士團長。而且他臉上所露出的是毫不含糊的驚愕表情。他還不敢相信自己的眼睛所看到的東西。可能自己所描繪的想像中人物的樣貌，實際出現在眼前這個事實，他還無法理解。

「不，不是這樣啦。」騎士團長讀出我的心說。「雨田具彥現在眼睛所看見的，和諸君眼睛所看見的我的樣貌是不同的東西。」

「他的眼睛看到的，是和我的眼睛所看到的你的樣貌不同的樣貌嗎？」

「換句話說我是Idea。因為場合不同，看的人不同，我的樣貌可以自由變化。」

「雨田先生所看到的，你是什麼樣子呢？」

「這個我也不知道。因為我說起來，只是能映出人心的鏡子而已。」

「可是出現在我眼前的時候，你是刻意選擇那樣的樣貌的對嗎？那騎士團長的身影。不是嗎？」

「正確說，並不是我選擇那個身影。其中錯綜著原因和結果。由於我借用了騎士團長的身影，一連串的事情開始動起來，同時我借用騎士團長身影的這件事，卻也是一連串事情必然的歸結。雖然依諸君所住那個世界的時間性，事情很難說明，不過若以一句話來說的話就是，那是預先決定好的事。」

「如果Idea是反映心的鏡子的話，雨田先生在這時候正看著自己想看的東西是嗎？」

「是看著不得不看的東西。」騎士團長換個說法。「或許因為看到那個，而感到身體像被切割般的痛苦」。但是他不能不看那個。在人生即將終了的時候。

我眼睛再一次轉向雨田具彥的臉。而且發現他臉上混合著驚愕念頭所浮現的竟然是激烈的厭惡之情。同時還有無法忍受的痛苦。那不僅是伴隨著意識的恢復回來的肉體痛苦，可能還有，他自身精神上的深深苦悶。

騎士團長說：「他為了看清我的身影，而擠出最後的力量找回了意識。不顧激烈的痛苦。他想再一次重新回到二十幾歲的青年時代。」

雨田具彥的臉頰現在完全染成通紅，熱血流回來了。乾枯的薄唇微微顫抖，呼吸變成激烈的喘氣。枯瘦的長手指拚命想抓住床單。

「好了，快下決心把我殺掉吧。趁他的意識像這樣清醒之間。」騎士團長說。「越快越好。因為像這樣的狀態恐怕不會繼續太久。」

騎士團長把掛在腰上的劍從鞘裡抽出，那長約二十公分的刃看來非常銳利。雖然短，但無疑是可以奪取人命的武器。

「來，快點用這個殺我吧。」騎士團長說。「讓那幅〈刺殺騎士團長〉中同樣的場面在這裡再現。快點。沒時間了，別磨磨蹭蹭了。」

我下不了決心，輪流看著騎士團長和雨田具彥的臉。我勉強知道的是，雨田具彥正強烈地請求著什麼，騎士團長的決心非常堅定。在這兩人之間，只有我一個人沒辦法下決心。

我的耳朵聽見貓頭鷹振翅的聲音，聽見半夜的鈴聲。

一切都在什麼地方連結在一起。

「對，一切都在什麼地方連結在一起。」騎士團長讀著我的心說。「諸君無法逃出那個連結。來吧，果斷地殺死我。沒有必要感覺良心的苛責。雨田具彥在要求這個。藉著諸君這樣做，雨田具彥才能得救。對他來說該發生的事，讓它現在在這裡發生，現在正是時候。只有諸君能在最後解救他的人生。」

我站起來，走到騎士團長坐著的椅子那邊。然後拿起他拔出的劍。我已經無法判斷，什麼是對的，什麼是不對的。在缺乏空間和時間的世界，連前後和上下的感覺都不存在。這時我似乎感覺到我這個人已經變成不是我了，我和我自己正乖離著。

實際拿在手上看看，我知道那把劍的劍柄對我的手來說太小了。這是給體型較小的人好拿的迷你劍。雖然刃是銳利的，但要以握著那短柄刺殺騎士團長幾乎不可能。這事實讓我稍微鬆一口氣。

「這把劍對我來說稍微太小了，我沒辦法使用。」我對騎士團長說。

「是嗎。」騎士團長說著小聲嘆一口氣。「沒辦法。雖然和畫面的再現又會變得有點遠，不過只好用別的東西。」

「別的東西？」

騎士團長指著房間角落一個小櫃子。「你去打開那最上面的抽屜看看。」

我走到櫃子前面，打開最上面的抽屜。

「裡面應該有一把剖魚的刀子吧。」騎士團長說。

打開抽屜一看，疊得整整齊齊的幾塊毛巾上確實放著一把厚刃尖刀，那是雨田政彥為了調理鯛魚而帶到我家的魚刀。那把二十公分左右長的銳利刀刃，是非常用心研磨過的。政彥從以前就是很講究道具的男人，當然也保養得非常好。

「好了，就用那個用力把我刺殺了吧。」騎士團長說。「無論是劍或刀，什麼都沒關係。要讓那〈刺殺騎士團長〉裡同樣的場面在這裡重現出來。趕快最重要。沒什麼時間了。」

拿起刀，那像石頭做的般沉重。從窗外射進來明亮陽光的照射下，刃尖閃著冷冷的白光。雨田政彥帶來的刀在我家廚房消失，結果卻在這房間的抽屜裡，等我來到，而且政彥（結果）是為父親而磨利了那把刀。我似乎無法逃避那命運。

我依然無法下定決心，雖然如此我還是繞到椅子後面，坐在椅子上的騎士團長背後，右手重新握緊那把刀。雨田具彥躺在床上眼睛睜得大大的，正注視著這邊。像歷史性的大事件正要發生在眼前的人似的。張開嘴，看得見那深處黃色的牙齒，和泛白的舌頭。舌頭似乎正要做出什麼話語的形狀，顯示正慢慢動著。但世界大概聽不見那話語。

「諸君絕不是暴力型的人。」騎士團長說給我聽似地說。「這件事我非常非常知道。諸君的人格，並不是為了殺人而形成的，並不是生來要刺傷人的。但是人，為了要拯救重要的東西，或為了重大目的，有時不得不做不想做的事。而現在正是那樣。來，快殺了我吧。你看我身體這麼小，我也不會抵抗。我只是Idea。只要用那刀尖刺進我的心臟就行了。很簡單。」

騎士團長用他的小手指出自己心臟的位置。一想到心臟，就不得不想起妹妹的心臟。妹妹在大學醫院接受心臟手術時的事，我還記得很清楚。那是多麼困難而微妙的手術。要解救有問題的心臟是非常困難的事。需要好幾位專門醫師和大量的血液。但要破壞它卻是簡單的事。

騎士團長說。「唉，想那些也沒有用啦。要找回秋川麻里惠，諸君無論如何必須做這件事。就算你不想做。你相信我說的吧。心一橫，把意識關閉。不過不能閉上眼睛。要好好看清楚喔。」

我將那把刀在騎士團長背後舉起，但怎麼也無法下手。就算那對Idea來說只是無數分之一的死而已，我在我的眼前抹殺一個生命這件事依然沒有改變。那和雨田繼彥在南京，被年輕的將官命令殺人的行為不是一樣嗎？

「不一樣啦。」騎士團長說。「這個情況，是我要求你做的。是我自己要被殺，是我要求這樣。那是為了再生的死。來吧，下定決心關閉連結吧。」

我閉上眼睛，想起在宮城縣的賓館中，絞緊女人脖子時的事。當然那只是做做樣子而已。在女人要求之下，在不殺死的程度下，輕輕的拉緊那脖子。但結果我並沒有那女人所要求的那麼持久。如果再繼續下去的話，我說不定會實際殺了那個女的。我那時在賓館床上，在自己心中一瞬間看到的是過去從來沒感覺過的深刻憤怒的情緒。那就像通了血的泥似的，我胸中有個很大的黑黑的漩渦，而且真正的死毫不虛假地正在接近。

你在什麼地方做什麼事我全都知道，那個男人說。

・・・・・・・・・・・・

「來呀，用力揮刀呀。」騎士團長說。「諸君應該辦得到。諸君殺的不是我。諸君現在在這裡殺的是邪惡的父親。殺邪惡的父親，那血會被大地吸乾。」

邪惡的父親？

對我來說，邪惡的父親到底是什麼？

「對諸君來說邪惡的父親是誰嗎？」騎士團長讀我的心說。「那個男人，諸君剛才見到的。不是嗎？」

・・・・・

不要再畫我了，那個男人說。而且從黑暗的鏡子裡筆直指著我。那指尖簡直像刀尖般，銳利地刺穿我的胸部。

隨著那痛，我反射地把心關閉起來。並確實地睜開眼睛，把所有的想法趕走（就像那幅〈刺殺騎士團長〉的唐・喬凡尼所做的一樣），把一切的感情都推到後方深處藏起，完全消除表情，一口氣揮下刀子。那銳利的刃尖朝騎士團長手指的小心臟筆直刺穿。感到活著的肉體所具有的強大手感。騎士團長絲毫沒有顯示自己抵抗的模樣。兩隻小手的手指想抓住空中地掙扎著，除此之外看不出任何動作。但是他所寄宿的身體所有肌肉的力量都使盡了，努力想從迫切的死亡逃出。騎士團長雖然是Idea，但他的肉體並不是Idea。那只不過是Idea所借用的肉體而已，那肉體並不打算乖乖接受死亡。肉體有肉體的理論。我把那抵抗盡力壓制住，必須完全制止對方氣息的根才行。騎士團長說殺我吧。但現實上我所殺的，是別的誰的肉體。

拋開一切，我想就那樣逃出這個房間。但我的耳朵裡還響著騎士團長的話，要找回秋川麻里惠，諸君無論如何必須做這件事。就算你不想做。

所以我把刀刃往騎士團長的心臟插入更深。事情不能半途而廢。刃尖刺穿他細小的身體，直穿出背後。他的白色衣服染成鮮紅。我握著刀柄的兩手也染上鮮血。但像〈刺殺騎士團長〉畫面那樣鮮血旺盛噴出的情況倒是沒有。我努力想成這是幻想。我所殺的只是幻想而已，這只不過是象徵性的行為。

但我知道那不只是幻想而已。那或許是象徵性的行為。但我所殺的絕對不是幻想。我所殺的毫無疑問是血肉之身的肉體。雨田具彥筆下所生出的，身高只有六十公分的虛構的小身體，但那生命力卻比預料的要強烈。我手拿的刀刃尖端，刺破那皮膚，刺碎幾根肋骨，貫穿小心臟，到達背後的椅背。那絕對不可能是幻想。

雨田具彥眼睛睜得比剛才更大，直視著這裡的光景。我正刺殺著騎士團長的光景。不，不是這樣，現在在這裡正被我刺殺的對方，對他來說並不是騎士團長。在他眼睛裡所看到的到底是誰？是他在維也納想要暗殺的計畫中的納粹高官嗎？是南京城那位把日本刀交給弟弟要他把三個中國人俘虜斬首的年輕少尉嗎？或是生出他們來的更根源性的、邪惡的什••麼？當然我不會知道。從他臉上無法讀取像感情般的東西。在那之間，雨田具彥一直沒有閉上嘴巴。嘴唇也沒有動。只有那糾結的舌頭，繼續空虛的努力做出想要說出什麼話的形狀來。

終於在某個時間點，騎士團長的脖子和手臂力量忽然耗盡了。全身急速失去張力，像斷了線的傀儡般忽然滑溜溜地往下崩潰似的。雖然如此，我在他的心臟上，依然把刀刺得更深。房間裡的一切維持不動的構圖。那繼續了很長時間。

首先顯示第一個動的是雨田具彥。騎士團長失去意識鬆垮下來不久，這位老人似乎也耗盡精力。就像想說「該看的東西全都看過了」似的，他吐出一口大氣，然後閉上眼睛。就像脫下戰袍般緩慢而沉重。只有嘴巴還張著，但從裡面已經看不見蠢蠢欲動的舌頭。只見泛黃的牙齒像排列不整齊的空屋圍牆而已。臉上已經不再露出苦悶的表情。激烈的痛苦也離去了。臉上浮現的是安詳而鎮定的表情。他彷彿又能再度回到所謂昏睡的平穩世界，既沒有意識也沒有痛苦的世界了。為了他好，這件事也讓我感到欣慰。

這時候我終於放鬆手上的力氣，把刀子從騎士團長身上拔出。從那張開的傷口猛烈噴出血液來。正如〈刺殺騎士團長〉的畫面所描繪的一樣。刀子一拔掉，騎士團長像失去支撐般，就那樣無力地崩潰癱在椅子上。眼睛睜得大大的，嘴巴因為激烈的痛苦而扭曲。雙手小小的十根手指往虛空伸出。他完全失去生命，血液在他腳下形成一灘紅黑色的血池。個子小小的身體卻流出大量得驚人的血。

就那樣騎士團長——採取騎士團長身影的 Idea ——終於喪失生命。雨田具彥回到深深的昏睡中。現在這個房間裡所剩下的有意識的東西，說起來只有右手還緊緊握著血淋淋的雨田政彥的刀子，正呆站在騎士團長旁邊的我而已。傳進我耳裡來的，應該只有我自己粗壯急促的呼吸聲而已。然而卻不是。我耳裡這時卻聽見某種別的不安穩的動靜。那是介於聲音和跡象之間的東西。側耳傾聽啊，騎士團長說。我依照他所說的側耳傾聽。

有什麼在這房間裡。有什麼在那裡動著。我手上還握著血淋淋的銳利刀子的姿勢沒變，只有眼睛悄悄動著，往聲音傳來的方向看去。於是眼角瞄見這房間深處的角落裡有一個東西的影子。

長臉的就在那裡。

我因為刺殺了騎士團長，而把長臉的引到這個世界來了。

52 戴著橘色尖帽子的男人

出現在這裡的，是雨田具彥在〈刺殺騎士團長〉的左下角所描繪的同樣光景。「長臉的」正從房間的角落地上張開的洞裡探出臉來，一隻手把四方形蓋子往上推，正悄悄探看著房間的模樣。留得長長的頭髮亂蓬蓬的，整個臉長滿黑鬍子。臉就像彎曲的茄子般細長，下顎凹陷再突出，眼睛異樣的又圓又大。鼻子扁平。而且不知怎麼只有嘴唇像水果般顏色鮮明。身體不大。看來像整體平衡地縮小尺寸。就像騎士團長以普通人的模樣「立體縮小複製」了一樣。

那和〈刺殺騎士團長〉所描繪的長臉的不一樣，臉上露出驚愕的表情，呆呆注視著現在已成亡骸的騎士團長的身影。似乎無法相信自己的眼睛，嘴巴微微張開。我不知道他是什麼時候開始在那裡採取那樣的姿勢的。我正集中精神在看著雨田具彥的模樣一邊看著騎士團長斷氣的時候，完全沒發現房間角落裡居然有一個男人。不過這個奇怪男人可能從頭到尾看到了事情的始末，毫不遺漏地目擊了一切。為什麼呢，因為那正是雨田具彥在〈刺殺騎士團長〉的畫中所描繪的事。

長臉的身體動也不動一下。在「畫面」的角落維持同一個姿勢。簡直就像完全被固定在那構圖中似的。我試著輕輕動一下身體。但我動了，長臉的卻沒有顯示任何反應。單手推起四方形蓋子，眼睛睜得大大的，就像雨田具彥的畫中所描繪的姿勢那樣凝視著騎士團長。眼睛眨都不眨一下。

我逐漸放鬆全身的力氣，想從被固定的構圖中離開般走出那個位置，悄悄走近長臉的那邊。一手拿著血淋淋的刀，像小貓般踮著腳悄悄的，非常安靜地。不能讓長臉的就這樣回到地下去。為了救出秋川麻里惠，騎士團長捨棄了自己的生命，重現〈刺殺騎士團長〉的畫面，把這長臉的從地底下拉出來。不能讓他白白犧牲。

但要怎麼處理這個長臉的，才能得到關於秋川麻里惠的情報呢？我完全沒掌握到事情的發展步驟。長臉的存在和秋川麻里惠的失蹤有什麼關係？長臉的這個男人到底是誰？是什麼？全都不知道。關於長臉的騎士團長並沒有給我情報，與其說情報不如說更接近謎語。但無論如何必須確保長臉的身體才行。除此之外的事情只能以後再考慮了。

長臉的手上推起的四方形蓋子的大小，一邊約六十公分左右。那蓋子和房間的地板同樣是淺綠色的油氈地毯做的。如果關起來的話，就跟地板沒有區別，會完全看不出來。不，很可能連蓋子本身應該都會完全消失掉。

我靠近他，長臉的絲毫沒有動一下。他名副其實好像固定了似的。就像被車前燈照射下的貓那樣，在路上陷入僵住的狀態。或者在那幅畫的構圖中，盡量維持長久固定，是長臉的在這個場合被賦予的使命。但無論如何，他像那樣一時陷入不動的狀態，對我來說是幸運的。因為要不然的話，長臉的如果看見我靠近他的身體會察覺危險，說不定他就會逃回地下去。而且可能那個蓋子一旦關上之後，就不會再對外打開第二次了。

我靜靜繞到長臉的背後，把刀子放在旁邊，雙手迅速抓住他的後領。長臉的穿著色調陰暗，比較貼身的衣服。看起來像是工作服般粗糙的衣服。和騎士團長所穿的高等衣服，布料顯然不同。樸素的質料手感粗粗的，到處有補丁。

衣領被我抓住，剛才處於僵硬狀態的長臉的，這時忽然回過神來，慌忙地想掙脫身體，逃回洞穴裡去。但我用力抓緊他的領子不放，無論發生什麼都不能讓這個男人逃走。於是我使盡全力，把長臉的身體從洞穴裡倏地拉上來。但長臉的卻拚命掙扎著抵抗。雙手抓緊洞穴邊緣，撐住身體，避免被拉出地上。他力量出乎意料的大，甚至想咬我一口。我沒辦法只好把他的頭往洞角敲，然後緊接著趁勢再敲一次。在敲第二次時，長臉的失去意識，身體力量忽然鬆懈下來。於是我把那個男人好不容易從洞穴裡拉出到光亮中。

長臉的身高和騎士團長比稍微高一點。大約七十公分到八十公分左右。他身上穿的是農夫在做農事或僕人在掃庭園時穿的那種實用的衣服。粗粗的上衣，寬寬的長褲，腰上用粗繩子般的繩子綁著。沒穿鞋子。大概平常都是打赤腳生活的吧，腳底硬硬厚厚的，又髒又黑。頭髮長長的，好像有一段時間沒洗頭，也沒看見用梳子梳過的模樣。黑鬍子遮住了半邊臉。鬍鬚沒蓋到的部分是蒼白的，一副不健康的樣子。全身任何部分看來都不太清潔，但奇怪的是身上沒有體臭。

從外表我可以推測的是，騎士團長可能是當時屬於貴族階級的人，而這個男人可能屬於低賤的庶民。飛鳥時代所謂庶民大概是這樣吧。不，或許那只是「飛鳥時代的庶民可能是穿這個樣子」，雨田具彥所想像的模樣而已。不過這些考證都無所謂。現在我在這裡必須做的事情是，從這個臉型奇怪的男人身上找出，和發現秋川麻里惠有關的情報。

我把長臉的壓在地上，抽出披在旁邊的浴袍的帶子，用那個把他雙手緊緊綁在背後。然後把他軟趴趴的身體拉到房間中央來。體重和身體相當，並不太重，大約像一隻中型犬的程度。然後我把固定窗簾的帶子拆下，用那個把他的一隻腳綁在床腳下。這樣一來萬一他恢復意識了，也無法逃回那個洞穴裡。

被綁著躺在地上，失去意識，在明亮的下午陽光照著全身的長臉的，顯得寒酸又可憐。這時已經失去從黑暗的洞穴伸出臉來眼睛發亮，看著這邊時，令人驚訝的可怕感覺了。從近處仔細觀察時，看不出是帶有惡意或不祥意志的人。看來頭腦也不是很好的樣子。而且從那樣貌中看得出有一點老實守規矩的感覺。而且有點懦弱的樣子，不是自己有主張能下判斷的人，而是要接受上級指示照著順從地做的那種人。

雨田具彥依舊躺在床上，安靜閉著眼睛。絲毫沒有動，看樣子完全無法判斷是活著還是死了。我耳朵靠近他嘴邊聽聽看。只離開幾公分而已的地方。有非常微弱的聲音，聽得見像遠方的海鳴般的呼吸聲。還沒死去，他只是在深深的昏睡底下安靜躺著而已。知道這點之後多少鬆一口氣，因為我不希望在政彥離開一下時父親斷氣。雨田具彥躺在那裡，和剛才完全不一樣，臉上露出可以用非常安詳滿足來形容的表情。他在自己眼前看到我把騎士團長或對他來說該被殺的人物被刺殺了，這或許終於達到他的某種想法了。

騎士團長保持和剛才相同的姿勢，沉進布面的椅子裡。眼睛張開著，略微張開的口中捲著圓形小舌頭。心臟雖然繼續出血，但態勢已經減弱。拿起右手看看，已軟綿綿的沒有力氣。肌肉還稍微留下一點溫度，皮膚的觸感開始帶有疏離的感覺。生命正朝向非生命著實前進時所散發的疏離感。我想把他身體清潔地整理過，放進適合他身材尺寸的棺材裡，像適合小孩的小棺材那樣。然後放進小祠後方的洞穴裡讓他安靜躺著。從今以後，讓他不被任何人煩擾。不過現在我能做的，只有把他的眼瞼輕輕合上而已。

我在椅子上坐下來，等候攤在地上的長臉的恢復意識。窗外廣大的太平洋承受著陽光正閃著耀眼的光芒，一群漁船還在繼續作業。看得見一架銀色飛機，光滑的機體一邊閃閃發光一邊慢慢朝南方飛去。尾部突出長長天線的四具螺旋槳飛機——是從厚木基地起飛的海上自衛隊的反潛巡邏機。雖然是星期六下午，但人們依然分別默默地執行著日常的職務。而我則在日照良好的高級老人安養中心的一個房間裡，剛剛才用厚刃尖刀把騎士團長刺殺了，並把從地底下冒出臉來的「長臉的」綁住，正在搜尋失蹤的十三歲美少女。人人各忙各的。

長臉的老是不醒來，我看了好幾次手錶。

在這裡現在如果雨田政彥忽然回來的話，看到這個光景到底會怎麼想？騎士團長被刺殺躺在血泊中，長臉的攤在地上。兩個人身高都不到一公尺，穿著奇怪的古裝衣服。而深深昏睡中的雨田具彥則嘴角露出微微滿足的笑容（的樣子）。地板的角落居然張開一個四方形的黑暗洞穴。那些狀況的來龍去脈，我要如何向政彥說明才好呢？

不過當然政彥並沒有回到房間。正如騎士團長所說的那樣，他有很重要的工作要做。關於那件事，有人正以手機不得不跟他談很長的話。那是事先設定好的，所以我在途中沒有發生被任何人打攪的事情。我在椅子上坐下來看著長臉的模樣。他的頭被那洞角敲到，只是一時引起腦震盪而已，不久應該就會恢復意識。然後額頭可能會腫起相當不小的瘤，不過也就這種程度而已。

終於長臉的意識恢復了。他躺在地板上蠢蠢欲動身體扭來扭去，口中發出幾句意思不明的話語。然後慢慢睜開細細的眼睛。好像小孩看到可怕的東西時那樣——看見不想看，卻不得不看的東西那樣。

我立刻從椅子上站起來，在他旁邊跪下來。

「沒有時間了。」我俯看著他說。「請告訴我秋川麻里惠在哪裡。這樣我就可以立刻把你的繩子解開，讓你回去那裡。」

我指著房間角落張開的洞穴那邊。四方形蓋子還打開著。我不知道，我口中說的話對方是否聽得懂。但總之假設他聽懂，只能試試看。

長臉的什麼也沒說，只是猛搖了幾次頭。什麼都不知道的意思嗎？我說的事他無法理解的意思嗎？兩種都有可能。

「如果你不告訴我，我就殺了你。」我說。「我已經殺了騎士團長你也看到了吧，要殺一個人跟兩個人沒什麼差別。」

而且我把血淋淋的厚刃尖刀的刀刃，緊貼著長臉的骯髒的喉頭。我想起海上的漁夫們和飛行員們。我們各自執行著自己的任務。而且這是我不做不行的事。當然我並沒有打算要真的殺他，尖刀的刃是銳利的真東西。長臉的身體因為害怕而細細顫抖著。

「等一下。」長臉的以沙啞的聲音說。「請等一下。」
男人的用語有幾分怪，但話似乎還是聽得懂的。我把刀稍微離開喉嚨一點。然後說：
「秋川麻里惠在哪裡？你知道嗎？」
「不，我完全不知道這個人的事情。真的。」
我盯著長臉的眼睛。大大的，容易看出表情的眼睛。看來他所說的話確實是真的。
「那麼你在這裡到底在做什麼？」我問。
「我看清楚發生的事情，記錄下來是我的職務。所以我在那裡看著。這是真的。」
「看清楚，為什麼？」
「我被命令這樣做，只有這樣，其他上面的事就不知道。」
「你到底是什麼人？也是Idea的一種嗎？」
「不是，我不是Idea。只是Metaphor。」
「Metaphor？」
「是的。只是規規矩矩的Metaphor隱喻，事情與事情之間的連結而已。因此請您饒了我吧。」
我的頭腦開始混亂。「如果你是隱喻，說出一個即興的隱喻來看看。總該會吧？」我說。
「我只是愚蠢的下級隱喻而已，不會說高級的隱喻。」
「不是高級的也可以，說一個來聽聽。」
長臉的考慮了很久。然後說：「他是一個非常醒目的男人，就像在上班的人潮中戴著橘色尖帽子的男人那樣。」

確實不是很高級的比喻，首先連隱喻都不是。

「那不是隱喻，是明喻喲。」

「對不起，我重新說一個。」長臉的一邊額頭冒汗一邊說。「他好像在上班的擁擠人潮中戴著橘色尖帽子般活著。」

「這樣的話文章的語意不通，而且也沒有成為好的隱喻。看來你並不是什麼隱喻，沒辦法相信你。只好殺了你。」

長臉的嘴唇因害怕而發抖。臉上長的鬍子雖然氣派，但相較之下膽子卻太小。

「對不起，我現在只是個見習的而已。還想不出聰明的比喻。請饒了我吧。但是我沒有假冒，是真正的隱喻。」

「你有命令你工作的上司嗎？」

「沒有像上司的人。也許有，但我還沒看過。我只不過依照事象和表現的關聯性的命令照著行動而已，就像被波浪搖動的下等水母那樣的東西。因此請不要殺我，饒了我吧。」

「可以饒你。」我依然把刀抵在對方的喉嚨說。「但是要帶我去你來的地方，好嗎？」

「不，只有這個不行。」長臉的前所未有地堅決拒絕。「我走過來的路是『隱喻通路』。每個人的路線都不一樣，沒有一條是相同的路。所以我沒辦法帶你走。」

「換句話說我必須自己一個人走進那條路是嗎？而且我必須自己找到我自己的路。是這樣嗎？」

長臉的用力搖頭。「您不能進去隱喻通路，太危險了。活著的人進到裡面，只要稍微搞錯順序，就會走到非常不妙的地方。而且到處隱藏著雙重隱喻。」

「雙重隱喻？」

長臉的身體發抖。「雙重隱喻隱藏在深處黑暗的地方，是特別流氓的危險生物。」

「沒關係。」我說。「我已經來到莫名其妙的地方了，我已經混進來了。就算莫名其妙有增加或減少，現在知道已經太晚了，沒辦法。我已經親手把騎士團長殺掉了，他的死不能讓他白死。」

「沒辦法，那請讓我給您提出一個忠告。」

「什麼樣的事情？」

「我想您需要帶著某種明亮的燈比較好，因為有相當暗的地方。還有一定會在什麼地方遇到河流。雖然是隱喻但水卻是真正的水。流水又冷又快，又深。沒有船就過不了那條河。如果沒有船就沒辦法渡河，船在渡船場。」

我問：「在渡船場渡過那條河，然後會怎麼樣呢？」

長臉的眼睛骨碌碌打轉。「渡過河的那邊，還有無盡的受關聯性動搖的世界。您只能靠自己的眼睛去看清楚。」

我走到雨田具彥躺著的枕邊。正如我所料那裡有手電筒。萬一發生災害時所準備的，這種設施的房間裡一定會準備手電筒。我試試看開關，確實會亮。電池還有電。我拿起手電筒，把披在椅背上的皮夾克穿起來。然後朝向房間角落開著的洞穴走過去。

「拜託。」長臉的請求地說。「請把我手上的繩子解開好嗎？這個樣子留在這裡會很傷腦筋。」

「如果你是真正的隱喻的話，要擺脫繩子是再簡單不過的了，不是嗎？因為換句話說是概念或觀念這種東西的一種，你應該會空間移動吧。」

「不，您太抬舉我了。我不會這麼有力的事情。能稱呼為概念或觀念，是更高級的隱喻的事情。」

「就像戴著橘色尖帽子那樣嗎？」

長臉的一臉悲哀的表情。「請不要取笑我，因為我也不是不會受傷的。」

我稍微猶豫了一下，結果決定幫長臉的解開手和腳的繩子。綁得相當堅固，所以花了些時間才解開。在談話之間，覺得這個人還不錯。雖然不知道秋川麻里惠所在的地方，但卻主動將除此之外的情報告訴我。手腳放他自由，大概也不會妨礙我，或對我有害。而且把這個男人綁在這裡留下來也不行。如果有誰進來看見他，事情就更麻煩了。他坐在地上，用小手揉揉綁過手腳上的痕跡。然後伸手摸摸額頭。臉上似乎有腫起來的樣子。

「謝謝，這樣子我就可以回到原來的世界了。」

「你先走沒關係。」我指著房間角落的洞穴說。「你可以先回去。我隨後會去。」

「那麼我就不客氣了，先走一步，失禮。只是最後請把這個蓋子好好關上，要不然說不定有人一腳踩錯掉了下去，或者有人好奇有興趣跑進來。那都是我的責任。」

「知道了，我最後會把蓋子好好關上。」

長臉的小跑步往那個洞穴的地方去，腳伸進裡面。然後只有臉的上半部還露在外面。大眼睛骨碌碌地閃著可怕的光，像〈刺殺騎士團長〉的畫中的長臉的一樣。

「那麼請小心。」長臉的對我說。「祝您找到那位什麼小姐，名字叫做Komi嗎？」

「不是Komi。」我說。背脊忽然一陣冷，喉嚨深處乾乾的有貼著似的觸感。一瞬間沒辦法發出聲音。「不是Komi，是秋川麻里惠。不過你知道Komi的什麼事情嗎？」

「不，我什麼也不知道。」長臉的慌忙說。「只是現在那個名字，忽然浮現在我愚笨的比喻性的頭腦而已。只是弄錯了，請原諒。」

然後長臉的忽然消失到洞穴裡去。簡直就像被風吹散的煙似的。

我手拿著塑膠手電筒暫時呆立在那個地方。Komi？妹妹的名字為什麼現在會出現在這裡？Komi也和這一連串發生的事情有什麼關聯嗎？但沒有時間深入思考這個問題。我腳踏進洞穴中，打開手電筒的燈。腳底一片黑暗，好像是一直緩緩往下的斜坡路。要說奇怪也真奇怪，因為那個房間是在建築物的三樓，地板下面應該是二樓。但是手電筒燈光照出來的通道前面卻看不到什麼。我全身進入洞裡，伸手把四角形蓋子緊緊關閉。這樣周圍就變成完全黑暗了。

在那無止境的深深黑暗中，變得連自己的五感都無法適當掌握。就像肉體的資訊和意識的資訊斷絕聯繫了似的。那是一種非常奇怪的感覺，覺得自己已經不是自己了似的。雖然如此我依然不得不往前進。

・・・・・・殺了我，就能找到秋川麻里惠。

騎士團長這樣說。他付出犧牲，我接受試煉。總之只能往前進。手電筒的燈光是唯一的夥伴，我在一腳踏進「隱喻通路」的黑暗中。

53 可能是火鉗棒

包圍著我的是濃密而沒有空隙的，簡直像擁有意志般的一種黑暗。那裡沒有射出一道光線，也看不見一點光源。就像走在光線到達不了的深海底下一樣。只有手上拿的手電筒的黃色光線，還勉強把我和世界連接著。通路始終是和緩的斜坡。好像是把岩盤挖出圓洞般整齊的圓筒形，地面是堅固的，大致平坦。頂部很低，因此為了不要碰到頭，必須經常彎著身體才行。地下的空氣冷颼颼的，肌膚感覺到寒冷，那裡沒有氣味。一切的一切都無臭得出奇的地步。在這裡或許連空氣的來歷，都和地上的空氣不同。

手上拿的手電筒電池能維持多久，我當然無法判斷。目前所發出的光看來是不閃爍而安定的，但如果電池在途中沒電了（當然總會耗盡），我將會一個人被留在毫無空隙的黑暗中。而且如果相信長臉的所說的話，在這黑暗中的什麼地方還隱藏著危險的「雙重隱喻」式的東西。

我握著手電筒的手心，因為緊張而冒汗。心臟發出鈍重而堅硬的聲音。那聲音讓我想起從叢林深處傳來的不穩定的大鼓聲響。「我想您最好帶著什麼燈去。因為有**相當黑暗的地方**。」長臉的忠告過我。這麼說來，這個地下通路並不是到處都完全漆黑的吧。我希望周圍能夠稍微明亮一點。此外也希望洞頂能稍微高一點。在黑暗而狹窄的地方任何時候我的神經都會緘緊。如果長久繼續的話，呼吸都會漸漸覺得困難起來。

如果可能我盡量努力不去想狹窄和黑暗的事。只好不得不去想別的。我想起起司吐司，為什麼是起司吐司呢？自己也搞不清楚。但無論是什麼，那時候起司吐司的模樣忽然浮現在我腦子裡。白色的沒有花紋的盤子上放著四方形的起司吐司，烤出漂亮的焦黃、上面整齊地搭載的起司也舒服地適度融解，我現在正要拿起那個來。而且那旁邊，還有一杯冒著熱氣的黑咖啡。就像沒有星星也沒有月亮的半夜那樣黑黑的黑咖啡。我懷念地想起早餐桌上排列著的這些東西。轉向外面敞開的窗戶，窗外有一棵大柳樹，那柔軟的柳枝上像特技表演者般以危險姿態停著的輕快小鳥們的啼聲。而且那每一種，現在都在我無法測量的遙遠距離之外的地方。

接著我想起歌劇《玫瑰騎士》。喝著咖啡，啃著剛烤的起司吐司，我一邊想聽那音樂。英國迪卡唱片公司（DECCA）出品的，漆黑的唱片。我把那沉重的黑膠唱片放在轉盤上，慢慢放下唱頭。蕭提指揮的維也納愛樂交響樂團。那流麗而精緻細密的聲音。「我連一根掃把，都可以用聲音來描寫。」這是全盛時期的理查．史特勞斯的豪語。不，那不是掃把嗎？可能不是。可能是洋傘，也可能是火鉗棒。是什麼都沒關係。不過，到底要怎麼樣，才能把一根掃把以音樂來描寫呢？例如熱起司吐司，角質化的腳底，明喻和隱喻的不同，這些事情他真的都能用音樂來正確描寫嗎？

理查．史特勞斯在戰前的維也納（是在德奧合併之前還是之後），在維也納愛樂交響樂團擔任指揮。那天的演奏曲目是貝多芬的交響曲。沉靜文雅，決心堅定的七號交響曲，和明朗開放的姊姊（六號），害羞美麗的妹妹（八號）夾在她們之間般被生下來。年輕日子的雨田具彥就坐在觀眾席。旁邊伴著美麗的小姐。他們可能正在戀愛。

我想像著維也納街頭的光景。維也納華爾茲、甜美的薩赫蛋糕（Sachertorte）、飄揚在建築物屋頂的紅黑納粹黨徽。

思考在黑暗中，朝向欠缺意思的方向無限延伸。或應該說，朝沒有方向性的方向。但我沒辦法控制延伸的方向。我的思考已經脫離我的掌握。在沒有空隙的黑暗中要掌握自己的思考並不簡單。思考變成謎的樹木，那樹枝在黑暗中自由伸展（這是隱喻）。但無論如何，我為了保持自己清醒有必要繼續思考什麼。什麼都可以的什麼。不這樣做的話，我會過度緊張而陷入過度呼吸。

我一邊漫無目的地胡思亂想各種事情各種東西，一邊朝向筆直的斜坡無止境地走下去。那既沒有轉彎也沒有分岔，純粹是直線的通路。無論走多遠多久，洞頂的高度和黑暗的程度、和空氣的質感和斜坡的斜度都完全沒有改變。時間的感覺已經大致消失，然而下坡路還這樣繼續延伸下去的話，應該已經深入地下相當深了。但那深度終究也不過是虛構的東西。因為從建築物的三樓不可能直接下到地下。黑暗應該也只不過是虛構的東西，在這裡的東西一切都只不過是觀念或比喻而已，我決定這樣想。但雖然如此，緊緊包圍著我的黑暗依然是無止境的真正黑暗，壓迫著我的深度依然是無止境的真正深度。

由於一直彎著腰繼續走的關係，脖子和腰開始反應不適了，終於前方看得見淡淡的光。走過幾個和緩的轉彎角，每轉過一次彎，周圍就稍微變亮一點。而且終於可以看得見周圍的風景了。簡直就像黎明的天空漸漸亮起來那樣，我為了節省手電筒的電池而把開關關掉。

雖然多少變亮了一點，但那裡依然沒有氣味也沒有聲音。終於黑暗而狹窄的通路結束了，我幾乎唐突地踏入開闊的空間。抬頭看頭上時，那裡並沒有天空。遙遠的高處似乎看得見好像是乳白色的天花板似的東西，但正確是什麼並不知道。而且周遭有輕微的淡淡的光照射著，簡直就像聚集了許多發光蟲把世界照亮般不可思議的光。已經不是漆黑了，和已經不需要再彎腰了，我終於可以喘一口氣了。

走出通路之後，腳邊變成坑坑巴巴的岩盤。沒有所謂道路的東西，只有被岩盤所覆蓋著的荒野無止境地繼續延伸而已。長久繼續的下坡結束了，地面現在變成和緩的上坡。我一邊注意著腳下，一邊不知該走向何方才好，只是漫無目的地信步往前踏步。看看手錶，但那指針已經沒有任何意義了。我可以立刻理解那沒有任何意思了。我身上所穿戴的其他東西也同樣在那裡沒有任何實質意義了。鑰匙環、錢包、駕照、一些零錢、手帕、我所帶的東西頂多就是這個程度的東西。但在那些之中，現在我找不到一件東西能幫助我的。

走著走著斜坡的坡度變陡了，終於必須使用雙手雙腳才能爬上山丘的斜坡，名副其實變成攀爬的模樣。如果登上山頂的話，應該可以看到周圍吧，因此我邊喘著氣依然不休息地繼續往上爬。我的耳朵依然聽不見任何聲音，只聽到自己手腳所發出的聲音而已。而且連那聲音都有點造作，聽起來不像真的聲音。放眼看去沒有一棵樹，沒有一根草，沒有一隻鳥在飛。連風都沒在吹。會動的東西，說起來只有我而已。簡直就像時間停止了似的，一切都是靜止的，沉默著。

終於登上山頂時，正如預料的可以瞭望周圍一帶。但周圍全面被白茫茫的雲霞般的東西覆蓋著，並沒有如期待的那樣可以看穿遠方。我只知道，至少在眼睛看得到的範圍之內，看不見任何有生命跡象的東西。這裡似乎是一片不毛之地。到處是岩盤的坑坑巴巴的荒野往所有的方向繼續延伸。而且依然看不見天空。只有乳白色天花板（或看起來像天花板似的東西）完全覆蓋而已。感覺就像變成太空船故障的太空人般。一個人降落在無人的未知星球的太空飛行員。或許這裡還有僅有的光線，還有可以呼吸的空氣，就已經應該感謝了。

側耳傾聽時好像可以聽到某種微弱的聲音。起初以為只是錯覺，或是我內部所產生的耳鳴似的東西。不久才知道，那是什麼自然現象所發出的持續的現實聲音。那似乎是流水聲，或許就是長臉的所說的河川。總之我在昏暗的光線中，朝向水聲的方向，一邊注意著腳底一邊走下高低不平的斜坡。

在注意聽著水聲之間，才發現喉嚨開始非常渴。試想起來已經走了相當長的時間，一直走而已，卻完全沒有攝取水分。不過可能因為緊張的關係，腦子裡根本沒想到水的事。但聽到河的聲音之後，忽然覺得想喝水得受不了。雖然如此，那河水——如果發出聲音的真是河流的話——是適合人飲用的水嗎？或許是混濁的泥水，或是什麼危險物質或帶病原菌的水也不一定。或是手無法掬到的水，或只是隱喻的水也不一定。但暫且只能實際走過去確認看看了。

隨著繼續前進，水聲逐漸變大聽得更清楚了。那似乎是河川以相當強的流勢穿過岩場所發出的聲音。但我眼睛還看不見那樣子，大約預測著聲音的方向走著之間，兩邊的土地逐漸高聳起來。形成岩壁的模樣，高度有十公尺以上。而且被那切割的岩壁夾著般，形成一條通路。路上到處出現蛇形的彎曲紋路卻看不到前方。這不是人為做出的道路，應該是自然的流水切割形成的路。而且前方似乎有河流的樣子。

我沿著懸崖夾著的道路繼續前進。周遭依然沒有一棵樹，沒有一根草。看不見任何有生命的東西，眼睛所及只有沉默的岩石連綿不斷而已。毫無潤澤的單色世界。簡直就像畫家中途失去興趣，放棄色彩的風景畫一般。我的腳步聲也幾乎接近無聲。好像周圍的岩石把一切聲音全都吸進內部去了似的。

道路大致平坦，終於變成逐漸緩緩上坡的路。花時間攀上那岩場時，走出岩石連綿成山背延伸的地方。從那裡探出身子，我終於把河流的模樣收入視野。水聲比剛才聽得更清楚了。

看來並不是很大的河流，寬度大約五公尺到六公尺。這樣的程度。但流水速度相當快速。不知道河到底有多深。從好些地方不規則的波濤洶湧看來，水面下的地形一定是不整齊的樣貌。彷彿河川筆直切開岩石累累的大地川流而過一般。我翻越岩石背後，經過陡峭的岩場往下走近河邊。

河川的水由右往左來勢不小地流著，我心情多少有點鎮定下來。至少有大量的水實際在移動。沿著地形從什麼地方前往什麼地方。在其他沒有任何動的東西的這個世界，連風都不吹的世界，只有河水在動。而且那水的聲音著實地響徹周遭。對，這裡不是完全缺少動態的世界。這件事讓我稍微鬆一口氣。

走到河邊時，我首先在岸邊彎下腰，用手掬起水來看看。很舒服的涼涼的水，簡直就像聚集融化雪水的河川。看起來清淨而澄澈，很清潔的樣子。當然只以眼睛看的話，無法知道那水是否安全。也許裡面混有眼睛看不見的致命性物質，也許含有有害身體的細菌也不一定。

我聞聞看掬起來的水的氣味，沒有氣味（如果我沒有失去嗅覺的話）。然後含入口中試試看，水也沒有味道（如果我沒有失去味覺的話）。我乾脆讓那水流進喉嚨深處。就算會帶來什麼後果，我的喉嚨實在太渴了沒辦法不喝。實際上喝看看，也是完全無臭無味的水。但無論是現實的水或是虛構的水，該感謝的是，那水確實解決了我喉嚨的乾渴。

我用手送了幾次水到口中，拚命地喝了又喝。我的喉嚨似乎比想像中還要乾渴的樣子。但用沒有氣味也沒有味道的水滋潤喉嚨，實際做起來，感覺相當奇妙。平常喉嚨渴的時候喝到冷冷的水咕嘟咕嘟飲用時，我們會感覺到那比什麼都**美味**。身體整體貪婪地吸收那味道。全身的細胞都感到歡喜，所有的肌肉都恢復生機。然而這河流的水，卻完全欠缺喚起這些感覺的要素。只不過是單純的物理上消除了喉嚨的乾渴而已。

無論如何能喝多少盡量喝，解決了喉嚨的乾渴之後，我站起來重新環視周圍。依長臉的告訴我的是，這河邊的什麼地方應該有個渡船場。到那裡去的話有船可以載我到對岸。而且到了對岸之後，我在那裡（也許）就可以得到秋川麻里惠所在地的情報。然而看看上游再看看下游，到處都看不到船的影子。必須想辦法找到那個才行。要自己渡過這條河實在太危險了。「流水又冷又快又深。沒有船的話無法渡過那條河。」長臉的說。但是從這裡到底要往哪邊走，才能找到那艘船呢？是河的上游？還是河的下游呢？我必須選擇一邊。

這時候我忽然想起免色的名字是「涉」。「涉水渡河的涉」他這樣自我介紹。「為什麼取那樣的名字呢？原因不明。」而且後來又說了這樣的話。「而且我是左撇子。要選擇右邊或左邊的時候，我每次都選左邊。」這是缺乏前後脈絡的唐突發言。為什麼他會忽然說出那樣的話，我當時也無法理解。我想因此我才會清楚記住那句話。

或許是沒有特別意義的發言，可能只是碰巧這樣說了而已。然而這裡（正如長臉的說的那樣）是根據事物的象徵和表現的關聯性而成立的土地。我應該把那裡所顯示的所有些微的暗示，所有巧合都從正面認真處理才行。我正面對著河川決定往左邊前進。順從沒有顏色的免色先生無意識的教導，沿著沒有氣味也沒有味道的河水的流向往下走——那或許會暗示什麼，或許不會。

我一邊沿著河流走，一邊思考這水中是否棲息著什麼。大概什麼也沒有。當然沒有確實的證據。但這條河，同樣也感覺不到任何生命跡象似的東西。畢竟在沒有味道也沒有氣味的水中，到底能棲息什麼樣的生物呢。而且看來河流似乎過分集中注意在「自己是河流，而且是繼續流的東西」這件事上。那確實保有河川的一種形象，但並不是河川該有的理想狀態。一根小樹枝，一片小草葉，都沒有飄在河面。只有大量的水純粹地在地表移動著而已。

周圍依舊被茫漠的雲霞般的東西覆蓋著，感覺柔軟的雲霞。我穿過那不著邊際的棉花般的雲霞，像穿過蕾絲的白色窗簾般走過。不久我的胃裡，開始感覺到剛才喝過的河水的存在。雖然那並不是特別禍害臨頭的不妙感觸，但也不是舒服的喜悅感觸。是中立的，說不上是什麼的，無法適度掌握實體的感觸。而且體內由於吸取了那水，自己彷彿變成擁有和以前不同組成的存在了似的，有一種不可思議的感覺。由於喝了這河的水，說不定我的身體已經變成適合這片土地的體質了？

但不知為什麼我對那樣的狀況，並沒有感覺多少危機性。應該沒有大礙吧，大致還是抱著樂觀的想法，並沒有特別可以樂觀的具體根據。只是向來，事情看來似乎總是沒有大礙地順利進行。狹窄的漆黑通路也順利通過了。既沒地圖沒羅盤也能橫越遍地岩石的荒野，找到這條河川。喝了這河水解除了口渴，也沒遇到隱藏在黑暗中危險的雙重隱喻。我可能只是單純的幸運而已，或事情本來就是那樣預定的。無論如何以這樣的情況進行下去，接下來前面大概也會順利進行吧。我這樣想，至少努力這樣想。

終於在雲霞前面模糊地浮現什麼影子了，不是自然的東西。是由直線形成的，人工的什麼。逐漸接近，才知道那是一個像渡船場的地方。朝著河面有小型木質突堤。果然往左前進是對的，我想。或許在這關聯性的世界裡，一切會配合我所採取的行動而繼續發展下去也不一定。似乎免色所給我的無意間的暗示，把我順利引導到這裡。

通過淡淡的雲霞，看見一個男人站在渡船場。高個子的男人。在看過小個子的騎士團長和長臉的之後，那個男人在我眼裡看來簡直像巨人。他在突堤前方，靠在色調暗沉的機器設備（似的東西）旁。男人站在那裡，像在沉思什麼似的身體動也不動一下。在他腳下前方，河流水勢充沛一邊冒著泡泡一邊奔流而過。他是我在這塊土地上第一次遇見的人，或者是採取人的形式的東西。我小心地慢慢走近那邊。

「你好。」我在清楚看到他的模樣之前，試著振作精神出聲招呼。通過雲霞的薄紗，但沒有回答。男人依舊站在那裡，只有稍微改變姿勢而已。暗暗的輪廓在雲霞中稍微搖動。也許聽不見聲音，聲音被河水的聲音消掉了也不一定。或者這片土地的空氣不太能讓聲音響起。

「你好。」我在稍微接近之後，再出聲招呼一次看看。這一次比剛才稍微大聲。但對方依然保持無言狀態。聽得見的只有不間斷的水聲而已，或許語言不通也不一定。

「聽得見。也聽得懂。」男人彷彿能讀我的心似地說。適合高個子男人的，低沉聲音。聲音裡沒有抑揚，也聽不出任何感情。就和河流的水沒有任何氣味和味道一樣。不含有任何氣味和味道。

54 所謂永遠是非常長的時間

站在我前面的高個子男人沒有臉。當然不是沒有頭。他的脖子上附有普通的頭。只是那裡沒有臉這東西，該有臉的地方只有空白而已。那是乳白色淡淡的煙般的空白，他的聲音從那空白中出來。簡直就像從深深的洞窟後方傳來的風聲似的。

男人穿著暗色調的防水風衣。風衣下襬很長，幾乎長到腳踝。那下面看得見長靴的尖端。風衣釦子一直扣到喉頭為止，每顆釦子全部扣著。就像正準備迎接暴風雨似的服裝。

我什麼也沒說，只是安靜站定在那裡。口中說不出話來。從稍微離開的地方看來，他有一點像是開白色Subaru Forester的那個男人，看來也像半夜到家裡來造訪畫室的雨田具彥的模樣。看來也像在〈刺殺騎士團長〉的畫中，揮起長劍刺殺騎士團長的年輕男人的模樣。三個都是高個子的男人。但靠近看時，就會知道都不是他們。只是「沒有臉的男人」。他戴著寬邊的黑帽子深深遮到眼睛的地方。帽緣把乳白色的空白遮掉一半。

「我聽得見，也聽得懂。」那個男人重複說。當然嘴唇沒動。因為沒有嘴唇。

「請問這裡是河川的渡船場嗎？」我問。

「是的。」沒有臉的男人說。「這裡是渡船場，人們只能從這個地方才能渡河。」

「我必須到這條河的對岸去。」

「沒有人不是這樣。」

「這裡有很多人來嗎?」

男人沒有回答。我的疑問被吸進空白中,無盡的沉默繼續著。

「河對岸有什麼?」我問。因為籠罩著一層白色川霧般的東西,因此還無法看見河的對岸。

沒有臉的男人從空白中一直凝視著我的臉。然後說:「河的對岸有什麼,那要看人想要在那裡追求什麼,而各有不同。」

「我想要找一個名叫秋川麻里惠的女孩行蹤。」

「那是到對岸,你要找的人嗎?」

「那是我到對岸去,想找的人。我就是為了這個而到這裡來的。」

「你是怎麼發現這裡的入口的?」

「在伊豆高原一個高齡者安養中心的一個房間裡,我把借用騎士團長身影的Idea,用厚刃尖刀刺殺了。我們在彼此同意之下做的。這樣做才能把長臉的喚出來,讓他把通往地下的洞穴打開。」

沒有臉的男人一時之間什麼也沒說,空白的臉筆直對著我。我無法判斷。我所說的事他能聽懂意思嗎?

「有流血嗎?」

「流了很多。」我回答。

「是真正的血吧？」
「看來是。」
「你看看你的手。」
我看看自己的雙手，但那上面已經沒有血跡了。可能剛才在河邊掬水喝時，把那洗掉了。本來應該沾有很多血的。
「算了，沒關係。我就用在這裡的船送你到對岸去吧。」沒有臉的男人說。「但有一個條件。」我等他說那條件。
「你必須付給我應有的代價，那是規定。」
「如果我不付那代價，就沒辦法到對岸去是嗎？」
「沒錯。你只能永遠被留在河的這邊。這條河水很冷，流速很快，河底很深。而且所謂永遠是非常長的時間，那不是語言的修辭。」
「可是我什麼都沒有，無法付給你什麼。」
男人以平靜的聲音說：「你口袋裡的東西全部掏出來讓我看。」
我把夾克和長褲口袋裡的東西全部掏出來。錢包裡有不到二萬日圓的現金和信用卡、金融卡各一張、駕照、加油站的服務券。鑰匙環附著三把鑰匙、淺綠色的手帕、一支用過就丟的原子筆，還有不同的五、六個銅板。只有這樣而已。當然還有手電筒。
沒有臉的男人搖搖頭。「很遺憾，這裡有的東西沒辦法當渡船費。金錢在這裡沒有任何意義。其他你沒帶什麼嗎？」

除此以外，我什麼也沒帶。左手的手腕上戴著便宜的手錶，但時間在這裡也沒有什麼價值。

「如果有紙的話，我倒可以為您畫一張臉的肖像畫。其他我所擁有的東西說起來只有畫畫的技能而已。」

沒有臉的男人笑了，我想他大概笑了吧。可以微微聽見，從空白深處傳來明朗的回聲般的聲音。

「首先我是沒有臉的。沒有臉的人要怎麼畫肖像呢？要怎麼把無畫成有呢？」

「我是專家。」我說。「沒有臉也可以畫肖像畫。」

沒有臉的男人的肖像畫，自己能不能畫，我完全沒有自信。但應該有一試的價值。

「能畫出什麼樣的肖像畫，我倒相當有興趣。」沒有臉的男人說。「但可惜這裡沒有紙這種東西。」

我看看腳下。在地上用棒子畫畫或許也行。但腳下的地，卻是堅固的岩盤。我搖搖頭。

「這些真的是你身上所帶的全部東西了嗎？」

我重新再一次仔細搜尋所有的口袋看看，皮夾克的口袋裡已經沒有任何東西。是空的。但我發現長褲口袋深處，好像有一個非常小的東西。那是企鵝的塑膠玩偶，免色在洞穴底下發現了交給我的，還附有一條細吊繩。秋川麻里惠手機上當護身符的吊飾。不知道為什麼會掉在洞底下。

「你手上的東西讓我看看。」沒有臉的男人說。我把手攤開，讓男人看企鵝的玩偶。

沒有臉的男人用空白的眼睛仔細看。

「這個可以。」他說。「把這當代價。」這東西可以交給這個男人嗎？我無法判斷。這怎麼說都是秋川麻里惠所珍惜的護身符。不是我擁有的東西。可以把它隨便送給別人嗎？這樣做的話，秋川麻里惠身上會不會發生什麼不好的事情？

但我沒有選擇。如果我不把那個交給沒有臉的男人的話，就沒辦法到河的對岸去，如果沒辦法到對岸去，就沒辦法找到秋川麻里惠的行蹤。那麼騎士團長的死豈不是白死了嗎？

「這就當作渡船費交給您。」我乾脆說。「請您帶我到對岸去。」

沒有臉的男人點頭。然後說：「或許有一天你能幫我畫肖像。如果可以的話，那麼到時候我會把這企鵝玩偶還給你。」

男人帶頭，走上了木製突堤前方繫著的小木船。與其說是船不如說是扁平糕餅盒般的四方形模樣。看來由堅固的厚木板製成，縱向細長全長大約只有二公尺左右，可能一次無法載運很多人。船底正中央一帶立著一根粗柱子，上面附有一個直徑約十公分左右的堅固鐵圈，然後一條粗繩子穿過那圈子。繩子從這邊河岸延伸到對面河岸，幾乎毫不鬆弛地緊繃著。看來似乎為了防止船被快速水流沖走，於是船沿著那繩子在兩岸之間來回。船看起來從很久前就使用到現在。船上既沒附推進機之類的東西，也沒用艣。只有木製的箱子浮在水上而已。

我跟在他後面上了船。船底鋪著一條平板，於是我就在那上面坐下。沒有臉的男人，靠在正中央豎立的粗柱子上站著，好像在等待什麼似的閉上眼睛，閉起嘴巴。我也什麼都沒說。在沉默中經過幾分鐘，終於船像下了決心似的慢慢開始前進。船到底是以什麼樣的動力在動的，雖然無法判定，但總之我們在無聲之中徐徐朝對岸前進。既聽不見引擎聲，也聽不見任何種類的機械聲？傳進耳裡的只有激流不斷衝擊船的側腹所傳來的水聲而已。船幾乎以和人走路同樣的速度前進。由於水的流勢船搖擺著，或往側面傾斜，但幸虧有穿過輪圈的堅固繩索，所以沒被水流沖走。確實正如男人說的，如果不搭船，人是不可能渡過這條河的。沒有臉的男人即使船激烈搖擺，依然若無其事安靜地靠在柱子上。

「到對岸的話，就知道秋川麻里惠的所在地點嗎？」我在河的正中央一帶試著問他。

沒有臉的男人說：「我的任務是把你過渡到對岸去。讓你滑過無和有之間的夾縫，這是我的工作。再往前的事就不是我的職務了。」

終於發出哐噹一聲，船輕輕撞到對岸的突堤停了下來。船停定之後，沒有臉的男人還暫時繼續保持那同樣的姿勢。靠在粗柱子上，腦子裡在確認什麼似的。然後吐出一大口空白的氣，下船走上突堤。我也跟在他後面下了船。突堤和附在那上面捲揚機般的機械裝置，也和出發地點所有的東西完全同樣規格。甚至讓我覺得是不是來回一趟又再回到原地了？不過不是，離開突堤，一腳踩上地面時立刻就知道了。那是對岸的土地。因為已經不再是高低不平的堅硬岩場，而已經變成普通的泥土地了。

「從這裡開始，你必須一個人前進。」沒有臉的男人告訴我。

「就算不知道方向和路線？」

「不需要那種東西。」男人從乳白色虛無中以低沉的聲音說。「你已經喝過河川的水吧。只要你行動，就會配合那個繼續產生關連性。這裡是這樣的地方。」

只說完這，沒有臉的男人重新戴上寬邊黑帽子，轉身背向我走了。他上船後，船又沿著繩索和來的時候同樣徐徐往對岸回去。簡直就像被飼養慣的生物那樣。然後船和沒有臉的男人，便化為一體消失在薄霞中。

我離開突堤，決定暫時朝河的下游走。可能不要離開河比較好。這樣的話口渴時還可以再喝河水。走了一會兒回頭時，突堤已經隱藏到薄霞深處。就像一開始那東西就不曾存在過似的。

隨著往下游走，河逐漸變寬，水流也眼看著變平穩。不再看到冒泡的波浪，現在幾乎連水聲都聽不見了。與其特地從水流那樣湍急的地方橫切過來，還不如在水流這樣平穩的地方設渡船場不是比較好嗎？我想。雖然距離稍微長一點，但這樣渡河應該輕鬆多了。但也許在這個世界，有這個世界的原理，想法不同。或許這樣看來水流安穩的地方，反而隱藏著更多危險也不一定。

我試著伸手到長褲口袋裡看看？果然已經沒有企鵝玩偶。失去那護身符（我可能永遠失去它了），難免感到不安。或許我做了錯誤的選擇。但我除了把那交給那個男人之外，還能有什麼樣的選擇餘地呢？秋川麻里惠遺失了那護身符但願還能平安無事，我這樣祈禱。除了祈禱之外，我現在什麼都不能做。

從雨田具彥枕邊借來的手電筒，我拿在手上，沿著河邊的土地一邊小心看著腳邊一邊往前進。我關掉手電筒開關。因為雖然周遭不是很亮，但還不需要手電筒的光。還看得清楚腳邊，也可以看到四、五公尺前方沒問題。我的左手邊，河緩慢而安靜地流著，對岸依然只能偶爾模糊地看見而已。

隨著前進，我前方逐漸形成像路的模樣。雖然不是清晰的道路，但顯然已具有路的機能。有一些模糊的跡象，好像以前人們也曾走過。而且路似乎漸漸遠離河，我在一個地方站定下來感到迷惑。我該就這樣沿著河走到下游好？還是該順著這像路的方向走，離開河呢？

考慮了一下後，選擇離開河，沿路前進。因為我覺得那像路的方向，好像會引導我前往什麼地方。只要你行動，就會配合那個繼續產生關聯性，沒有臉的擺渡人說。或許這條路也是那關聯性之一。我決定順從自然的啟示（般的東西）。

隨著遠離河，路逐漸變成上升的斜坡。不知不覺間已經聽不見水聲。幾乎接近直線的和緩坡道，我採取一定的步調走著。雖然薄霞已經消失，但光依然朦朧，始終淡薄而單調。無法看清前方。在那樣的光線中，我規律地呼吸，一邊注意著腳前一邊前進。

到底走了多久？早已失去時間的感覺，也已失去方向感。因為邊走邊想也有關係。很多事我不得不想。但實際上卻變得只能零星片段地想。才想要想什麼時，立刻又會有別的事浮上腦海。新的想法，像大魚吃小魚般，把之前的想法完全吞沒。就這樣思考漸漸往不該走的方向前進、岔開。最後，連自己現在到底正在想什麼，到底正要想什麼，都完全搞不清楚了。

就這樣因為意識混亂，注意力完全變散漫，再稍微嚴重一點的話，就會和那個名副其實正面衝突了。不過那時候我碰巧踢到什麼差一點跌倒，勉強重新站直擺正姿勢，停下腳步，把低垂的頭抬起來。皮膚立刻感覺到周遭空氣急遽改變的跡象。啊，意識猛回神時，一大片巨大漆黑的東西聳立眼前、逼近頭頂。我大吃一驚倒吸一口氣，失去語言。瞬間，搞不清狀況。這到底是什麼？花了好長時間，才了解原來是一大片森林。不久前才從看不見一根草、一棵樹、一片葉子的地方過來，現在卻是一抬頭整片森林忽然現身。不得不驚愕。

但沒錯，就是森林。樹木繁複地互相糾纏，幾乎毫無空隙的茂密森林，內部無比蒼鬱。不，與其說是森林，不如說是「樹海」也許更接近。站在那前面，我暫時試著側耳傾聽，但什麼都聽不見。既沒有風吹枝葉的搖擺聲，也沒有鳥啼蟲鳴的聲音。任何種類的聲音都沒有傳進我耳裡。完全的無聲。

要踏進那樣的森林，我本能地感覺害怕。樹木的繁茂方式未免太緊密，深處的黑暗想必無比陰深。那到底是規模多大的森林，也不得而知，路能繼續通往何處也茫然無知。或許路到處形成分支造成迷魂陣也不一定。如果在裡面迷了路，恐怕永遠也走不出來。雖然如此，但除了鼓起勇氣走進去之外別無選擇。因為我所走來的路，就是筆直被森林吸進去（就像鐵路軌道被隧道吸進去那樣），既然來到這裡了，事到如今總不能掉頭走回河邊。而且就算回頭，也不一定能找到河。總之我剛才已經決定沿這條路走到這裡了，無論如何只能繼續前進。

我下定決心，一腳踏進森林。現在的時刻是黎明？是白天？還是黃昏？從明亮程度無法判斷。只知道那薄暮般的昏暗，經過多少時間都看不出變化，這回事而已。或許在這個世界本來就不存在時間這東西。而且這樣程度的光線，天既不會較亮也不會更暗，或許只會永遠繼續下去。

森林裡確實很暗，頭上被好幾層樹枝緊緊覆蓋。但我沒打開手電筒的燈。因為眼睛逐漸適應黑暗，踏出去還勉強看得見腳下，而且我也不想浪費電池。我一邊努力盡量什麼都不想，一邊在森林的暗路上繼續一直走。因為就怕想起什麼時，那想法或許又會把我帶到什麼更暗的地方去。路始終是和緩的上坡。邊走著，耳邊傳來的只有自己的腳步聲，但那腳步聲好像中途也被抽掉了一些似的，悄然而小聲。我想但願不要再口渴。離開河應該相當遠了。就算口渴，也不能回去喝水了。

到底走多久了。森林始終幽深，怎麼走風景幾乎看不出改變。亮度也沒變。除了自己的腳步聲之外，耳朵聽不見任何聲音。而且空氣依然無臭無味。樹木互相重疊在小徑兩側，形成樹牆，除了那牆之外，眼睛看不見任何東西。這座森林難道沒有生物棲息嗎？可能沒有。因為眼睛所及，既沒有鳥也沒有蟲。

雖然如此，我始終有自己被看著似的，活生生的討厭感覺。似乎從黑暗中，從厚厚的樹牆縫隙，有好幾隻眼睛在窺探著、監視著我的動靜。那些銳利的視線，彷彿以鏡頭所聚集的光線般，令我肌膚感到毛毛的。他們想看清楚我正在這裡做什麼，打算做什麼。這裡是他們的領土，我是個孤獨的入侵者。但我並沒有實際看到他們的眼睛，可能只是錯覺。

由於恐怖和猜疑，在黑暗中所製造出來的幾隻虛構的眼睛。

另一方面，秋川麻里惠隔著山谷居然肌膚還能活生生地感覺到免色透過望遠鏡的視線。她可以知道自己日常被誰觀察著，而且她的感覺是正確的。那視線絕對不是虛構的。

雖然如此，我決定想我那些投注在我自己身上的視線，只是虛構的，實際上並不存在。那裡並沒有眼睛，只不過是我恐懼不安的心理作祟所製造出來的錯覺而已。我有必要這樣想。總之我到最後必須走著穿越那座巨大森林（雖然不知道有多大）。必須盡可能保持清醒的頭腦才行。

幸虧沒有任何岔路。因此不必猶豫要往哪一條走，也不會迷路走進不知去向的地方。沒有被尖銳的荊棘阻礙了去路。只要在一條小徑上不斷往前再往前繼續前進就行了。

在這條路上到底走了多久。大概是非常長的時間（雖然在那裡時間這東西幾乎沒有任何意義），但依然幾乎沒感覺到疲倦。也許我的神經太亢奮、太緊張了，因而無暇感覺疲倦。但在兩條腿開始感覺沉重的時候，發現前方遠遠的好像看得見光源。就像螢火蟲的光似的黃色小光點。不過不是螢火蟲。那點只有一個，不會搖動，也不會明滅。似乎是固定在一個地方的人工光源。而且隨著走近，雖然只是稍微，但那光比剛才變得更大更亮了。沒錯。我正朝向什麼逐漸接近。

那是好東西，還是壞東西，無從知道。是要幫助我的東西，還是要害我的東西？但無論是哪一種，我都沒有選擇餘地。無論是好是壞，那光是什麼，只能靠自己的眼睛實際去看清。如果不喜歡的話，本來就不該來到這樣的地方。我朝那光源一步一步踏出腳步。

終於森林突然結束。兩邊的樹牆消失。一回神時已經走出到一片開闊如廣場般的地方，終於走出森林了。廣場的地面是平坦的，呈美麗的半月形。在那裡，頭上終於可以看見天空了。類似薄膜的光線再度普照我周圍。廣場前方呈現陡峭的斷崖，斷崖的牆上有一個洞窟開口。而我剛才眼睛所看到的黃色光點，就是從那洞窟的黑暗中發出的。

背後是蒼鬱的樹海，正面是高聳的懸崖（看來實在無法攀登），那裡有洞窟入口。我再度抬頭看天，環視四周一圈，沒有其他像路的地方。好像除了踏進洞窟之外，別無選擇，只能採取這個行動。進去之前，我深呼吸幾次，盡量重新集中意識。隨著我的行動將會產生關聯性。沒有臉的男人這樣說。我正在穿過無和有的夾縫間。我只能就這樣相信他的話，委身其間。

我小心翼翼地踏進那個洞窟裡。然後，想到一件事。感覺似曾相識，這個洞窟我以前進去過。我還記得這洞窟的形狀，也記得這空氣。然後我的記憶忽然甦醒，這就是那富士的風穴。小時候，暑假裡年輕的叔叔帶我們去過，我和妹妹Komi一起去造訪的洞窟。而且Komi在那裡一個人滑溜溜地進入一個狹小的洞，一直沒回來，很久以後才回來。在那之間，我被一種不安所襲，擔心她是否已經消失到哪裡去了？她是不是被永遠吸進地底的黑暗迷宮裡去了？

所謂永遠是非常長的時間，沒有臉的男人說。

洞窟中，黃色的光射出的方向，我朝向那裡慢慢前進。盡量不發出腳步聲，我抑制著胸部的鼓動。在轉過岩壁轉彎角的地方，眼睛可以看見那光源。那是古老的手提油燈

candela。從前礦夫在礦坑內所使用的那種，附有黑色鐵緣的舊時代風格的提燈，手提油燈裡正燃燒著粗蠟燭。那掛在岩壁的粗釘子上。

「Candela」，我記得聽過這個字。那是雨田具彥被認為參加的維也納反納粹學生地下組織的名稱。很多事情漸漸連接起來。

看得見油燈下站著一個女孩。剛開始沒發現這女孩，是因為她個子非常小，身高大約只有六十公分左右。她的黑頭髮漂亮地紮在頭上，穿著白色的古代衣服。看起來相當高貴的衣服。她也是從〈刺殺騎士團長〉的畫中走出來的人物。在騎士團長被刺殺的現場，她用手摀著嘴巴，以害怕的眼睛正目擊著事件的年輕美女。根據莫札特的歌劇《唐．喬凡尼》中的角色，她就是安娜女士。那個被唐．喬凡尼殺害的騎士團長的女兒。

在油燈的光照射下，她的黑影鮮明地被擴大映在背後的岩壁上，搖晃著。

「我正在等您。」小個子的安娜女士對我說。

55 那顯然是違背原理的事

「我正在等您。」安娜女士對我說。身體雖小，聲音卻清晰而輕柔。

那時候我已經大致失去對什麼會驚訝的感覺。她在那裡等我，我甚至覺得好像是理所當然的事。容貌美麗的女孩。擁有高貴自然的氣質，聽得出聲音中帶有威嚴的感覺。身高大約只有六十公分而已，但依然擁有某種吸引男人的特別的什麼。「從這裡開始讓我為您引導。」她對我說。「麻煩您幫我拿那個提燈。」

我依她所說，把掛在牆釘上的提燈拿下來。不知道是由誰的手掛上去的，提燈掛在她的手搆不到的高處。提燈頂上附有鐵製的輪圈，以那個掛在釘子上，也可以用手提著走動。

「妳在等我來嗎？」我問。

「是的。」她說。「我在這裡等了很久。」

她也是隱喻的一種嗎？但要對她提出這樣直接的疑問，我有點顧慮。

「妳住在這裡的土地上嗎？」

「這裡的土地？」她以驚訝的表情反問我。「不，我只是在這裡等您而已。您說這裡的土地我也聽不太懂。」

我放棄再多問。她是安娜女士，在這裡等我來。

她身上裹著和騎士團長相同的白色布料服裝。可能是絲質的布料。重疊好幾層當成上衣，下面則是寬鬆的長褲似的。體型從外表看不出來，但似乎是苗條緊實的身材。而且還穿著某種皮革製成的黑色小鞋子。

「好了，我們走吧。」安娜女士對我說。「不太有時間了。路越來越窄，請跟在我後面走。拿著那個提燈。」

我把提燈拿到她頭上，一邊照亮周遭，一邊跟在她的後面。安娜女士以快速而熟練的腳步走向洞窟深處。隨著步伐蠟燭的火焰搖晃著，周圍岩壁的細細陰影看來就像活的馬賽克般舞動著。

「這裡看起來很像我以前造訪過的富士的風穴。」我說。「實際上是嗎？」

「這裡所有的東西，全部都是像什麼的東西。」安娜女士並沒有回頭，像朝前方的黑暗說似地這樣說。

「妳是說不是真的？」

「誰也不知道真的是什麼樣的東西。」她堅定地說。「眼睛看得見的一切東西終究是關聯性的產物。在這裡的光是影的比喻，在這裡的影是光的比喻。我想您也知道的。」

雖然我不認為我正確理解了那意思，但我保留再多發問。一切都會成為象徵性的哲學議論。

隨著往深處走，洞窟漸漸變窄。頂部也變低，我不得不稍微彎著身走。和在那富士的風穴的時候一樣。安娜女士終於停下腳步。而且轉過身抬起頭，用她那烏黑的小眼睛筆直看著我的臉。

「我在前面帶路只能到這裡為止。從這裡開始您必須走在前面。到途中我會跟在您後面，但那也只到某一個地點為止，從那裡再往前您就要一個人去了。」

從這裡再往前進？聽她這麼說我歪頭懷疑。因為，怎麼看這洞窟就只到這裡為止，前面只是黑暗的岩石牆壁擋在眼前而已。我用提燈照亮周遭的牆壁看看，但依然還是洞窟的盡頭。

「從這裡開始看起來哪裡也去不了。」我說。

「請仔細看清楚。左邊角落的地方應該有一個橫穴的入口。」安娜女士說。

我試著再一次用提燈照亮洞窟左手邊的角落看看。探出身子靠近了仔細看時，在一塊大岩石的背後，發現陰影中有一處凹陷。我側身走進岩石和牆的夾縫裡，檢查那凹陷的模樣。那確實好像是個橫穴的入口。很像Komi在富士的風穴鑽進去的那個橫穴，但比那個稍微大一點。根據我的記憶，嬌小的妹妹那時候鑽進去的地方是更狹小的橫穴。

我回頭看看安娜女士。

「您必須進到裡面去。」那位身高六十公分左右的美女說。

我一邊尋找著話語，一邊看著安娜女士美麗的臉。在提燈黃色的燈光照射之下，她拉長的影子在牆上搖晃著。

她說。「我知道您從很久以前，就一直對黑暗而狹小的地方懷有強烈的恐懼感，如果進去那樣的地方會變得無法正常呼吸。對嗎？不過雖然如此，您還是要鼓起勇氣進到那裡面去。要不然，就沒辦法得到想找的東西。」

「這個橫穴通到什麼地方嗎？」

「這個我也不知道。要去什麼地方，由您自己依您的意思決定。」

「不過我的意思也包含恐懼。」我說。「我擔心的是那個。我的恐懼也許會把事情扭曲，帶我走向錯誤的方向。」

「也許是重複說明，不過路是由您自己決定的。而且最重要的是，您已經選擇了該走的路了。也做了很大的犧牲來到這個世界，乘船渡過那條河。已經無法回頭了。」

我重新望一眼那個橫穴的入口。一想到我從現在開始自己要鑽進那狹窄的黑暗中，就感到畏縮。但那是我不得不做的事。正如她所說的那樣，我已經無法回頭了。我把提燈放在地上，掏出口袋裡的手電筒。無法帶著提燈進入狹窄的橫穴。

「相信自己。」安娜女士以微小而清澈的聲音說。「你喝過那河的水對嗎？」

「是啊，因為我無法忍受喉嚨的乾渴。」

「那很好。」安娜女士說。「那河是流在有和無的夾縫間的。而且優秀的隱喻，可以讓隱藏在所有事物中的可能性河道浮現出來。就像優秀的詩人可以在一個光景中，鮮明地浮出另一個新光景來一樣。不用說，最優越的隱喻會成為最優越的詩。您的眼睛絕不能離開那別的新光景。」

我想或許雨田具彥所描繪的那幅〈刺殺騎士團長〉也是那「另一種新光景」。那幅畫作很可能，就像優越的詩人的語言會做的那樣，會成為最好的隱喻，為這個世界建立另一個新的現實。

我打開手電筒的開關，檢查了那燈光。光線的亮度沒有搖擺。電池可能暫時還夠。我脫下皮夾克，決定留在那裡。穿著這麼笨重的衣服，沒辦法進入那狹窄的洞穴。於是我身上只穿薄毛衣和藍牛仔褲。洞穴裡並不特別冷，也不熱。

從這裡開始我下定決心彎下身體，幾乎是爬著，上半身鑽進洞穴裡。洞穴周圍雖是由岩石形成的，但就像歷經長久歲月被流水洗過似的，表面滑溜溜的。幾乎沒有突出的尖角部分。因此雖然狹隘，但前進比預料中容易。用手觸摸起來，岩石有點涼涼的，似乎微微含有濕氣。我一邊用手電筒的光照著去路，一邊像蟲子爬行般慢慢前進。我推測過去這條穴道可能曾經發揮過水路的機能。

洞穴的高度約六十公分或七十公分，寬度約不到一公尺。只能爬著前進。有些地方稍微變窄一些或變寬一些，那樣黑暗的自然管道長長的無止境地——我感覺——延伸下去。有時橫向轉彎，有時上坡或下坡。不過幸運的是落差不大。但如果這洞真的是扮演地下水路角色的話，現在這裡忽然有大量的水流沖進來也不是沒有可能。我的頭腦忽然浮現這種想法。自己可能會在這個狹窄而黑暗的洞中溺死，想到這裡，因為害怕手腳麻痺變得動彈不得。

我想退回原來的路。但在這狹窄的洞穴中已經不可能轉變方向。而且不知不覺之中通路似乎整個逐漸縮窄，沒辦法倒退著爬出去了。恐懼把我全身包緊。我在那個場所名副其實被釘牢了。既無法前進，也無法後退。身體的所有細胞都在需求新鮮的空氣，正激烈地喘著。我孤獨而無力，被所有的光遺棄了。

「不要停止，就那樣繼續前進。」安娜女士以果斷的聲音說。那是幻聽嗎？或她真的在我背後，從那裡發出聲音，我無法判斷。

「我身體無法動彈。」我朝向應該在背後的她，勉強擠出聲音說。「也無法呼吸」。

「把心緊緊繫住。」安娜女士說。「不要讓心隨便動搖。如果讓心亂動的話，會被雙重隱喻吃掉。」

「雙重隱喻是什麼？」我問。

「您應該已經知道了啊。」

「我知道嗎？」

「因為那是您心中的東西。」安娜女士說。「那在您心中，抓住對您而言是正確的想法，一一貪婪地吃掉的東西，就那樣變肥的東西。那就是雙重隱喻。那是你內部的深深黑暗中，從以前就一直住在裡面的東西。」

白色Subaru Forester的男人，我直覺地領悟到。不希望這樣。但不得不這樣想。可能是那個男人引導我，去絞殺那個女人的脖子。藉著這樣做，讓我看到自己心中的黑暗深淵。而且在我所到的地方一一現身，讓我想起那黑暗的存在。那應該是真實的。你在什麼地方做了什麼事我全都知道，他這樣告訴我。當然他什麼都知道。為什麼呢？因為他就在我自己的心中。

我的心在黑暗的混亂中。我閉上眼睛，想把那心繫在一個地方。我咬緊牙關。不過該怎麼做才能把心繫在一個地方呢？首先心在哪裡？我在自己體內一一順序尋找，但卻找不到心。我的心到底在哪裡？

「心在記憶中，以印象為營養活著喔。」女人的聲音說。不過那不是安娜女士的聲音。那是Komi的聲音，十二歲時死去的我妹妹的聲音。

「在記憶中尋找。」那令我懷念的聲音說。「尋找某種具體的東西，手能觸摸得到的東西。」

「Komi？」我說。

沒有回答。

「Komi，妳在哪裡？」我說。

依然沒有回答。

我在黑暗中尋找記憶。就像手伸進巨大老舊的頭陀袋裡試著尋找那樣。但我的記憶似乎變成空蕩蕩的了。所謂記憶是什麼樣的東西呢，我連這個都想不起來了。

「把燈關掉，仔細傾聽風的聲音。」Komi說。

我把手電筒的開關關掉，照她說的傾聽風的聲音。但什麼也沒聽到。勉強聽到的，只有自己心臟鼓動的聲音而已。我的心臟像被強風吹的紗門般發出慌張的聲音。

「傾聽風的聲音。」Komi重複說。

我屏著氣息，集中精神再一次仔細聽。然後這次心臟鼓動的聲音被蓋住了似的，可以聽到微弱的空氣的吟聲。那吟聲會忽而變高忽而轉低。好像在某個遠方風在吹著。然後我的臉頰稍微感覺到空氣的流動，好像從前方有空氣進來。而且那空氣中含有氣味，沒錯就是氣味，濕濕的泥土的氣味。這是我自從踏上這片隱喻的土地以來，第一次聞到的像氣味的氣味。這個橫穴好像通往什麼地方。什麼有氣味的地方，也就是說現實的世界。

「好了，往前進。」這一次是安娜女士說。「因為剩下的時間有限。」

我在手電筒的燈關掉之下，在黑暗中繼續爬著前進，一面往前進。我一面盡量多吸進一點從什麼地方吹來的真正的空氣。

「Komi？」我試著再呼喚一次。

依然沒有回答。

我拚命在記憶的袋子裡搜尋。那時候Komi和我養了一隻貓。一隻頭腦很好的黑公貓。名字叫「Koyasu」（為什麼會取那樣的名字我已經不記得了）。她在放學的路上撿回來一隻被遺棄的小貓，就那樣養著。不過有一次那隻貓不見了。我們每天每天，都在附近到處找。我們到底讓多少人看了Koyasu的照片呢？但終究沒有找到貓。

我一面想起那隻黑貓，一面在狹小的洞穴中爬著。我和妹妹一起尋找黑貓而爬進這洞穴中。我想這樣想。我在前方的黑暗中，想看到遺失的黑貓的身影，想聽到那隻貓的叫聲。黑貓是非常具體的東西，也是手可以摸得到的東西。我可以回想起觸摸那隻貓的毛的手感、溫度，身上肉球的硬度，喉嚨發出的咕嚕咕嚕的聲音都一清二楚地想起來。

「對，這樣很好。」Komi說。「這樣繼續回想。」

你在什麼地方做了什麼我全都知道，白色Subaru Forester的男人忽然對我出聲說。他穿著黑色皮夾克，戴著YONEX的高爾夫帽。他的聲音被海風刮得沙啞。那聲音劃破虛空，令我畏懼。

我拚命想繼續想黑貓的事。而且努力想把風送進來的微微泥土的氣味，吸進肺裡。我覺得那氣味好像記得，在什麼地方不久前才聞過的氣味。但那是哪裡，無論如何都想不起來。我到底在哪裡聞到那氣味呢？想要想起來卻想不起來之間，記憶又再度開始淡化了。

把我的脖子用這個絞緊，女人說。而且把桃色的舌頭在嘴唇之間閃閃挑動著。枕頭底下準備好的浴袍的腰帶。她的黑色陰毛像被雨淋濕的草般濡濕著。

「想一點什麼覺得懷念的東西吧。」Komi以迫切的聲音說。「快點、快點。」

我想再一次想起黑貓的事。但卻已經想不起「Koyasu」的模樣了。腦子裡怎麼也浮不起那身影。也許我在稍微想一下別的事情之間，貓的印象已經被黑暗的力量所吞食了。必須趕快再想其他的事情才行。黑暗中洞穴有逐漸一點一點縮緊的討厭感觸。這個洞穴或許是活著會動的東西。時間有限，安娜女士說。我腋下流下一道冷汗。

「來吧，回想一下什麼。」Komi在背後出聲說。「用手摸得到的東西，立刻可以畫出來的東西。」

我像一個溺水的人要抓住浮標那樣，想起Peugeot 205的事。我握著那方向盤從東北往北海道繞著旅行，那是一部老舊的小法國車。我記得是很久以前出廠的車子，那四汽缸的粗魯引擎聲還清楚烙印在我耳裡，手排檔從二檔打進三檔時就會有嘎一下卡住似的觸感令我難忘。一個半月之間那輛車就是我的搭檔，唯一的朋友。現在應該已經變成廢鐵了吧。

雖然如此洞穴好像依然沒錯地正在變小，即使爬著前進洞頂都要碰到頭的地步。我想打開手電筒的開關。

「不要開燈。」安娜女士說。

「不過沒有燈看不見前面哪。」

「不可以看。」她說。「不能用眼睛看。」

「洞穴漸漸變窄了。這樣下去，身體會被夾住動彈不得啊。」

沒有回答。

「已經沒辦法前進了。」我說。「怎麼辦才好呢？」

依然沒有回答。

已經聽不見安娜女士的聲音，也聽不見Komi的聲音了。她們好像已經不在了，這裡只有深深的沉默。

洞穴變得越來越窄，身體變得越來越難前進。恐慌襲擊了我。手腳好像麻痺了似的無法動彈，吸氣也變困難了。你被關在小棺材裡了。我耳邊響起喃喃低語。你既不能前進也不能後退，會被永遠埋在這裡。在這誰的手都到達不了的黑暗地方，你被所有的人都遺棄了。

這時候有什麼接近背後的感覺。什麼平平的東西在黑暗中，朝我的方向爬過來。那既不是安娜女士，也不是Komi。那是不是人的東西。我聽見那沙沙的腳步聲，可以感覺到那不均勻的氣息。那個來到我的背後時，便停止再移動。然後經過幾分鐘的沉默。那個似乎在屏著氣息，在觀察動靜的樣子。然後黏黏滑滑的冷冷的什麼碰觸到我露出的腳踝，那好像是一隻長長的觸手。無法形容的恐怖爬上我的背脊。

這是雙重隱喻嗎？住在我內部的黑暗裡的東西嗎？

你在什麼地方做了什麼事我全都知道喔。

什麼都想不起來了。黑貓、Peugeot 205、騎士團長，一切的一切都消失掉了。我的記憶再度變成完全空白。

我什麼都不想，只想從那觸手逃走，拚命勉強把身體往前推。洞變得更狹窄。身體幾乎變得無法動彈的地步。我要把身體推進比自己的身體明顯狹小的空間。不過這種事情是不可能的。不用想也知道，那顯然是違背原理的事。物理上不可能發生的事。

雖然如此，我還是勉強把自己的身體往那裡擠進去。就像安娜女士說的那樣，那是我已經選擇的路，除此之外我已經無路可選了。騎士團長因此而不得不死，是我親手把他刺殺的，是我讓他的小小身體沉入血海。不能讓他的死無意義地結束。而且背後擁有冷冷觸手的什麼，正要把我收進那手中。

我絞盡所有的力氣往前爬進去。毛衣被周圍的岩壁刮磨著好像已經破綻脫線支離破碎了。我的身體到處關節無力，簡直像掙脫繩子逃掉的雜要藝人的模樣，在狹窄的洞穴中笨拙地穿越著。只能以毛蟲蠕動般的緩慢速度前進。我的身體在變得越來越狹窄的洞穴中，被巨大的虎鉗夾著。全身骨頭和肌肉正激烈地慘叫。而且那莫名其妙的冰冷的觸手，已經滑溜溜地爬上我的腳踝，想必將在漆黑的黑暗中，把動彈不得的我全身整個掩埋掉。我即將變成不是我了。

我拋棄了所有的理性，使出渾身的力氣把身體往更狹窄的空間裡擠過去。我的身體因為痛苦而激烈地哀叫，但無論如何都不得不前進。就算全身的關節都得完全拆散掉也好。不管那是有多麼疼痛，因為這個場所的所有東西全都是關聯性的產物。沒有任何一件是絕對的東西。痛也是某種隱喻，那觸手同樣也是某種隱喻。一切都是相對的東西。光是影，影是光。只能相信這種事。不是嗎？

突然間狹窄的洞穴結束了。就像塞著的草團，被強勁的水勢從排水管沖出去那樣。我的肉體被噴出什麼都沒有的空間。而且還沒時間去想那是怎麼回事，就在完全無防備之下從空中落下。我想至少是從兩公尺高的地方落地。不過幸虧，落下的地方不是堅固的岩場，而是比較柔軟的泥土地面。而且我繃緊身體縮著脖子，讓肩膀比身體先著地，防止頭碰撞地面。就像柔道的受身一樣，幾乎是反射性地進行的。肩膀和腰部受到較大的衝擊，但幾乎沒感覺到痛。

周圍被黑暗所包圍，手電筒遺失了。可能是在掉落的途中從手中滑落的。我在黑暗中，一直保持趴著的姿勢。什麼都看不見，什麼都無法想。當時我勉強知道的，只有慢慢明白身體每個關節都開始痛起來了。在衝出洞穴時全身的骨頭和肌肉所受的痛楚折磨現在全都在反映不適。

沒錯，我總算成功地從那狹窄的橫穴逃出來了。終於可以真正感覺到這回事了。我的腳踝還歷歷留下那可惡觸手的恐怖感觸。不管那到底是什麼，能從那種東西逃出來，我真是深感慶幸。

那麼我現在，到底在哪裡？

沒有風，但有氣味。從吹進橫穴的風中微微聞到的那氣味，現在緊緊圍繞在我四周。不過我還想不出那是什麼氣味。無論如何，這裡是個非常安靜的地方。任何聲音都沒傳進耳裡。

無論如何必須找到手電筒才行，我用手摸索著仔細在旁邊的地上找。我依然跪趴在地上，逐漸稍微擴大半徑一點一點尋找。泥土上有些濕氣。在漆黑的黑暗中，會不會碰觸到什麼可怕的東西，令我感到不安，但那裡連一顆小石頭都沒掉落。只是平坦的——簡直像有誰清潔地整地般過完全平坦的——地面而已。

手電筒滾落在離我落地的地點約一公尺的地方。我的手終於摸到了。那塑膠製的手電筒再度回到我手上，可能是我的人生中所發生最值得慶賀的事情之一。

在打開手電筒開關之前，我閉上眼睛深呼吸幾次。就像要花時間解開複雜的繩結那樣。不久呼吸終於鎮定下來，心跳也恢復平常，肌肉感覺也回到常態。我再一次吸進一大口氣，再慢慢吐出來，然後才打開手電筒的開關。黃色的光在黑暗中快速跑出來。但一時之間，我無法看清周圍的光景。眼睛太過於習慣深深的黑暗了，直接看到光讓我頭的深處感到激烈的疼痛。

我用一手遮住眼睛。花時間稍微睜開一點，從手指縫隙窺探周圍的樣子。一看之下，我似乎是在一個圓形的房間裡。好像不是很寬的場所，旁邊有牆壁圍著。人工的石牆。我往頭上照看看。上面有天花板。不，不是天花板，是像頂蓋般的東西。光線從任何地方都照不進來。

終於直覺敲醒我。這就是雜木林裡，小祠後方的那個洞穴。我鑽過安娜女士在的那個洞窟的橫穴，掉落在這石室底下。現實世界的現實洞穴之中。我不明白為什麼。總之就是這樣，說起來我是回到出發點來了。但為什麼沒有一點光線射進來呢？洞穴雖然被幾片厚木板塞住。但木板和木板之間應該還有僅有的小縫隙，光線應該可以從那縫隙透進來。但為什麼會這麼完全黑暗呢？

我不知如何是好。

但總之我現在所在的地方，是小祠後方挖開的石室底下，這是毫無疑問的。我所聞到的，正是這個洞穴的氣味。為什麼我到目前為止一直沒有想起來呢？我用手電筒的光慢慢慎重地巡視一圈看看。應該靠在牆上的金屬製梯子不見了。似乎有誰又把它拉上去，搬到什麼地方去了。我竟然被關閉在這個洞穴底下，沒辦法脫身出去了。

而且不可思議的是——應該算是不可思議的事吧——無論我怎麼找，周圍的石壁上都找不到像是橫穴入口的地方。我從那狹窄的橫穴脫身而出，掉進這個洞穴底下。簡直就像嬰兒被從空中生產落地似的。然而到處都看不到那橫穴的洞口。那似乎把我往外噗一下吐出來，就又把嘴巴緊緊閉起來似的。

手電筒的光終於把地面上某個東西照出來了，認得的某個東西。騎士團長在這洞穴底下鳴響的古鈴。我在半夜裡聽到那聲音，才知道雜木林裡有這個洞穴。鈴聲是一切的開始。而且我把那鈴放在畫室的櫃子上。但那不知什麼時候，卻從櫃子上消失蹤影。我把那鈴再拿起來，用手電筒的光仔細觀察看看。附有一把古老的木製把手。沒錯，正是那個鈴。

就在不明所以之下，我長久仔細地觀察那個鈴。到底是經由誰的手，把那送到這個洞底來的呢？不，或許鈴是靠自己的力量回到這裡來的。騎士團長說這鈴是這個場所共有的。場所共有的——這又是什麼意思？不過要思考這種事物的原理，我的頭腦已經太累了。而且我周圍也找不到一根足以讓我倚靠的理論之柱。

我在地上坐下來，背靠著石壁，把手電筒的燈關掉。現在開始該怎麼辦才好，要怎麼樣才能從這洞穴出去，總之必須先考慮這個才行。思考不需要燈，而且我必須盡量節省手電筒電池的消耗。

那麼，我該怎麼辦才好？

56 有好幾個空白必須填滿

我不明白幾件事情。但當時最讓我傷腦筋的是，為什麼這個洞穴裡連一絲光線都沒照進來。一定有誰把洞穴的入口用什麼嚴密地塞起來了。但到底是誰為什麼非要這樣做不可呢？

我祈禱那個誰（無論是誰），不是在蓋子上再堆上許多又大又重的石頭，像原來的石塚那樣，把這洞穴嚴密地封印起來。如果那樣的話，那麼我從這黑暗中逃出去的可能性就會變成零。

我忽然想到，把手電筒的燈打開，看看手錶。錶的指針指出四點三十二分。秒針確實在轉動顯示出時刻。似乎確實已經過了不少時間。至少在這裡時間這東西是存在的，而且是朝一定方向規則流動的世界。

不過原本時間是什麼？我這樣問自己。我們為了方便起見用時鐘的針來計算時間的經過。但那真的是適當的事嗎？實際上時間是那樣規則地朝一定方向流著的嗎？我們對這件事，是不是犯了重大的錯誤？

我把手電筒的開關關掉，在再度來訪的完全黑暗中，長長地嘆一口氣。別再想時間的事，也別再想空間的事。想這些也沒有用，只會無益地耗費精神而已。必須想一點什麼更具體的，眼睛看得見，手摸得到的東西才行。

因此我想柚子。對，她是眼睛看得見，手摸得到的東西之一（如果給我那樣的機會的話）。而且她現在，懷孕了。明年的一月孩子——父親不是我而是別的男人的孩子——將要出生。在遙遠的地方，和我無關的事情正在一一進行著。和我沒有聯繫的一個新生命，將在這個世界出現。而且關於這件事她對我沒有任何要求。那麼她為什麼不和那個男的對象結婚呢？我不知道理由。如果她打算當單親媽媽，現在上班的建築事務所可能必須辭職。因為是個人的小事務所，應該沒有餘裕讓員工請長期產假。

不過怎麼想，都無法得出可以接受的答案。我在黑暗中依然只能束手無策。而且黑暗，只有讓我的無力感更加重而已。

如果能從這個洞底出去的話，乾脆去見柚子吧。她另外結交戀人，唐突地離我而去，我當然傷心，而且也感到相當憤怒（雖然花了相當長的時間，才能承認自己其實也有憤怒）。不過總不能永遠懷著這樣的心情活下去。去跟柚子見一面，好好面對面談談吧。而且也有必要向她本人確認，她現在想什麼，要什麼。趁著還不太遲之前……。我這樣下了決心之後，心情多少輕鬆了些。如果她說想跟我做朋友的話，也可以。或許那也不是完全不可能。只要能出得去地上，到時候或許就能找到什麼道理般的東西。

然後我睡著了。在進入橫穴時，因為把皮夾克脫下放在那裡的關係（我那件皮夾克，以後到底會在什麼地方遭遇什麼樣的命運？）身體開始漸漸感到寒冷起來。只在短袖T恤上罩一件薄毛衣而已，而且毛衣因為在狹窄的橫穴裡爬著穿過來的關係，眼看著已經變成破破爛爛不成樣子了。而且我從隱喻的世界回到現實的世界。換句話說，回到擁有正常時間和氣溫的世界了。雖然比起寒冷，睏意更嚴重。我採取坐在地面，背靠堅硬石壁的姿勢，不知不覺間就睡著了。那是既沒有夢也沒有韜晦，完全純粹的睡眠。就像沉入愛爾蘭外海海底的西班牙黃金那樣，任誰的手都遙不可及的孤獨深眠。

醒來時，我依然在黑暗中。在臉前伸出手，也見不到五指的深深黑暗。因為一片漆黑，因此也難區分是睡是醒。什麼地方開始是睡眠的世界，什麼地方開始是清醒的世界，自己是在哪一邊，或兩邊都不在，都無法判斷。我把記憶的袋子從什麼地方拉出來，簡直像在數金幣似的，順序回想幾件事情。想起飼養的黑貓，想起開過的Peugeot 205，想起免色的白色豪宅，想起《玫瑰騎士》的唱片，想起企鵝玩偶。我可以清晰地一一想起這些。沒問題，我的心沒有被雙重隱喻吃掉。只因為置身於深深的黑暗中，因此難以區別是睡是醒而已。

我拿起手電筒打開開關，一隻手遮住燈光，從指縫間透出的光看看手錶的文字面盤。針指著一點十八分。上次看的時候是四點三十二分。這麼說來我在這裡，以這笨拙的姿勢竟然睡了九小時嗎？實在難以想像。如果真是這樣，身體應該更反映不適和疼痛才是。感覺不如時間在不知不覺間倒退了三小時還比較合理，但不知確實如何。由於一直置身於濃密的黑暗中，或許時間的感覺也完全狂亂了也不一定。

無論如何，寒冷比之前更迫切了。而且開始感覺尿意，急得無法忍受的尿意。沒辦法，我只好到洞穴角落去尿在地上。解完長長的尿，尿立刻被地面吸收了。雖然有微微的阿摩尼亞的氣味，但那也立刻就消失。而且尿意解除後，立刻被空腹感所代替。我的身體似乎已經逐漸慢慢，但確實地適應這現實世界了。或許喝了那隱喻之河的水的作用，已經逐漸脫離身體。

我重新痛切地感到，必須早一刻脫離這裡才行。要不然，我不久就可能會在這洞穴底下餓死。如果無法供給水分和營養，活生生的人是無法維持生命的。這是這個現實世界的最基本規則之一。這裡既沒有水也沒有食物。有的只有空氣而已（雖然蓋子被嚴密地封閉了，但依然有空氣不知從哪裡輕微進來的觸感）。雖然空氣、愛和理想都是非常重要的東西，但只有那個也活不下去。

我從地上站起來，看看滑溜溜的石壁有沒有什麼可以攀登上去的辦法，一一都試過了。但正如預料的那樣，果然都白費力氣。雖然牆壁高度比三公尺略低，但沒有任何突起的垂直壁面要攀登上去，沒有特殊能力的人是不可能的。就算能爬上去，但上面有蓋子塞住。要推開那蓋子，也需要有穩固的扶手和立足的地方才行。

我放棄地再度坐回地面。最後我只剩下一件可以做的事，那就是搖鈴。就像騎士團長所做的那樣。但騎士團長和我之間有一個很大的不同。那就是騎士團長是Idea，我是活生生的人。Idea可以不吃任何東西都不會感覺飢餓，我會感覺。Idea不會餓死，我則比較容易餓死。騎士團長可以百年都不厭倦地繼續搖鈴（他沒有時間觀念），我不吃不喝繼續搖鈴的期間頂多只能撐個三天或四天吧。然後，應該連搖動輕輕的鈴的力氣都沒有了。

雖然如此我還是在黑暗中繼續搖鈴，因為除此之外我什麼也不能做。當然也可以放聲大叫求救？但洞穴外面是杳無人煙的雜木林。在雨田家的私有地的雜木林裡，除非有什麼特別的事情否則不會有人踏進來。加上現在，那洞口又被什麼嚴密地封閉起來。無論多大聲呼叫，恐怕聲音都無法傳到誰的耳裡。只有徒然增加聲音沙啞，喉嚨乾渴而已。那麼還不如搖鈴比較好。

而且，這鈴所發出的聲音彷彿不是普通的響法，可能是具有特殊機能的鈴。物理上聲音絕不算大。但我在距離遙遠的家裡的床上，在深夜也能清楚聽到這鈴聲。而且這鈴在被搖著時，那吵鬧的秋蟲們竟然會完全停止鳴叫。好像是被嚴格禁止鳴叫似的。

因此我靠在石壁上繼續搖響著鈴。手腕輕輕左右搖動，盡量讓心空著鳴鈴。只顧鳴響鈴聲。暫時休息一下，然後又再開始鳴響。就像以前騎士團長所做的一樣。要進入無心狀態絕對不是困難的事。只要側耳傾聽鈴聲，心情很自然的就會變得沒有必要再去想什麼了。在光線中鳴鈴的聲音，和在黑暗中鳴鈴的聲音，聽起來完全不同。或許實際上就是完全不同的東西。而且我在搖那鈴之間，雖然一個人獨自被關閉在沒有出口的深深黑暗中，卻並不感覺害怕，也沒感覺不安。連寒冷和飢餓都快忘掉的地步。幾乎也變得沒感覺到有探究理論之道的必要性了。不用說，那對我來說是相當值得慶幸的事。

搖鈴搖累了時，就靠在石壁上落入淺淺的睡眠。每次醒過來時我都會把燈打開查看一下手錶的時刻。而且每次都發現，手錶的針所指的時刻都是錯亂的。當然錯亂的不是手錶，而可能是我。也許是這樣吧，不過那都無所謂了。我在黑暗中搖擺著手腕無心地搖鈴，累了就落入深深的睡眠，醒來又再開始搖鈴。那樣無止境地反覆。在反覆之中意識逐漸變得越來越稀薄。

在洞底什麼聲音都傳不進來，也完全聽不見鳥聲、風聲。為什麼呢？為什麼聽不見任何聲音？這裡應該是現實世界。我已經回到肚子會餓，也會有尿意的現實世界了。而現實世界應該充滿了各種聲音才對。

到底經過了多少時間，我也搞不清楚。我已經完全放棄再看手錶了。時間和我，彼此似乎已經找不到適當接點。而且日期和星期幾，比時刻變得更難理解。因為那裡既沒有白天也沒有夜晚。在那樣之間我在黑暗中，連自己肉體的存在都變得似乎不太能理解了。不只時間而已，我連和自己的接點都似乎變得無法適當找到了。而這意味著什麼，我也無法理解。或者不如說，連想理解的心情都消失了。沒辦法，我只好繼續搖鈴，一直搖到手腕的感覺幾乎麻木了為止。

感覺像永遠似的時間過去之後（或像海邊的波浪那樣不斷湧起退下之後），而且空腹感開始變得難以忍耐的時候，終於頭上傳來不知是什麼的聲音。是誰把世界的末端抬起來正在剝除似的聲音。不過那在我的耳裡聽來卻覺得非常不像現實的聲音。因為誰都無法把世界的末端剝除。如果實際上真的把世界剝除的話，到底接下來什麼會來臨呢？是新世界即將來臨嗎？或只是無止境的無將被推出來呢？不過那些也都無所謂。無論是什麼，大概都是相同的東西吧。

我在黑暗中安靜閉著眼睛，等待世界的剝除結束。但世界很難被剝除。只有聲音在我頭上逐漸變大，那似乎是現實的聲音。現實的物體受到某種作用，發出物理性的聲音。我乾脆睜開眼睛，往頭上看，並用手電筒的燈照著穴頂。雖然不知道在進行什麼，不過似乎有誰正在這洞穴上，發出巨大的聲音。莫名其妙的渣阿渣阿很刺耳的聲音。

那是會對我有害的聲音嗎？或是為了我而發出的聲音，我無法判斷。無論如何對我來說，我只能依然坐在洞底，一邊搖鈴一邊看待事情如何發展。終於從被用來當蓋子的厚板子空隙之間，光線成為細長的一條平面，射進洞裡來。像斷頭台的銳利寬刀刃在切割巨大的果凍般，將黑暗縱向切割，一瞬之間到達洞底。那刃的前端正好落在我的腳踝上。我把鈴放在地上，為了讓眼睛不刺痛而用雙手掩蓋著臉。

然後遮著洞穴的蓋子又被掀開一片，似乎有更多的陽光被帶進洞底。我閉著雙眼，用手掌把臉緊緊遮住，依然可以感覺到眼前的黑暗變白變亮了。接著，新的空氣從頭上慢慢降下來，是冷冷的新鮮空氣。空氣中有初冬的氣味，好懷念的氣味。小時候，每年第一次在脖子上圍上圍巾的那個清晨的感觸又在腦子裡甦醒過來。柔軟的羊毛的肌觸。

誰在洞穴上叫我的名字。那應該是我的名字。我終於想起自己是有名字的。試想起來我已經在名字沒有任何意義的世界滯留很久了。

那是誰的聲音，我花了一點時間才想起那是免色涉的聲音。我發出很大聲音想回應那聲音，但那卻沒形成語言。我為了顯示自己還活著，只發出一聲沒有意思的單純大叫聲而已。我雖然不太有自信，自己的聲音是否能順利震動這裡的空氣，但那聲音確實傳進我的耳裡。以一種假想動物奇怪而粗猛的吼叫。

「沒問題嗎？」免色對我呼叫。
「免色先生嗎？」我問。
「是啊，我是免色。」免色說。「有沒有受傷？」
「我想沒有受傷。」我說。聲音終於鎮定下來。「大概，」我補充。
「你從什麼時候開始在那裡呢？」
「不知道。一留神時已經在這裡了。」
「我把梯子放下去的話，你能爬得上來嗎？」
「我想可以。」我說。大概。
「請等一下。我現在就把梯子放下去。」
在他從什麼地方搬梯子過來之間，我慢慢讓眼睛習慣陽光。還沒辦法完全睜開眼睛，但已經沒必要用雙手遮住臉了。幸虧不是多強的陽光。可以確定是白天，但天空可能是陰天吧。或者是接近黃昏了。終於有金屬梯子放下來的聲音。
「再給我一點時間。」我說。「因為眼睛還不太習慣光線，必須讓它不刺痛。」
「當然。慢慢來。」免色說。
「可是這裡怎麼會變成這麼暗呢？一線光都照不進來。」
「我兩天前，在這蓋子上又用塑膠布把它完全遮住。因為有人把蓋子打開的形跡，所以我從我家拿了厚的塑膠布來，在地面打了金屬樁用繩子綁緊，讓別人無法輕易打開蓋子。免得附近有小孩不小心掉進去很危險，當然當時仔細確認過洞底下沒有任何人。怎麼看都是完全無人的。」

原來如此，我明白了。蓋子上是免色用塑膠布封起來的。因此洞底下才會變成完全漆黑一片。事情這樣就說得通了。

「後來封布並沒有被拆開的形跡。還跟我蓋起來的時候一樣。可是，你到底是怎麼進到那裡面去的呢？我真不明白。」免色說。

「我也不明白。」我說。「一留神時，已經在這裡了。」

我無法再多說明。而且也不打算說明。

「要不要我下去那裡？」免色說。

「不，請你留在那裡。我上去。」

眼睛終於可以稍微睜開一點。雖然眼睛深處還有謎般的幾個圖形在轉著漩渦，但意識的作用似乎沒有問題。我看清楚梯子靠牆立著的位置，想舉起腳踏上那一階，但腳無法順利著力。感覺好像不是自己的腳似的。因此一邊花時間慎重確認過踏腳點後，才一段一段登上那金屬梯。隨著接近地面，空氣變得更新鮮。現在鳥啼聲也陸續傳進耳裡了。

手能攀到地面時，免色緊緊握住我的手腕，把我拉到地上。出乎意料之外強而有力的手。可以安心把身體交給他的力道，我衷心感謝那力道。然後就那樣倒在地上朝天躺著。頭上看得見淡淡的天空，正如所想的那樣天空被灰色的雲覆蓋著。時刻不清楚。有小而堅硬的雨滴打在臉頰和額頭上的觸感。我慢慢地細細地盡情享受那不整齊的觸感。以前從來沒有留意過，但雨這東西竟然擁有這麼令人欣喜的觸感。啊，竟然是如此充滿生命力的東西。就算那只是初冬的冷冷的雨。

「肚子好餓，喉嚨也好渴。而且非常冷，身體好像凍成冰塊了。」我說。那是我能說的全部了，牙齒咖答咖答響。

他抱著我的肩膀般，我們慢慢走在雜木林裡的路上。我步調無法適當配合，因此像被免色拖著走似的。免色的肌力比看來強得多，一定是在自己家健身機上每天鍛鍊的。

「有家裡的鑰匙嗎？」免色問。

「玄關右側有盆栽。鑰匙在那下面。大概。」我只能說大概。這個世界沒有一件能擁有確信斷言的事。我還因為冷而牙齒上下打顫，自己都無法好好聽清楚自己在說什麼。

「麻里惠中午過後，已經安全回到家了。」免色說。「真是太好了。我也鬆一口氣。大約一小時前，秋川笙子小姐跟我聯絡。我打了好幾次電話到你家，一直都沒有人接電話。因此非常擔心，所以過來這裡看看。於是在雜木林的深處微微傳來那鈴聲。因此我想說不定有什麼情況，於是把封布拆開看看。」

我們穿出雜木林，走出開闊的地方。色免的銀色Jaguar像平常那樣靜靜停在房子前。依然一塵不染。

「為什麼那輛車，經常都那麼美？」我試著問免色。或許並不適合在這樣的狀況下問。不過這是我從以前就想問的事情。

「這個嘛，為什麼噢？」免色不太感興趣似地說。「沒什麼特別的事的時候，我會自己洗車。每個角落都洗乾淨。而且，一個月有一次讓專門的業者過來，幫我打蠟。當然停在車庫裡有遮風擋雨。只有這樣而已。」

只有這樣而已，我想。聽到這個，半年之間都讓風吹雨淋的我的Toyota Corolla廂型車一定會垂頭喪氣吧。說不定會昏倒。

免色從盆栽下拿出鑰匙，打開玄關的門。

「對了，今天是星期幾？」我問。

「今天？今天是星期二。」

「星期二？真的嗎？」

免色為了慎重起見重新回溯記憶。「昨天是星期一，是回收瓶罐的日子，所以今天沒錯是星期二。」

我去雨田具彥的房間拜訪是星期六，然後經過三天了。那是三星期、三個月，或三年也絕不奇怪。不過總之是經過三天。我把這個刻進腦子裡。然後我用手掌摸摸下顎，但那裡並沒有長出三天份鬍鬚的痕跡。下顎不可思議地光滑。為什麼呢？

免色把我帶到浴室去。讓我沖熱水淋浴，讓我換過新的衣服。穿過的衣服全都被泥土弄髒了，磨得破洞累累。我把那全部收在一起丟進垃圾桶。身體到處都摩擦變紅，但沒看到受傷似的地方，至少沒有流血。

然後他帶我到餐廳去，讓我坐在椅子上，首先讓我慢慢一點一點喝少量的水。我花時間把大瓶礦泉水喝光一瓶。在我喝水之間他在冰箱找到幾個蘋果，幫我削皮。他操刀的手法非常迅速、俐落。我一邊感到佩服，一邊恍惚地看著他作業。削過皮、裝上盤的蘋果，看來無比的高雅，優美。

我吃了那三個或四個蘋果。蘋果竟然是這麼美味的東西，甚至令我感動的美味程度。能想到蘋果這種水果的創造主，我衷心感謝。吃完蘋果，他又不知從什麼地方找出蘇打餅的餅乾盒來。我吃了那個。雖然有點濕氣，但那也是世界上最美味的蘇打餅。在那之間他燒了開水，泡了紅茶，在裡面幫我加了蜂蜜。我喝了好幾杯。紅茶和蜂蜜讓我的身體從內側開始溫暖起來。

冰箱裡沒有多少食材。雖然如此，但仍有許多雞蛋的存貨。

「想吃歐姆蛋嗎？」免色問我。

「如果可能。」我說。我的胃裡總之想被什麼填滿。

免色從冰箱拿出四個雞蛋，打在大碗裡，用筷子快速地挑勻，加入牛奶、鹽和胡椒。然後再用筷子挑勻，手勢熟練。然後點上瓦斯的火，把小型的平底鍋加熱，薄薄地鋪上一層奶油。從抽屜裡找到鏟子，俐落地煎出歐姆蛋。

正如預料的那樣，免色的歐姆蛋煎法簡直完美。可以直接上電視的美食節目的程度。看到那煎蛋卷的做法，全國主婦一定會嘆息。他在煎歐姆蛋方面，或者該說在這方面也驚人的帥，不偷工、效率高而纖細。我只能佩服地看著。歐姆蛋終於移上盤子，和番茄醬一起端到我面前。

美得讓我想寫生地步的歐姆蛋。但我毫不遲疑地用刀子切下，迅速送進口中。那不僅是美麗而已，也是非常美味的歐姆蛋。

「完美的歐姆蛋。」我說。
免色笑了。「沒那麼誇張，以前還做過更好的歐姆蛋。」
那到底是什麼樣的東西呢？也許是長了氣派的翅膀，從東京到大阪可以在空中兩小時飛到的歐姆蛋。
我吃完歐姆蛋後，他把盤子收下。於是我的飢餓終於顯示鎮定下來了。免色隔著桌子坐在我對面。
「可以說一下話嗎？」他問我。
「當然。」我說。
「很累吧？」
「也許很累，不過很多事情必須談一談。」
免色點頭。「這幾天，有好幾個空白必須填滿。」
如果那空白是可以填得滿的話，我想。
「老實說我星期天也來過你家。」免色說。「打了多少通電話都連絡不上，有點擔心所以就過來看看。下午一點左右。」
我點點頭，那時候我正在某個別的地方。……
免色說：「我按了玄關的門鈴時，雨田具彥先生的兒子出來。名字是叫做政彥嗎？」
「是的。雨田政彥，是我的老朋友。這棟房子的主人，他有鑰匙，我不在家的時候他也可以進來。」

「他，該怎麼說呢……非常擔心你的事。說星期六下午你們兩個人去訪問他父親，雨田具彥先生所住的安養中心時，你從他父親的房間忽然不見了。」

我什麼也沒說地點點頭。

「政彥說他因為要接工作的電話而離開一下之間，你就忽然消失了。那個安養中心在伊豆高原的山上，最近的車站走路也相當遠。但也沒看到有叫計程車的叫車紀錄。而且服務台的人和警衛都沒看到你出去。在那之後打電話到你家也沒人接。所以雨田先生很擔心，就特地到這裡來。他真的很擔心你的安全，他想你會不會發生了什麼不好的事。」

我嘆一口氣。「我會另外向政彥說明。他父親在那麼嚴重的時候，我還給他添麻煩。還有，雨田具彥的情況怎麼樣了？」

「不久以前開始好像進入昏睡狀態，意識沒有恢復。兒子當天在中心附近住了一晚。在回東京的途中，到這裡來看看。」

「看來要打電話給他才好。」我搖搖頭說。

「是啊。」免色把雙手放在桌上說。「不過要跟政彥聯絡的話，我想這三天之間你到底在什麼地方做了什麼，可能需要有說得通的說明。還有關於是怎麼從那個中心消失的，一留神時已經回到這裡，只是這樣說的話可能無法令人接受。」

「大概。」我說。「不過，你呢？免色先生，你能接受我說的嗎？」

免色有點顧慮地皺起眉頭，暫時落入沉思。然後開口。「我從以前開始，一直是個以理論思考的人。是這樣被訓練的。不過老實說，關於那小祠後方的洞穴來說的話，我不知道怎麼變得沒辦法那麼講求邏輯了。那個洞裡就算發生什麼事都不奇怪，我有這樣的感覺。尤其在那個洞底下一個人度過一個小時以來，這種心情變得更強烈。那不是單純的洞穴。不過沒有體驗過那個洞穴的人，應該無法理解那種感覺吧。」

我沉默。因為找不到該開口的適當言語。

「也許還是只能以什麼都不記得的這種說法堅持下去吧。」免色說。「不知道人家能相信多少，但除此之外也沒有其他辦法吧。」

我點點頭。大概沒有其他辦法。

免色說：「人生之中有很多無法說明的事情，此外也有不少不該說明的事。如果特別去說明的話，或許有時也會失去其中最重要的東西。」

「您也有過這種經驗嗎？」

「當然有。」免色說，稍稍微笑。「有過幾次。」

我把剩下的紅茶喝掉。

我問：「那麼秋川麻里惠，有沒有受傷？」

「只是滿身是泥，好像有輕微擦傷，不過沒有嚴重的傷。好像只有跌倒和擦傷的程度，和你的情況相同。」

和我相同？「她這幾天，在哪裡做什麼呢？」

免色面有難色。「關於這種事，我完全什麼都不知道。只知道稍早以前麻里惠回到家。滿身是泥輕微擦傷。我只知道這些。笙子小姐心情還很混亂，好像還沒辦法在電話中詳細說明。我想等到事情稍微安定以後，你可以直接問笙子小姐比較好。或者，如果可能的話，問麻理惠本人。」

我點點頭。「是啊，我會。」

「差不多該睡覺了比較好吧。」

被免色這樣一說，我才第一次發現自己非常睏。在洞穴裡那樣深深地昏睡過（應該是睡著的），依然睏得難以忍受。

「是啊，也許睡一下比較好。」我一邊恍惚地望著免色重疊放在餐桌上端正的雙手手背一邊說。

「請慢慢休息，那樣是最好的。還有什麼我可以效勞的地方嗎？」

我搖搖頭。「謝謝。現在什麼都想不起來。」

「那麼我也差不多該告辭了。如果有什麼請不用客氣打電話給我，我想我會一直在家。」這樣說完，免色慢慢從餐廳的椅子上站起來。「不過幸虧能找到麻里惠，而且也很幸運能幫你出來。老實說，我最近幾天也不太有睡。所以回家以後也想稍微睡一下。」

於是他就回去了。就像每次那樣聽得見車門關上的堅固確實的聲音，響起深沉的引擎聲。我確定那聲音走遠消失之後，脫掉衣服上床。頭躺在枕頭上，只想起一下古鈴的事（這麼說來鈴和手電筒都還放在那洞底下），便落入深深的睡眠中。

57 那是我遲早必須完成的事情

醒來的時候是二點十五分。我還在深深的黑暗中。因此一瞬間被自己還在洞穴底下的錯覺所襲，但立刻發現不是這樣。洞底的完全黑暗，和地上夜晚的黑暗質感不同。在地上，無論是多麼深的黑暗還是會包含有光的跡象，和一切光都被遮住的黑暗不一樣。現在是半夜的二點十五分，太陽正好在地球的背面。只是這樣而已。

打開床頭燈，下床走到廚房去，喝了幾玻璃杯的冷水。周遭很安靜，靜得過分的安靜。雖然試著側耳傾聽，但聽不見任何聲音。風也沒有吹。因為已經入冬了所以已經沒有蟲鳴。聽不見夜鳥的聲音，也聽不見鈴聲。這麼說來，第一次聽見那鈴聲正好也是這個時刻。不尋常的事情最容易發生的時刻。

已經睡不著了，睡意完全消失。我在睡衣上穿上毛衣，走進畫室。我發現回到家裡之後還一次都沒有踏進畫室過。我掛念放在那裡的幾幅畫怎麼樣了。尤其是〈刺殺騎士團長〉。聽免色說，我不在的時候雨田政彥到這個房子來過。說不定他有走進畫室，看過那幅畫。當然看一眼他就會知道，那是父親所畫的作品。不過我把那幅畫遮蓋起來。因為擔心所以從牆上拿下來，為了不讓別人看到而特地用白胚布蓋起來。如果政彥沒有掀開來，他應該也沒看到。

我走進畫室，打開牆上的電燈開關。畫室裡也靜悄悄的。當然裡面沒有任何人。騎士團長不在，雨田具彥也不在。那個房間裡只有我一個人在。

〈刺殺騎士團長〉依然遮蓋著放在地上，看不出有誰碰過的痕跡。當然沒有確實的證據。不過看來好像誰都沒碰過的樣子。掀開來時，那下面就有〈刺殺騎士團長〉。那是和我以前所看到的沒有任何改變的畫，上面有騎士團長，有正在刺殺他的唐・喬凡尼，有在旁邊大吃一驚的僕人雷波雷羅，有手放在嘴邊驚慌失措的美女安娜女士。還有畫面左下角，推開四方形地面從洞穴探出臉來的可怕的「長臉的」。

老實說，我在內心的角落暗暗擔憂。我所採取的一連串行為，會不會讓那幅畫中的人事物有什麼改變。例如「長臉的」露出臉後再把地面的蓋子關起來，因此長臉的身影也從畫面上消失了。例如：騎士團長不是被長劍，而是被菜刀殺掉的。但無論多麼詳細地在每個角落檢查看看，畫上面都看不出有任何改變。依然是長臉的推開地面的蓋子，把那形狀奇怪的長臉伸出地面。睜大眼珠凝視著周圍。騎士團長被尖銳的長劍刺穿心臟，噴出大量鮮血。那幅畫依然像平常那樣以一幅擁有完美構圖的繪畫作品放在那裡。我鑑賞了一會兒那幅畫之後，重新用白胚布把它蓋起來。

然後我看看自己一直在畫的兩幅油畫。兩幅都放在畫架上，並排擺著。一幅是橫幅的〈雜木林中的洞穴〉，另外一幅是縱幅的〈秋川麻里惠的肖像〉。我試著輪流注意比較這兩幅畫，兩幅畫都和最後看到的時候一樣。完全沒有改變。一幅畫已經完成，另外一幅畫還等著做最後的收尾。

然後我把畫面朝內靠牆放著的〈白色Subaru Forester的男人〉轉向朝外，我坐在地上重新看那幅畫。從幾種色彩的顏料色塊中，「白色Subaru Forester的男人」正朝這邊注視著。那姿勢並沒有具體描繪出來，但我可以清楚看出，他潛藏在裡面。他在畫刀厚塗的顏料背後，從那裡以夜鳥般銳利的眼睛，筆直凝視著我。那張臉始終面無表情。而且那個男人拒絕——明白顯示自己的姿態——那幅畫被完成。他不希望自己從黑暗中被拉出來，站在光明下。

雖然如此，我也許遲早會把他清楚地描繪出來。會把那個男人從黑暗中拉出來，不管對方多麼激烈地抵抗。現在也許還不是時候，但那是我遲早必須完成的事情。

然後我視線重新回到〈秋川麻里惠的肖像〉。那幅畫我已經畫到不需要她實際來當模特兒的地步，接下來只要一連串技術上的收尾。那麼畫就能達到完成的地步了。那或許能成為，我所有的畫中最得意的作品。至少那畫中，應該看得出秋川麻里惠這十三歲美少女的身影活生生鮮明地浮上來。我有這樣的自負，但我不會完成這幅畫。為了保護她的**什麼**，就必須讓那幅畫保留在未完成的狀態。我知道這點。

有幾件事必須盡早解決才行。一件是打電話給秋川笙子，問她麻里惠回家的經過情形，從她口中聽她說。然後另一件是打電話給柚子，告訴她想跟她見一面慢慢談。我在那漆黑的洞底所下的決心，必須這樣做才行。這種時期已經來臨。然後當然，也要打電話給雨田政彥跟他談談，我為什麼會從那伊豆高原的中心突然消失蹤影，三天之間行蹤不明，有必要說明（那該怎麼說明，說得通嗎？還不知道）。

但不用說，在這黎明前的時刻沒辦法打電話給他們。必須再稍微等到比較正常的時刻再說，那個時刻——如果時間依照平常那樣動的話——大概不久就會到了。我用鍋子熱了牛奶喝，邊吃著蘇打餅，邊望著玻璃窗外。窗外還一片黑暗。看不見星星的黑暗，離黎明還有一段時間，這是一年之中夜最長的季節。

我一時不知道該做什麼才好。最正常的是重新再回到床上躺下來睡覺，但我已經不睏了。我既不想讀書，也不想工作。想不起任何可以做的事，暫且去洗澡吧。先在浴缸放熱水，等熱水夠多前，我在沙發躺下來，只是漫無目的地望著天花板。

為什麼我非要去那地底世界走一趟不可？為了進入那個世界，我不得不親手刺殺騎士團長。他犧牲自己丟失了生命，我則在黑暗世界裡接受了幾個試煉。其中當然不能沒有理由。在那個地底下的世界毫無疑問有危險，有確實的恐怖。在那裡無論發生什麼異樣的事情都不奇怪。而且藉著想辦法穿過那個世界，通過那個程序，我似乎將秋川麻里惠從**什麼地方**解放了出來。至少秋川麻里惠平安回到家了。正如騎士團長所預言的那樣。不過我在地底世界所體驗的事情，和秋川麻里惠回家之間，我無法看出，具體上有什麼並行的關係。

那條河的河水也許具有某種重要的意義。由於喝了那條河的河水，很可能使我的體內產生了某種質變。雖然無法以理論來說明，但我的身體有這種坦率而實際的感覺。由於受到那質變，我在物理上怎麼想都無法穿越的狹窄橫穴，才能穿越到另一邊。而且在克服對封閉地方根深柢固的恐懼感上，有安娜女士和我妹妹Komi帶領、鼓勵我。不，安娜女士和Komi或許是一體的。她也許是安娜女士，同時也可能是Komi。她們保護我克服黑暗的力量。同時可能也保護了秋川麻里惠的人身安全。

不過秋川麻里惠到底被幽禁在什麼地方？何況她是真的被幽禁在什麼地方嗎？我把企鵝的護身符給了擺渡人「沒有臉的男人」（不得不給他），不知道她身上有沒有受到什麼不好的影響？或相反，那個玩偶在某種形式上發揮了保護秋川麻里惠身體安全的作用了嗎？

疑問的數量只有增無減。

或許可以從終於現身的秋川麻里惠自己口中多少問出一些事情的始末。以我來說只能等候。不，等到以後，說不定事實還是完全弄不清楚就結束了。秋川麻里惠自己身上發生了什麼事，她也許完全沒有記憶。或許就算記得，但她說不定也決心不想告訴任何人。

（就和我自己也是這樣一樣）。

無論如何，我在這個現實世界能再度見到秋川麻里惠，兩個人有必要單獨好好談談。關於這幾天之間彼此身上所發生的事，如果可能的話有必要交換情報。

但這裡真的是現實世界嗎？

我重新環視自己周圍的世界。這裡有我看慣的東西。有從窗戶吹進來的風，風中有和平常同樣的氣味，聽得見聽慣的聲音從周圍傳來。

不過那或許只是猛一看像現實世界而已，其實或許並不是。這裡是現實世界，也許只是我認為而已。也許我進入伊豆高原的洞穴，穿過地底的國度，三天後又從錯誤的出口回到小田原郊外的山上出來了。我所回來的世界，和我所出去的地方不保證是同一個世界。

沒有任何保證。

我從沙發上站起來，走進浴室脫掉衣服。然後重新再把身體沖洗一次，每一個角落都用肥皂仔細洗過，頭髮也仔細洗過、刷牙、用棉花棒清耳朵、剪指甲、刮了鬍子（雖然並沒有長多長），再換一次新的內衣。穿上熨斗剛燙過的白色棉襯衫，穿上燙過有摺痕的卡其色棉長褲。我努力盡量以端正的儀容面對現實世界。但天還沒亮，窗外還一片漆黑。甚至感覺早晨好像永遠都不會來臨似的。

但不久早晨來臨了。我泡了新的咖啡，烤了吐司塗上奶油吃了。冰箱裡幾乎沒有食物了。只剩下兩個雞蛋、舊的牛奶和剩下不多的青菜而已，今天之內必須去買菜才行，我想。

我在廚房洗著咖啡杯和盤子之間，想起好久不見的年長人妻女友。到底多久沒見面了？不看日記想不起正確日期，不過總之相當久了。我周圍最近一連發生了各種事情——幾件預料不到的不平常事情——因此有一陣子沒有收到她的聯絡，一直沒有想到。

為什麼呢？因為至少每星期她會打兩次左右電話來。「你在做什麼，你好嗎？」不過我不能打給她。她沒有告訴我手機號碼，我也不用電子郵件。所以如果想見面，只能等她打電話來。

不過早晨過了九點，正好在朦朧地想著她的時候，這位女朋友打電話來了。

「有事情必須跟你說。」她省略打招呼，直接這樣說。

「好啊，妳說吧。」我說。

我拿起電話，靠在廚房的櫃檯說。剛才覆蓋著天空的厚厚的雲已經稍微開始散開，初冬的太陽從那縫隙間怯生生地露出臉來。天氣似乎漸漸在好轉。但她的話似乎不太妙的樣子。

「我想最好不要再跟你見面了。」她說。「很遺憾。」

她是不是真的覺得很遺憾，光從聲音的感覺無法判斷。她的聲音顯然缺乏抑揚頓挫。

「那有幾個原因。」

「幾個原因。」我照著她說的話重複。

「首先第一點，我先生好像有點開始懷疑我。可能感覺到有什麼跡象吧。」

「跡象。」我重複她的話。

「既然有這樣的狀況，女人自然會表現出有跡象之類的。像化妝和服裝好像會變得比以前用心之類的，或換香水啦，或開始熱心減肥啦。不過這些我都注意不要表現出來，但還是如此。」

「原來如此。」

「而且，這種事情也不能永遠繼續下去。」

「這種事情。」我重複她的話。

「也就是說，沒有未來的事。無法解決的事。」

確實正如她所說的那樣。我們的關係怎麼看都是「沒有未來的事」，「無法解決的事」。而且這樣繼續下去也太危險。我這邊已經沒有可失去的東西，但是她那邊總是還有正常的家庭，有上私立女子學校的兩個十幾歲的女兒。

「還有一件事。」她繼續說。「我女兒出現了麻煩的問題，上面那個女兒。」

上面那個女兒。如果我的記憶沒錯的話，成績很好，也很聽父母的話，到目前為止幾乎沒有發生過任何問題，是個很乖的女孩子。

「出現問題了嗎？」

「早上醒來，也不起床。」

「不起床？」

「嘿，我說的話你不要像鸚鵡一樣重複好嗎？」

「抱歉。」我向她道歉。「不過到底是怎麼回事？妳說她不起床？」

「完全就是那樣。大概從兩星期前開始，怎麼都不肯起床，也不去學校。還穿著睡衣，整天躺在床上。誰跟她說話都不回答。東西送到床邊，也幾乎沒吃。」

「有沒有跟心理諮商師之類的談一談？」

「當然有。」她說。「跟學校的心理諮商師談過，不過完全沒有用。」

關於這點我想了一下。但我也什麼都不能說，因為我也沒見過那個女孩子。

「因此已經不能跟你見面了。」她說。

「因為妳必須留在家裡，照顧她才行？」

「這也有關係，不過不只是這樣。」

她沒有再多說什麼，但對她心裡想的事情大約可以明白。她在害怕，而且身為母親也對自己的行為感到沒盡到責任。

「非常遺憾。」我說。

「你覺得遺憾，我想我覺得更遺憾。」

也許是，我想。

「最後我只想說一件事。」她說。而且嘆了一口深深短短的氣。

「什麼樣的事？」

「我想你可以成為一個很好的畫家。換句話說，比現在更好。」

「謝謝。」我說。「對我鼓勵非常大。」

「再見。」

「保重。」我說。

掛斷電話之後，我走到客廳躺在沙發上，一邊仰望天花板一邊想她的事。越想越覺得我們這麼頻繁地見面，居然一次都沒想過要畫她的肖像畫。為什麼不會有這種心情呢？不過代替的是，畫了幾張速寫。在小型素描簿上用 2B 鉛筆，幾乎像是一筆畫似的。大多是她姿勢淫亂的裸體畫，有腳大大張開看得見性器的姿勢，也有正在性交時所畫的。雖然是簡單的線條畫，但都相當寫實。而且徹底猥褻，她非常喜歡那樣的畫。

「你呀，這種討厭的畫還真拿手喔。刷刷刷的沒當一回事的畫，卻非常色。」

「只是好玩嘛。」我說。

這些畫畫了之後，一一都丟掉了。可能被誰看見，這種東西不能留。不過或許也該悄悄留一張左右保管起來。向自己證明，她是真的存在過。

我從沙發慢慢站起來。一天才剛剛開始，而我現在開始有幾個必須談話的對象。

58 在聽火星上美麗運河的事情

我打電話給秋川笙子，時刻是上午九時半過後；世間大部分的人已經開始日常活動的時刻。但電話沒有人接，響了幾次之後轉為錄音留言。現在無法接電話，請在信號之後留言……我沒有留言。她可能正忙著處理姪女的突然失蹤和返家的事吧。每隔一段時間試打了幾次，但依然沒有人拿起話筒。

在那之後我想打電話給柚子，但又不想在上班時間打到辦公室，因此放棄了。決定還是等到午休時間，如果順利的話也許可以長話短說。並不是需要講很久的事。只想問她最近是否可以見個面，具體上只有這樣而已。答案是yes或no就完畢了。yes的話，決定日期時間跟地點。No的話，對話就結束。

然後我——心情有點沉重——打電話給雨田政彥，政彥立刻就接電話。聽到我的聲音，他在電話話筒嘆了一口特大的氣。「那麼，你現在在家嗎？」

是啊，我說。

「等一下我再打給你，可以嗎？」

沒關係，我說。十五分鐘後電話打來。好像是從大樓的屋頂或什麼地方用手機打的。

「你到現在為止，到底人在哪裡？」他以非常罕見的嚴厲聲音說。「從安養中心的房間，什麼也沒說就忽然消失蹤影，也不知道你去哪裡了。我還特地到小田原的家裡去看看情形呢。」

「抱歉。」我說

「什麼時候回來的？」

「昨天傍晚。」

「從星期六的下午到星期二的傍晚，到底在什麼地方漫遊了呢？」

「老實說，在那之間人在哪裡做了什麼，完全沒有記憶。」我說了謊話。

「什麼都不記得了，一留神時自己已經回到家了，你想這樣說嗎？」

「沒錯，就是這樣。」

「我不太明白，不過你這是認真說的嗎？」

「沒有別的辦法說明。」

「不過這個，在我耳朵裡聽起來有一點像是謊話。」

「電影或小說裡不是經常有嗎？」

「饒了我吧。看電視、電影或戲劇，一看到喪失記憶的事情，我會立刻關機。因為當成道具來用的話也未免太容易了吧。」

「喪失記憶，希區考克不是也用過嗎？」

「《意亂情迷》嗎？那是希區考克影片中的二流作品。」政彥說。「所以真正是怎麼樣呢？」

「現在這時候，到底發生了什麼事，我自己都不太清楚。很多片段沒辦法適當銜接。等過一段時間，記憶可能會漸漸恢復。我想到時候應該可以好好向你說明，不過現在不行。很抱歉再稍微等一等。」

政彥考慮了一下，終於放棄了似的說。「知道了。現在就當你喪失記憶吧。不過不是跟麻藥、酒精中毒、精神病、壞女人、太空人的綁架之類的有關吧？」

「沒有，也和違反法律或社會倫理的事無關。」

「社會倫理怎麼樣都無所謂。」政彥說。「不過，只有一件事可以告訴我嗎？」

「什麼事？」

「星期六下午，你是怎麼從伊豆高原的中心出來的？那裡出入的警戒非常嚴格。因為入居者有不少名人，他們擔心私人情報外流，所以非常注意。入口有服務台，有保全公司二十四小時的警衛守門，也有監視錄影。不過你居然在大白天，沒有被任何人目擊到，監視錄影也完全沒拍到，竟然可以從那裡忽然消失掉。是怎麼辦到的？」

「因為有一條密道。」我說。

「密道？」

「不被任何人看見還能出去的通道啊。」

「少來了，你怎麼會知道有那樣的東西？還是第一次到那裡的人對嗎？」

「是你父親教我的。應該說是用暗示的吧，完全是間接的。」

「我父親？」政彥說。「聽不懂你說的意思。我父親的頭腦現在幾乎已經變成水煮花椰菜了啊。

「那也是無法說明的事情之一啊。」

「真沒辦法。」政彥嘆一口氣說。「如果對方是普通人的話，我會生氣的說『別開玩笑了』，不過因為是你，所以只好放棄了。反正是畫油畫過一輩子的奇人、怪胎呀。」

「謝謝。」我道謝說。「對了，你父親的情況怎麼樣了？」

「星期六，我打完電話回到房間時，到處都看不見你的影子，我父親昏睡不醒，呼吸也變得非常微弱，我真的也嚇到了。到底發生了什麼事。雖然我不認為你做了什麼，不過就算我這樣想也沒辦法吧。」

「實在覺得很抱歉。」我說。這是我真心的。但同時，騎士團長被刺殺的屍體，還有地上的血海沒留下痕跡這一點，我不得不鬆一口氣。

「你覺得抱歉是當然的。於是，我就在附近的一家民宿訂了房間陪我父親，他呼吸安定，似乎總算恢復安穩一點的狀態了，第二天下午我就回東京了，還有一大堆工作。我想這個周末還要再去陪他。」

「你也真辛苦啊。」

「沒辦法。之前我不是說過，一個人死去這件事，是非常大的事。最辛苦的怎麼說還是本人，沒得抱怨。」

「但願有什麼我能幫得上忙的。」我說。

「什麼都幫不上忙了。」政彥說。「你別再給我添麻煩就很感謝了……啊，對了，我在回東京的途中，因為擔心你就彎過去那邊看看，那時候那位免色先生也來了喔。開著漂亮的銀色Jaguar的白頭髮英俊紳士。」

「嗯，後來我見到免色先生了。他也說那時候你在家裡，你們還談了一下。」

「只在玄關談一下而已，感覺是個滿有意思的人物。」

「非常有意思的人物。」我保守地更正。

「做什麼的人呢？」

「什麼也沒做。因為錢太多了不需要工作。就只有上網做做股票和外匯交易之類的，聽說那只是興趣而已，或者說是兼具實利的一種消遣。」

「那真是太帥了。」政彥佩服似地說。「怎麼好像，在聽火星上美麗運河的事情似的。在那裡火星的人們用黃金打造的船槳，划著船頭尖尖的細長小船。一邊從耳洞吸著蜂蜜香菸。光是聽著心都覺得溫暖起來……對了，還有我上次放在你那兒的魚刀找到了沒有？」

「很抱歉沒找到。」我說。「不知道跑到哪裡去了。下次我買一把新的還你。」

「不，不用擔心那個。大概跟你一樣，不知道跑到哪裡去喪失記憶了。不久就會回來吧。」

「大概。」我說。原來那把魚刀沒有留在雨田具彥的房間裡。和騎士團長的屍體和血海一樣，不知道消失到哪裡去了。或許正如政彥所說的那樣，不久之後就會回來這裡。」

到這裡，話就結束了。約好過幾天再見面，我們就掛斷電話。

然後我開著滿是灰塵的Corolla廂型車下山，到購物中心去採購。到超級市場去，混在附近的主婦們之間買菜。上午的主婦們臉上表情都不怎麼快樂，可能因為她們的生活裡不太發生刺激的事情，沒有像在隱喻的國度搭渡船般的事情吧。

我買了肉、魚和青菜，牛奶和豆腐，眼睛看到什麼就一樣樣往購物車裡放，到收銀台排隊付帳。我自己帶了購物袋，說不用收銀台的塑膠袋，因而節省了五圓。然後再到廉價的酒店，買了一箱札幌罐裝啤酒二十四罐裝。回家，整理好買來的東西，放進冰箱。該冷凍的東西用保鮮膜包好冷凍起來。啤酒只先冷藏六罐。然後燒一大鍋開水，把蘆筍和花椰菜川燙好準備做沙拉，也煮了幾顆水煮蛋。總之這樣做，總算好好把時間打發掉。因為還剩下一點時間，也考慮過學免色先生洗車，但想到馬上又會積一層灰，立刻就打消念頭。不如再度站在廚房燙青菜還比較有益。

時鐘指著十二點稍過，我打電話到柚子上班的建築事務所。其實本來應該過幾天，等心情告一段落才跟她談的，不過自己在那黑暗的洞穴底下已經下了決心的事，我總之想早一天告訴她。不這樣的話，不知道又會因為什麼而變卦也不一定。不過一想到現在開始就要跟柚子說話時，不知怎麼覺得話筒非常沉重。電話裡聲音明朗的年輕女孩出來接聽，因此我報了自己的名字。然後說我想跟柚子說話。

「您是她先生嗎？」她以明朗的聲音問。

是的，我說。正確說應該已經不是她的丈夫了，不過要在電話上一一說明也不是辦法。

「請稍等一下。」對方說。

我等了相當長的時間。但因為沒什麼特別的事，所以我就靠在廚房的櫃檯把話筒貼著耳朵，一直等候柚子出來。一隻大烏鴉從窗邊振翅飛過。那漆黑艷麗的羽翼浴著陽光耀眼地閃爍。

「喂。」柚子說。

我們打簡單的招呼。我不知道最近剛離婚的夫婦該怎麼打招呼，又該保持什麼樣的對話距離。所以暫且盡量簡單地，照常招呼一遍。妳好嗎？好啊。你呢？我們口中簡短的對話，就像盛夏的陣雨般，被乾燥的現實地面瞬間吸完。

「我想跟妳見一次，好好面對面，談談各種事情。」我乾脆把話說出來。

「你說各種事情，是什麼樣的事情？」柚子問。沒預料到她會這樣反問，（為什麼沒預料到呢？）我一時語塞。各種事情，到底是什麼樣的事情？

「詳細內容還沒好好想。」我有點含糊地漫應著。

「不過你想談各種事情對嗎？」

「是啊。試想起來，我們什麼都沒好好說，只是，就變成這個樣子了。」

她考慮了一下。然後說：「嘿，老實說，我懷孕了。見面是沒關係，只是肚子已經開始脹起來了，你看了可別嚇一跳喔。」

「我知道。有聽政彥說。政彥說是妳拜託他告訴我的。」

「是這樣。」她說。

「肚子的事我不太清楚，不過如果不太麻煩的話，能見一面我會很高興。」

「等我一下好嗎？」她說。

我等著。她拿出手冊，正在翻頁查行程的樣子。在那之間我努力想起The Go-Go's唱了什麼樣的歌。我覺得並不是如雨田政彥所主張的那麼好的樂團，不過或許他比較對，我的世界觀或許扭曲了。

「下星期一傍晚我有空。」柚子說。

我在腦子裡計算。今天是星期三，星期一是星期三的五天後；免色會拿空瓶罐到垃圾收集場去丟的日子。是我不必去繪畫教室上課的日子。我不必一一去翻手冊，沒有任何預定行程。但免色到底是穿什麼樣子去丟垃圾的？

「星期一傍晚我沒問題。」我說。「哪裡都行，幾點都可以，只要妳指定地點和時間我就會去。」

她說出新宿御苑前那東站附近的一家喫茶店的名字。好懷念的名字。那家喫茶店就在她工作地方的附近，我們還是夫妻時，曾經約在那裡幾次。工作完畢之後，兩個人要去什麼地方吃飯。離那裡有點距離的地方有一家小生蠔吧，可以吃到比較便宜而新鮮的牡蠣。她喜歡一邊喝著冰得透透的Chablis白葡萄酒，加上大量的西洋山葵，吃著小粒的生牡蠣。那家生蠔吧不知道是否還在同一個地方？

「六點過後在那裡見可以嗎？」

可以呀，我說。

「應該不會遲到。」

「遲到也沒關係，我會等。」

那麼，到時候見，她說。然後掛斷電話。

我暫時一直望著手上拿的話筒。我即將去見柚子了，不久就要生下別的男人孩子的分手妻子。見面地點和時間也決定了，沒有任何問題。不過自己是不是做了對的事，現在還不太有自信。話筒依然感覺非常沉重，簡直就像石器時代所做的話筒似的。

不過這個世界上到底真的有完全正確的事，完全不正確的事嗎？我們所活著的這個世界，會不會下雨，有百分之三十會下，或是百分之七十會下的降雨機率。真實可能也像那樣。有百分之三十的真實，有百分之七十的真實。這方面烏鴉就很輕鬆。對烏鴉們來說，無論下雨或不下雨，就是二者之一。牠們腦子裡根本不會閃現百分率這回事。

和柚子談過話之後，我一時之間什麼都無法做。我在餐廳的椅子上坐下來，幾乎都在盯著手錶的針大約過了一個小時。下星期一我要去見柚子，而且談「各種事情」。兩個人面對面是自從三月以來，那是個安靜的下雨天，冷冷的三月星期天下午。她現在則已經懷孕七個月了。那是很大的變化，而另一方面我則依然是沒變的我。幾天前還喝了隱喻世界的水，渡過分隔有和無的河，因此我的內部是否有什麼改變？或者什麼也沒改變？自己也不太清楚。

然後我拿起話筒，試著再打一次電話到秋川笙子家，但依然沒有人接。只有轉成錄音留言而已。我放棄了，在客廳的沙發上坐下來。打了幾通電話之後，已經沒事可做了。好久沒有想進畫室畫畫的心情了，現在雖然想畫，但卻想不起要畫什麼才好。

我把Bruce Springsteen的《The River》放在唱片轉盤上。躺在沙發閉上眼睛，暫時傾聽著那音樂。聽完第一片唱片的A面，我把唱片轉過背面聽B面。Bruce Springsteen的《The River》就是該這樣聽的音樂，我重新這樣覺得。當A面的〈Independence Day〉結束後，要用雙手把唱片拿起來翻到背面，很小心地把唱針放下在B面的開頭。然後流出〈Hungry Heart〉。如果沒辦法做到這樣的話，那麼《The River》這張唱片的價值到底在哪裡？如果要問我非常個人的意見的話，那並不是適合用CD連續聽的專輯。《Rubber Soul》和《Pet Sounds》也一樣。聽好音樂，有所謂聽好音樂該有的作法、聽好音樂的態度。

無論如何，在那張唱片專輯中E Street Band樂團的演奏幾乎接近完美。樂團鼓舞著歌手，歌手激發著樂團。我一時之間忘記了現實中的各種麻煩，只傾聽著音樂中一曲又一曲的細節。

聽完第一張唱片，抬起唱針時，我想到可能也該給免色打個電話比較好。昨天，自從他把我從洞穴底下救出來之後，還沒有談過話。不過不知道怎麼卻提不起勁，對免色我偶爾會有這種心情。雖然大體上他是一個很有深味的人物，但有時跟他見面、談話卻會覺得非常麻煩。那差別非常大。我不知道為什麼。而現在，總之沒有心情聽他的聲音。

結果，我放棄打電話給免色。等過些時候再說吧。一天才剛剛開始。於是我把《The River》的第二張唱片放在轉盤上。但躺在沙發上聽著〈Cadillac Ranch〉的時候，（我們大家有一天也會在Cadillac Ranch見面）電話鈴響了。我把唱針抬起來，走到餐廳去拿起話筒。我預料可能是免色。但打電話來的卻是秋川笙子。

「今天早晨打了好幾通電話來的，是不是您？」她首先這樣說。

我打了好幾通電話，我說：「我昨天聽免色先生說，麻里惠回來了，心想不知道怎麼樣了。」

「是的，麻里惠確實平安回到家了。是昨天中午過後的事。我想告訴您這件事，打了幾次電話到府上，但您好像不在家。所以我就試著跟免色先生聯絡。您到什麼地方去了嗎？」

「是的，因為有一件非辦不可的事，所以出了一趟遠門。昨天傍晚才剛回來。本來想打電話的，但那是沒有電話的地方，而且也沒帶到手機。」我說的並不完全是謊話。

「麻里惠一個人昨天中午過後，滿身是泥的回到家裡來。不過幸虧，沒有受到什麼大傷。」

「在失蹤期間，她到底在哪裡呢？」

「那還不知道。」她壓低聲音說。就像怕被誰偷聽到似的。「到底發生了什麼事，麻里惠不肯說。因為報警了，所以警察也到家裡來，問了那孩子很多問題，她一句都沒回答。保持沉默，所以警察方面也放棄了，決定等過一段時間，讓她心情鎮定下來之後，再來了解。反正已經回到家，確定人身安全。總之我問她什麼，或父親問她什麼，她都完全不回答。您也知道的，她是個頑固的孩子。」

「不過您說她滿身泥土是嗎？」

「是啊，全身都是泥巴。身上穿的學校制服也擦破了，手腳上也有輕微擦傷的地方。不過倒還不需要到醫院治療的地步。」

跟我的情況完全相同，我想。滿身泥巴，衣服擦破了。說不定麻里惠也同樣，和我穿過一樣狹窄的洞穴，回到這個世界來嗎？

「而且一句話也沒說嗎？」我問。

「是的，回家之後，還沒開口說一句話。不但不說話，連聲音都完全不出聲。簡直像舌頭被誰偷走了似的。」

「會不會是受到什麼嚴重的打擊，因此沒辦法開口，失去語言能力了，是這樣嗎？」

「不是，我想不是這樣。而是她自己決心不開口的，只是繼續保持沉默，我想。以前也發生過幾次這種事情。因為什麼非常生氣，之類的情況。這孩子只要下定決心要這樣做，無論如何她都要貫徹始終。」

「沒有什麼犯罪性的事吧？」我問。「例如被誰誘拐，或被監禁之類的？」

「這個也不清楚。畢竟本人完全不開口，所以再過一段時間，等心情平靜之後，警察還要調查。」秋川笙子說。「所以很抱歉，我想拜託老師一件事情。」

「什麼樣的事？」

「如果方便的話，可以跟麻里惠見個面，試著談一談好嗎？只有兩個人。這孩子只有對老師，還肯敞開心來談，我覺得她似乎有這樣的部分。所以如果以老師為對象的話，說不定會說出什麼來也不一定。」

我右手依舊握著話筒，試著考慮了一下這件事。和麻里惠兩個人，到底能談出什麼，又該如何談才好，我完全沒有想法。我有我自己的謎，我相信她也有她自己的謎（應該有）。一個謎加上另一個謎，重疊起來，能浮出什麼答案來嗎？但是當然不可能不見她，也有幾件事情不得不跟她談。

「可以呀，跟她見面談談看。」我說。「那麼，我該去什麼地方才好呢？」

「不，就像平常那樣，由我們到府上去拜訪。我想那樣會比較好，當然我是說如果老師認為方便的話。」

「很好。」我說。「我沒有什麼特別的行程安排。所以只要妳們方便的時候，隨時歡迎。」

「現在過去也可以嗎？今天反正學校也請假了。當然，如果麻里惠願意過去的話。」

「她什麼都不用說。我這邊有幾件事想跟她說，請妳這樣轉告她。」我說。

「我知道了。我會這樣正確傳達，抱歉給您帶來很多麻煩。」那位美麗的姑姑說。然後電話安靜地掛斷。

二十分鐘後電話鈴再響起，是秋川笙子。

「今天下午三點左右，我們過去拜訪。」她說。「麻里惠答應這件事了。雖然這麼說，她只是輕輕點個頭而已。」

三點我會等妳們來，我說。

「謝謝。」她說。「到底發生什麼事了，接下來該怎麼做，我什麼都不知道，真是束手無策。」

我也很想說我也一樣，但沒說。她需要的應該不是這樣的答案。

「我會盡量試試看，雖然沒有自信會不會順利。」我說。然後掛斷電話。

放下話筒之後，我悄悄環視四周一圈。心想，看看騎士團長的身影會不會出現。但是到處都沒看到他的影子，我好懷念騎士團長。他那模樣，他那奇怪的說話腔調。但我再也見不到他的身影了，是我親手把那小小的心臟刺穿的。用雨田政彥帶來家裡的尖銳魚刀。為了從什麼地方救出秋川麻里惠。我必須知道那個場所在什麼地方。

59 直到死把兩個人分開為止

秋川麻里惠來之前，我重新看看原本應該即將完成的她的肖像畫。那幅畫完成時會成為什麼樣的畫面，我可以鮮明地在腦子裡浮現。但是那幅畫不會被完成。雖然很遺憾，但那是不得已的事。為什麼那幅肖像畫不能畫完，我還無法正確說明。當然無法提出理論來證明只是感覺到不得不這樣做而已。不過那理由應該不久後會慢慢明白。總之我面對的是極危險的情況，所以必須要非常注意才行。

然後我走出露台，坐在躺椅上，隨意眺望著對面那棟免色的白色豪宅。免除顏色的白髮的英俊的免色先生。「雖然只在玄關談了幾句而已，感覺是個滿有意思的人物。」政彥說。「是個非常有意思的人物。」我有所保留的更正。但現在，我要重新改個說法，是個非常非常非常有意思的人物。

三點前，看慣了的藍色Toyota Prius開上坡來，在房子前和平常相同的地方停車。引擎熄火，駕駛座的門打開，秋川笙子下了車。雙膝併攏優雅的側身下車。然後稍微隔一小段時間，秋川麻里惠從副駕駛座下來。一副嫌麻煩的樣子動作慢吞吞的。到早上為止還覆蓋著天空的雲被吹走了，只剩下初冬晴朗開闊的清澈藍天。含著冷氣的山風不規則地吹拂著兩位女士柔軟的秀髮。秋川麻里惠把垂在額頭的前髮嫌麻煩地用手撩開。

麻里惠很稀奇地穿了裙子。長度及膝的深藍色羊毛裙，下面穿著墨藍色褲襪，並在白襯衫上套一件V領喀什米爾毛衣。毛衣顏色是深葡萄色，皮鞋是焦茶色平底休閒鞋。這樣穿她看來像個高尚家庭呵護長大，極正常的健康美少女，看不出有與眾不同的地方。只是依然看不出胸部的膨脹。

秋川笙子今天，穿著淺灰色緊身長褲，擦得亮亮的黑色低跟鞋。上衣穿著較長的白色開襟毛衣，腰間繫著皮帶。而且從毛衣上可以明顯看出胸部的隆起。手上拿著一個黑色漆皮看來像手提包的東西。女人經常要拿著各式這種東西，看不出裡面到底放著什麼。麻里惠手上什麼也沒拿。因為沒有像平常那樣可以雙手插進去的口袋，因此顯得手足無措的樣子。

年輕姑姑和少女姪女，雖然有年齡的差異和成熟度的差別，但兩位都是美麗女子。我從窗簾的縫隙觀察她們的身影。兩人並排走在一起時，世界彷彿變得稍微明亮了一點似的。就像聖誕節和新年經常一起結伴來臨那樣。

玄關的門鈴響起，我打開門。秋川笙子禮貌地跟我打招呼。我讓兩位進來。麻里惠緊閉嘴唇，一句話也沒說。好像有人把她的上下唇緊緊縫起來了似的。是個意志堅強的少女。一旦決定要這樣就不會退縮。

我像平常一樣帶兩人進入客廳。秋川笙子開始要為這次的事情帶來的麻煩，說起長長的道歉，我當下制止。沒有時間做社交性的對話。

「如果方便的話，暫時讓麻里惠跟我兩個人單獨談可以嗎？」我單刀直入地說。「我想這樣比較好。兩小時左右之後，請您再到這裡來接她。這樣沒關係嗎？」

「好的，當然。」年輕的姑姑稍微有點困惑地說。「如果麻里惠願意的話，我當然沒關係。」

麻里惠非常輕的只點了一下頭示意沒關係。

秋川笙子看了一下銀色手錶。

「五點以前我再過來這裡。在那之間我在家裡等，所以如果有什麼事請打電話給我。」

如果有什麼事我會打電話，我說。

好像有什麼掛念的事，秋川笙子手握著黑色漆皮皮包暫時在那裡無言地站著。然後似乎想開了似的嘆一口氣，嫣然微笑，走向玄關。發動Prius的引擎（雖然聲音聽不太到，但大概發動了），車子往下坡道方向消失了。然後留在家裡的，只有秋川麻里惠和我兩個人而已。

少女在沙發上坐下，嘴唇緊閉，一直看著自己的膝蓋。被緊身褲襪包著的膝蓋緊緊併攏，摺紋筆挺的白襯衫用熨斗燙得非常漂亮。

一時之間繼續保持深深的沉默。然後我說：「嘿，妳什麼都不用說。如果想沉默的話，可以保持沉默。所以不用那麼緊張，我會自個說話，妳只要聽著就可以。明白嗎？」

麻里惠抬起頭來看我，但什麼也沒說。既沒有點頭，也沒有搖頭。只是一直盯著我看。那裡並沒有露出任何感情。看著她的臉時，讓我覺得好像在看一個大大的純白的冬天的月亮。她可能把自己的心一時變得像月亮那樣，浮在空中的堅硬岩塊似的。

「首先我要請妳幫我一個忙。」我說。「請妳到畫室來好嗎？」

我從椅子上站起來走進畫室時，少女稍後也從沙發上站起來，跟在我後面過來。畫室裡冷冷的，我先點起石油暖爐。拉開窗戶的窗簾時，看得見明亮的午後陽光映照山間的景色。畫架上擺著畫到一半的她的肖像畫，那已經接近完成了。麻里惠瞄了一眼那幅畫，然後好像看到不該看的東西似的，立刻把視線移開。

我彎下腰，揭開地板上蓋著雨田具彥那幅〈刺殺騎士團長〉的布，把那幅畫掛在牆上。然後讓秋川麻里惠坐在圓凳上，讓她從正面直接看那幅畫。

「這幅畫以前看過了對嗎？」

麻里惠輕輕點頭。

「這幅畫的標題叫做〈刺殺騎士團長〉，至少包裝上的名牌是這樣寫的。雨田具彥先生所畫的畫，雖然不知道是什麼時候畫的，不過卻是一幅完成度非常高的作品。構圖美好，技法也完美。尤其是每一個人物的畫法非常生動，擁有很強的說服力。」

我在這裡稍微停頓，讓我所說的話確實進入麻里惠的意識。然後繼續。

「不過這幅畫，以前一直放在這棟房子的閣樓上藏起來。為了不讓人看到，還用紙張包起來，應該經過很長的歲月，放在那裡被灰塵蓋住。不過我偶然發現了，把那搬下來放在這裡。除了作者以外看過這幅畫的人，可能只有我和妳。妳姑姑第一天應該也看到了這幅畫，只是不知道為什麼好像興趣完全沒被吸引。雨田具彥為什麼把這幅畫放在閣樓上，原因不明。這麼美好的一幅畫，應該在他的作品中是屬於傑作類的作品，為什麼卻不讓人眼睛看到呢？」

麻里惠什麼也沒說，坐在圓凳上，只以認真的眼光一直注視著〈刺殺騎士團長〉。

我說。「而且我發現這幅畫之後，就像有什麼暗號似的，陸續開始發生很多事情。各種不可思議的事。首先是免色先生這個人物積極地接近我，就是住在山谷對面的那位免色先生，妳也到過他家去吧。」

麻里惠輕輕點頭。

「然後我在雜木林的小祠的背後，把那不可思議的洞穴暴露出來。因為半夜裡聽到鈴聲，順著鈴聲走過去發現那洞穴。或者該說，那鈴聲像從層層堆積的許多大石頭底下傳出來的。那石頭用手實在無法搬動。太大、太重了。於是免色先生叫來業者，用重型機具搬開石頭。為什麼免色先生非要特地去做這麼麻煩的事，我並不清楚，現在也還不明白。不過總之免色先生有這樣的時間和金錢，把石塚完全移開。這樣那個洞穴就出現了。直徑約接近二公尺的圓形洞穴。用石頭堆砌起來非常精緻細密的圓形的石室。到底是誰為了什麼目的做出那樣的東西的，那是個謎。當然妳現在也知道那個洞穴了，對嗎？」

麻里惠點頭。

「那個洞穴打開之後，從裡面出來的是騎士團長。就是這幅畫裡的同一個人。」

我走到畫的前面，指著畫在上面的騎士團長的身影。麻里惠一直注視著那身影，但表情並沒有改變。

「跟這畫上一模一樣的臉，同樣的服裝。只是身高只有六十公分左右而已。非常袖珍的，而且說話方式有點奇怪。不過他的身影似乎除了我以外別人好像看不見。他說自己是Idea，而且說他一直被關在裡面，也就是說我和免色先生把他從那個洞穴裡解放出來。妳知道什麼是Idea嗎？」

她搖搖頭。

「所謂Idea就是觀念或理念的意思。不過並不是所有的觀念都叫做Idea。例如：愛本身可能就不是Idea。不過讓愛成立的東西沒錯，就是Idea。如果沒有Idea愛就無法存在，不過這種事情一開始說起來會沒完沒了。而且老實說，我也並不太了解正確的定義之類的東西。不過總之Idea是觀念，觀念並沒有形體。只是抽象的東西。可是如果只是那樣的話，人的眼睛是看不見的，所以那個Idea在這幅畫裡暫且採取騎士團長的身影，換句話說是借用的，在我前面出現了喔。到這裡為止妳明白嗎？」

「大約了解。」麻里惠第一次開口。「因為之前見過那個人。」

「你們見過面？」我嚇一跳，從正面看麻里惠的臉。我一時之間說不出話。然後忽然想起騎士團長在伊豆高原的安養院對我說的話。稍早以前才見過她來的，他說。還說了很短的話，又說。

……

「妳和騎士團長見過面對嗎？」

麻里惠點頭。

「什麼時候在哪裡？」

「在免色先生家。」她說。

「他跟妳說了什麼吧？」
麻里惠再度把嘴唇閉得緊緊的。好像表示現在不想說的意思。所以我放棄從她那裡問出什麼。
「從這幅畫，也出現了各種人物。」我說。「畫面的左下方可以看見長滿鬍子，臉形奇怪的男人吧。就是這個人。」
我這樣說著，指出長臉的。
「我把這個人姑且叫做『長臉的』，總之是個異形似的東西。身高也是縮小版的，身高大約七十公分左右。他也從畫中跑出來出現在我面前，和畫裡一樣推開蓋子打開洞穴，把我從那裡引導到地下的國度去。雖然如此，不過卻是很粗魯的勉強引導似的。」
麻里惠長久之間看著長臉的身影，但同樣什麼也沒說。
我繼續說：「然後我在穿過那陰暗的地底國度，翻越山丘，渡過激流的河川，然後遇到在這裡的年輕漂亮女子。這個人，配合莫札特歌劇《唐・喬凡尼》裡的角色，叫她做安娜女士。個子也很小。她引導我進入洞窟裡面的橫穴。而且在那裡和我死去的妹妹一起，鼓勵我、幫助我穿過一個地方，如果沒有她們的話，我可能無法穿過那橫穴，而被一直關閉在地底的國度。而且說不定（當然這只是推測而已）安娜女士是雨田具彥年輕時候在維也納留學時的戀人。她是將近七十年前，以政治犯被處刑的。」
麻里惠看著畫中的安娜女士。麻里惠的眼神依然像白色的冬天月亮那樣缺乏表情。
或者安娜女士是被虎頭蜂刺死的，秋川麻里惠的母親也不一定。她或許想保護麻里惠的身體。安娜女士同時也可能是各種東西的表象，不過當然我沒說出這件事。

「然後這裡還有另外一個男人。」我說。我把那放在地上反面朝外的畫轉過來靠牆放著。是畫到一半的〈白色Subaru Forester的男人〉肖像畫。平常看來，畫布上只有用三個顏色的顏料塗滿了似的。但在那厚厚顏料的深處，其實畫有白色Subaru Forester男人的身影。我看得見他的模樣。但其他人的眼裡看不見。

「這幅畫妳以前看過對嗎？」

秋川麻里惠什麼也沒說，只點頭。

「妳說這幅畫已經完成了，妳說這樣就可以了。」

麻里惠再點一次頭。

「畫在這裡的，或即將被畫在這裡的是被稱為『白色Subaru Forester的男人』。我在宮城縣的海邊一個小城鎮遇到這個男人。遇到兩次。簡直像謎一般，好像有什麼用意的相遇。我並不知道他是個什麼樣的人，也不知道他的名字。但有一次想到我必須畫出這個男人的肖像畫。非常強烈的這樣想。於是一面想起他的模樣一面開始畫，可是無論怎麼樣都無法畫完。所以就這樣用顏料把它塗掉。」

麻里惠嘴唇依然閉成一直線。

然後麻里惠搖搖頭。

「那個人還是很可怕。」麻里惠說。

「那個人？」我說。然後追蹤她的視線，麻里惠注視著我畫的〈白色Subaru Forester的男人〉。

「妳是指這幅畫嗎？白色Subaru Forester的男人嗎？」

麻里惠肯定地點頭。她一邊害怕，視線似乎卻又無法從畫轉開的樣子。

「妳看得見那個男人的身影嗎？」

麻里惠點頭。「看得見被塗掉的顏料後面有那個男人。他站在那裡看著我，戴著黑色的帽子。」

我把那幅畫從地上拿起來，再度把它轉向裡面。

「妳可以看見這幅畫裡面，白色Subaru Forester的男人的身影。普通人應該看不見。」我說。「不過妳最好不要再看他。因為我想，妳可能，還沒有必要看那東西。」

麻里惠同意似地點頭。

「『白色Subaru Forester的男人』是不是真的存在這個世界，我也不知道。或許是誰，是什麼，暫時借用這個男人的身影而已，就像Idea借用騎士團長的身影一樣。或者我在那裡，看見了自己的投影而已。不過在真正的黑暗中那個不只是投影而已。那個擁有確實的觸感，是活著的會動的什麼。那個土地的人們把那稱為『雙重隱喻』。我想什麼時候要把那幅畫完成，不過現在還早。現在還太危險。這個世界上有不可以簡單地明白地引出來的東西。但我或許……」

麻里惠什麼也沒說，一直看著我的臉。我在那之後無法好好繼續說。

「……總之得到各種的幫助，我穿越了地底的國度，貫穿了狹窄而漆黑的橫穴，總算回到這個現實世界。而且和那幾乎同時，與那並行的，是妳也從某個地方被解放回來。這種機緣我不覺得只是偶然，妳從星期五開始幾乎四天之間消失到什麼地方去，我也從星期六開始三天之間消失到什麼地方去。兩個人都在星期二回來。這兩件事情應該在某個地方聯繫在一起，而且騎士團長就扮演了那所謂連接點般的角色。不過他已經不在這個世界了，他已經達成任務不知去到什麼地方去了。剩下的只有我和妳，兩個人必須把這個連結閉起來才行。我說的事情妳相信嗎？」

麻里惠點頭。

「這就是我現在在這裡想說的事情，因此請妳姑姑只留下妳跟我兩個人。」

麻里惠一直注視著我的臉，我說。

「我想即使說了真話，其他的誰都無法了解。可能會以為我頭腦有問題而已。因為是道理說不通的，脫離現實的事情。不過我想如果是妳的話一定可以接受。而且如果要說這件事的話，一定要讓對方看〈刺殺騎士團長〉的畫。要不然事情無法成立。不過以我來說，除了妳之外，我不想讓其他任何人看到這幅畫。」

麻里惠默默看著我的臉，她的瞳孔中生命之光似乎稍微逐漸回來了似的。

「這是雨田具彥先生傾注全副精魂所描繪出來的畫，其中凝聚了他各種深刻的思想情感在內。可以說是他流自己血，削自己的肉所畫出來的畫。我相信這是他一生只能畫出一次的那種畫。是他為自己，同時也為已經不在這個世界的人們所畫的畫，換句話說，這是為了鎮魂所畫的畫。為了淨化許多流過的血而畫的作品。」

「鎮魂？」

「鎮靜靈魂，安撫悲傷，療癒傷痛的作品。因此世間無聊的批評或讚賞，或經濟上的報酬，對他來說都是完全沒有意義的東西。反而是不可有的東西。畫出這幅畫，只是存在這個世界的某個地方而已，對他來說已經足夠了。就算是捲在紙裡，藏在閣樓上，不被任何人看見，也無所謂。而我想珍惜他的這種心情。」

深深的沉默暫時繼續。

「妳從以前就常常來這一帶遊走，經過祕密的通路。對嗎？」

秋川麻里惠點頭。

「那時候有遇見雨田具彥嗎？」

「我看過他的身影，但沒有見面談過話。我只是悄悄躲著從遠遠眺望他而已，那位爺爺正在畫畫的時候。因為我是擅自侵入人家的土地的。」

我點點頭，那光景我可以在腦子裡活生生地浮現。躲在樹叢的陰影下，麻里惠悄悄窺探著畫室裡面。雨田具彥坐在圓凳上，正集中精神揮動畫筆。他腦子裡絲毫沒有閃過有誰可能正在眺望自己的這種想法。

「老師剛才說過，希望我幫忙。」秋川麻里惠說。

「對了，正如妳說的。我想請妳幫我一個忙。」我說。「這兩幅畫我要嚴密地包起來，藏到閣樓裡不讓人看到。〈刺殺騎士團長〉和〈白色Subaru Forester的男人〉。我想我們已經不需要這些畫了，如果可以，請妳幫我這個忙。」

麻里惠默默點頭。老實說，這件事我不想光是我一個人做。不只是要人實際幫忙作業而已，而是需要有一個目擊者和見證人。能夠分享祕密，而且口風很緊的人。

我從廚房拿了紙繩和裁刀。然後我和麻里惠兩個人把〈刺殺騎士團長〉緊緊包裹起來。用原來的茶色和紙仔細包裝，用紙繩綁起來，上面再用白色布蓋起來。再用繩子綁起來。包得非常嚴密，不容易輕易打開。〈白色Subaru Forester的男人〉顏料還沒完全乾，因此只是簡單包裝而已。於是抱著這兩幅畫，走進客房的壁櫥。我登上梯凳推開天花板的蓋子（試想起來，這和長臉的推開的四方形蓋子很像），爬上屋頂下的閣樓。閣樓上的空氣涼涼的，感覺反倒很舒服的涼冷。麻里惠從下面把畫遞上來，我接了過來。首先接過〈刺殺騎士團長〉，其次接過〈白色Subaru Forester的男人〉。然後我把兩幅畫並排靠牆立著。

這時忽然注意到，這閣樓上不只我一個人。還有誰在的跡象。我不禁倒吸一口氣，有誰在這裡。不過原來是貓頭鷹，第一次上到這裡時就看到的，應該是同一隻貓頭鷹。那隻夜鳥，停在和上次一樣的樑上，和上次一樣靜悄悄地讓身體休息。我靠近去，也沒特別在意的樣子。那也和上次一樣。

「嘿，妳上來看看。」我往下面的麻里惠小聲說。「讓妳看一隻漂亮的東西，別發出聲音悄悄上來。」

她一臉到底是什麼的表情站上梯凳，從開口部登上閣樓。我伸出雙手拉她上來。閣樓的地上積了一層白白的塵埃，因此應該會弄髒羊毛新裙子，但她並不在意這種事情。我在那裡坐下來指出貓頭鷹停著的樑上。麻里惠在我旁邊跪下來，入迷地看著那模樣。那隻鳥姿態非常美麗，簡直就像長了翅膀的貓一樣。

「這隻貓頭鷹，一直長住在這裡。」我小聲告訴她。「夜晚牠會飛出森林去獵捕食物，早上再回到這裡來休息。那裡是牠的出入口。」

我指著鐵絲網破掉的通風口，麻里惠點點頭。她淺淺的安靜呼吸氣息傳到我耳邊。

我們就那樣什麼也沒說地，安靜眺望著貓頭鷹。貓頭鷹並沒有特別注意我們，只在那裡靜靜地，思慮深沉地讓身體休息。我們在暗默中分享著這個家。白天活動的東西和夜晚活動的東西，各自一半地互相分享著那裡所有的意識領域。

麻里惠的小手握著我的手，她的頭靠在我的肩膀上。我的手輕輕回握她。我和妹妹Komi，也像這樣在一起度過很長的時間。我們是感情很好的兄妹。經常可以自然地把心情互通分享，直到死把兩個人分開為止。

我感覺到緊張從麻里惠的身上消除了。她心中堅硬的僵化東西，逐漸一點一點緩和下來。我撫摸著她靠在我肩膀上的頭，直溜溜的柔軟的頭髮。手碰觸到她的臉頰時，我發現她眼淚流出來，就像從心臟溢出來的血那樣溫暖的眼淚。我就以那樣的姿勢暫時抱著她。這位少女必須流淚，不過沒辦法好好哭泣。可能從很久以前開始就這樣。我和貓頭鷹，無言地守護著她那樣的姿勢。

午後的陽光從破了的鐵絲網通風口斜斜射進來。我們周圍只有沉默和白色的塵埃，彷彿從遙遠的古代送來的沉默和塵埃。連風的聲音都聽不見。而貓頭鷹在樑上，無言中保持著森林的睿智。那睿智也是從遙遠的古代繼承下來的東西。

秋川麻里惠長久之間完全無聲地哭泣著。她持續哭泣可以從她身體的細細顫抖知道。

我持續溫柔地撫摸她的頭髮。彷彿追溯到時間之河的上游那樣。

60 如果那個人物擁有相當長的手

「我在免色先生家，四天之間一直在那裡。」秋川麻里惠說。眼淚一直流個不停之後，她似乎終於可以開口了。

我和她在畫室裡。麻里惠坐在作畫用的圓凳上，從裙子下露出併攏的雙膝。我站在窗邊靠著窗台。她的腿非常漂亮，即使從厚厚的褲襪上依然可以知道。如果再成熟一些，她的腿一定能吸引許多男士的眼光。到那時候胸部也會膨脹起來。不過現在，她還只是一個站在人生入口正感到困惑的不安定的少女而已。

「妳在免色先生的家？」我問。「我真不明白，可以說明得詳細一點嗎？」

「我到免色先生家去，是因為想知道更多他的事情。首先第一點，那個人為什麼每天晚上用望遠鏡偷看我們家，我想知道那原因。我想他是只為了那個，而特地買下那棟大房子的。為了看山谷對面的我們家。不過為什麼非要那樣做不可呢？我實在無法理解。因為實在太不尋常了。我想一定有什麼很特殊的原因。」

「所以妳就去拜訪免色先生家？」

麻里惠搖頭。「不是拜訪，是偷偷跑進去，悄悄的。不過在那裡卻出不來了。」

「偷偷跑進去？」

「沒錯，像小偷那樣。雖然我並沒有打算那樣做。」

星期五上午的課結束後，她偷偷從學校後門溜出來。如果早上沒有請假就沒去上課的話，學校會立刻聯絡家裡。但如果從午休後，悄悄溜出去，下午的課蹺課，學校也不會聯絡家裡。不知道為什麼，但規定就是這樣。到目前為止從來沒做過這種事情，事後即使被老師告誡，總可以想辦法找藉口脫身。她搭巴士回到家附近。但沒有回家，卻往和自己家反方向的山路走到免色家前面。

麻里惠本來並沒有打算偷偷溜進那豪宅。腦子裡並沒有閃過這種念頭。不過雖然如此，也沒打算去按玄關的門鈴，正式請求會面。沒有任何計畫。她只是像鐵片被強烈的磁石吸引而靠近那樣，被那棟白色豪宅所吸引。可想而知，光從圍牆外側看那棟房子是無法解開有關免色的謎的。這種事情可以知道。不過無論如何都無法壓抑好奇心。雙腳擅自往那個方向走去。

在到達那棟豪宅之前，必須走過相當長的上坡路。回頭一看，山與山之間看得見閃亮耀眼的海。豪宅周邊圍著高高的圍牆，入口設有電動式堅固的門扉。兩側裝有防盜用監視錄影機，門柱上貼著警衛保全公司的貼紙，無法隨便靠近。她躲藏在大門附近的樹叢後面，暫時觀察情況。不過豪宅的裡面和周圍，完全看不出動靜。既沒有人進出，也聽不見裡面有任何聲音。

大約三十分鐘左右，在那裡漫無目的地消磨時間，正想差不多該放棄可以回家了時，一輛小貨車慢慢開上斜坡來，是宅配公司的小貨車。小貨車停在門前，車門打開，穿制服的年輕男人，手拿著筆記板、從車上下來。走到門前，按了設在門柱上的門鈴。然後和屋裡不知道誰在對講機簡短對話。過一會兒大木門慢慢往內側打開，男人急忙上小貨車，把車子開進門裡。

沒時間仔細考慮。車子開進去之後她立刻從樹叢後面衝出去，盡全速跑進正在關閉中的門扉裡。時間緊迫，總算在門關閉前順利進入裡面。或許被監視錄影機拍到了也不一定，不過並沒有被盤問制止。更重要的是她怕狗。牆裡是不是有放養狗。她跑進來時沒想到，等進到圍牆裡門關上後才忽然想到。如果是這麼大的房子，院子裡一定放養有杜賓犬或德國牧羊犬。如果有大型犬就傷腦筋了，她非常怕狗。不過幸虧沒有狗出來，也沒聽到叫聲。她想，上次到這裡來的時候好像也沒提到狗的事。

她躲在圍牆內的樹叢陰影下觀察情況，喉嚨深處非常乾渴。我好像小偷似的溜進這房子裡了。顯然是侵入住宅——我一定犯法了。錄影的影像會成為確實的證據。

到現在都無法確定自己所採取的行為是否適當。看見宅配公司的送貨車開進大門時，她幾乎反射性地跑進裡面。沒有時間一一去考慮那會帶來什麼樣的後果。只想到這機會難得，要做就趁現在，於是她瞬間就採取行動。與其考慮合理性，不如身體先動起來。不過不知怎麼她並不覺得後悔。

躲在樹叢後面，宅配的送貨車終於從車道開上斜坡來。大門再度慢慢往內打開，小貨車開出門外去了。如果要退出去只能趁現在，趁門還沒關閉之前跑出去。這樣的話就可以回到安全的世界，也不會成為犯罪者。但她沒有這樣做。只躲在樹叢後，從牆內望著大門的門扉正慢慢閉上。一邊緊咬著嘴唇。

然後等了十分鐘。手腕上戴的CASIO G-SHOCK小型手錶，正確地計算出十分鐘，然後她從樹叢後面出來。保持低姿勢避免讓攝影機拍到，快步跑下通往玄關的和緩坡道。時間是二點半。

如果被免色發現時，該怎麼辦才好？她想到這點。不過如果那樣的話，她有自信可以當場順利過關。因為免色似乎非常關心她（或類似）。自己一個人來這裡玩，不過碰巧門打開了所以就走進來。只不過像遊戲的感覺似的。以一副孩子氣的表情這樣說的話，免色一定會相信。那個人想要相信什麼，如果是我說的話他應該會相信。她無法判斷的是，那「深深的關心」是如何成立的——那對她來說是好事還是壞事——這件事。

下了彎彎的斜坡車道的地方，有豪宅的玄關。門旁邊附有門鈴，但當然她不可能按那個。她繞一大圈避開玄關前的迴車道，一邊閃躲著在不同的樹叢後，一邊沿著水泥圍牆以順時針方向前進。玄關旁有可停兩輛車的車庫，車庫的捲門關閉著。再往前進一些，稍微離開房子的地方，有一棟像小木屋般的雅致建築。看來像是客用別棟，再過去還有網球場。對她來說是第一次看到住家內附有網球場的。免色先生在這裡到底跟誰打網球？但那個網球場看來似乎已經很久沒有使用了。連網子都沒掛，球場紅土上堆積著許多枯黃的落葉，畫好的白線也完全褪色了。

房子靠山一側窗戶較小，百葉窗全都拉下來緊閉著。因此從窗外無法看進室內。依然聽不見家裡有任何聲音，也聽不見狗的叫聲。只有偶爾從高處樹枝傳來小鳥的啼叫聲而已。稍微往前進一些，房子後方還有另一棟車庫。也是可以停兩輛的車庫。好像是後來才加蓋的，以便保管很多車子。

房子後面利用山的斜坡，開闢出一片廣闊的日本式庭園。設有踏階，配置巨石、遊步道適度延伸其間。美麗的杜鵑花叢同樣修剪整齊，色調蒼翠的松樹枝幹挺拔延伸到頭上。前方設有亭子，亭子裡擺有休閒躺椅，可以在那裡休息讀書的樣子。也有咖啡桌。到處設有燈籠，有庭園燈。

然後麻里惠繞了房子一圈，走到朝山谷這邊。住宅靠山谷這一側是廣闊的露台。上次造訪這棟房子時，她走出這個露台。站在露台的瞬間，她就知道。免色就從這裡觀察她們家。可以清楚感覺到那跡象。

麻里惠睜大眼睛眺望自己家的方向。她們家隔著山谷就在那裡。如果朝空中伸出手（而且如果那個人物擁有相當長的手的話），幾乎可以搆得到的地方。從這邊看的話，她們家顯得非常無防備。他們的房子在興建的時候，山谷這邊還沒有蓋任何一間房子。在建築法規稍微放寬之後，山谷這邊才開始興建還是最近的事（雖然如此也已經是十多年前了）。所以她所住的房子，並沒有考慮到這邊的視線來設計，幾乎是完全敞開的。如果用高性能望遠鏡，家裡內部可以看得一清二楚。她房間的窗戶，如果想看應該也可以看清楚。當然她是個很小心的少女，所以換衣服的時候一定會把窗簾拉上。但也不能說完全沒有疏忽的時候。免色到目前為止到底看到了什麼？

她走下連結到斜坡上的階梯，走到書房所在的那一樓去，那樓的窗戶百葉窗全部放下，沒辦法看見裡面。所以她走下更下面那層樓，主要功能是工作室。有洗衣房、有燙衣的空間，還有看似讓女傭住的房間，另一側則只有相當寬闊的健身房，排著五六台練肌肉的機器。這邊跟網球場不同，看來都有頻繁使用的樣子。每種機械都擦得閃閃發亮看來還上了油，也掛著練拳擊的沙袋。從那一樓的側面看來，似乎沒有其他樓層警戒那麼嚴密。許多窗戶沒有掛窗簾，從外面可以看到裡面。但所有的門窗都從內部上鎖，無法進入裡面，門上依然貼有保全公司的貼紙，讓小偷死心。如果勉強打開的話應該會立刻通報保全公司。

相當大的房子，這樣寬闊的空間只有一個人住，她實在難以相信。那樣的生活一定很孤獨。住宅是以水泥建築的非常堅固，裝置了所有的設備，嚴密地封鎖起來。雖然沒看見大型犬（或許他不太喜歡狗），為了防止外人侵入，採用了一切防盜手段。

那麼，現在該怎麼辦才好？她完全沒想到什麼方法。既不能進入屋裡，也不能走到圍牆外。免色現在一定在家裡。因為他按了開關開門，收下宅配所送的物品。除了他以外這棟房子沒有別人。一星期有一次清潔人員會進來，因此原則上屋裡只有他在家，沒有外人進來。上次造訪這房子的時候，免色就這樣說過。

既然沒辦法進入屋裡，有必要在外面找個可以隱藏的地方。如果在房子周圍到處亂逛的話，有可能什麼時候會被看見。在到處找過之後，發現後面庭院的角落，有儲存資材的小屋。門沒上鎖，裡面放著庭園工作的器具和水管，堆積著肥料袋。她走進裡面，坐在肥料袋上。當然不能算舒服的地方。不過總之只要在這裡安靜不動，就不會被拍到身影。應該也沒有人會來這裡看望。不久一定會有什麼動靜。只能等到時候再說。

雖然處在無法妄動的狀態，但她身上反倒有健全的情緒高昂感。那天早晨，沖過澡裸體站在鏡子前時，發現乳房稍微有點隆起。這件事或許也讓她的高昂感增添了幾分。當然那也許只是錯覺，因為希望這樣的心情所產生的錯覺。不過從各種角度相當公平地看來，用手碰觸看看，她都可以感覺到過去所沒有的柔軟膨脹感，那好像是有生以來第一次產生的感覺。雖然乳頭還很小（那無法和姑姑的讓她想到像橄欖種子般的那個比較），但已經散發著萌芽似的預兆了。

她一邊想著胸部的微小膨脹，一邊在資材小屋打發時間。她在腦子裡想像膨脹逐漸變大的樣子，擁有膨脹的豐滿乳房生活會是什麼樣的感覺？想像自己穿上像姑姑穿的那種堅實的真正胸罩的樣子。不過那還是很久以後的事吧。因為畢竟今年春天，生理期才剛剛開始。

喉嚨好像開始有點渴，不過暫時還可以忍耐。她看看厚厚的手錶。G-SHOCK指著三點五分。今天是星期五是繪畫教室上課的日子，這從一開始就打算休息不上的。所以沒帶裝畫具的包包。不過，這樣下去，晚餐前回不了家，姑姑一定會擔心。必須先想一想，事後該怎麼說。

可能稍微打了瞌睡。在這種地方這樣的狀況下，自己就算是稍微睡了一下，她也非常難以相信。不過似乎真的在不知不覺之間睡著了。很短的小睡，十分或十五分，大約這樣。或許更短。不過卻睡得相當深。忽然醒來時，意識被切斷了。自己現在到底在哪裡，正在做什麼，一瞬之間感到茫然。那時候她好像正在做著什麼沒頭沒腦的夢。和豐滿的乳房和牛奶巧克力有關的夢。口中還留著唾液。然後她立刻想起來。我是偷偷溜進免色的家，正躲在庭院的資材小屋裡。

有什麼聲音讓她醒來。那是持續轉動的機械聲，說得更正確一點，是車庫門正在打開的聲音。玄關旁邊的車庫捲門發出嘎拉嘎拉的聲音，可能免色開著車子，現在正要出門去了。她立刻走出資材小屋，躡著腳步朝房子的側面往外走。車庫捲門開到底，馬達聲停止。然後車子發動引擎，銀色Jaguar的車頭緩緩率先突出來。駕駛座坐著免色。駕駛座的窗玻璃搖下，雪白的頭髮承受著午後的陽光正閃閃發亮。麻里惠從樹叢後面看著那個樣子。

如果免色頭轉向右邊樹叢的話，應該會瞄到一眼躲在樹叢後面麻里惠的身影。那樹叢的植栽要完全隱藏她的身體還太小。但免色的臉一直朝向正前方。他一邊手握方向盤，一邊正在認真思考著什麼似的。Jaguar就那樣繼續前進，轉過車道的轉彎後就看不見了。車庫的金屬捲門在遙控器操作下，再度慢慢下降。她從樹叢後面跑出來，身體立即滑進即將關閉的車庫捲門空隙。像電影《法櫃奇兵》的印第安納．瓊斯所做的那樣，那也是在一瞬間的反射動作。心想只要能進入車庫的話，就一定可以從那裡進入屋裡。她樣樣當機立斷。車庫門的感應器感覺到什麼瞬間猶豫了一下，捲門再度開始下降，終於完全關閉。

車庫裡停著另外一輛車。附有米色敞篷的帥氣深藍色跑車，上次姑姑非常佩服地看傻眼的車。她因為對車子沒興趣，所以當時幾乎沒怎麼看。車頭非常長，同樣附有Jaguar的車標。不過那是高價的東西，連沒有汽車知識的麻里惠也很容易想像到。一定是很貴重的車子。

在車庫後方，有通往家裡的門。她戰戰兢兢試著轉動門把，知道並沒有上鎖。她鬆一口氣。至少白天之間，通常不會把車庫內通往家裡的門上鎖，不過畢竟免色是一位很小心謹慎的人。所以她不敢期待太多。可能他有什麼重要事情正在思考。只能說很幸運了。

她從那個門踏進家裡。鞋子怎麼辦，她猶豫了一下，結果決定脫下來拿在手上。總不能把那留在這裡。家裡靜悄悄的，好像一切東西都屏著氣息似的。免色不知道出去哪裡之後，現在這個家裡沒有任何人，她確信。現在這棟大房子裡只有我一個人而已。一時之間，要去哪裡要做什麼都是我的自由。

她上次到這裡來的時候，免色帶她們簡單參觀家裡。那時候的事還記得很清楚。腦子裡也大概還記得家裡的位置關係。她首先走到佔了一樓大半空間的大客廳去，從那裡可以走出寬闊的露台。通往露台之間設有拉式大玻璃門。是不是可以打開那玻璃門，她猶豫了一陣子。免色出去時有沒有設定警報裝置的開關。如果有的話，一打開玻璃門的瞬間警鈴就會響起。而且保全公司的警示燈就會亮起來。保全公司首先會打電話到這裡來確認狀況。這時必須告訴對方密碼才能解除警報。麻里惠手上拿著黑色無鞋帶便鞋考慮著。

不過，麻里惠獲得一個結論，免色應該沒有設定警報裝置的開關。因為車庫裡的門沒鎖，所以應該沒有打算出遠門。大概只是到附近買東西或之類的。麻里惠乾脆打開玻璃門的絆扣，從裡面開門。就那樣稍微等一下，警鈴並沒有響，保全公司也沒打電話來。她總算放下心（如果保全公司的人開車趕來的話可不能開玩笑），走出露台。並把鞋子放在地上，從塑膠盒子裡拿出大型望遠鏡。因為望遠鏡拿在她手中太大了，因此試著以露台的扶手當底座靠著看看，但不太順利。環視周圍一圈，看見牆角立著望遠鏡專用的底座般的東西。就像相機的三腳架那樣，顏色和望遠鏡一樣是深橄欖綠。似乎可以把望遠鏡用螺絲固定在那上面。她把望遠鏡固定在那專用底座上，就在旁邊低矮的金屬凳上坐下，從那裡探視望遠鏡。這樣就可以輕鬆地確保視野，而且從對面看不到這邊有人。免色可能經常這樣望著山谷的對面。

她家內部的模樣驚人的清晰。透過鏡頭的視野，一切光景都比實際還要明亮一級，清晰地浮現出來。望遠鏡大概就是具有特殊光學機能可以讓這種事情成為可能的機器。面臨山谷的幾個房間窗簾都沒拉上，因此室內的一切細節都看得非常清晰，好像伸手可以觸及似的。放在餐桌上的花瓶和雜誌都可以看得一清二楚。現在姑姑應該在家裡，但到處都沒看到她的身影。

從隔很遠的距離眺望自己家的內部細節，心情覺得非常不可思議。簡直就像自己已經死掉了（因為不明的原因，一留神時自己已經加入死者那一夥了），從那個世界眺望過去自己住過的家裡時的心情。那裡雖然是自己長久所屬的場所，但現在已經不是自己的住所了。以前曾經那麼熟悉而親密的地方，現在卻已經失去回去的可能性了。有這種奇怪的乖離感。

然後她看看自己的房間。房間的窗戶雖然面對這邊，但是窗簾全都嚴密地拉上沒有縫隙。看慣了花紋的橘色窗簾，被日曬得橘色已經相當褪色了。看不見那窗簾裡面。但如果晚上開燈的話，或許可以朦朧地看得見裡面的人影。至於能看見多少，不實際在晚上到這裡來，用望遠鏡試著看看不會知道。麻里惠試著慢慢移動望遠鏡，姑姑應該在那房子的什麼地方。但卻看不見她的身影。也許在後面的廚房裡正在準備晚餐，或在自己房間休息也不一定。無論如何，從這裡看不見家裡那個部分。

現在好想立刻回到那個家。她心中忽然激烈地湧起這種心情。想回到那裡，坐在熟悉的餐廳坐慣的椅子上，用平常用的茶杯喝熱熱的紅茶。而且想恍惚地看著姑姑站在廚房，正在準備晚餐的模樣。如果能那樣的話該有多麼美好。她這樣想。自己什麼時候會懷念起那個家，到目前為止連一瞬間都沒有想過。她一直覺得自己的家是空蕩蕩的，醜陋的房子。住在那樣的房子裡生活著，真是討厭得不得了。她希望自己能夠趕快長大成人，離開那個家，一個人住到自己喜歡的房子。不過現在，隔著山谷面向對面，用望遠鏡一邊透過鮮明的鏡頭眺望內部，她卻想無論如何趕快回家。因為那裡怎麼說都是**我的場所**。而且是我被保護的場所。

這時耳邊響起輕輕的嗡嗡聲，所以她眼睛離開望遠鏡。然後看見空中有什麼黑色的東西在飛。是蜜蜂。大型身體長形的蜜蜂，可能是虎頭蜂。造成她母親死亡的就是這攻擊性的蜜蜂。擁有非常尖銳的刺。麻里惠急忙跑進屋裡，把玻璃門緊緊關起，鎖上。虎頭蜂接下來還暫時想牽制她似地在玻璃窗外繞著飛。身體甚至好幾次碰到玻璃。然後終於放棄了，或飛到什麼地方去了。麻里惠總算鬆一口氣，手還撫著胸膛。呼吸依然急促，胸部還怦怦跳著。虎頭蜂是她在這個世界上最害怕的東西之一。虎頭蜂是多麼可怕的東西，父親已經對她說過無數次。她也無數次確認過圖鑑上的模樣。而且自己也和母親一樣，說不定哪一天會被虎頭蜂刺死，她在不知不覺間已經開始有這種恐怖的想法。自己或許也和母親一樣，遺傳了對蜂毒過敏的體質，或許哪一天會死掉也沒辦法，不過那應該是很久以後的事。她希望等她知道乳房豐滿起來，擁有堅挺乳頭是什麼樣的感覺，她想要嘗嘗看那種心情，至少一次也好。如果在那之前就被虎頭蜂螫死，未免太悽慘了。

看樣子暫時不要出去比較好，麻里惠想。那兇惡的蜜蜂一定還在這一帶飛著。而且那隻蜜蜂看起來簡直就像鎖定她個人為目標似的。所以她放棄出去外面，決定更詳細地調查屋子裡面看看。

她首先檢查寬闊的客廳一圈。那個房間，和上次看到的時候沒有什麼特別的變化。很大的史坦威演奏型鋼琴，鋼琴上放著幾本樂譜。巴哈的創意曲、莫札特的奏鳴曲、蕭邦的小品，這些技術上好像不是很難的東西。不過能彈到這個地步也已經很不簡單了。這種程度的事麻里惠也知道。她以前也學過鋼琴（不是很高明。因為比起音樂她的心更被繪畫所吸引）。

附有大理石檯面的咖啡桌上，放著幾本書。讀到一半的書。書頁間夾著書籤。一本哲學書、一本歷史、然後兩本小說（其中的一本是英文的）。每一本書的書名她都沒看過，作者的名字也沒聽過。輕輕翻開書頁看一下，但內容好像不是能引起她興趣的書。這棟房子的主人似乎喜歡難以理解的書，喜歡古典音樂。而且有空時，喜歡用高性能望遠鏡悄悄偷窺山谷對面她的家。

他只是一個變態嗎？或者其中有什麼合理的原因或目的之類的呢？他對姑姑感興趣嗎？或者對我？或者對兩個人（有這種可能性嗎）？

其次她決定往樓下的房間探索看看。走下樓梯首先到他的書房去，書房裡掛著他的肖像畫。麻里惠站在房間正中央，望著那幅畫一會兒。以前也看過那幅畫（為了看那幅畫而到這裡來）。但重新仔細看時，漸漸覺得免色好像實際在這個房間似的。因此她停止再看那幅畫。一邊留意眼睛盡量避開那裡，一邊一一檢視他書桌上所有的東西。有蘋果高性能桌上型電腦，沒有打開。因為知道一定是設有複雜密碼的，她不可能突破那個。桌上沒放多少其他東西。有可翻頁式的日曆式行程表。但上面幾乎什麼也沒寫，只有一些地方記錄著看不懂的記號和數字而已。可能真正的日程表打在電腦裡，由幾種機型共有。當然應該全都設有嚴密的安全密碼。免色是個非常小心的人物，不會輕易留下痕跡。

此外桌上只放著一般書房桌上也有的，非常平常的文具而已。鉛筆幾乎全都削得一樣長，尖端尖得非常美。各種紙夾都依不同尺寸分得很細。全白的便條紙安靜地等著被寫上。桌上數字型時鐘規律地刻著時間。總之一切都保持整齊得可怕。「如果他不是做得很好的人造人的話，」麻里惠在心裡想。「免色先生這個人，一定是有什麼奇怪的地方。」

書桌的抽屜當然全都上鎖了，這是理所當然的。他書桌的抽屜不可能不上鎖。此外書房並沒有其他可以看的東西。排列整齊的書櫃和CD櫃，看起來很貴的最新音響設備，幾乎都沒吸引她的注意。那些只顯示他的嗜好傾向而已，對於想了解他這個人並沒有幫助。和他（可能）擁有的祕密沒有關係。

麻里惠離開書房走到昏暗的長廊，打開幾個房間的門。每個房間都沒有上鎖。上次到這裡來的時候，他並沒有導覽這些房間。她們被導覽的是一樓的客廳，樓下的書房、餐廳和廚房而已（還有她借用了一樓的客用洗手間）。麻里惠把那些未知房間的門一一打開看看。第一間是免色的寢室。也就是主臥室，非常寬敞。附有開放式衣帽間和浴室。有很大的雙人床，整理得非常整潔。上面還有鋪絎縫的床罩。因為沒有常住的女傭，因此免色可能自己整理床鋪。就算是這樣也不令人驚訝。枕邊放著焦茶色素面睡衣摺疊得整整齊齊。寢室牆上掛著幾幅小版畫。好像是同一作者的成套作品。床的枕邊放著讀到一半的書。好像是走到哪裡隨時都在看書的人似的。窗戶面對山谷，但不是很大的窗，百葉窗是放下來的。

走進開放式衣帽間時，寬闊的空間裡衣服排得整整齊齊。成套的西裝比較少，大部分是夾克和休閒外套，領帶的數量也不多。好像不太需要正式服裝。襯衫好像都是剛從洗衣店送回來的似的，還套在塑膠袋裡。架子上排著很多皮鞋和休閒鞋。在稍微離開的地方，則排著各種厚度的大衣。品味很好的衣服仔細收在一起，整理得很好。好像可以直接上服裝雜誌的樣子。衣服的量不太多也不太少。一切都保持適當的節度。

衣櫥的抽屜裡，塞滿了襪子、手帕和內衣、內褲。全都沒有皺紋摺疊整齊，整理得美麗整齊。也有專放牛仔褲、POLO衫、長袖休閒衫的抽屜和專門放毛衣的大抽屜。收集著各種色調的美麗毛衣，全都是素面毛衣。但任何抽屜，都無法解開免色的祕密。一切的一切都那麼清潔，全都那麼機能化地分門別類。地上沒有掉落任何灰塵，牆上掛的所有字畫全都排得整整齊齊。

關於免色，麻里惠只明確認知到一個事實。那就是「非常不可能和這個人一起生活」這件事，一般活生生的人是不可能做到這種程度吧。我們家的姑姑雖然也是相當喜歡整潔的人，但卻做不到這麼完美的地步。

下一個房間好像是客房。準備了一張鋪好的雙人床。窗邊有寫字書桌和事務椅。也有小電視。但看起來，實際上好像看不出有客人住過的跡象。說起來更像是被永遠遺棄的房間似的。免色先生好像是個不太歡迎客人的人。不過為了有什麼非常的情況時（想像不到是什麼樣的情況），還是需要準備客用寢室。

隔壁房間幾乎是像儲藏室似的。沒有放一件家具，鋪著綠色地毯的地上，重疊放著十個左右的紙箱。從重量來看，裡面可能塞滿了文件。貼著的標籤上，用原子筆寫了備忘般的記號。而每一個箱子都用膠帶嚴密地封起來。可能是工作上的文件，麻里惠想像。這些箱子裡，可能藏著什麼重大祕密。不過那些可能與我無關，一定是他工作上的祕密。

每個房間都沒上鎖。每個房間的窗戶全都朝向山谷，也都把百葉窗密密放下。明亮的陽光或美麗的視野，在這裡追求這些的人，現在似乎沒有一個人在家。房間是陰暗的，有被遺棄的氣息。

第四個房間對她來說最有興趣，不是房間本身特別有趣。房間同樣也幾乎沒放家具。只有一張餐椅，還有一張沒特徵的小木桌而已。牆上是空白的，一幅畫都沒掛。非常空蕩蕩的。沒有任何裝飾的東西。似乎是平常沒有用到的空房間。不過試著走進衣帽間，打開門扉一看，裡面卻排列著女人的衣服。量不算多。只是普通成年女人，在這裡生活幾天所必要的衣服，一應俱全。可能有定期到這個家裡來住的女人，那個人所穿的衣服，經常準備在這裡吧。麻里惠想像。她不禁皺起眉頭。免色有這樣的女人，姑姑知道嗎？

不過她立刻發現自己的想法錯了。因為衣架上所掛的衣服全都是上一個時代的設計。洋裝和裙子和襯衫全都是有名的名牌物件，很時尚，也很高價，但現在這個時代應該已經沒有女人會穿這種衣服。麻里惠雖然對流行不是很清楚，但這點倒還知道。可能是她出生之前的時代所流行的衣服，而且每件衣服都染上防蟲劑的氣味了，一定是長久一直掛在這裡的。不過可能都保管得很好。因此看不到有被蟲咬過的痕跡。而且每次換季似乎都會做適當的加濕除濕處理，也看不見變色。服裝尺寸是5號。身高大約一百五十五公分左右。裙子的尺寸看起來，身材相當好。鞋子尺寸是二十三公分。

在有幾層的抽屜裡放著內衣、襪子和睡衣。都是為了防塵而套在塑膠袋裡。她從袋子裡拿出幾件內衣來看看。胸罩尺寸是65C。麻里惠從罩杯的形狀，試著想像女人的乳房形狀。可能比姑姑稍微小一點（當然不知道乳頭的形狀）。那裡的內衣都是高級優雅的東西，或傾向舒適性感的東西。應該是經濟上有餘裕的成年女人，把和懷有好感的男人肌膚相親的狀況預先準備，去專門店購買的高級內衣。纖細的絲質和蕾絲，都是需要溫水手洗的。並不是在庭園割草的時候所穿的那種東西。而且都確實染上防蟲劑的氣味。她把那些小心地疊起來，和之前一樣裝進塑膠袋裡，放回衣櫥的抽屜裡關起來。

這些服裝是免色過去——可能十五年或二十年前親密交往的女人身上穿的衣服。這是少女所探尋摸索到的結論。而且由於某種原因，這個穿5號衣服，23號皮鞋，65C內衣的女人，卻將這些品味良好的衣服，整批留了下來。而且已經不再回來了。但她為什麼會留下這麼多奢侈的衣服呢？如果因為什麼原因而分手的話，平常應該會把這些東西帶走吧。當然麻里惠不會知道原因。無論如何，免色先生把留下來數量不少的衣服都很珍惜地保管著。就像萊茵河的小矮人非常珍惜地保護著傳說中的黃金那樣。而且他有時候會到這個房間來，望著這些衣服，拿起來看看嗎？而且在不同季節還會更換不同的防蟲劑吧！（做這件事他不可能會讓別人插手）。

那個女人現在在哪裡，怎麼樣了呢？或已經變成別人的太太了嗎？或因為生病，或遇到事故而死亡了嗎？但他卻到現在依然在追求她的容顏（當然麻里惠，不知道那個女人就是自己的母親，這個我也想不到非告訴她不可的理由。有資格告訴她的可能只有免色而已）。

麻里惠落入沉思。因為這件事，自己對免色先生是否應該懷有多一點好感？——對一個女人長久歲月那麼繼續懷念的深情？或者應該覺得有一點可怕？——對於這麼珍惜而完美地保管那個女人的衣服這件事？

想到這裡時，車庫的捲門打開的聲音突然傳進耳朵。免色回來了。由於精神集中在衣服上的關係，沒注意到大門打開，車子開進來的聲音。必須早一點逃出這裡才行。必須躲到什麼安全的地方去才行。不過這時候，她忽然想到一件事。一件可怕而重大的事。讓她全身陷入恐慌。

露台的地上，她的鞋子還放在那裡。而且望遠鏡從盒子裡拿出來，裝在專用台座上沒有收拾。因為看到虎頭蜂感到害怕，什麼都沒收拾，就往家裡逃進來。什麼都留在那邊。如果免色出去露台看見了（遲早會看見），應該會立刻發現自己不在的時候，有誰侵入家裡。看到黑色無鞋帶便鞋的尺寸，一眼就知道那是少女的東西。免色是頭腦靈光的男人。不需要多少時間，應該就會想到那是麻里惠的東西。他可能會在家裡到處搜尋。而且一定很容易就找到我藏在這裡。

現在跑出去露台，把鞋子收回，把望遠鏡還原，時間都不夠。如果去做這些事，一定中途就會和免色碰個正著。怎麼辦才好呢？她想不到辦法。屏著氣息，呼吸困難，心臟加速鼓動，手腳無力動彈不得。

車子引擎停止，然後聽得到車庫門降下關閉的聲音。不久免色應該就會進到家裡。到底該怎麼辦才好呢？到底該怎麼辦……。她腦子裡變成一片空白。她坐在地上閉上眼睛，雙手掩面。

「在那裡別動就行了。」有誰這樣說。

她以為那是幻聽。但不是幻聽。她乾脆睜開眼睛，眼前有一位身高六十公分左右的老人。那個男人小小的坐在一個矮櫃上。花白的頭髮綁在頭上，身上穿著古代風格的白色服裝，腰間插著小型長劍。她當然剛開始以為那是幻覺。由於陷入強烈的恐慌，以為自己看到實際上不可能存在的東西。

「不，我不是什麼幻覺。」男人個子雖小聲音卻很宏亮地說。「我的名字叫做騎士團長，讓我來幫助諸君吧。」

61 必須做個有勇氣的聰明女孩

「我不是幻覺喲。」騎士團長重複說。「我是不是實際存在的雖然還有一點爭議，但總之不是幻覺。而且我現在是來這裡幫助諸君的。諸君可能正在求助不是嗎？」

「諸君」好像是指我的意思，麻里惠推測。她點點頭。雖然這個人說話方式相當奇怪，但他說的確實沒錯。我當然需要幫助。

「現在才要跑出去露台拿鞋子已經辦不到了。」團長說。「望遠鏡的事情也放棄吧。不過諸君不用擔心。我會盡全力，讓免色君不要出去。至少暫時之間。但是天黑之後就沒辦法。天黑之後他會走出露台，用望遠鏡往山谷對面諸君的家看。那是他每天的習慣。到那時候為止，必須把問題解決才行。我說的事情諸君能理解嗎？」

麻里惠只點頭，示意可以理解。

「諸君要暫時躲在這個衣櫥裡。」騎士團長說。「屏著氣息藏身在這裡。只有這樣沒有別的辦法，等時機到了我會告訴諸君。到那時候之前不可以亂動喔。無論發生任何事情，都不能發出聲音。知道嗎？」

麻里惠再點一次頭。我在做夢嗎？或者這個人是妖精或什麼嗎？

「我既不是夢，也不是妖精啦。」騎士團長讀她的心說。「我是叫做Idea的東西，本來是沒有形體的。但這樣的話諸君的眼睛就看不見，也有很多不方便，所以我就暫且像這樣採取騎士團長的身影。」

Idea，騎士團長……麻里惠不出聲地在頭腦裡重複他的話，這個人可以讀出我的想法。然後啊！她忽然想起來。這個人就是在雨田具彥家裡看過的，橫向細長的日本畫中所畫的人物。這個人一定是從那幅畫裡就那樣溜出來的，所以身體才會這麼小吧。

騎士團長說：「沒錯，我就是借用那幅畫中人物的身影。騎士團長——那意味著什麼，我也不太清楚。不過現在大家都叫我這個名字。在這裡安靜等候吧。時候到了，我會來接諸君。不用害怕，這裡的衣服會保護諸君。」

衣服會保護我？他說的話是什麼意思我不太了解。但對那個疑問他並沒有回答。而且下一個瞬間，騎士團長已經從她眼前消失蹤影，像水蒸氣被空中吸進去那樣。

麻里惠在衣櫥裡屏著氣息。照騎士團長所說的那樣盡量不動，也不發出聲音。免色回家了，走進屋裡來了。他好像是去買東西回來的樣子，聽得見他抱著幾個紙袋窸窸窣窣的聲音。他穿著家居鞋柔軟的腳步聲，慢慢通過她所躲藏的房間前面時，她呼不出氣來。

衣櫥的門扉是威尼斯百葉簾，從那朝下斜的空隙可以透進些微的光線。不是多明亮的光。隨著黃昏的接近，房間可能會變得更暗。從百葉簾的空隙只能看見鋪了地毯的地上而已。衣櫥間裡很窄，充滿了濃濃的防蟲劑氣味。而且周圍被牆壁圍繞著，無處可逃。無處可逃這件事，對少女來說比什麼都可怕。

時候到了，會來接諸君，騎士團長說。她只能相信這句話等候著。而且他還說「衣服會保護諸君」。可能是指在這裡的衣服吧。不知道哪裡的女人，可能是在我出生以前身上穿的舊衣服。那些為什麼會保護我的身體呢？她伸出手，摸摸眼前的花洋裝下襬。粉紅色的料子很柔軟，手指觸感好溫柔。她一時之間悄悄握在手中。手觸摸著那衣服時，不知道為什麼，好像感覺稍微安心。

如果想的話，也許我可以穿上這件洋裝，麻里惠想。這個女人和我的身高可能差不多。尺寸5號的話我穿上也不奇怪。當然因為胸部沒有膨脹，那個地方必須下一點功夫。不過只要想的話，或如果有什麼不得不那樣的理由的話，我也可以換穿上這裡的衣服。這樣想時，不知道為什麼不禁心怦怦跳起來。

經過一段時間之後。房間一點一點逐漸暗下來，黃昏一刻刻接近。她看看手錶。因為太暗看不清字，她按下按鈕打開錶面字盤的燈，時刻接近四點半。應該已經快天黑了。現在白天漸漸縮短。而且天黑後免色會走出露台去。並立刻發現有人侵入他家。在那之前必須出去露台，把鞋子和望遠鏡收拾好才行。

麻里惠一邊心怦怦跳著，一邊等待騎士團長來接她。但騎士團長一直都不現身。事情也許沒那麼順利，免色也許讓他無隙可乘。而且騎士團長這個人物——或所謂「Idea」這東西——真的擁有實力嗎？可以依賴他多少？她都無法推測。但現在只能依賴騎士團長，除此之外也沒有其他辦法。麻里惠在衣櫥間的地上坐下來，雙手抱著膝蓋，從衣櫥門扉的縫隙看著地上的地毯。然後不時伸出手，輕輕握著洋裝的下襬。那對她來說彷彿是重要的命脈似的。

房間裡變得更暗的時候，聽得見走廊再度響起腳步聲。依然是慢慢的柔軟的腳步聲。那腳步聲來到她所躲藏的房間前面一帶時，忽然停住。簡直像聞到什麼氣味似的。稍微停頓一下，然後有門被打開的聲音。是這個房間的門。不會錯。心臟快凍僵了，好像要停止的樣子。而且那個誰（可能就是免色。因為這棟房子裡除了他以外應該沒有任何人）的腳踏進房間裡來，反手慢慢把門關上，發出喀鏘的聲音。那個男人在房間裡。沒錯。那個人物也和她一樣屏著氣息，側耳傾聽，正在尋找跡象。她知道這個。男人並沒有打開房間的燈。在昏暗的房間裡睜大眼睛。為什麼他不開燈呢？要是平常的話首先都會先把燈打開不是嗎？她不明白那理由。

麻里惠從門扉的百葉簾縫隙盯著地上。如果有人靠近這裡的話，應該可以看到那腳尖。現在還什麼都看不見。但房間裡確實有人的跡象。是男人的氣息。而且那個男人——應該是免色（除了免色以外現在會有誰在這棟房子裡呢）——好像在黑暗中一直注視著這衣櫥的門扉，他感覺到這裡有什麼。這衣櫥裡正在發生跟平常不一樣的什麼。那個人物接下來將做的事情是，打開這衣櫥的門扉。除此之外不可能有別的。這扇門扉當然沒上鎖，所以要開是很簡單的事。只要一伸出手把門把往前拉開就行了。

他的腳步聲往這邊走近來。激烈的恐懼抓住麻里惠全身，她腋下冷汗匯成一條往下流。我不該來到這種地方。我該乖乖留在自己家裡，她想。在對面的山上，那讓她懷念的自己家。這裡有什麼恐怖的東西，而且那是我不可以隨便靠近的東西。這裡有什麼意識在作用，而且可能虎頭蜂也是那意識的一部分。而且那什麼，現在正向我直接伸出手來。從百葉簾的縫隙看得見腳尖，穿著好像茶色皮製家居鞋的腳。不過太暗了，其他什麼也看不見。

麻里惠本能地伸出手，用勁握緊掛在那裡的洋裝下襬。尺寸5號的花洋裝。而且默唸著。請救救我，拜託請保護我。

男人在那衣櫥的雙開門扉前，長久站著不動。沒有發出任何聲音。連呼吸聲都聽不見。男人簡直像石雕般身體動也不動一下，只是站在那裡看著的樣子。沉重的沉默和繼續加深的黑暗就在那裡。在地上縮成一團的她身體微微顫抖。牙齒和牙齒相碰發出喀嗒喀嗒的細小聲音。麻里惠想閉上眼睛、塞住耳朵。想把想法整個拋到什麼地方去。但她沒有這樣做。她感覺到不可以這樣做。無論多害怕，都不能讓恐懼支配自己。不可以變成毫無感覺。不可以失去思考能力。所以她睜開眼睛，側耳傾聽，一邊盯著那腳尖，一邊倚靠著緊緊抓著質料柔軟的粉紅色洋裝。

衣服會保護我，她深深相信。在這裡的衣服們是我的夥伴。尺寸5號，23公分，還有65C的全部衣服們會把我包起來似的，保護我，讓我的存在變成透明的東西。我不在這裡。我不在這裡。

不知道經過了多少時間。在那裡時間不是平均畫一的，也沒有順序。雖然如此似乎經過了一定的時間。男人從某一個時間點，伸出手想要開衣櫥的門。有那確實的跡象，麻里惠感覺到。她覺悟到。門將被打開，男人會看到她的身影。而且她將看到那個男人的身影。然後會發生什麼，她不知道。想像不到。**這個男人或許不是免色**。這種想法一瞬間浮現在她的頭腦。**那麼那是誰呢？**

但結果，男人並沒有打開門扉。猶豫了一下之後手收回去，就那樣從門扉前離開。麻里惠不明白，為什麼那個男人在最後的瞬間改變想法。可能有什麼制止他那樣做。而且男人打開房間的門，走出走廊，然後關上。房間裡再度變成無人。不會錯。這不是什麼把戲。這個房間裡已經只有我一個人。她這樣確信。麻里惠終於閉上眼睛，把全身積存的氣一下子大口吐出。

心臟還在快速鼓動。猛敲著洪鐘——如果是小說可能會這樣表現的時候。她雖然不知道，所謂洪鐘是什麼？總之剛剛真的很危險。不過有什麼在最後關頭保護了我，話雖這麼說這個場所實在太危險了。那個誰在這個房間裡感覺到我的氣息不會錯，所以不能永遠躲在這裡。這一次總算順利過去了。但以後就不一定會一直都順利。

她依然等待著。房間裡越來越暗，但她在那裡靜靜等待。只是保持沉默，忍耐著不安和恐怖。騎士團長一定不會忘記她。麻里惠相信他的話。或者說，只能指望那說話方式奇怪的矮小人物，她沒有其他選擇餘地。

一留神時，騎士團長就在那裡。

「諸君可以離開這裡了。」騎士團長以耳語般的聲音說。「現在正是時候。快點，站起來吧。」

麻里惠感到惶惑。依舊坐在地上無法好好站起來。一旦離開這個衣櫥，又有新的恐怖撲上她。這外面的世界或許有更可怕的事情在等著她。

「免色君現在正在沖澡。」騎士團長說。「諸君看他就知道是個喜歡乾淨的男人，他在淋浴室的時間會很長。但當然不可能永遠在那裡，機會只有現在。來吧，快點。」

麻里惠使出全力，總算從地上站起來。然後往外推開衣櫥的門扉。房間裡暗暗的沒有人。她在出去外面之前回過頭來看看，再一次看看掛在那裡的衣服。吸進空氣，嗅著防蟲劑的氣味。她能看見那些衣服，這也許是最後一次。這些衣服不知怎麼對她來說，可以感覺到是非常懷念的東西，非常親近的東西。

「來吧，快點。」騎士團長出聲說。「沒有時間了。走出走廊，往左邊走。」

麻里惠把肩袋揹在肩上，打開門走出外面，從走廊往左邊走。然後跑上樓梯進入客廳，橫切過寬敞的地板，打開朝向露台的玻璃門。或許虎頭蜂還在那一帶。周圍已經完全暗下來了，因此虎頭蜂也許已經停止活動。不，也許是不怕黑暗的蜜蜂，不過也沒時間再去考慮這些事了。她走出露台後，轉動螺絲把望遠鏡從專用台座拿下來，放回原來的塑膠盒裡。然後把專用的腳架摺疊起來，像之前一樣靠牆立著。因為緊張手指無法靈活動作，因此比預料的花時間。然後她拿起放在地上的黑色便鞋。騎士團長坐在矮凳上，看著她的樣子。到處都沒看見虎頭蜂。這件事讓麻里惠鬆一口氣。

「這樣可以了。」騎士團長點頭說。「把玻璃門關上，到裡面去。然後走出走廊，走下樓梯下兩層樓。」

下兩層樓的樓梯？那豈不是往這棟宅子的更深處進去，我不是必須從這裡逃出去嗎？

「現在從這裡逃不出去。」騎士團長讀出她的心，搖搖頭一邊說。「出口緊緊關閉著。諸君只能暫時躲在這裡。這段時間，照我的話去做就好了。」

麻里惠只能相信騎士團長的話。所以走出客廳，躡著腳步走下兩層樓的樓梯。

下了樓梯的地方是地下二樓，這裡有女傭住的房間。那隔壁有洗衣房，再過去有儲藏室。盡頭有排列著運動器材的健身房。騎士團長指著女傭的房間。

「諸君暫時躲在這個房間。」騎士團長說。「這裡免色通常不會來。一天一次會來洗衣服，會下來這裡運動，可是不會去查看女傭的房間。所以在那裡乖乖待著，就不會被發現。房間裡附有洗手間，也有冰箱。為了地震而準備的礦泉水和食物在儲藏室有充足的存貨。所以也不會餓肚子。諸君在這裡可以比較安心的過日子。」

過日子？麻里惠手上拿著便鞋，驚訝地（但沒出聲）問道，過日子？換句話說，我要在這裡過好幾天是嗎？

「很可憐，諸君沒辦法立刻離開這裡。」騎士團長一邊搖著小小的頭說。「這裡是警戒森嚴的地方。在各種意義上，都嚴密地被監視著。這方面我也沒辦法。Idea被賦予的能力很遺憾是有限的。」

「要待多久呢？」麻里惠試著小聲問。「我必須早一點回家才行。要不然我姑姑會擔心。因為行蹤不明，也許她會報警。這樣的話，事情會變得非常麻煩。」

騎士團長搖搖頭。「很遺憾，我一點辦法也沒有啊。諸君只能在這裡安靜等候。」

「免色先生是個危險人物嗎？」

「這是很難說明的問題。」騎士團長說。而且一副很為難的表情。「免色君自己並不是邪惡的人。不如說是比別人具有更高能力，可以說是很實在的人。其中甚至擁有高潔的部分。但同時，他的心中也有特別的空間似的東西，那個結果，可能會召喚來不尋常的東西，危險東西。那才是問題。」

那是什麼意思呢？麻里惠當然無法理解。不尋常的東西？

她問。「剛才在衣櫥前面安靜不動的人，是免色先生嗎？」

「那是免色君的同時，也是不是免色君的東西。」

「免色先生自己有發現這件事嗎？」

「應該有。」騎士團長說。「可能。但那對他來說也是沒辦法的事。」

危險而不尋常的東西？或許她所看到的虎頭蜂，也是那形式之一，麻里惠想。

「沒錯。虎頭蜂一定要非常注意喔。那是絕對致命的生物。」騎士團長讀她的心說。

「致命的？」

「可能會帶來死亡的意思。」騎士團長說明。「現在諸君只能在這裡安靜等著。現在，出去外面會有麻煩。」

「致命的。」麻里惠在心中繼續重複著。感覺到那字眼中帶有非常不祥的意味。

麻里惠打開傭人房走進裡面。那是比免色的衣櫥間稍微大一點的空間。附有簡易廚房，有冰箱和電爐，有袖珍型微波爐，有水龍頭和流理台。有小浴室，有床。床上沒鋪床單，但櫥子裡有準備毛毯、棉被和枕頭。並放著一組可以享用簡單餐飲的簡便餐桌椅。椅子只有一張，朝向山谷有一扇小窗。從窗簾縫隙可以一覽山谷無遺。

「如果不想被誰發現，就在這裡乖乖待著，盡量不要發出聲音喔。」騎士團長說。「知道嗎？」

麻里惠點頭。

「諸君是有勇氣的女孩。」騎士團長說。「雖然有幾分無謀的地方，不過總之有勇氣。而且那基本上是一件好事。但是只有在這裡的時候，要極其小心注意才行。一定不可以疏忽喔，因為這裡可不是到處可見的普通地方。是有麻煩的東西在徘徊的地方。」

「徘徊？」

「就是走來走去轉來轉去的意思。」

麻里惠點頭。這裡是怎麼樣的「不是到處可見的普通地方」？到底是什麼樣的麻煩東西會在這裡徘徊呢，關於這點我想知道更多，但卻沒辦法多問。不知道的事情太多了，到底該從哪裡問起才好。

「我可能沒辦法再來這裡了。」騎士團長透漏祕密似地說。「現在開始我必須去另外一個地方，去做別的不能不做的事情。這是非常重要的事。所以非常抱歉，以後就沒辦法再幫助諸君了。接下來就要靠諸君自己的力量脫身了。」

「不過只靠我一個人的力量，要怎麼樣從這裡脫身呢？」

騎士團長瞇細了眼睛看著麻里惠。「好好側耳傾聽，好好睜眼細看，盡量小心注意敏銳思考。只有這一條路。而且當時機來臨時，諸君應該會知道。啊，現在就是時候了！這樣。諸君有勇氣，是個聰明的女孩。只要注意不掉以輕心，就可以知道。」

麻里惠點頭。我必須做一個有勇氣而聰明的女孩才行。

「打起精神吧。」騎士團長鼓勵似地說。然後忽然想到補充一句。「諸君不用擔心。諸君的胸部會越來越大的。」

「會有65C那樣嗎？」

騎士團長傷腦筋似地歪著頭。「諸君這樣說，我只不過是一介Idea而已。女人家內衣尺寸的事，我可沒有什麼知識。不過總之會比現在大很多不會錯啦。不用擔心。時間會解決一切。所以對於有形的東西，時間是偉大的東西。時間雖然不是永遠有的東西，不過在有的時候，是相當可以發揮效果的。所以好好期待吧。」

「謝謝。」麻里惠道謝說。確實是一個明朗的消息。而且她需要這種能鼓舞自己勇氣的東西，越多越好。

然後騎士團長忽然消失蹤影。依然像水蒸氣被空中吸進去一樣。騎士團長在眼前消失之後，周遭的沉默變得更加沉重。想到可能沒辦法再見到騎士團長時，心情好寂寞。我已經沒有人可以依靠了。麻里惠躺在沒鋪床單的裸床上，注視著天花板。天花板很低，貼著白色石膏板。正中央掛著日光燈。但當然她沒開燈。不可能開燈。

接下來必須在這裡待多久呢？差不多接近晚餐時刻了。七點半之前沒回家的話，姑姑一定會打電話到繪畫教室。然後發現我今天在繪書教室缺席，想到這裡麻里惠心痛起來。

姑姑一定相當擔心，心想我到底發生了什麼事。必須想辦法讓姑姑知道自己平安才行，然後才忽然想到手機放在上衣口袋。但手機是關機的。

麻里惠把手機從口袋拿出來，打開開關。畫面上出現「電池電力不足」。電池剩下的容量完全空白，而且不久畫面就消失了。她已經很久一直忘記充電（她日常幾乎不需要用手機，對那個機器既沒有好感也不關心），所以電池枯竭了既不奇怪，也無法抱怨。

她深深嘆一口氣。至少有時也該充充電，因為會發生什麼事很難說。但現在才這樣說也沒辦法了。她把斷了氣的手機，再放回上衣口袋。但忽然又想到什麼再拿出來。上面平常掛著的企鵝玩偶不見了。那是她在甜甜圈店集點送的贈品，一直當作護身符帶著的。可能是吊環繩子斷了。但是，到底掉在哪裡呢？她想不起來。因為她幾乎沒有把手機從口袋拿出來。

遺失了那個小護身符，讓她心情感到不安。但是稍微想了一下之後改變想法。企鵝的護身符可能在什麼地方不小心遺失了。不過代替的是，那個衣櫥裡的那些衣服，卻成為新的守護者幫助了我。而且那個說話奇怪的矮小騎士團長，也把我帶到這裡來。我還是被什麼保護著，遺失那個護身符別再擔心吧。

除此之外，她身上帶的東西，說來就只有錢包、手帕、零錢包、家裡的鑰匙、剩下一半的薄荷口香糖，這樣而已。肩袋裡的東西則有筆記用具、筆記本、和幾本教科書。沒看到任何能派上用場的東西。

麻里惠悄悄走出女傭室，檢查一下儲藏室的內容看看。這裡正如騎士團長所說的，為了地震而準備的非常食品儲存相當豐富。小田原這個山區地盤算是比較堅固的，因此地震的受害程度應該不太大。一九二三年關東大地震的時候，小田原市內雖然受到很大的損害，但這一帶的受害則相對輕微（她小學時候當成暑假的研究課題，調查過關東大震災時小田原附近的受害狀況）。但是地震之後，食物和水的取得卻變困難。尤其像這樣的山上，所以免色為了災害做準備，才不疏忽地儲備著這兩樣東西吧？真是個心思無比周密的人哪。

她從儲藏室拿出兩瓶礦泉水、一包蘇打餅，和一片巧克力，帶回房間。拿出這樣的量的話，應該不會被發現吧。無論免色是多麼細心的人，總不會去一一計算礦泉水的數量吧。她帶礦泉水過來，是想盡量不要用水管。不知道水管會發出什麼樣的聲音。騎士團長說過，盡量不要發出聲音。不得不注意。

麻里惠走進房間後，從內側把門鎖上。當然不管怎麼鎖門，免色應該也有這門的鑰匙。不過至少可以爭取一點時間，至少可以安心一點。

雖然沒有食欲，但她還是試著嚼了幾片蘇打餅，喝了水。非常普通的蘇打餅，非常普通的水。為了慎重起見確認一下標示，兩種都在賞味期間之內。沒問題，我在這裡不會挨餓。

外面已經完全暗下來。麻里惠把窗戶的窗簾打開一個小縫，往山谷對面那邊看看。那裡看得見她的家。因為沒有望遠鏡，所以看不見房子內部，但看得見幾個房間的燈是亮的。睜眼注意看也看得見人影似的。是姑姑在那裡，到了平常該回家的時刻我還沒回到家，她一定很焦慮。有什麼地方可以打電話嗎？什麼地方一定有固定的電話機。「我沒事不用擔心」只要這樣短短說完就掛斷。短短的說的話，免色先生應該不會注意到吧。但是這個房間裡，或附近任何地方，都沒看到電話機。

夜晚之間，不能趁黑暗的掩護而從這裡脫身出去嗎？我看看什麼地方有梯子，可以翻出牆外？記得在庭園的資材小屋裡好像看過有折疊式梯子。但她想起騎士團長所說的話。這裡是警戒森嚴的場所。在各種意義上，都被嚴密監視著。而且在說「警戒森嚴」時，他應該不只是指保全公司的警報系統而已。

最好相信騎士團長所說的話，麻里惠這樣想。這裡不是普通的場所。是各種東西在徘徊的場所。我必須很小心才行。我必須很有耐心才行，最好不要做輕舉妄動的事情。正如騎士團長所說的那樣，暫時留在這裡，乖乖看情形再說。等待機會來臨。

到那個時候，諸君應該就會知道。現在正是時候。諸君是有勇氣的聰明女孩，會知道的。是的，我必須做個有勇氣的聰明女孩才行。而且好好活下去，要看這胸部變大起來的樣子。

她躺在沒鋪床單的裸床上這樣想。周圍越來越暗。而且更深的黑暗即將來臨。

62 開始帶有深深迷路般的趣味

時間和她的意志無關，根據自己的原理經過。她躺在那小房間的裸床上，時間以緩慢的腳步從眼前行進、通過的樣子，她只是守望著。因為沒有其他特別的事可做。她想，如果有什麼書可讀的話就好了。但手頭上沒有什麼書，如果有的話，也不能開燈。在黑暗中只能安靜不動。她在儲藏室裡找到手電筒和備用電池，但那也只能盡量不用。

終於夜深了，她睡著了。雖然在陌生場所睡著會感到不安，如果可能希望能一直保持清醒，但在那個時間點已經睏得實在無法忍受。眼睛已經睜不開。在沒鋪床單的床上睡果然很冷，因此她從櫥子裡拉出毛毯和棉被，用那個像蛋糕捲般把自己緊緊捲起來閉上眼睛。既沒有暖氣設備，也沒有空調設備**（這裡關於時間的經過我加入註。麻里惠在那裡睡著時，免色應該離開家，到我這裡來了。而且他住在我家，第二天早晨才回去。因此免色那一夜不在自己家。家裡應該沒有人。但麻里惠並不知道這件事）**。

半夜醒來一次上了廁所，那時沒沖水。白天還好，夜深人靜的深夜沖水的話，聲音被聽到的可能性很大。免色不用說是個很注意的細心的人。稍微有一點變化他都可能發現，不能冒那樣的危險。

那時候看看手錶，時針指著凌晨二點前。星期六凌晨二點。星期五已經結束了。從窗戶的窗簾縫隙，隔著山谷看自己家的方向時，客廳依然燈火通明。已經過了半夜了，因為我還沒回家，因此大家——說起來半夜會在家裡的應該只有父親和姑姑——一定睡不著吧。自己做了不該做的壞事，麻里惠想。連對父親都感到抱歉（這是極稀有的情況）。自己不應該做這麼衝動無謀的事。本來並沒有這個打算的，只是當場感覺到就採取行動了，結果變成這樣。

不過無論多麼後悔，多麼自責，也無法飛越山谷回到家去。她的身體跟烏鴉不同，無法在空中飛，也不能像騎士團長那樣自由地消失又在什麼地方出現。她只是被關在發育途中的身體裡，被時間和空間嚴格限制行動自由的笨拙存在而已。連乳房都幾乎沒有膨脹，簡直就像做失敗的鬆餅似的。

在黑暗中一個人孤零零的，秋川麻里惠當然害怕。而且不得不深深痛感自己的無力。如果騎士團長在旁邊的話就好了，她想。她還有很多事情想問他。雖然對問題他不一定肯回答，但至少有人可以說話。他的說話方式以現代的日本語來說是相當奇怪的，但要理解他的用意並沒有妨礙。只是騎士團長可能再也不會出現在她眼前了。「現在開始我必須去另外一個地方，去做別的不能不做的事情。」騎士團長告訴她。麻里惠因此而感到寂寞。

從窗外傳來夜鳥深遠的聲音。可能是梟或貓頭鷹吧。牠們正藏身在黑暗的森林中，運用著智慧。我也不能輸給牠們，必須運用我的智慧才行。必須成為一個聰明而有勇氣的女孩才行。然而睏意再度襲擊她，實在沒辦法再睜著眼睛了。她再度捲起毛毯和棉被，躺在床上閉上眼睛。落入無夢的深深睡眠。下一次醒來時，天色已經開始漸漸亮了。手錶的針已經繞過六點半了。

世界正在迎接星期六的黎明。

麻里惠星期六一整天都在那間女傭房裡安靜度過。代替早餐的又是嚼蘇打餅、吃幾個巧克力，喝礦泉水。走出房間悄悄進去健身房，從堆積如山的過期日語版《國家地理雜誌》快速拿幾本帶回房間（免色似乎一邊踩腳踏車機，或踏步機時，一邊讀這些雜誌，有些地方還沾上汗的痕跡），一再重複讀著那些。雜誌裡刊載有西伯利亞狼的生態狀況，有關於月亮圓缺的神祕，有因紐特人的生活，有關於每年縮小的亞馬遜熱帶雨林的報導。麻里惠平常是不會讀這些報導的，但因為沒有別的東西可讀，於是把這些雜誌讀得滾瓜爛熟到會背的地步。照片也像快看穿了似的一看再看。

雜誌讀累了之後，有時躺下來小睡片刻。然後又從窗戶的窗簾縫隙眺望山谷對面那邊自己的家。她想如果這裡有那個望遠鏡的話該多好。就可以更詳細地觀察家裡的內部，也可以看到人的動作了。而且好想回去那掛著橘色窗簾的自己房間。泡個熱水澡，把全身每個地方都仔細洗乾淨，換上新的乾淨衣服，然後和自己養的貓一起鑽進溫暖的床上。

上午九點過後，聽見有人慢慢走下樓梯的聲音。穿著室內鞋的男人的腳步聲。可能是免色吧。走路的方法有特徵。想從鑰匙洞往外看，但這個門沒有鑰匙洞。她身體僵硬，在房間角落的地上縮著身體坐著。如果這扇門被打開的話，根本沒有地方可逃。免色應該不會來這個房間視察，騎士團長說過。只能相信他說的話。但當然誰也無法預料會發生什麼事，因為這個世界沒有任何百分之百確實的事。她屏著氣息，回想衣櫥裡的衣裳，默唸著拜託不要發生任何事情。喉嚨深處喀拉喀拉好渴。

免色似乎拿著要洗的衣服下來，可能每天早晨這個時刻會來洗一天份的衣服。他把要洗的衣服丟進洗衣機裡，放進清潔劑，轉動旋鈕，設定模式，按下開始鍵，作業手法熟練。麻里惠傾聽著一連串的聲音。這些聲音聽來清楚得驚人。然後洗衣機的滾筒開始慢慢動起來。做完這些作業之後，他轉移到健身房的空間去，開始用機器運動。趁著洗衣機轉動的時間做運動，似乎是他每天早上的日課。他一邊運動，一邊聽古典音樂。聽得見從設在天花板的喇叭傳來巴洛克音樂。巴赫、韓德爾、韋瓦第，這些音樂。麻里惠對古典音樂不是那麼了解。無法聽出巴赫、韓德爾、韋瓦第的區別。

她一邊側耳傾聽著洗衣機的機械聲，和運動器材所發出的規則聲音，和巴哈、韓德爾、韋瓦第的音樂聲，一邊度過大約一小時。心情無法鎮定的一小時。免色會不會發現堆積如山的《國家地理雜誌》中有幾本不見了，礦泉水的瓶子、蘇打餅包裝和巧克力從儲藏室一點一點少了一些。以全體的量來看，那些只不過是非常細微的變化。不過會發生什麼事，誰也不會知道。不能疏忽，不能偷懶，要隨時注意。

終於洗衣機發出一聲巨大的鳴聲後隨即停止。免色以緩慢的腳步聲走來洗衣房，從洗衣機裡拿出洗好的衣服，這次移到烘乾機裡，按下按鈕。烘乾機的滾筒發出聲音開始轉動，看到這樣之後免色慢慢走上樓梯。早晨的運動時間似乎已經結束，現在可能要開始花時間淋浴了吧。

麻里惠閉上眼睛，放心地嘆一大口氣。可能一個小時之後，免色還會到這裡來。回收烘乾的衣服。但最危險的地方已經過去了。她有這種感覺。他沒有發現我躲在這個房間裡。他沒有感覺到我的氣息。這讓她大大鬆一口氣。

那麼，在那衣櫥門扉前的到底是誰呢？那是免色君同時是不是免色君的東西，騎士團長說。那到底是什麼意思？她不太能理解他想說的事情。對我來說他的話太難了。不過總之那個誰，確實知道她在衣櫥裡（或有人在）。至少確實感覺到那氣息。但那個誰，因為某種理由而無法打開衣櫥的門扉。那到底是什麼樣的理由？真的是那裡的一群美麗的舊衣服，保護了我嗎？

真想聽騎士團長說明得詳細一點。但是騎士團長不知道去哪裡了，已經沒有可以向我說明的對象了。

那天，星期六一整天，免色似乎一步也沒有離開家。就她所知的範圍並沒有聽到車庫門打開的聲音，也沒聽到車子發動引擎的聲音。他走到樓下回收烘乾的換洗衣服，拿著慢慢走上樓梯。只有這樣而已。沒有人來造訪這條道路盡頭山頂的房子，也沒有宅配送貨的或限時掛號的郵差。玄關的門鈴一直繼續沉默。聽到電話鈴響了兩次。好像從遠方傳來的微小聲音，她的耳朵聽得見。第一次響兩聲，第二次響三聲時他拿起話筒（因此可以知道免色在家裡的什麼地方）。市政府的垃圾收集車一邊播出〈安妮蘿莉〉的旋律一邊慢慢開上坡道來，然後再慢慢離去（星期六是普通垃圾回收日）。其他什麼聲音都聽不見。家裡大多是靜悄悄的。

星期六中午過後，到了下午，到接近黃昏（在這裡有關時間的經過我再度加入註。麻里惠在那小小的房間銷聲匿跡悄悄度過之間，我到伊豆高原的安養中心的房間裡刺殺了騎士團長，抓住從地底露出臉來的「長臉的」，下降到地底世界去）。她都無法找到逃出那棟房子的時機。為了從那裡逃出去，不得不非常有耐心地等待「那個時候」的來臨，騎士團長告訴她。「那個時候來臨的時候，諸君應該會知道。啊，現在正是那個時候。」他說。

但，那個時候……那個時候卻一直都不來。而且麻里惠漸漸等得筋疲力盡了。一直不動地乖乖等什麼，實在不適合她的個性。我到底要在這個地方不能出聲地等到什麼時候？

傍晚之前，免色開始練習彈鋼琴。客廳的窗戶好像是打開的，那聲音傳到她躲藏的地方來。可能是莫札特的奏鳴曲。大調的奏鳴曲。她記得鋼琴上放著那樂譜。他順著那緩慢的樂章全部彈過一遍之後，又在幾個部分重複練習。一邊調整指法練到自己可以接受為止。有些部分指法很難，聲音不容易均等，在他耳裡聽來似乎很在意的樣子。莫札特的大部分奏鳴曲，一般來說絕對不是困難的曲子，但如果要彈到自己可以接受的程度，往往會開始帶有深深迷路般的趣味。而且免色對於刻意踩進那樣的迷路是不厭其煩的人。麻里惠側耳傾聽著免色那很有耐心地踏進迷路來回游走的步法。練習大約繼續了一小時左右。然後聽到大鋼琴的蓋子閉上的啪搭聲。她聽得出有些焦躁的感覺。但並沒有那麼強烈，只是適度的高尚焦躁。免色是，就算在寬敞的豪宅裡一個人獨處（雖然是自以為一個人），依然不會忘記抑制自己的人物。

接下來是和昨天同樣的反覆。天黑之後周遭暗下來，烏鴉們一邊啼著一邊飛回山裡的歸巢。山谷間看得見對面幾戶人家逐漸亮起燈來。秋川家的燈在過了半夜之後依然沒有熄滅。在那燈中，可以感覺到大家為她擔憂的情況。至少麻里惠有這種感覺。這時候對於應該正在心痛的人，自己卻無法做任何一件事情，她覺得好難過。

和這幾乎成為對比的是，同樣在山谷之間對面的雨田具彥家（也就是這個我所住的家裡）卻完全看不見燈亮。那棟房子好像已經沒有人住似的。天黑之後，連一盞燈都沒亮。完全看不出有人在的氣息。奇怪，麻里惠歪頭不解。老師到底去哪裡了？我不在家的事，老師知道嗎？

到了半夜的某個時刻，麻里惠又感到非常睏。激烈的睡魔襲擊她。她依然穿著制服的外套，捲起毯子和棉被，一邊顫抖一邊入睡。睡著前還忽然想到，如果有貓在這裡會溫暖一些。她在家養的母貓不知怎麼幾乎不出聲，只會喉嚨發出咕嚕咕嚕的聲音而已。所以可以兩個悄悄躲在這裡。不過當然貓不在。她始終是一個人。被關在一片漆黑的小房間裡，哪裡也逃不出去。

然後星期天的黎明。麻里惠醒過來時，房間裡還黑黑的。看看手錶的針指著六點前。白天好像越來越短的樣子。外面下著雨，不發出聲音的靜悄悄冬天的雨。從樹木的枝頭水點點滴落著，才終於知道在下雨的程度。房間的空氣又濕又冷。但願有毛衣就好了，麻里惠想。她的羊毛外套下面穿的是薄的針織背心，和棉襯衫而已。襯衫裡只穿短袖T恤。這是為了溫暖的白天而穿的模樣。所以如果有一件羊毛衣的話該有多好。

她想起那個房間的衣櫥裡就有毛衣。看起來很溫暖的米白色喀什米爾毛衣。她想，如果能到樓上去拿的話該有多好啊，把那一件毛衣穿在外套下面一定會相當溫暖。但從這裡溜出去，要走上樓梯到樓上去太危險了。尤其是那個房間。所以只好以現在身上穿的繼續忍耐。當然並不是無法忍耐的那麼嚴厲的冷。不像因紐特人生活在那樣嚴寒的土地上。這裡是小田原郊外，才剛剛進入十二月而已。

不過冬天下雨的早晨，肌膚還是感到冷颼颼的。好像冷透骨髓似的。她閉上眼睛回想夏威夷的事。小時候和姑姑，還有姑姑學生時期的女同學們一起去夏威夷玩時。在威基基海灘租了小衝浪板在海邊戲水，累了後躺在白色沙灘上做日光浴。非常溫暖，一切的一切都那麼和平舒服。頭上高高的地方，椰子樹葉被信風吹得沙啦沙啦搖著。白色的雲往海上飄去。一邊眺望著那些一邊喝著冰涼的檸檬水。因為太冰了太陽穴還跳痛起來。那時候的事情連細節都還清清楚楚想得起來。真想什麼時候有沒有可能再去一次那樣的地方？如果能去的話，無論要付出什麼代價她都願意，麻里惠想。

九點過後穿著室內鞋的聲音再度傳來，免色下樓來了。按下洗衣機按鈕，放古典音樂（這次應該是布拉姆斯的交響曲），健身器材運動繼續一小時左右。同樣事情的反覆。只有播放的音樂不同而已，其他分寸不亂。這個家的主人似乎毫無疑問是安於習慣的人。把洗的衣服從洗衣機移到烘乾機，然後再過一小時後來回收。然後免色先生就不再下樓來，他似乎毫不關心女傭房**（在這裡我再度加入註。免色那天下午來我家探視，碰巧遇見來看情況的雨田政彥，短短談了一下。但不知道為什麼，這時候麻里惠似乎依然沒留意到**

他外出的事）。

他依照習慣規律行動這件事，對麻里惠來說是最值得慶幸的事。因為她也可以配合那個習慣做好心理準備，擬定預定行動。最耗損精神的是，陸續發生一件又一件完全預料不到的事情。她把免色的生活型態記憶下來，讓自己和那同化。他幾乎哪裡也不去（至少就她所知是哪裡也沒出去）。只在書房工作，自己洗衣服，自己做飯吃，到了傍晚就在客廳面對史坦威練習鋼琴。偶爾有電話打來，但並不多。一天頂多幾通。他似乎不太喜歡電話這種東西。工作上必要的聯絡——需要多少程度並不清楚——似乎都透過書房的電腦進行。

免色基本上是自己打掃家裡。但每星期會有清潔服務人員來家裡一次。這件事情是上次來這裡訪問時，聽他本人親口說的，還有記憶。他絕不討厭打掃。就像做菜一樣，是很好的氣氛轉換，免色說。但是他只有一個人而已，要維持這麼大房子的清潔，實際上也不可能。所以無論如何還是要借助專家的力量。據說那些服務人員進來的時候，他會有半天時間離開家裡。那是星期幾呢？如果那一天來的話，或許我就可以趁機逃離這裡。可能會來幾個人帶著清潔用具，開車進入宅院，在那之間大門應該會開關幾次。而且免色會暫時離開不在家。要從這棟房子逃出去應該絕對不難。或許除了那個時候以外，我就沒有機會逃出去了。

但是並沒有清潔人員進來服務的跡象。星期一也和星期天一樣沒有任何動靜地過去了。免色所彈的莫札特每天變得稍微正確一些，而且以音樂來說也變得比較有模有樣了。不是一個用心很深，而且耐力很強的人。一旦設定目標之後，就會毫不鬆懈地勇往直前。不得不令人佩服。不過他所彈的莫札特，就算是沒有破綻地整體完成了，但以音樂來說那能帶來多少愉悅嗎？麻里惠一邊側耳傾聽著從樓上傳來的音樂，不禁感到懷疑。

她靠著蘇打餅、巧克力和礦泉水繼續活著。也吃了有核果的能量棒。吃了一點鮪魚罐。因為到處都沒看到牙刷，所以巧妙地用手指和礦泉水刷牙。把健身房裡堆積的日語版《國家地理雜誌》一本又一本地讀下去。有關於孟加拉地區的食人虎、馬達加斯加的珍奇猿猴、大峽谷的地形變遷、西伯利亞天然瓦斯的採掘狀況、南極企鵝的平均壽命、居住阿富汗高地游牧民族的生活、新幾內亞偏遠地帶部族的年輕人必須通過嚴厲的成人儀式。她獲得了很多知識。也學到關於愛滋病和伊波拉出血熱的基礎知識。這些有關自然的許多不同知識說不定有一天會有幫助。或者完全沒有用處也不一定。但無論如何，沒有別的書。她繼續入迷地讀著日語版過期的《國家地理雜誌》。

而且有時候把手伸進T恤下面，確認乳房膨脹的情況。不過好像沒有怎麼變大的樣子。甚至覺得反而比以前變小了似的。然後她想到生理期的事。試著計算一下，到下次生理期還有十天左右。到處都沒看到生理用品（地震用的儲備物資中有衛生紙，卻沒看到生理期用的衛生棉。這家主人考慮的範圍中可能沒有女人的存在），如果躲在這裡的期間生理期開始的話，可能會有點麻煩。不過在那之前大概，應該可以想辦法逃出去吧。大概。絕不能在這裡待上十天。

星期二早晨十點前終於清潔服務人員的車子開上來了。把清潔用具從後車廂搬下來的女人們熱鬧的講話聲從上面庭園的方向傳過來。那天早晨免色沒洗衣服，也沒做健身。完全沒有下樓來。所以說不定，麻里惠正這樣期待著（免色改變日常習慣，一定有什麼明確的理由），果然如她所料。清潔公司的大貨車開上來了，和那交錯的是免色開著Jaguar不知道出去哪裡了。

她趕快整理女傭房間，把水瓶和蘇打餅包裝紙收集起來，裝進垃圾袋。把那垃圾袋拿出去放在醒目的地方。清潔人員應該會處理掉。把毛毯和棉被照原樣整齊摺疊好，收進櫥子裡。完全消除有人在這裡生活過幾天的痕跡。非常細心地。然後揹起肩袋，躡著腳步走上樓梯。避免讓清潔人員看到，看準時機悄悄溜出走廊。想到那個房間的事心還怦怦跳。而且同時，也覺得好懷念那衣櫥裡的那些衣服，好想再慢慢看一次那些衣服，用手去觸摸看看。但沒有多餘的時間，必須趕快離開才行。

避開別人的眼光，從玄關順利走出外面，轉過車道的轉彎跑上斜坡。正如預料入口大門是敞開的。作業人員出出入入不會每次都一一打開關起。她若無其事地從那裡走出外面的道路。

我真的可以就這樣簡單而乾脆地，從這個地方離開嗎？當她離開大門時忽然這樣想。不是應該要有更嚴重的什麼嗎？例如《國家地理雜誌》裡所出現的，新幾內亞部落的年輕人被課以伴隨激烈痛苦的成人儀式之類的？那樣的東西有必要成為一種印記，不是嗎？不過這種想法在她腦子裡只瞬間閃過而已。與其那樣，不如能從那裡逃出來的解放感來得壓倒性的大。

天空陰沉沉的，厚厚的烏雲低垂，好像現在馬上就要下起冷雨似的。但她仰望天空大大地深呼吸幾次，心情覺得無限幸福。簡直就像在威基基的海灘上，抬頭看著微風吹拂椰子樹時那樣。自己是自由的，這雙腳要走到哪裡都可以，不再有在黑暗中縮成一團顫抖的必要了。光是活著這件事，就感覺非常高興，非常感謝了。雖然只有四天之間的事，但好久不見的外面的整個世界看來卻如此新鮮明朗。一草一木都生氣盎然，充滿活力。風的氣味讓她胸部怦怦跳動。

不過不能在這裡拖拖拉拉的。免色或許忘了什麼又轉回來也不一定，必須趕快離開這個地方才行。她希望自己被誰看到都不覺得奇怪，把身上制服的皺紋盡量拉平（她這幾天都穿著那套制服就那樣捲進棉被裡睡覺），用雙手整理頭髮，以若無其事的冷靜臉色快步走下山去。

麻里惠走到山下，朝夾著谷間道路的另一側山走上去。但不是往自己家走，首先往我家走來。她心裡有一點盤算，但家裡沒有任何人。怎麼按玄關的門鈴都沒有人回答。

麻里惠放棄了，走進裡面的雜木林，走到小祠後方的那個洞穴去看看。但洞穴卻完全被用青色塑膠布封起來了。那是以前所沒有的東西，塑膠布用綁在繩子上的幾根金屬樁釘在地上，而且上面再加上整排沉重的鎮石。沒辦法輕易看到裡面了。在不知不覺之間有人——不知道是誰——把那個洞塞起來了。也許顧慮那個洞開著有危險吧。她站在那個洞穴前，試著側耳傾聽了一會兒。但聽不見裡面有任何聲音（**我的註：從聽不見鈴聲來看，那時候我還沒回到洞穴底下。或者正好睡著了**）。

開始滴滴答答下起冷雨。我必須回家了，她想。家人應該正在擔心。但是回家的話，自己這四天之間到底在哪裡，不得不向大家說明。總不能坦白說出躲在免色先生家，這種事情說出來會很嚴重。我行蹤不明，家裡可能有報警，我的違法侵入免色先生家，如果被警察知道的話，我一定也會受到某種處罰。

於是她想到自己不小心掉進這個洞穴裡，四天之間在那裡出不來的藉口。但是老師──也就是這個我‧‧‧──碰巧發現她在裡面於是救了她。她編出這種劇情，然後期待我能配合這個說法。但那時候我卻不在家，而且洞穴又已經被封起來變成沒辦法輕易出入了。因此她所編的劇本無法實現（如果那個劇本能照樣進展的話，連特地動用重機具把那個洞穴挖出來的理由，我都不得不向警察說明，那樣可能也會帶來相當大的麻煩）。

後來她能想到的，只有裝成記憶喪失。除此之外想不到別的辦法，那四天之間自己身上所發生的事什麼都不記得了。記憶完全一片空白，一留神時自己一個人在後山裡。只能堅持這樣說。以前在電視上看過這種有關記憶喪失的戲劇。這種說法是否能被人們採信，這點她無法知道。家裡人和警察一定會詳細問她各種事情，可能也會把她帶去精神科醫師之類的地方去，不過這時只能堅持說什麼都不記得了。把頭髮弄得亂亂的，手腳弄得到處都是泥巴，有些地方擦傷，看起來是一副一直在山上沒錯的樣子。這種演技只能努力扮演下去。

於是她就這樣實行了。就算是恭維，也不能說是高明的演技，但除此之外，也沒有其他選擇餘地。

這就是秋川麻里惠對我坦白說出的事。正好在她從頭到尾說完的時候，秋川笙子回來了。聽得到她開的車子 Toyota Prius 停在我家門前的聲音。

「關於實際上妳身上所發生的事，我想妳最好還是閉口不提。除了我以外不要向任何人說比較好。就當作是我和妳之間的祕密。」我對麻里惠說。

「當然。」麻里惠說。「當然我絕對不會對誰說。而且就算說了，誰都不會相信吧。」

「我相信喏。」

「這樣連結會閉起來嗎？」

「不知道。」我說。「可能還沒完全閉起來。不過我想以後會，真正危險的部分我想已經過去了。」

「致命的部分。」

我點點頭。「對，致命的部分。」

麻里惠注視著我的臉十秒左右。然後小聲說：「騎士團長真的存在。」

「是的，騎士團長真的存在。」我說。而且我把騎士團長親手刺殺了。真的。不過那種事情當然不能說出口。

麻里惠只點了一次頭。她一定永遠會繼續保密，那是只有她和我之間而已的重要祕密。

麻里惠被什麼保護的衣櫥裡的全套衣服，是她去世的母親過去單身時代所穿的東西這個事實，如果可能很想告訴她。但我不能告訴麻里惠。我沒有那個權利。騎士團長應該也沒有那個權利。握有那個權力的人，在這個世界上可能只有免色一個人而已。但免色一定不會行使那個權利。

我們分別擁有無法公開的祕密活著。

63 不過那不是像你所想的那樣

我和秋川麻里惠共有祕密。那是這個世界上可能只有我們兩人才共有的重要祕密。我把自己在地底世界所經驗的事情全部一五一十地告訴她，她把自己在免色的住宅裡所經驗的事情全部一五一十地告訴我。我們兩人也是知道〈刺殺騎士團長〉和〈白色Subaru Forester的男人〉這兩幅畫被牢牢捆包起來，藏在雨田具彥家閣樓上的這世上唯二兩個人。當然貓頭鷹也知道，但貓頭鷹什麼都不會說。只會在沉默中把祕密吞進去而已。

麻里惠有時會到我家來玩（沒有告訴姑姑，經過祕密通道悄悄過來）。然後我們會面對面地順著時間軸鉅細靡遺地細細檢討，看那同時進行的兩個經驗談之間，是不是能找出什麼共同的項目。

關於麻里惠失蹤的四天之間，和我「去遠方旅行」的三天之間一致的事情，本來我們擔心秋川笙子會不會懷疑什麼，但她腦子裡似乎完全沒有浮現過這回事。而且當然警察也沒把注意力轉向這個事實。他們不知道有「祕密通道」的存在，並把我住的房子當成是在「隔一座山頭的另一邊」。不把我當成「附近鄰居」，因此警察也沒有到我家裡來查問事情。她在當我作畫的模特兒的事，秋川笙子似乎沒有告訴警察。她可能不認為那是必要情報。如果警察知道麻里惠失蹤的時期，和我消失蹤影的時期重疊的話，我的立場可能會變得有點微妙。

結果，秋川麻里惠的肖像畫沒有完成。幾乎已經接近完成狀態了，所以只要最後再整理一下就可以完成的，不過我擔心那幅畫完成的時候會發生什麼樣的情況。那幅畫一旦完成的話，免色一定會用盡各種手段得到那幅畫。無論免色怎麼說，我都可以預測到這件事。而對我來說，秋川麻里惠的肖像畫我並不想交到免色手中。我不可能把那幅畫送進他的「神殿」。那裡可能含有危險的東西。所以結果那幅畫就以未完成的狀態結束了。但麻里惠非常喜歡那幅畫（她說「這幅畫非常能表達我現在的想法」），並說如果可能的話希望放在自己手邊。我把未完成的肖像畫很樂意地送給她（依照約定還附上三張素描草稿）。畫未完成反而好，她說。「畫未完成，好像我自己也永遠未完成，不是很美好嗎！」麻里惠說。

「沒有人擁有已經完成的人生，所有的人永遠都是未完成的。」

「免色先生也是那樣嗎？」麻里惠問。「那個人雖然看起來是已經非常完成的樣子。」

「免色先生應該也是未完成的。」我說。

免色絕對不是已經完成的人。這是我的想法。因此他夜晚才會用高性能的望遠鏡，繼續追求山谷對面秋川麻里惠的身影。不可能不這樣做。他因為擁有這個祕密，在這個世界上才能適度保持自己存在的平衡。那對免色來說，可能就像馬戲團走鋼索的藝人所持有的長棒子那樣的東西。

當然麻里惠知道免色用望遠鏡觀察自己家內部的事。但那件事她沒有告訴任何人（除了我以外），連她姑姑也沒說。為什麼他非做那件事情不可，還不清楚那理由。但不知道為什麼，沒有心情去追究。她只是絕對不打開自己房間的窗簾而已。那被日曬褪色的橘紅色窗簾經常緊緊關閉。而且到了夜晚換衣服的時候，也會注意把房間的燈關掉。但除此之外關於家裡的其他部分，說起來就算日常被偷窺，她也不太介意。甚至意識到有人在觀察自己，而引以為樂。或許只有自己知道這件事，對麻里惠來說帶有什麼意思。

據麻里惠說，秋川笙子似乎繼續和免色來往。每周一次到兩次，她會開車到免色家去。然後每次好像都和他發生性關係（麻里惠會繞圈子表現）。雖然她沒有說要去哪裡，但麻里惠當然知道姑姑的去向。回家之後，年輕的姑姑臉上血色每次都變得比較好。無論如何——免色心中就算存在著某種特殊的空間——麻里惠也沒辦法阻止秋川笙子和免色繼續交往。只能讓兩個人依兩個人所喜歡的路前進。麻里惠只希望，這兩個人關係的進行盡量不要把自己捲進去。而自己，則想在離開那個漩渦的地方能保有自己獨立的位置。

但那可能很難吧，這是我的想法。遲早，或多或少，麻里惠在自己不知不覺之間，一定也會被捲進那個漩渦。從遠遠的周邊，終於漸漸往毫無疑問的中心。免色應該是把麻里惠的存在放在念頭上，才會繼續保持和秋川笙子之間的關係。無論本來有沒有這樣的企圖，他都非這麼做不行。他就是這樣的人。而且，就算他沒有這個打算，結果把這兩個人拉在一起的是我。他和秋川笙子是在這個房子裡第一次見面的，那是免色所希求的事。而且免色對於拿到自己想要的東西早已是駕輕就熟的人了。

免色在衣櫥間裡有一大堆5號尺寸的服裝和鞋子，將來要怎麼辦，麻里惠不知道。但是那些過去戀人的衣服，可能會永遠被珍惜地收藏在那裡——或移到其他場所——珍惜地隱藏、保管，這是麻里惠的推測。他和秋川笙子就算以後會發展成什麼樣的關係，免色應該也無法丟棄或燒掉這些衣服。為什麼呢？因為那些衣服已經成為他精神的一部分了，那是他的「神殿」裡應該永遠供奉的東西之一。

我已經辭掉小田原車站前繪畫教室的教畫工作。我對教室的主管說明「很抱歉，但因為我差不多必須集中精神在自己的創作上了。」他總算接受了我的說明。「您當老師的評價非常好。」他說。而且這好像並不完全是恭維的話。我很禮貌地向他道謝。我在教室教到那年年底，在那之間他找到了代替我的新老師。是六十五歲左右，原來在高中當美術老師的人。眼睛像大象似的，個性看來很好的女性。

免色有時候會打電話來我這裡，並沒有特別的事情，我們只是輕鬆地閒聊一下。每次他都會問起小祠後面的洞穴有沒有變化，我每次都回答沒有什麼變化。實際上洞穴的樣子也沒有什麼變化。依然是用青色塑膠布嚴密地覆蓋著。我在散步途中常常會走過去看看，並沒有誰去剝開的痕跡。鎮石也沒有改變依然壓在上面。而且關於洞穴，已經不再發生不可思議或不明原因的事。夜晚也沒有再聽到鈴聲，騎士團長（或其他任何東西）也沒有現身。那個洞穴只是靜靜地存在雜木林裡而已，被重機具的履帶壓倒的芒草漸漸恢復元氣，洞穴周圍再度被茂盛的草叢隱藏起來。

他以為我在失蹤期間，一直在那洞穴裡面。我是如何進去的，他也無法理解。但我在那個洞穴底下是不容爭辯的事實，也無法否定。因此他對我的失蹤，和秋川麻里惠的失蹤兩件事並沒有連在一起。對他來說，這兩件事純粹只是偶然的一致。

有誰曾經在他家裡悄悄躲了四天這件事，免色是否以任何形式感覺到，我曾經慎重地試探過。然而完全沒有見到那樣的跡象。免色似乎完全沒有發現，曾經有過那種事情。如果是這樣的話，那麼那個站在「打不開的房間」衣櫥前面的，可能不是他本人。那麼，到底是誰？

雖然會打電話來，但免色已經不會忽然到我家來了。他可能因為得到秋川笙子，而感覺已經沒有必要跟我個人保持關係。或可能對我這個人已經失去好奇心了，或兩者都有。不過那對我來說是怎麼樣都無所謂的事，（不過已經聽不見Jaguar V8引擎的排氣聲有時也會感到落寞）。

話雖如此，從有時會打電話來這件事來看（每次打電話來都是夜晚八點前），免色似乎還是需要和我保持某種聯繫。或許因為他把秋川麻里惠也許是他的真正女兒這個祕密告訴我，心裡稍微有些在意。但我並不認為他擔心我會不會對誰——秋川笙子或麻里惠——洩漏那件事。他當然知道我是個口風很緊的人。他是很有看人眼光的。但就算對方是誰，會把個人那樣深的祕密向他人坦白，實在不像是免色的行為。就算像他那樣意志堅強的人，或許一個人始終繼續抱著祕密也會很累吧。或許那時候的他，正那麼迫切地需要我的協助也未可知。而我看來則比較無害吧。

不過無論他是從最初就有意圖利用我，或沒有，我可能都必須繼續感謝免色才行。因為把我從那個洞穴中救出來的，怎麼說都是他。如果他沒有走過來的話，如果他沒有把梯子放下來把我拉到這個地上來的話，我可能會在那個黑暗的洞穴中毫無辦法地腐朽掉。我們在某種意義上是互相幫助的，因此或許借貸雙方抵銷為零，誰也不再欠誰。

我告訴免色我把〈秋川麻里惠的肖像〉在未完成之下送給麻里惠了，他什麼也沒說只點頭。畫這幅畫雖然是免色所委託的，但那幅畫對他也許已經沒有那麼必要了。也許認為未完成的畫沒有意義。或者有別的想法也不一定。

在說完那件事後隔幾天，我把〈雜木林中的洞穴〉自己裱了簡單的框，贈送給免色。我把那幅畫放在Corolla的後車廂，開車到免色家去（那成為和免色實際見面的最後一次）。

「這是我對您救了我一命的小小謝禮。請您收下。」我說。

他好像非常喜歡那幅畫（以畫來說我自己也覺得絕對不差）。他說希望我務必接受謝禮，我堅決拒絕。我已經從他得到過分的報酬了，我不打算再收任何酬勞。我和免色之間不想再增添彼此的相欠。我們現在只不過是隔著狹小山谷的對面鄰居而已，如果可能希望一直保持這樣的關係。

我從洞穴裡被救出的那個星期六，據說雨田具彥斷氣安息了。星期四之後的三天繼續陷入昏睡狀態中，心臟就停止跳動了。就像火車到達終點，慢慢停止移動那樣，非常安靜、自然地。政彥一直守在他身旁。父親去世後，他打電話到家裡來。

「去得非常安詳。」他說。「我也希望死的時候能像那樣安靜地死去。嘴角甚至還帶著微笑似的表情。」

「微笑？」我反問。

「或許正確說並不是微笑。不過那總之，是某種像微笑的表情。我看起來是那樣噢。」

我選擇用語說：「去世了當然很遺憾，不過令尊能夠安穩地斷氣，或許也是一件幸運的好事。」

「這星期到中間他還稍微有一些意識，但好像也沒有特別想留什麼話的樣子。活到九十幾歲了，已經做了很多喜歡的事活到現在的人，所以一定沒有什麼牽掛吧。」政彥說。不，他心裡還有牽掛。非常沉重的什麼牽掛藏在他心中。不過具體上是什麼樣的事，只有他知道。然而到現在，已經誰都永遠無法知道了。

政彥說：「現在開始我可能會忙一陣子。父親總是個名人，去世的話會有很多事情。我是繼承他的兒子，這種事情也必須承擔下來。等過一陣子稍微安定以後，我們再慢慢聊吧。」

我謝謝他特地通知我父親過世的事，掛斷電話。

雨田具彥的死，似乎為家裡帶來更深的沉默。那也是當然的，因為畢竟那裡是雨田具彥度過長久歲月的家。我伴著那沉默共同度過幾天。那是濃密的、但沒有不快感覺的沉默。和任何地方都沒有聯繫，換句話說是純粹的靜。總之這樣一來一連串的事情應該也結束了吧。有這樣的感觸。那裡有的是大的案件總算看到收尾之後，來臨的那種寂靜。

雨田具彥死後大約經過兩星期的夜晚，秋川麻里惠小心翼翼地像貓似的悄悄來到我家，和我聊了一下就回去。時間不是很長。家人監視的眼光變嚴了，她不能像以前那麼自由地溜出家裡。

「胸部好像漸漸變大了。」她說。「所以前幾天姑姑帶我一起去買胸罩。有給第一次穿的人設計的。你知道嗎？」

不知道，我說。看看她的胸部，從綠色雪特蘭毛衣上面，看不出有什麼明顯的膨脹。

「還看不出不同。」我說。

「只有薄薄的墊子。不過一開始就忽然隆起的話，好像塞了什麼東西似的，不是會立刻被人家知道嗎？所以剛開始要用最薄的，再漸漸一點一點加大。這叫做手工很細吧。」

四天之間不知道去了哪裡，被女警官相當詳細地問了很多話。女警官大體上還算和氣，不過還是有幾次很強硬地逼問她。無論如何，麻里惠依然繼續堅持說，在山中到處走之外什麼都不記得了。在路上迷了路，腦筋變成一片空白。因為包包裡經常放有巧克力和礦泉水，所以就吃那個。除此之外沒有多說任何話。就像防火金庫那樣堅固地閉嘴。這種事情她本來就最拿手。既然沒被要求贖金之類的，知道不是綁票誘拐事件之後，其次就被帶到警察所指定的醫院去，檢查身體有沒有受傷的情況。他們想知道的是，她有沒有受到性侵或暴力。知道也都沒有這些跡象之後，警察似乎也失去職業性的興趣。只是十幾歲少女幾天沒回家，在外面遊蕩而已。在社會上並不是特別稀奇的事。

她把那時候身上所穿的衣服全部悄悄處分掉。深藍色西裝外套、格子裙、白襯衫、針織背心和無鞋帶便鞋，全部丟掉。然後買了整套新制服。為了換新心情。然後就像沒發生任何事似的，照舊繼續過原來的生活。只是已經不到繪畫教室上課了（無論如何，她已經不適合兒童班的歲數了）。她把我畫的她的肖像畫（未完成的）掛在自己房間。

麻里惠今後會長成什麼樣的女人，我不太能想像。這個年代的女孩子外表和心，都會在轉眼之間改變。經過幾年後再見面，可能誰也認不出誰。所以我能把十三歲的麻里惠的肖像以一種形式留下（就算是未完成的也罷）都覺得很高興。因為在這個現實世界裡，沒有任何東西能永遠維持不變的姿態。

我打電話給以前工作的東京仲介，告訴他我又想畫肖像畫了。聽到我這樣說他很高興，他經常需要技術高明的畫家。

「不過，你說不再畫商業用的肖像畫了對嗎？」他說。

「想法有點改變。」我說。不過並沒有說明想法怎麼改變，對方也沒有特別多問。

我想從現在開始暫時有一段時間，什麼都不想，只讓手自動地動起來。而且通常「商業用」的肖像畫，我想也要接二連三地量產下去。那作業應該又可以帶給我經濟上的安定。我自己也不知道，那樣的生活能繼續到什麼時候。未來無法預測。但總之現在，那就是我想做的事。只是無心地驅使慣用的技巧，完全不往自己內心召喚多餘的元素。不要和觀念和隱喻扯上關係。不要被住在山谷對面，非常富裕的謎樣人物的個人麻煩事情捲入。

不要把隱藏的名畫暴露在光天化日之下，結果被拉進狹窄而黑暗的地底橫穴去。這是現在的我最希望的事。

我和柚子見面談過了。在她公司附近的一家喫茶店一邊喝著咖啡和沛綠雅礦泉水一邊談話。她的肚子沒有我所想像的那麼大。

「妳不打算跟對方結婚嗎？」我一開始就這樣問。

她搖搖頭。「現在，沒有這個打算。」

「為什麼？」

「只是覺得不要那樣比較好而已。」

「可是孩子打算要生吧？」

她輕輕的短短點頭。「當然。已經不能倒退了。」

「現在還和那個人一起住嗎？」

「沒有一起住。你出去以後，我都一直一個人住。」

「為什麼？」

「首先第一點，因為我還沒有跟你離婚。」

「可是我上次已經在寄來的離婚協議書上簽名、蓋章了。所以我想離婚當然已經成立了吧。」

柚子稍微默默地沉思一下之後，開口：「老實說，離婚協議書我還沒交出去。不知道為什麼，沒有那種心情，就那樣擺著。所以從法律上來說，我和你沒發生任何事情，一直還是夫婦。而且不管離不離婚，生下來的孩子法律上就是你的孩子。不過當然你對那件事情，不必負任何責任。」

我不太清楚。「可是妳即將生的，是對方的孩子，以生物學來說。」

柚子依然閉嘴，一直看著我的臉。然後說：「事情沒有那麼簡單。」

「怎麼說？」

「該怎麼說才好呢，因為我也不能確信那個孩子的父親是不是他。」

這次輪到我一直盯著她的臉看。「是誰讓妳懷孕的，妳不確定嗎？」

她點點頭，不知道的意思。

「不過那不是像你所想的那樣，我並沒有到處跟男人睡覺。一個時期只跟一個人睡覺。所以跟你，從某個時間點開始也不做那件事了。對嗎？」

我點頭。

「我覺得很抱歉。」

我再點一次頭。

柚子說：「而且我跟那個人之間也很注意避孕。因為沒有打算生孩子，我想你也知道的，在這種事情方面我的個性是非常慎重的。不過一回神時，已經確實懷孕了。」

「不管多麼小心，還是會有失敗的時候。」

她又搖搖頭。「如果有那種情況，女人總還是會有一點感覺的。第六感似的東西會有作用。我想男人應該沒有這種感覺。」
這種事我當然不知道。
「所以總之，妳要生這個孩子。」我說。
柚子點頭。
「不過妳不是一直不想生孩子嗎？至少跟我之間。」
她說：「嘿，我一直沒有要小孩。跟你或跟誰都一樣。」
「不過現在，妳懷了不確定父親是誰的孩子，卻主動地想把他送進這個世界。如果想的話，早一點是可以拿掉的。」
「當然我也考慮過，也猶豫過。」
「不過並沒有那樣做。」
「最近我才開始這樣想。」柚子說。「我活著的當然是我的人生，不過我身上所發生的事情，其實可能大多數都是在跟我無關的地方，擅自被決定了，擅自在進行著。換句話說，我雖然這樣好像擁有自由意志般活著，但結果其實自己重要的事情沒有一件是自己選擇的。而且我懷孕了這件事，我想可能也是其中的一種顯現。」
我什麼也沒說地聽她說。
「這種事情，聽起來或許像人家常說的命運論。不過我真的這樣感覺。非常坦白、非常深刻地。而且我想，既然這樣，無論如何我都要一個人把孩子生下來、養育看看。而且也想看看我以後會發生什麼。我覺得這好像是非常重要的事。」

「我有一件事情想問妳。」我乾脆說。

「什麼樣的事？」

「很簡單的問題，所以妳只要說yes或no就可以。除此之外，我不會再多說什麼。」

「可以呀。你問看看。」

「再一次回到妳那裡去，沒關係嗎？」

她眉頭稍微皺一下。然後暫時盯著我的眼睛看。「也就是說，再一次跟我當夫婦一起生活的意思嗎？」

「如果可以的話。」

「可以呀。」柚子以安靜的聲音，沒什麼猶豫地說。「你還是我的丈夫，你的房間還保持你出去時的樣子。只要你想回來隨時都可以回來。」

「交往的對象還繼續保持關係嗎？」我問。

柚子安靜地搖搖頭。「沒有。關係已經結束。」

「為什麼？」

「第一，我不想把我即將誕生的孩子的父權交給他。」

我默默不語。

「被這麼說，他好像深受打擊的樣子。不過，這也是理所當然的事吧。」她說。然後用雙手摩擦幾次臉頰。

「如果是我的話，就沒關係嗎？」

她把雙手放在桌上，重新再一次凝視我的臉。

「你好像有一點變了，相貌之類的？」

「相貌怎麼樣我不清楚，不過我想我學到幾件事。」

「我可能也學到幾件事。」

我拿起杯子，把剩下的咖啡喝完。然後說：

「政彥父親過世，好像也有很多事情要處理，我想等各種事情都安定下來還需要一段時間。不過等這些告一段落之後，可能過完年稍後，我想把行李整理好搬出那裡，回廣尾的大廈。妳這邊沒關係嗎？」

她花了非常長的時間看著我的臉，好像又看到離開一陣子好久不見的懷念風景似的。然後伸出手來，輕輕疊在我放在桌上的手上。

「可能的話，我想重新再跟你一起試試看。」柚子說。「其實我一直在想這件事。」

「我也一直在想這個。」我說。

「雖然我不太知道，這樣做能不能順利。」

「我也不太知道，不過有試試看的價值。」

「我最近要生不太清楚父親是誰的孩子，養那個孩子。這樣沒關係嗎？」

「我沒關係。」我說。「而且，這樣說也許會被認為頭腦有問題，不過說不定這個我，就是妳將要生下來的孩子的潛在性的父親，我有這種感覺。我的思念從遙遠的地方讓妳懷孕了也不一定。以一個觀念，經過特別的通路。」

「以一個觀念？」

「也就是說以一種假設。」

柚子對這件事想了一下。然後說：「如果是這樣的話，我覺得那是相當美麗的假設。」

「這個世界也許沒有任何一件事情是確定的。」我說。「不過至少可以相信什麼。」

她微笑了。那就是那天我們對話的結束。她搭地下鐵回家，我開著風塵僕僕的Corolla廂型車回山上的家。

64 以恩寵的一種形式

我回到妻子身邊，再度一起生活之後過了幾年，三月十一日東日本一帶發生大地震。我坐在電視機前，眼看著從岩手縣到宮城縣沿海的城鄉一一崩潰毀滅的樣子。那是我以前開著舊Peugeot 205漫無目的地到處旅行的地區。而且那些城鄉之一，應該就是我遇見那個「白色Subaru Forester的男人」的地方。但我從電視機的畫面上所看到的，卻是被巨大的怪物般的海嘯所衝擊摧毀，幾乎支離破碎地解體的幾個城鄉的殘骸。看不出任何與我過去所經過的那**・・・**個城鎮有聯繫的東西。而且我連那個地方的名字都不記得了，因此也無法確認那裡因為震災而受到什麼樣的傷害，變成什麼樣子了。

我什麼都不能做，失去語言，幾天之間只是望著電視畫面。無法離開電視前面。我希望從那畫面中找到和自己的記憶有關的光景。任何一點都好。因為要不然的話，自己心中積存的某種重要的什麼，會被運到某個陌生的遠方去，從此消滅掉似的。真想現在馬上開車，到那個地方去看看。而且希望親眼確認那裡還剩下什麼。但當然無法做到。幹線道路已經寸斷，城鎮鄉村全都被孤立了。電力、瓦斯、水，生命線都已被連根破壞、流失了。而且南邊的福島縣（我報銷的Peugeot 205留在那裡的那一帶）沿著海岸的幾座核子發電廠陷入爐心熔毀狀態，實在不是我能靠近的狀態。

在這些地區到處旅行的時候，我絕對不是幸福的。無比孤獨，身上懷著非常痛苦無奈的感覺。在許多意義上，我想我是迷失了。雖然如此我還是繼續旅行，置身於許多陌生人之間，通過他們正在度過的生活百態。而且那可能比我那時候所考慮的擁有更重要的意義。我在那途中——多半的情況是在無意識之中——捨棄了一些東西，拾起了一些東西。在通過那些場所之後，我變成和以前稍微不同的人了。

我想起藏在小田原房子的閣樓裡那幅〈白色Subaru Forester的男人〉的畫。那個男人——無論是現實的人或是什麼——現在還住在那個地方嗎？還有和我度過不可思議的一夜的瘦女孩，也還在那個地方嗎？他們有沒有順利逃過地震和海嘯，生存下來？那個地方的賓館和家庭餐廳到底怎麼樣了？

到了傍晚五點，我到托兒所去接小孩。那是我日常的習慣（妻子又回去建築事務所工作）。托兒所在從家裡，以大人的腳步走路約十分鐘距離的地方。於是我牽著女兒的手，慢慢往回家的路走。如果不下雨的話，我們會在途中的小公園長椅上休息，看看正在散步的附近的狗。女兒想要一隻小型狗，但因為我住的大廈禁止飼養寵物，所以她只能忍耐著在公園看狗。有時候小小的乖乖的狗，人家會讓她摸一摸。

女兒的名字叫做「室」。柚子取的名字。她在預產期前幾天，夢見那個名字。她一個人在一間寬闊的和室裡，面對寬廣美麗庭園的房間。那裡有一張古雅的書桌，桌上放著一張白紙；紙上寫著一個「室」字。大大的一個字而已，用黑墨鮮明地寫著。不知道是誰寫的，但是非常氣派的字。這樣的夢。她醒來時，還清楚記得那個光景。她主張生下來的孩子應該取這個名字，我當然沒有異議。再怎麼說那是她生的孩子。寫那個字的或許是雨田具彥。我忽然這樣想，不過只是想而已。因為那只不過是夢中發生的事而已。

生下來的孩子是女孩，我覺得很高興。我和妹妹Komi一起度過童年時代，因此身邊有小女孩讓我心情安定。那對我來說，是非常自然的事。而且這孩子是帶著一個確實無疑的名字來到這世上，我也覺得很歡喜。名字怎麼說都是很重要的東西。

室回到家以後，會和我一起看電視新聞。我看到海嘯衝擊到岸上的光景，盡量不讓她看。因為對幼小的孩子刺激未免太強了。海嘯的影像出現的時候，我會立刻伸出手來遮住女兒的雙眼。

「為什麼？」室問。

「妳不要看比較好，還太早了。」

「可是這是真的事情對嗎？」

「是啊，在很遠的地方真的發生的事情。不過並不是所有發生的事情都必須看。」

室一個人想了一下我說的話。不過當然還無法理解那是什麼樣的事情。對她來說，還無法理解海嘯、地震這些災情，也無法理解死這種東西所擁有的意義。不過總之我用手把她的眼睛緊緊遮住，不讓她看到海嘯的影像。要理解什麼事情，和看什麼事情，又是另一回事。

有一次，我在電視畫面的角落瞄到一眼「白色Subaru Forester的男人」。或者感覺好像看到。畫面拍出被海嘯沖到內陸山丘上留下來的一艘大型漁船，漁船旁就站著那個男人。就像已經沒有用處的大象和馴象師的模樣。不過那影像立刻就換成別的東西。所以無法確定那是否真的是「白色Subaru Forester 的男人」。不過他穿著黑色皮夾克，戴著有YONEX字樣的黑色帽子的高眺模樣，我看起來就像是「白色Subaru Forester的男人」。

但是男人的身影從此不再出現在畫面，我看到他的身影只不過是一瞬間的事。鏡頭立刻換成別的角度。

在看地震新聞的同時，我也為了日常生活而繼續畫著「商業用」的肖像畫。什麼都不想，只是面對畫布半自動地繼續動手。那就是我所求的生活，而且那也是人們對我所求的東西，而且那個工作帶給我確實的收入。那也是我所必要的東西。我有必須養的家人。

東北地震後兩個月，我以前住過的小田原家的房子被火災燒掉。雨田具彥度過半生的山頂房子。政彥在電話中告訴我這件事。那裡在我離開後長久之間沒有人住，成為空屋，政彥為了管理也頗傷腦筋，不過他的不安真的料中，果然發生火災。五月的連休結束的黎明前，消防車接到通報立刻趕過去，那時候那棟木造老房子幾乎已經燒毀了（狹窄彎曲的陡坡大型消防車很難進出）。幸運的是從前一晚就開始下雨的關係，附近的山林沒有被延燒。根據消防署的調查起火原因終究無解。可能是漏電，可能是原因不明的火災。

聽到這個消息，我腦子裡首先浮現〈刺殺騎士團長〉，那幅畫一定也跟房子一起被燒掉了。還有我所描繪的〈白色Subaru Forester 的男人〉，和大量的唱片收藏。那個閣樓上的貓頭鷹應該平安地逃出去了吧？

〈刺殺騎士團長〉無疑是雨田具彥所留下的最高傑作之一，但是卻因為火災而失去了，這對日本的美術界來說應該是極慘痛的損失。曾經看過那幅畫的人，只有極少數（包括我和秋川麻里惠在內，秋川笙子也瞄過一眼。當然還有作者雨田具彥。此外可能一個人都沒有）。這樣貴重的未發表的畫竟然被火災的火焰燒掉。永遠從這個世界消失了。我為這件事不得不感到自責。那是否應該以「雨田具彥的隱藏傑作」對世間廣為公開呢？但我沒有那樣做，卻把那幅畫再度緊緊包起來放回閣樓上。因而那幅美好的畫想必已經化為灰燼了（我在素描簿上把畫中出場人物的身影一一詳細描繪下來，現在關於〈刺殺騎士團長〉作品所留下的東西，只剩那個）。想到這裡自己忝為畫家的一員，感到十分痛心。明明是那樣傑出的作品，我心想。我所做的事情或許是對藝術的背信行為。

不過在這同時，我也想到，那也可能是不得不失去的作品。依我看來，這幅畫未免太強烈，太深入地注入雨田具彥的靈魂了。這當然是傑出的畫，但同時也是會招來某種力量的畫。或許可以說招來「危險的力量」。事實上我因為發現了這幅畫而打開了一個連結。那種東西或許不是適合拿到明亮的地方暴露在公眾眼光下的作品。至少作者雨田具彥自己可能也這樣感覺到了？因此才會不公開發表那幅畫，而藏在閣樓上，對嗎？如果是這樣的話，那麼我就是做了尊重雨田具彥意思的事情了。無論如何那已經在火中失去，誰都無法讓時間倒流。

至於失去〈白色Subaru Forester的男人〉，我並沒有特別感覺遺憾。或許什麼時候我可能還會再挑戰一次那幅肖像畫。但為了這個我自己必須做一個更確實的人，成為更偉大的畫家才行。下一次我「想要畫自己的畫」時，我應該會以完全不同形式、完全不同角度來重新畫〈白色Subaru Forester的男人〉的肖像。而且或許，對我來說，將成為我的〈刺殺騎士團長〉。而且如果實際發生的話，也許就可以說我從雨田具彥繼承了貴重的遺產。

秋川麻里惠在火災後立刻打電話來，我們談了大約半小時關於那燒毀的房子。她真心珍惜那棟老舊的小房子。或許那棟房子所包含的風景，以及那樣的風景在她的生活中所植根的日子。其中也包含了昔日雨田具彥的身影。她所見到的畫家經常都一個人在畫室裡集中精神作畫。看得見玻璃窗深處他的姿態。那樣的風景已經永遠失去了這件事，似乎讓麻里惠感到深深的悲哀。而且她所感到的悲哀我也感受得到。因為那棟房子——住的期間雖然不到八個月——對我來說，卻擁有相當深刻的意義。

而且在那電話對話的最後，麻里惠告訴我她的胸部比以前大多了。她那時候已經是高中二年級左右。自從離開那棟房子以來，我跟她一次都沒見過面。只有偶爾在電話中談話而已。因為我不太有想再造訪那棟房子的心情，也沒有非去不可的事情。電話每次都是她打來的。

「雖然還不是很有份量，不過還算大得可以。」麻里惠悄悄像告訴我祕密似地說。我花了一點時間，才搞清楚原來她是在說自己胸部的大小。

「正如騎士團長所預言的那樣。」她說。

那太好了，我說。本來想問她有沒有男朋友，但改變主意沒有提。

姑姑秋川笙子現在還繼續和免色交往。她在某個時間點，坦白告訴麻里惠自己正在跟他交往，兩人關係非常親密，而且說不定不久會結婚。

「如果是那樣的話，麻里惠和我們一起住好嗎？」姑姑問她。

麻里惠假裝沒聽見。就像每次那樣。

「那麼，妳有打算跟免色先生一起住嗎？」我有些擔心試著問麻里惠。

「我想沒有。」她說。然後補充一句說：「不過不太清楚。」

不太清楚？

「據我了解，妳對免色先生的那棟房子好像留下不太好的回憶。」我稍微困惑地問。

「不過那個，是我還小的時候發生的事，覺得好像是很久以前的事了。畢竟無法想像跟父親兩個人住的情形。」

很久以前的事。

那對我來說，感覺好像是昨天才發生的事似的。我試著這樣說，麻里惠也沒特別說什麼。或許她對於那棟房子裡所發生的一連串異樣的事情，希望完全忘記。或許實際上已經忘記了也不一定。或許隨著年齡的增加，她對免色這個人開始懷有不少興趣。他身上的某種特別的東西，或許讓她開始感覺到那血脈中所共通流著的某種什麼也不一定。

「免色先生家的，那個衣櫥裡的衣服不知道怎麼樣了，我非常感興趣。」麻里惠說。

「那個房間很吸引妳嗎？」

「因為那是保護我的衣服。」她說。「不過還不太清楚。上大學之後，或許會在什麼別的地方一個人生活。」
那也許很好，我說。
「那麼，小祠後面的洞穴怎麼樣了？」我試著問看看。
「還是那樣。」麻里惠說。「火災之後，也還是一樣一直蓋著青色塑膠布。不久以後落葉會堆積很多，也許誰也不會知道那裡有那樣的洞穴了。」
那個洞穴底下，應該還放著那個古鈴。和從雨田具彥的房間借來的塑膠手電筒一起。
「沒有再看見騎士團長嗎？」我問。
「從那次以後一次也沒見到。真的有過騎士團長嗎，現在已經有點難以相信了。」
「騎士團長真的有過。」我說。「妳最好相信。」
不過我想麻里惠對這些事情，可能會逐漸一點一點忘記。她正在迎接十幾歲的後半，她的人生將會急速進入複雜而忙碌的時期。也許找不到時間去理會Idea和隱喻之類莫名其妙的東西。
有時候，會想到那個企鵝玩偶，到底怎麼樣了。擺渡人那個沒有臉的男人，我交給他企鵝玩偶當作船資。為了渡過激流河川不得不那樣做。我不禁向那小企鵝祈禱，希望牠現在依然從什麼地方——可能一邊在有和無之間來來回回——一邊繼續保護她。
室是誰的孩子，我還不知道。只要正式調查DNA的話就會知道，但我不想知道那樣的檢查結果。也許有一天會發生什麼事情，我會知道。她是以誰為父親的孩子。或許事實明朗化的日子終將來臨。然而那樣的「事實」到底有多大的意義？

室在法律上確實是我的小孩，我非常深愛這個小女孩。而且跟她在一起的時光感覺充滿慈愛。無論她生物學上的父親是誰，不是誰，對我來說都無所謂。這完全是細微末節的事情，並不會因此而有任何改變。

我在東北地方從一個城鎮到另一個城鎮，一個人獨自移動的時候，透過夢中，可能和睡夢中的柚子相交。我潛入她的夢中結果她受胎了，九個月稍後孩子出生——我（雖然只是個人的悄悄的）喜歡這樣想。那個孩子的父親是以觀念存在的我、或者以隱喻存在的我。就像騎士團長到我那裡來造訪那樣，安娜女士在黑暗中引導我那樣，我也在另一個別的世界讓柚子受孕了。

但我不會像免色那樣。他在秋川麻里惠可能是自己的孩子，或可能不是的這兩種可能性的平衡上成立自己的人生。把這兩種可能性放在天秤兩端，在那永無止境的微妙擺盪中尋覓自己的存在意義。但我沒有必要向那麼麻煩（至少不算自然）的企圖挑戰。為什麼呢？因為我擁有相信的力量。無論被丟進多麼狹窄而黑暗的場所，無論置身於多麼荒涼的曠野，我都能坦率地相信，會有引導我前往什麼地方的東西。那就是我在那小田原近郊，住在山頂獨棟房子之間，透過幾件不尋常的體驗所學到的事情。

〈刺殺騎士團長〉在那黎明前的火災中永遠失去了，那樣傑出的藝術作品現在依然實際存在我的心中。我依然還可以在眼前鮮明地浮現，騎士團長、安娜女士、長臉的模樣。彷彿我只要一伸出手就可以碰觸到他們似的具體而生動。當我想到他們的時候，就像眺望著下在儲水池的廣闊水面的雨時那樣，心情可以變得非常安靜。在我心中，那雨永遠不會停止。

我可能會和他們一起，活在往後的人生。而且室，我的小女孩，就是他們親手交到我手上的禮物。以恩寵的一種形式。我深深這樣感覺。

「騎士團長真的存在喲。」我對在我身旁睡得很熟的室說。「妳最好相信。」

〈第二部　終〉

藍小說 969

刺殺騎士團長──第二部・隱喻遷移篇

作　者──村上春樹
譯　者──賴明珠
編　輯──黃煜智
企　劃──張燕宜
封面設計──莊謹銘
校　對──蘇文淑、魏秋綢

總編輯──余宜芳
董事長──趙政岷
出版者──時報文化出版企業股份有限公司
108019台北市和平西路三段二四〇號四樓
發行專線──（〇二）二三〇六──六八四二
讀者服務專線──〇八〇〇──二三一──七〇五
（〇二）二三〇四──七一〇三
讀者服務傳真──（〇二）二三〇四──六八五八
郵撥──一九三四四七二四時報文化出版公司
信箱──一〇八九九臺北華江橋郵局第九九信箱

時報悅讀網──http://www.readingtimes.com.tw
法律顧問──理律法律事務所　陳長文律師、李念祖律師
印　刷──勁達印刷有限公司
初版一刷──二〇一七年十二月八日
初版六刷──二〇二三年十一月十五日
平裝本定價──新台幣四八〇元
精裝本定價──新台幣六二〇元
（缺頁或破損的書，請寄回更換）

時報文化出版公司成立於一九七五年，
並於一九九九年股票上櫃公開發行，於二〇〇八年脫離中時集團非屬旺中，
以「尊重智慧與創意的文化事業」爲信念。

刺殺騎士團長. 第2部, 隱喻遷移篇 / 村上春樹著 ; 賴明珠譯. --
初版. -- 台北市 : 時報文化, 2017.12　面 ;　公分

譯自 : 騎士団長殺し. 第2部, 遷ろうメタファー編

ISBN 978-957-13-7189-4(平裝). --
ISBN 978-957-13-7190-0(精裝)

861.57　106018369

ISBN 978-957-13-7189-4 (平裝)
ISBN 978-957-13-7190-0 (精裝)
Printed in Taiwan